Jeu d'innocence

Du même auteur
aux Éditions J'ai lu

Jeu de patience

Numérique
Éternellement
Chanceux

Lux
1 – Obsidienne

JENNIFER L.
ARMENTROUT

Jeu d'innocence

Traduit de l'anglais (États-Unis)
par Cécile Tasson

J'AI LU

Titre original :
BE WITH ME

Éditeur original :
HarperCollins Publishing

À mon frère, qui est né le même jour
que la date de sortie de Jeu d'innocence.
Joyeux anniversaire, Jesse James.

1

Le thé glacé allait me tuer. C'était certain.

Pas à cause de la quantité de sucre qu'il contenait, suffisante pour faire tomber quelqu'un dans un coma diabétique à la première gorgée. Pas non plus à cause du carambolage que mon frère avait manqué provoquer en faisant soudain demi-tour, tout ça pour un SMS qui ne comprenait que deux petits mots...

Thé. Glacé.

Non. Cet ordre allait me forcer à me retrouver face à face avec Jase Winstead, la personnification de tous les fantasmes de jeune fille en fleur, et c'était peu dire, que j'aie jamais eus. C'était la première fois que je le revoyais en dehors de la fac.

Et devant mon frère.

Sainte Marie, mère de tous les bébés du monde entier... Je n'allais pas savoir où me mettre.

Pourquoi, pourquoi mon Dieu, mon frère avait-il envoyé un message à Jase pour lui dire qu'on passait dans son quartier et lui demander s'il avait besoin de quoi que ce soit ? Cam était censé me faire visiter le coin pour me familiariser avec le paysage. Soit, ce que j'allais bientôt avoir sous les yeux était bien plus intéressant que ce que j'avais vu jusqu'à présent, mais ce n'était pas le problème.

Si je voyais encore un club de strip-tease, j'allais finir par frapper quelqu'un.

Pendant qu'il conduisait sur le chemin de campagne, Cam jeta un coup d'œil vers moi. J'avais l'impression qu'on avait quitté la route principale depuis des siècles. Son regard voyagea de mon visage jusqu'au thé que je tenais entre les mains. Il haussa un sourcil.

— Tu sais, Teresa, il y a un truc pour poser les gobelets.

Je secouai la tête.

— Ça va. Je peux le tenir.

— Okayyy, fit-il en insistant sur la dernière syllabe.

Il reporta son attention sur la route.

J'avais l'air d'une barjo, je le savais. Pourtant, j'aurais dû la jouer cool : Cam n'avait vraiment pas besoin de découvrir pourquoi je me comportais comme une droguée en manque.

— Je, euh... Je croyais que Jase vivait à côté de la fac ?

Ça sonnait décontracté, non ? Oh, mon Dieu, j'étais presque sûre que ma voix m'avait trahie au milieu de cette question pas si innocente que ça.

— C'est vrai, mais il passe le plus clair de son temps à la ferme familiale.

Cam ralentit avant de tourner franchement à droite. Le thé faillit passer par la fenêtre. Je resserrai ma prise. Le thé allait rester où il était.

— Tu te souviens de Jack, pas vrai ?

Évidemment. Jase avait un petit frère de cinq ans qui s'appelait Jack. Le petit garçon représentait tout pour lui. Je me rappelais les moindres détails que j'avais appris sur Jase jusqu'à l'obsession, un peu comme une fan de Justin Bieber. Je n'en étais pas fière, mais je ne pouvais pas m'en empêcher. Personne ne le savait, surtout pas lui. En trois ans, Jase était devenu quelqu'un de très important pour moi.

Un ami.

Le sauveur de mon frère.

L'objet de mon béguin.

Puis, un an en arrière, juste après ma rentrée en terminale, quand Jase avait accompagné Cam à la maison pour les vacances, les choses s'étaient encore compliquées. Une partie de moi aurait préféré pouvoir tout oublier. L'autre refusait d'occulter le souvenir de ses lèvres sur les miennes, de ses mains qui avaient parcouru mon corps ou de la façon dont il avait grogné mon nom comme sous le coup d'une douleur exquise.

Mama mia…

Le souvenir était tellement intense que mes joues s'empourprèrent derrière mes lunettes de soleil. Je me tournai vers la vitre, à moitié tentée de la baisser pour passer la tête dehors. Il fallait que je me reprenne. Si Cam apprenait que Jase m'avait embrassée, il le tuerait et se débarrasserait de son corps au bord d'une route de campagne comme celle-ci.

Ça aurait vraiment été dommage.

Mon esprit était soudain bien vide. J'avais besoin d'une distraction. Mes mains moites et tremblantes m'empêchaient de tenir le gobelet correctement. J'aurais pu lancer Cam sur le sujet d'Avery. Ça aurait bien fonctionné : il adorait parler d'Avery. J'aurais pu lui demander comment se passaient ses cours ou s'il comptait reprendre le foot au printemps, mais la seule chose à laquelle je pensais, c'était que j'allais enfin me retrouver face à Jase dans une situation où il ne pourrait pas m'éviter…

Ce qu'il avait fait pendant toute la première semaine de fac.

Les grands arbres qui bordaient la route se faisaient de plus en plus clairsemés. Derrière eux, on pouvait apercevoir des pâturages verdoyants. Cam s'engagea sur un chemin étroit. Les nids-de-poule faisaient trembler la camionnette. J'avais le cœur au bord des lèvres.

Lorsqu'on passa entre deux piquets marron, je baissai la tête. Une chaîne reposait par terre et, sur le côté, à gauche, on pouvait lire sur un petit panneau en bois : « Winstead, Propriété privée ». La vue d'un énorme champ de maïs nous accueillit, mais leurs pieds étaient jaunes et secs. On aurait dit qu'ils étaient sur le point de mourir. Un peu plus loin, des chevaux imposants broutaient derrière des clôtures en bois dont il manquait presque toutes les planches du milieu. Sur le reste de la propriété, des vaches bien en chair se baladaient paisiblement.

Lorsqu'on s'approcha davantage, une vieille grange apparut. C'était une de ces vieilles granges inquiétantes, comme dans *Massacre à la tronçonneuse*, avec la même girouette en forme de coq sur le toit. Quelques centaines de mètres plus loin s'élevait une maison à étage. Les murs étaient plus gris que blancs et, malgré la distance, on pouvait voir que la majorité de la peinture s'était écaillée. Des bâches bleues recouvraient des parties du toit, et la cheminée paraissait à moitié effondrée. Des briques rouges poussiéreuses étaient empilées sur le côté de la maison, comme si quelqu'un avait commencé à réparer la cheminée, mais avait fini par en avoir assez et par abandonner. Il y avait aussi un cimetière de carcasses de voitures derrière la grange, une vaste étendue de camionnettes et de berlines rouillées.

Cette vision me choqua. Je me redressai. C'était ça, la ferme de Jase ? Je ne savais pas pourquoi, mais je m'étais imaginé quelque chose de plus… moderne ?

Cam gara sa camionnette devant la grange avant de couper le moteur. Il jeta un coup d'œil dans ma direction et suivit mon regard. Il détacha sa ceinture en soupirant.

— Ses parents ont traversé une mauvaise passe il y a quelques années. Ils commencent à peine à se remettre à flot. Jase essaie de les aider avec la ferme et le reste, mais comme tu peux le voir…

Toute l'aide de Jase ne pouvait suffire à retaper cette bâtisse.

Je clignai les yeux.

— C'est... charmant.

Cam rit.

— C'est gentil de ta part.

Ma prise se resserra sur le gobelet.

— Je le pense.

— Oui, oui.

Il retourna sa casquette de base-ball pour protéger ses yeux des rayons du soleil. Des mèches de cheveux noirs s'en échappèrent.

Alors que j'allais reprendre, j'aperçus quelque chose bouger du coin de l'œil.

Juché sur un tracteur John Deere miniature, un petit garçon s'était précipité hors de la grange en klaxonnant et en criant. Ses bras potelés étaient tendus et ses mains agrippaient le volant. Ses cheveux marron frisés brillaient sous le soleil étincelant de ce mois d'août. Derrière lui, Jase poussait le tracteur, et même si je l'entendais à peine, j'étais à peu près sûre qu'il imitait le bruit du moteur. Leur petite procession cahotait à cause des graviers et du sol inégal. Jase éclata de rire lorsque son frère s'écria :

— Plus vite ! Plus vite !

Jase s'exécuta, poussant le tracteur à toute vitesse, à grand renfort de zigzags avant de s'arrêter devant la camionnette. Jack cria de joie, les doigts serrés sur le volant. Un nuage de poussière s'éleva dans l'air.

Puis Jase se redressa.

Oh, là, là !

J'en restai bouche bée. Rien n'aurait pu me convaincre de détourner les yeux du spectacle qui s'offrait à moi.

Jase était torse nu. Sa peau moite de sueur brillait au soleil. J'ignorais de quelles origines était sa famille, mais il avait forcément du sang espagnol ou méditerranéen dans les veines car il avait la peau mate toute l'année.

Lorsqu'il fit le tour du tracteur, ses muscles se murent de façon fascinante, se gonflant, se resserrant... Ses pectoraux étaient parfaitement dessinés et ses épaules étaient carrées. Il avait le genre de muscles qu'on acquiert en soulevant des bottes de foin. Ce mec était canon. Ses abdominaux se bandaient à chaque pas. Personne n'aurait pu rater ses tablettes de chocolat. J'avais envie de le toucher. Quant à son jean, il tombait tellement bas sur ses hanches que je me demandais s'il portait quelque chose sous la toile délavée.

C'était la première fois que je voyais son tatouage en intégralité. Depuis que je le connaissais, j'avais aperçu les parties qui dépassaient de son col et de sa manche gauche, mais jusqu'à présent, je n'avais jamais su ce qu'il représentait.

Il était gigantesque. Des arabesques d'un noir profond s'étendaient de la base de sa nuque, tournant, zigzaguant jusqu'à son épaule gauche, puis sur la moitié de son bras. En bas, deux boucles qui se faisaient face m'évoquaient des serpents prêts à bondir.

Ça lui allait bien.

Le rouge de mes joues gagna mon cou tandis que je relevais les yeux, la bouche sèche comme le désert.

Ses bras massifs se tendirent lorsqu'il souleva Jack hors de son siège et au-dessus de sa tête. Il le fit tournoyer en riant. Jack hurlait sa joie et agitait les bras.

J'avais les ovaires en ébullition.

Quand Cam ouvrit sa portière, Jase reposa Jack par terre et cria quelque chose à mon frère que je ne compris pas. Il se redressa de nouveau, les mains sur les hanches. Les yeux plissés, il observa l'intérieur de la voiture.

Jase était absolument magnifique. C'était rare, dans la vraie vie. Les stars ou les chanteurs pouvaient peut-être en dire autant, mais on ne croisait pas souvent quelqu'un d'aussi éblouissant dans la rue.

Ses cheveux ondulés, d'un brun-roux éclatant, tombaient sur son visage. Ses pommettes étaient larges et bien définies. Ses lèvres pulpeuses pouvaient être très expressives. Une légère ombre recouvrait sa mâchoire puissante. Il n'avait pas de fossettes comme Cam et moi, mais quand il souriait, il avait le plus beau, le plus sincère des sourires que j'aie jamais vus sur un garçon.

Mais là, il ne souriait pas.

Oh non : la tête penchée sur le côté, il regardait l'intérieur de la camionnette.

Assoiffée, je pris une gorgée du thé glacé sans détourner les yeux du pare-brise. Ce père en puissance m'avait complètement hypnotisée. Je ne comptais pas faire des enfants tout de suite, mais je n'avais rien contre un peu d'entraînement.

Cam grimaça.

— Hé, c'est son thé !

— Désolée.

Je rougis et baissai le gobelet. Ce n'était pas comme si ça importait. Jase et moi, on avait déjà échangé nos salives.

De l'autre côté du pare-brise, Jase prononça le mot « merde » et se retourna. Allait-il s'enfuir ? Pas question ! J'avais son thé glacé !

Je retirai ma ceinture et ouvris la porte à la hâte. Dans la foulée, ma tong glissa de mon pied. Comme Cam avait évidemment opté pour un monstre en guise de camionnette, la distance qui me séparait du sol était énorme.

Il fut un temps où j'avais été gracieuse. J'étais danseuse, après tout, plutôt douée et très entraînée. J'avais tellement d'équilibre que je rendais les gymnastes vertes d'envie. Mais ça, c'était avant ma rupture du ligament croisé, avant qu'un satané saut mette mes espoirs de devenir professionnelle entre parenthèses. Tout – mes rêves, mes objectifs, mon futur – avait été mis en pause, comme si Dieu avait appuyé sur le bouton de sa télécommande de la vie.

Et à présent, j'étais à deux doigts de mordre la poussière.

Je tendis la main vers la portière, mais elle était trop loin. Le pied qui allait toucher le sol en premier était celui de la mauvaise jambe. Elle ne supporterait pas mon poids. J'allais m'étaler devant Jase et renverser le thé sur moi.

Tandis que je glissais, je priai pour tomber la tête la première, car au moins, je n'aurais pas à voir son expression. Mais alors que je basculais hors de la voiture, on me rattrapa au vol. Puis je me retrouvai debout, le gobelet de thé glacé serré contre ma poitrine.

— Mon Dieu, tu aurais pu te briser la nuque ! (Sa voix rauque me donna la chair de poule.) Ça va ?

Mieux que ça. Je penchai la tête sur le côté. J'étais face au torse le plus parfait au monde. J'observai une goutte de sueur couler le long de sa poitrine, puis sur ses abdos en béton, avant de se glisser dans les poils fins qui partaient de son nombril et disparaissaient sous son jean.

Cam fit le tour de la camionnette.

— Tu t'es fait mal à la jambe, Teresa ?

Ça faisait un an que je ne m'étais pas retrouvée aussi proche de Jase. Il sentait vraiment très bon, comme un homme, avec une légère pointe d'eau de Cologne. Je levai les yeux. Mes lunettes de soleil étaient tombées.

Des cils épais bordaient ses yeux d'une teinte grise étonnante. La première fois que je les avais vus, je lui avais demandé si c'était naturel. Jase avait ri et m'avait mis au défi de les toucher pour m'en rendre compte par moi-même.

Il ne riait plus à présent.

Nos regards se rencontrèrent. L'intensité du sien me coupa le souffle. Ma peau me brûlait, comme si j'avais passé toute une journée au soleil.

Je déglutis. Il fallait que mon cerveau redémarre.

— J'ai ton thé glacé.

Jase haussa les sourcils.

— Tu t'es cogné la tête ? demanda Cam en venant se poster près de nous.

J'avais les joues en feu.

— Non. Peut-être. Je n'en sais rien.

Tendant le gobelet, je m'efforçai de sourire en espérant ne pas avoir l'air d'une psychopathe.

— Tiens.

Jase me lâcha pour attraper le thé. Je regrettai aussitôt de m'être empressée de le lui mettre sous le nez. Il n'aurait peut-être pas rompu le contact.

— Merci. Tu es sûre que ça va ?

— Oui, marmonnai-je en inclinant la tête.

Mes lunettes de soleil étaient à côté de la roue. Je les ramassai avec un soupir et les remis.

— Merci de... euh, m'avoir rattrapée.

Il me considéra longuement avant de se tourner vers Jack, qui accourait vers lui avec un tee-shirt.

— Je l'ai trouvé ! s'écria le petit garçon en secouant le vêtement comme un drapeau.

— Merci.

Jase lui prit le tee-shirt des mains et lui donna son thé en échange. Il décoiffa le petit garçon avant d'enfiler le tee-shirt pour se couvrir... à ma grande déception. Il se tourna de nouveau vers Cam.

— Je ne savais pas que Teresa serait avec toi.

Malgré la chaleur, un courant d'air froid me fit frissonner.

— J'étais en train de lui faire faire le tour de la ville pour qu'elle puisse se repérer toute seule, déclara Cam en souriant au petit chenapan qui avançait lentement vers moi. Elle n'était jamais venue ici.

Jase hocha la tête et récupéra son thé. Il y avait de grandes chances pour que Jack en ait déjà bu la moitié. Puis il se dirigea vers la grange. Il m'avait déjà oubliée. C'était rapide. Ma gorge se serra, mais je n'en tins pas compte. Je regrettais simplement de ne pas avoir gardé le thé glacé.

— Vous venez à la fête, Avery et toi, ce soir, pas vrai ? demanda Jase en prenant une gorgée.

— C'est une spéciale Hawaii, on peut pas manquer ça ! (Cam sourit, une fossette creusant sa joue gauche.) Vous avez besoin d'aide pour tout préparer ?

Jase secoua la tête.

— Ce sont les petits nouveaux qui s'en occupent.

Quand il jeta un coup d'œil dans ma direction, je crus un instant qu'il allait m'inviter.

— J'ai deux, trois trucs à faire ici avant de rentrer.

La déception m'envahit, se mêlant à la brûlure dans ma gorge. J'ouvris la bouche, mais la refermai aussitôt. Qu'aurais-je pu dire devant mon frère ?

Une petite main agrippa le pan de mon tee-shirt. Je baissai la tête. Des yeux gris m'observaient, enfantins et très expressifs à la fois.

— Bonjour, dit Jack.

Mes lèvres s'étirèrent en un sourire.

— Bonjour à toi aussi.

— Tu es jolie, fit-il en clignant les yeux.

— Merci. (Un léger rire m'échappa. C'était officiel. J'aimais ce petit.) Tu es très beau, toi aussi.

Jack eut l'air satisfait.

— Je sais.

Je ris encore une fois. Pas de doute, c'était bien le petit frère de Jase.

— Bon, ça suffit, Casanova. (Jase termina son thé et jeta le gobelet dans une poubelle non loin de nous.) Arrête de draguer, maintenant.

Le petit garçon ignora Jase et me tendit sa petite main.

— Je m'appelle Jack.

Je la lui serrai.

— Je m'appelle Teresa. Cam est mon frère.

Jack me fit signe de me baisser du bout de ses doigts potelés et me murmura à l'oreille :

— Cam ne sait même pas seller un cheval.

Je jetai un coup d'œil aux garçons. Ils discutaient de la soirée, mais Jase nous observait. Nos regards se croisèrent. Alors, comme d'habitude depuis que j'étais entrée à Shepherd, il se détourna à une vitesse déconcertante.

Le cœur serré par la frustration, je reportai mon attention sur Jack.

— Tu veux savoir un secret ?

— Oh oui !

Son sourire s'étendit jusqu'à ses oreilles.

— Je ne sais pas seller un cheval non plus. Je n'en ai même jamais monté.

Ses yeux s'arrondirent comme des soucoupes.

— Jase ! s'écria-t-il en se retournant vers son frère. Elle n'est jamais montée sur un cheval !

Au temps pour mon secret.

Jase me regarda. Je haussai les épaules.

— C'est vrai. Ils me foutent les jetons.

— Tu n'as aucune raison d'en avoir peur. C'est plutôt cool, comme animal. Je suis sûr que ça te plairait.

— Tu devrais lui montrer ! (Jack se précipita vers Jase, se jetant presque contre ses jambes.) Faisez du cheval ensemble, comme tu as fait avec moi !

Mon cœur fit une embardée, en partie à cause de l'idée que Jase m'apprenne quoi que ce soit, mais aussi à cause de ma peur pour ces mastodontes. Certaines personnes ont peur des serpents ou des araignées. D'autres des fantômes ou des zombies. Moi, j'ai peur des chevaux. Et je trouve que c'est légitime, étant donné qu'un cheval peut te tuer en te piétinant.

— On dit « faites », et pas « faisez ». Et je pense que Tess a mieux à faire que monter à cheval.

Tess. Je pris une grande inspiration. C'était lui qui avait trouvé ce surnom pour moi. Il était le seul à m'appeler comme ça. Ça ne me dérangeait pas. Au contraire. Pendant que Jack se demandait pourquoi je lui avais dit que je m'appelais Teresa et que Jase lui expliquait que Tess était un surnom, je me retrouvai happée par le souvenir de la dernière fois où il m'avait appelée ainsi.

« Si tu savais ce que tu me donnes envie de faire, avait-il dit. (Ses lèvres avaient effleuré ma joue et fait naître un frisson le long de ma colonne vertébrale.) Putain, si tu savais, Tess. »

— Ça te dérange si je vais aux chiottes avant de partir ? Il faut que je rentre, dit Cam. J'ai promis à Avery de l'emmener manger avant la soirée.

— Je t'accompagne ! annonça Jack en attrapant la main de Cam.

Jase haussa un sourcil.

— Je suis sûr qu'il sait où se trouvent les toilettes.

— Ce n'est pas grave. (Cam fit taire ses protestations d'un geste de la main.) Allez, viens, petit mec. Je te suis.

Ensemble, ils se dirigèrent vers la maison et on se retrouva officiellement seuls. J'avais l'impression qu'un colibri battait des ailes dans ma poitrine, ricochant contre les parois comme s'il cherchait à en sortir. Une brise chaude se leva, faisant voler les mèches de cheveux qui s'étaient échappées de ma queue-de-cheval.

Jase regardait Cam et Jack s'éloigner gaiement sur l'herbe inégale comme un homme voyant disparaître le dernier gilet de sauvetage sur le *Titanic*. Ce n'était pas très flatteur. À croire que se retrouver seul avec moi, c'était comme se noyer au milieu d'un banc de requins.

Les lèvres pincées, je croisai les bras sur ma poitrine. L'agacement me mettait à fleur de peau, et sa gêne flagrante me vexait. Ça n'avait pas toujours été comme ça entre nous. Nos relations avaient été meilleures... du moins, jusqu'au soir où il m'avait embrassée.

— Comment va ta jambe ?

Je ne m'attendais pas à ce qu'il m'adresse la parole, et sa question me prit par surprise. Je me mis à bafouiller.

— Euh, pas trop mal. Je n'ai pratiquement plus mal.

— Cam m'en a parlé quand tu as eu ton accident. Je suis désolé. Sincèrement. (Il s'interrompit. Il plissa des yeux, tout en serrant la mâchoire.) Quand est-ce que tu pourras recommencer à danser ?

Je fis passer mon poids sur mon autre jambe.

— Je ne sais pas. Bientôt, j'espère. Dès que mon médecin me donnera le feu vert. Je croise les doigts.

Jase fronça les sourcils.

— Moi aussi. Ce n'est quand même pas de chance. Je sais à quel point tu aimes danser.

Je ne pus que hocher la tête. La compassion qui transparaissait dans sa voix me bouleversait.

Lorsque ses yeux gris plongèrent enfin dans les miens, je pris une grande inspiration. Ses yeux... ils ne manquaient jamais de me faire perdre mes capacités intellectuelles ou de me donner envie d'accomplir des trucs dingues, impossibles. Pour le moment, ils étaient d'un gris profond, comme des nuages de pluie.

Jase n'était pas content.

Passant une main dans ses cheveux humides, il souffla bruyamment. Un muscle de sa mâchoire tressauta. Son énervement me mettait sens dessus dessous. La brûlure que je ressentais au fond de la gorge me monta aux yeux. Il fallait que je continue de me répéter qu'il ne savait pas, qu'il ne pouvait pas savoir ce que je ressentais pour lui, que la douleur, la peine atroce liée à son comportement n'était pas sa faute. J'étais seulement la petite sœur de Cam ; la raison pour laquelle Cam avait eu tant de problèmes quatre ans plus tôt et pourquoi Jase était venu tous les week-ends à la maison. Je n'étais qu'un baiser volé. Rien de plus.

Je me tournai avec l'intention d'attendre Cam dans la voiture avant de faire quelque chose de ridicule, comme me mettre à pleurer par exemple. Depuis que je m'étais blessée, j'avais du mal à contrôler mes émotions. Voir Jase ne m'aidait pas vraiment.

— Tess. Attends.

Jase franchit la distance qui nous séparait d'un seul pas, grâce à ses longues jambes. Se postant suffisamment près pour que ses baskets usées touchent la pointe de mes orteils, il tendit la main vers moi, près de ma joue. Il ne me touchait pas, mais la chaleur qui émanait de sa peau me brûlait.

— Il faut qu'on parle.

2

La mèche de cheveux que Jase avait voulu toucher me caressa le visage, soulevée par le vent, tandis que ces mots restaient en suspens entre nous. J'avais le ventre noué comme pendant les quelques secondes qui précédaient mon entrée en scène. La peur formait toujours une boule de glace au cœur de ma poitrine quand je prenais position devant les juges et que j'attendais que la musique commence. Peu importait le nombre de compétitions auxquelles je m'étais inscrite ou le nombre de récitals auxquels j'avais participé, il y avait toujours ces quelques secondes où j'avais envie de m'enfuir de la scène.

Mais je ne l'avais jamais fait. Et c'était la même chose avec Jase. Je ne comptais pas fuir cette conversation. Il y avait bien longtemps, je m'étais comportée lâchement. J'avais eu trop peur pour m'avouer ce que Jeremy, mon ex-petit ami *alias* le diable en personne, me faisait subir. Je n'étais plus cette fille. Je n'étais plus une lâche.

Je pris une grande inspiration.

— Tu as raison. Il faut qu'on parle.

Jase baissa le bras et jeta un coup d'œil derrière lui, en direction de la maison. Sans un mot, il posa une main entre mes omoplates. Surprise par ce contact soudain, je sursautai et rougis.

— Tu marches avec moi ?

— Bien sûr.

Le colibri était de retour, plus vaillant que jamais, et essayait de creuser un trou dans ma poitrine.

On n'alla pas très loin. La maison était encore bien visible. Avec un terrain comme le sien, il y avait sûrement des endroits plus tranquilles, mais il se contenta de me mener jusqu'à une palissade en bois qui entourait le pâturage en face de l'enclos où les chevaux broutaient.

— Assieds-toi, me demanda-t-il.

Avant que je puisse refuser, ses mains se posèrent sur mes hanches. Je hoquetai de surprise tandis qu'il me soulevait comme si je n'étais pas plus lourde que son petit frère. Il me posa sur la barrière.

— Ce sera mieux pour ton genou.

— Mon genou...

— Tu ne devrais pas rester debout si longtemps.

Il croisa les bras.

Je me tins au bois brut sans rien dire. Mon genou était la dernière chose dont j'avais envie de parler. Jase m'observait en silence. J'aurais voulu rester muette, moi aussi, pour l'obliger à parler en premier.

Je tins cinq secondes avant de laisser échapper la première chose qui me passait par la tête.

— C'est ridicule.

— Quoi ?

Il fronça les sourcils.

— Le nom de cette ville.

Il repoussa les plus longues mèches de cheveux qui tombaient devant son visage.

— Tu es en colère à cause du nom de la ville ?

— Est-ce qu'on peut vraiment dire que Spring Mills est une ville, d'ailleurs ? Tu vis bien à Spring Mills, pas vrai ? (Sous le regard interloqué de Jase, je haussai les épaules.) Ce n'est pas un mixte de Hedgesville et de Falling Waters ? Ce n'est pas parce que vous avez construit un *Walmart* au milieu que vous pouvez en faire une vraie ville.

Jase continua de me dévisager un instant avant d'éclater de rire. C'était un son profond, troublant. Dieu me garde, mais j'adorais l'entendre rire comme ça. Peu importait que je sois en colère contre lui ou que je meure d'envie de lui faire une prise de karaté entre les jambes... quand il riait, il m'éblouissait comme un soleil.

Il se pencha en avant. Grâce à sa grande taille, nous étions à la même hauteur lorsqu'il passa un bras par-dessus mes épaules et m'attira vers lui. Si je relevais la tête, nos lèvres ne seraient plus qu'à quelques centimètres. Mon cœur se mit à faire des pliés dans ma poitrine. Si parler de fausses villes et de *Walmart* lui donnait envie de me serrer dans ses bras, j'allais continuer à en nommer : Darksville, Shanghai...

— Des fois, j'ai l'impression que tu n'es pas bien dans ta tête. (Il resserra sa prise avant de poser son menton sur le haut de ma tête. J'en eus le souffle coupé.) Mais ça me plaît. Je t'aime bien. Vraiment. Je ne sais pas ce que ça dit sur moi.

Des pliés ? À présent, mon cœur s'était transformé en ninja. Finalement, cette conversation n'allait peut-être pas me donner envie de me rouler en boule dans un coin. Je me détendis.

— Que tu es génial ?

Il rit légèrement. Sa main glissa le long de ma colonne vertébrale avant de disparaître. Il se hissa sur la barrière à côté de moi.

— Ouais, quelque chose comme ça.

Le silence retomba entre nous. Puis Jase posa de nouveau son regard sur moi. Ses yeux étaient presque devenus bleu pâle.

— Oui, je t'aime bien, répéta-t-il d'une voix douce. C'est pour ça que ça rend les choses plus difficiles. Je ne sais pas par où commencer, Tess.

Dans mon cœur, le ninja tomba raide mort. Pour ma part, je savais très bien où il pouvait commencer. Par exemple : pourquoi n'avait-il répondu à aucun de mes messages et de mes e-mails depuis cette nuit-là, un an plus tôt ? Pourquoi avait-il cessé de venir à la maison avec Cam ? Mais il ne me laissa pas le temps de poser mes questions.

— Je suis désolé, dit-il. (Je clignai les yeux. Je n'arrivais plus à respirer.) Ce qui s'est passé entre nous... n'aurait jamais dû arriver. Je suis vraiment désolé.

J'ouvris la bouche, mais aucun son n'en sortit. Il était désolé ? J'avais l'impression qu'il m'avait frappé en pleine poitrine. S'il s'excusait, ça voulait dire qu'il regrettait ce qu'il avait fait. Moi, je ne regrettais rien. Rien du tout. Ce baiser... La façon dont il m'avait embrassée m'avait prouvé que parfois, l'attirance est incontrôlable, que le désir peut être douloureux, mais de la plus délicieuse des façons, et que des lèvres qui se touchent peuvent vraiment créer des étincelles. Alors, le regretter ? Impossible. J'avais vécu à travers ce baiser. J'avais comparé ce baiser qu'il regrettait à tous les autres, avant (qui n'étaient pas nombreux) et après lui (encore moins nombreux).

— J'avais bu ce soir-là, poursuivit-il. (Un muscle tressautait dans sa mâchoire, en rythme avec mon cœur.) J'étais bourré.

Je refermai la bouche d'un coup sec tandis que ses mots faisaient sens.

— Tu étais bourré ?

Il détourna la tête et se passa la main dans les cheveux, les yeux plissés.

— Je ne savais pas ce que je faisais.

Une terrible sensation me retourna l'estomac. J'avais éprouvé la même chose lorsque j'avais raté la réception de mon saut. Cet horrible sentiment de chute avait été le seul avertissement avant l'explosion de douleur qui avait suivi.

— Tu n'avais bu que deux bières ce soir-là.

— Que deux ? (Il refusait de croiser mon regard.) Ah non, c'était sûrement plus que ça.

— Sûrement ? (Ma voix montait dans les aigus tandis qu'une avalanche d'émotions se déversait en moi.) Je me souviens parfaitement de cette nuit-là, Jase. Tu as à peine bu deux bières. Tu n'étais pas bourré.

Jase ne dit rien, mais contracta davantage sa mâchoire, comme s'il allait se briser les molaires. Ses excuses étaient déjà blessantes, alors sa tentative de me faire croire qu'il était bourré, n'en parlons pas... Il n'aurait pas pu trouver pire pour me rembarrer.

— En gros, ce que tu essaies de me dire, c'est que tu ne m'aurais jamais embrassée si tu n'avais pas bu ?

Je me laissai glisser de la barrière pour me placer face à lui, réprimant l'envie de lui donner un coup de poing dans le ventre. Il ouvrit la bouche pour répondre. Je l'en empêchai.

— C'était vraiment si dégueulasse que ça, pour toi ?

Il releva vivement la tête. Un éclat particulier, plus sombre, apparut dans ses yeux.

— Ce n'est pas ce que j'ai dit. Ce n'était pas dégueulasse. C'était...

— Je ne te le fais pas dire !

Cam me répétait tout le temps que je ne savais pas me taire dans les moments cruciaux. Celui-ci ne dérogerait pas à la règle.

— C'est toi qui m'as embrassée, qui m'as touchée, qui m'as dit que je ne savais pas ce que je te faisais...

— Je me rappelle très bien ce que je t'ai dit.

Sous le coup de la colère, ses yeux s'étaient transformés en argent liquide. Sans me quitter du regard, il sauta de son perchoir avec une grâce digne d'un prédateur.

— Je ne sais pas pourquoi je l'ai dit, c'est tout. Alors, c'est sûrement à cause de la bière. Autrement, je ne comprends pas pourquoi j'aurais fait et dit toutes ces choses !

Ma douleur s'atténua et je me mis à bouillir de l'intérieur. Je serrai les poings. Non. Les deux bières ne pouvaient pas être responsables.

— Tu n'es pas une petite nature. Tu étais en pleine possession de tes moyens. Et tu as forcément ressenti quelque chose en m'embrassant. On ne peut pas embrasser comme ça sans rien ressentir.

À l'instant où ces mots franchirent mes lèvres, mon cœur manqua un battement. Les penser était une chose, les prononcer... en révélait toute la naïveté.

— Depuis combien de temps est-ce que tu as le béguin pour moi ? Pas étonnant que tu aies cru que ça voulait dire quelque chose. Enfin, Tess, d'après toi, pourquoi est-ce que je ne t'ai plus adressé la parole ? Je savais que tu allais t'imaginer des choses, dit-il. (Je sentis mes joues s'enflammer.) C'était une erreur. Je ne suis pas attiré par toi. Pas comme ça.

Je reculai comme s'il m'avait frappée. Et Dieu sait que j'en avais fait l'expérience. Une partie de moi aurait presque préféré que ce soit le cas. J'aurais dû m'enfuir lorsqu'il m'avait annoncé qu'on devait discuter. Ou du moins, essayer de traîner ma jambe jusqu'à la camionnette. Voilà à quoi menaient le courage et la communication. La douleur et la honte remontèrent le long de ma gorge, me donnèrent les larmes aux yeux. Visiblement, j'étais aussi transparente qu'une vitre. Mes lunettes de soleil dissimulaient mes émotions, mais il dut voir quelque chose dans mon expression car il ferma brièvement les yeux.

— Putain, jura-t-il dans sa barbe. (La peau autour de ses lèvres était légèrement plus pâle.) Je ne voulais pas dire ça. Je...

— Je crois que si, au contraire, rétorquai-je en faisant un autre pas en arrière.

Jase avait raison. Cette nuit-là avait été une erreur, un baiser insignifiant auquel j'avais attaché des sentiments et autour duquel je m'étais monté un film pendant son absence. Je crois que je ne m'étais jamais sentie aussi stupide qu'à cet instant.

— Tu n'aurais pas pu être plus clair.

Il jura de nouveau et franchit la distance qui nous séparait. Quand il pencha la tête vers moi, des mèches de ses cheveux tombèrent en avant.

— Tess, tu ne comprends pas...

Je laissai échapper un rire sans joie tandis qu'un sentiment d'humiliation se déversait en moi comme l'eau d'un barrage fissuré.

— Oh non, je suis sûre de bien comprendre. Tu regrettes. C'est bon. J'ai fait une erreur. Tu ne voulais probablement pas t'en souvenir. Au temps pour moi. Aucune importance. Je m'en fous.

Je partais dans mon délire, mais je ne pouvais pas m'empêcher d'essayer de sauver la face de la pire des manières. Lorsque je continuai, je ne le regardai pas. J'en étais incapable. Je m'adressai à ses baskets boueuses.

— Je ne vais pas rester longtemps, de toute façon. Dès que mon genou est guéri, je me casse d'ici. Et ça ne va pas tarder. Donc tu n'as pas à t'inquiéter de me recroiser ou de m'entendre encore parler de cette histoire. Ce n'est pas comme si tu étais le seul mec à m'avoir...

— À t'avoir embrassée ? (Le ton acéré de sa voix me fit relever la tête. Il plissait les yeux, réduits à deux fentes argentées.) Combien de garçons as-tu embrassés, Teresa ?

Pas beaucoup. Je pouvais les compter sur les doigts de la main, et seulement sur deux ceux avec qui j'étais allée plus loin. Mais la fierté avait enfoncé ses griffes en moi.

— Assez, répondis-je en croisant les bras. Plus qu'assez.

— Ah oui ? (Son expression changea.) Ton frère est au courant ?

Je ricanai.

— Comme si je lui parlais de ce genre de choses. Ou s'il avait son mot à dire sur la personne ou l'endroit où je pose mes lèvres.

— L'endroit ? répéta-t-il, la tête penchée sur le côté, comme pour décortiquer ce mot.

Lorsqu'il comprit ce que je voulais dire, ses larges épaules se tendirent.

— Où est-ce que tu mets tes lèvres ?

— Euh... Ça ne te regarde pas.

Son regard s'intensifia.

— Bien sûr que ça me regarde.

Dans quel monde vivait-il ?

— Je ne crois pas, non.

— Tess...

— Ne m'appelle pas comme ça, rétorquai-je avec un soupir d'exaspération.

Jase tendit la main vers moi. Je l'évitai facilement. Je n'avais pas la moindre envie qu'il me touche. La détermination se peignit sur son beau visage.

— Où est-ce que tu... ?

La porte d'entrée claqua derrière nous et me sauva. Jase fit un pas en arrière et prit une grande inspiration tandis que son petit frère se précipitait dans l'herbe et les graviers.

Arrivé à un mètre de Jase, le petit garçon se jeta sur lui en criant :

— La cape de Superman ! La cape de Superman !

Il rattrapa Jack, le plaça derrière lui et noua les bras de son petit frère autour de son cou. Jack pendit dans son dos, comme une sorte de cape humaine.

— Désolé pour l'attente. (Cam sourit. Il n'avait pas l'air de sentir la tension insupportable dans l'air.) Ta mère a fait de la citronnade. Et du gâteau à la compote de pommes. Elle a insisté pour m'y faire goûter.

Jase sourit, mais baissa le menton.

— Évidemment.

Moi, je restai figée comme une statue. Un oiseau aurait pu me faire caca sur la tête que je n'aurais pas bougé. Je serrais tellement les poings que je ne sentais plus mes doigts.

Lorsque Jase se tourna sur le côté, Jack me sourit.

— Alors, tu vas apprendre à monter ?

Je ne compris pas tout de suite ce qu'il voulait dire, puis je ne sus pas quoi répondre. Même si je trouvais les couilles féminines nécessaires pour monter sur un cheval, je doutais que Jase m'accepte de nouveau dans sa ferme.

Cam me dévisageait d'un air perplexe. Jase regardait le sol, les mâchoires serrées, et Jack attendait que je lui réponde.

— Je ne sais pas, dis-je enfin, la voix rauque. (Comme je ne voulais pas me ridiculiser encore plus, je m'efforçai de sourire.) Mais si je décide de le faire, tu m'aideras à apprendre, pas vrai ?

— Oui ! s'exclama Jack. Si vous faisez du cheval ensemble, je te montrerai aussi !

— « Faites », murmura Jase en enserrant les jambes de Jack. Comme je l'ai déjà dit, mon grand, elle a sûrement mieux à faire.

— Il n'y a rien de mieux que monter à cheval, contra Jack.

Sans lâcher son frère, Jase se redressa et jeta un coup d'œil dans ma direction. Son expression était fermée. Je regrettais d'avoir parlé des chevaux. Jase pensait sûrement que j'étais sérieuse et que j'essayais de trouver un moyen de me rapprocher de lui.

Alors qu'après tout ça je n'avais vraiment plus envie de voir sa tête.

Penser ainsi me faisait souffrir. Avant de s'embrasser, on était devenus amis, de très bons amis, même. On s'envoyait des messages, des e-mails, on discutait quand il venait à la maison avec Cam. Et maintenant, tout ça partait en fumée.

Je ne pleurerai pas. Je ne pleurerai pas. Je ne cessais de me le répéter tandis que je me traînais jusqu'à la camionnette et montais à l'intérieur, m'appuyant sur ma jambe valide pour me hisser. *Je ne pleurerai pas à cause de ce connard.* J'avais aussi décidé de ne pas le regarder, mais je ne pus m'empêcher de l'observer avec son frère jusqu'à ce que le mien me rejoigne.

— Prête à rentrer ? me demanda Cam en fermant sa portière.

— Prête.

Ma voix sonnait anormalement rauque.

Il se tourna vers moi en mettant le contact. Il fronça les sourcils.

— Ça va ?

— Oui, répondis-je en m'éclaircissant la voix. C'est mes allergies.

Je m'attendais à son air suspicieux. Je n'avais pas d'allergies. Mon frère le savait très bien.

Cam me déposa devant la résidence étudiante de West Woods. Après lui avoir demandé de passer le bonjour à Avery, je descendis avec précaution de la voiture et empruntai le chemin étroit qui menait au Yost Hall tout en cherchant ma carte magnétique.

J'avais eu de la chance. Comme je m'étais inscrite à la dernière minute, les chambres du Kenamond Hall et du Gardiner Hall d'habitude réservées aux première année avaient toutes été prises. J'avais failli ne rien avoir. Mais la veille de la rentrée, j'étais allée voir le bureau des logements universitaires et je les avais suppliés de me caser quelque part, n'importe où. Si ça n'avait pas marché, j'aurais dû habiter avec Cam, et même si j'aimais mon frère, partager un appartement avec lui était la dernière chose dont j'avais envie.

Il y avait eu des larmes. On avait tiré quelques ficelles et je m'étais retrouvée dans l'une des suites de la résidence West Woods. Rien à voir avec les boîtes à sardines qu'on faisait passer pour des chambres dans les autres bâtiments.

Ouvrant la porte avec ma carte, j'entrai dans le vestibule climatisé et me dirigeai vers les escaliers. J'aurais pu prendre l'ascenseur, mais j'étais persuadée que monter les marches était bon pour ma jambe, étant donné que je n'avais pas le droit de faire le moindre sport. Mais ça allait bientôt changer. Il ne pouvait pas en être autrement. Si je voulais recommencer à danser en avril, j'allais devoir me remettre en forme.

Je haletais lorsque j'atteignis la porte qui menait à ma suite. Je n'arrivais pas à croire que mon corps soit passé de Terminator à Bob l'Éponge en si peu de temps.

Avec un soupir, je fis glisser ma carte et pénétrai dans le salon. Je n'avais qu'une envie : me glisser dans mon lit, cacher ma tête sous l'oreiller et faire comme si cette journée n'avait jamais existé.

Mais c'était visiblement trop demander.

Je soufflai à la vue de l'écharpe rose vif nouée à la poignée de ma chambre. Fermant les yeux, je grognai.

L'écharpe rose était un code : « Entrez à vos risques et périls. » En d'autres termes, ma coloc prenait son pied. À moins que son copain et elle ne se disputent à voix basse. Mais du coup, ils n'allaient pas tarder à crier.

Au moins, je pouvais quand même aller dans la salle de bains.

Je clopinai jusqu'au canapé marron usé et m'y affalai avec la grâce d'une brebis enceinte. Je laissai tomber mon sac à côté de moi. Posant ma jambe blessée sur la table basse, je m'étirai pour essayer de calmer la douleur au niveau de mon genou.

Un bruit sourd retentit de l'autre côté du mur. Je sursautai. Je jetai un coup d'œil derrière moi en fronçant les sourcils. Moins d'une seconde plus tard, un gémissement étouffé me fit dresser les cheveux sur la tête.

Ça ne ressemblait pas à un gémissement de plaisir, comme ceux juste avant l'orgasme avec un grand O. Pas que je sache vraiment à quoi ça ressemble... Le peu de fois où j'avais couché avec un garçon, j'avais maudit tous les romans d'amour qui m'avaient fait croire que j'allais grimper aux rideaux. Dans tous les cas, ce son n'avait pas l'air normal.

Sans retirer ma jambe de la table, je me redressai et tentai d'écouter ce qu'il se passait dans la chambre. Debbie Lamb, ma colocataire, était en deuxième année. C'était une fille adorable. Elle ne m'en avait pas voulu de lui avoir gâché l'occasion d'avoir une chambre pour elle toute seule pendant un semestre. Elle était intelligente et discrète.

Son copain, en revanche, c'était une autre histoire.

Quelques secondes passèrent, avant que j'entende un grognement masculin caractéristique. Les joues en feu, je me retournai tellement vite que je manquai me faire le coup du lapin. J'attrapai un coussin et y enfouis mon visage.

Pas de doute : ils faisaient bien l'amour.

Et je restais assise ici, à les écouter, comme un pervers.

— Oh, mon Dieu, dis-je d'une voix étouffée. Qu'est-ce que je fais à la fac ?

La douleur se réveilla dans mon genou, comme un rappel.

Alors, lentement, je baissai le coussin. En face de moi, une porte donnait sur la deuxième chambre de la suite. Elle était fermée. Je n'avais pas vu une seule fois mes autres colocataires depuis la rentrée. J'étais à deux doigts de croire qu'ils étaient invisibles, que c'étaient des lamas... ou qu'ils faisaient partie du plan de protection des témoins et qu'on les forçait à rester cachés dans leur chambre. Je savais qu'ils n'étaient pas morts, parce que je les entendais, de temps en temps, quand j'étais dans le salon. Ils se taisaient toujours lorsqu'ils se rendaient compte de ma présence.

Bizarre.

Le coussin marron écrasé contre ma poitrine, j'attrapai mon sac et en sortis mon portable. J'hésitai à envoyer un message à Sadi, mais on ne s'était pas parlé depuis que j'avais quitté le studio de danse au mois de juillet. Je n'avais plus contacté aucun de mes amis depuis lors.

La plupart d'entre eux étaient à New York, à présent. Sadi était entrée à la Joffrey School of Ballet, la même école pour laquelle j'avais obtenu une bourse. Ils vivaient ma vie... mon rêve. Heureusement, on ne m'avait pas retiré la bourse. Les instructeurs avaient mis mon cas entre parenthèses et m'avaient promis une place si je me remettais de ma blessure.

Je reposai le téléphone dans mon sac et me rassis, serrant le coussin contre moi. Selon le Dr Morgan, le spécialiste de l'université de Virginie-Occidentale qui m'avait opérée, j'avais quatre-vingt-dix pour cent de chances de me rétablir complètement, à condition que je ne me blesse pas de nouveau. Pour la plupart des gens, cette probabilité se révélerait rassurante, mais moi, j'avais une peur bleue des dix pour cent restants. Je refusais d'y penser un seul instant.

Une quarantaine de minutes s'écoulèrent avant que la porte de la chambre s'ouvre. Debbie en sortit en passant la main dans ses cheveux bruns mi-longs, lissant les pointes. Quand elle me vit, son visage s'empourpra. Elle eut l'air mal à l'aise.

— Oh ! Ça fait longtemps que tu es là ?

— Non. Je viens d'arriver...

Je m'interrompis. J'observai Debbie de plus près tandis qu'elle remettait son chemisier à fleurs correctement. Elle avait les yeux rouges et gonflés. Ils s'étaient disputés. Pour changer. Ils s'étaient sans doute rabibochés depuis, mais ils se querellaient tellement que je me demandais comment ils trouvaient du temps pour autre chose que les disputes et les réconciliations sur l'oreiller.

Erik apparut à son tour, ses doigts glissant sur l'écran de son portable. Ses cheveux bruns étaient coiffés en brosse. Il était plutôt beau gosse, je devais le reconnaître, mais à part ça, je ne comprenais pas ce qu'on lui trouvait. Mais alors pas du tout. Il était bien placé dans sa fraternité, la même que Jase, apparemment, et il avait été une star locale du basket au lycée... mais il avait la personnalité d'une hyène acculée.

Il glissa son téléphone dans la poche de son jean en me souriant. C'était un sourire nerveux qui me mit mal à l'aise.

— Tu vas bien ? demandai-je à Debbie.

— Évidemment, répondit Erik en riant.

Sans lui prêter attention, je continuai de la regarder droit dans les yeux. Elle hocha vivement la tête.

— Oui, impeccable. On va manger un truc avant d'aller à la soirée. Tu viens ?

J'allais répondre, mais Erik le fit à ma place.

— J'ai l'impression que son genou la fait souffrir. Elle préfère sans doute rester ici.

Je refermai la bouche.

Debbie parut gênée tandis qu'Erik la poussait en direction de la porte.

— Tu viens à la fête ?

Je n'avais pas vraiment été invitée, mais je savais que si j'y allais, personne ne dirait rien... à part Jase. Et je n'avais pas envie de le voir. Je haussai les épaules.

— Je ne sais pas encore.

Elle hésita.

— OK, alors…

— Allez, viens, bébé. J'ai faim, putain ! (Erik l'attrapa par le bras, ses doigts mordant la chair.) Il commence à être tard.

En le voyant faire, je sentis une brûlure sourde s'éveiller dans mon ventre. Combien de fois Jeremy m'avait-il attrapée comme ça ? Trop. Ce souvenir me donnait envie de vomir. Me rappelait des choses que j'aurais préféré oublier.

Le sourire tremblant de Debbie s'effaça.

— Envoie-moi un message si tu veux… ou si tu as besoin de quoi que ce soit.

Erik marmonna quelque chose dans sa barbe, puis ils partirent. Moi, j'étais toujours assise, là, une jambe posée sur la table basse, les yeux rivés sur la porte, mais mes pensées, elles, étaient reparties deux ans en arrière.

— Tu sais que j'ai faim, putain ! dit Jeremy en se penchant pour m'attraper par le bras.

Il me serra jusqu'à ce que je crie de douleur. Tout à coup, l'habitacle de la voiture me parut trop étroit. Il n'y avait pas assez d'oxygène à l'intérieur.

— Qu'est-ce qui t'a pris si longtemps ? Tu étais au téléphone ?

— Non !

Je savais qu'il fallait que je reste immobile, que je n'essaie pas de me dégager, parce que ça attisait sa colère.

— Je parlais juste avec Cam.

Il se détendit et ses doigts se relâchèrent.

— Il est chez toi ?

Je secouai la tête.

— Je lui parlais…

— Au téléphone ?

En l'espace d'une seconde, son joli visage se transforma en celui d'un monstre. Je frissonnai de douleur en sentant ses doigts s'enfoncer dans ma chair à travers mon pull.

— Je croyais que tu n'étais pas au téléphone.

Je repoussai ce souvenir, rassurée de ne ressentir que de la colère. Pendant longtemps, le simple fait de penser à lui m'avait donné des maux de ventre. C'était terminé.

Jeremy avait été mon bourreau, mais je n'étais plus une victime.

Je m'étais remise de ce qu'il m'avait fait. Remise.

Détournant les yeux de la porte, je serrai le coussin contre moi jusqu'à ce que mes bras me fassent mal. Je n'avais pas la moindre preuve qu'Erik battait Debbie. Ça relevait davantage d'un sixième sens. Je savais que, de toute façon, les bleus ne seraient pas visibles. Pas si Erik était malin, comme Jeremy l'avait été.

Je passai le reste de la soirée à manger ce que le distributeur au bout du couloir proposait et à feuilleter mes cours d'histoire avant de me coucher tôt. Une fois allongée, alors que je flottais dans le monde merveilleux du demi-sommeil, je me sentis vraiment nulle. J'étais là, à quelques mois de mes dix-neuf ans, on était samedi soir... et je me couchais avant 22 heures.

« Nulle », c'était encore trop gentil.

Je roulai sur le côté, face au mur, et m'endormis en me demandant si j'aurais autant souffert de la réaction de Jase si je ne m'étais pas blessée à la jambe.

La sonnerie de mon portable me parvint de très loin lorsqu'il me réveilla un peu plus tard. Déboussolée, je clignai les yeux. La lumière verte du réveil posé sur ma table de nuit indiquait 00 h 45. La sonnerie retentit de nouveau.

Après avoir tâtonné à sa recherche, je soulevai mon portable et plissai les yeux pour voir le message. Je le lus une fois. Je devais encore être en train de rêver. Je le lus une deuxième fois. J'avais sûrement oublié comment on lisait. Puis je me redressai ; battant des paupières pour repousser toute trace de sommeil. La chambre obscure s'éclaircit suffisamment pour que je me rende compte que l'autre lit était vide. Je baissai de nouveau les yeux vers l'écran.

Faut que je te parle.

C'était un message de Jase.

Le second message disait :

Je suis en bas.

Mon cœur s'emballa.

Jase était là.

3

J'étais sûrement en train de rêver.

Du moins, c'est ce que je ressentais en cherchant mes tongs, en les enfilant et en attrapant ma carte magnétique. Pendant un instant, j'avais envisagé d'ignorer le message, mais mon corps semblait avoir une conscience propre.

Je savais que j'allais le regretter et avoir envie de me donner des baffes, le lendemain, au réveil.

En quittant la suite, je commençai à me demander si on n'était pas en train de me faire une mauvaise blague. Comment Jase savait-il où je vivais ? Même si on lui avait dit que j'habitais à West Wood, la résidence comptait six bâtiments. Et je doutais qu'il ait posé la question à Cam.

Le ventre noué, serré en de petits nœuds compliqués, je dévalai les escaliers en tenant fermement la rambarde. L'obscurité se déversait par les fenêtres et inondait le bâtiment. C'était peut-être vraiment un rêve et il allait se transformer en cauchemar. La rambarde se changerait en serpent, Dieu sait que je déteste ça, comme dans *Beetlejuice*.

Grimaçant, j'ôtai la main du métal poli et poursuivis ma progression en boitant. Seul le léger ronronnement d'un sèche-linge brisait le silence du hall d'entrée.

Lorsque je sortis dans la nuit, de la chair de poule se forma aussitôt sur mes bras. Je regrettai de ne pas avoir pensé à prendre un gilet. L'air nocturne était inhabituellement froid.

Debout sur le perron, je serrai la carte dans ma main si fort qu'elle laissa des marques sur ma peau. J'observai le chemin et les arbres qui le bordaient. Les bancs étaient vides. Il n'y avait personne. À part le chant des criquets, on n'entendait que des rires et de la musique étouffée, ponctués à quelques secondes d'intervalle par des cris de joie.

Mon cœur s'affaissa lourdement. Je descendis les marches en repoussant de ma main libre les cheveux qui tombaient sur mon visage. C'était bien une blague. Ou alors, le message avait été destiné à quelqu'un d'autre et il l'attendait devant chez elle. L'idée qu'il envoie un message à une autre fille à 1 heure du matin me hérissait. C'était ridicule.

Je me traînai sur quelques pas le long du chemin, jetant un coup d'œil entre les arbres et les buissons. Le creux des joues en feu, je m'arrêtai soudain en plein milieu. J'appuyai mon poids sur ma jambe valide. Qu'est-ce que je faisais ici ? Je n'avais même pas emporté mon téléphone. C'était sans doute une erreur de numéro ou une plaisanterie...

Une ombre épaisse se détacha alors d'entre les arbres et se rapprocha du bord du jardin. C'était une silhouette haute et athlétique. Lorsqu'elle avança dans le halo de lumière du lampadaire, je hoquetai de surprise. C'était bien Jase. Qu'est-ce qu'il fabriquait là-bas ? Il se tourna vers moi, les mains sur la braguette de son jean. Oh, mon Dieu.

— Jase ? chuchotai-je en me dépêchant de le rejoindre.

En entendant ma voix, il releva la tête.

— Tu es enfin là ! dit-il comme s'il m'avait attendue une éternité. (Il eut un sourire en coin.) Tu es venue.

Ce sourire fit battre mon cœur plus fort. Mais le souvenir des paroles qu'il avait eues un peu plus tôt dans la journée m'aida à calmer le papillon qui s'agitait dans ma poitrine.

— Tu étais en train de pisser ?

Son sourire s'élargit.

— J'avais une envie pressante.

— Derrière un buisson ?

— Il avait besoin qu'on l'arrose.

Je réprimai un sourire en le détaillant du regard. Des mèches de cheveux rebelles tombaient sur son front, caressant le bord de ses yeux. Le vieux tee-shirt vintage qu'il portait moulait ses larges épaules et son torse. Quand il leva le bras pour se passer la main dans les cheveux, il dévoila une bande de peau entre son tee-shirt et son jean taille basse. J'eus un aperçu de ses abdos en béton.

Je détournai les yeux. Il ne manquait plus que je bloque dessus !

— Tu es bourré.

— Ah… (Il vacilla sur la gauche, comme attiré par une force gravitationnelle invisible qui n'avait pas prise sur moi.) Je n'irais pas jusqu'à dire que je suis bourré. Un peu gai, peut-être.

Je haussai un sourcil en le regardant tanguer vers la droite. C'est alors que je remarquai une petite boîte rose posée sur le banc.

— C'est à toi, ça ?

Il suivit mon regard avant de me sourire de toutes ses dents.

— Merde. J'avais oublié ! Je t'ai apporté un cadeau.

Je pris un air dubitatif. Quand il se pencha, il manqua tomber en avant. Il se rattrapa *in extremis* et ramassa la boîte.

— Qu'est-ce que c'est ?

Il me la tendit.

— Un truc aussi appétissant que moi.

J'eus un rire peu féminin avant de baisser la tête. À travers l'emballage transparent, j'aperçus un énorme cupcake. Je reportai mon attention sur Jase.

Il haussa une seule épaule.

— C'est bon, les cupcakes. J'ai pensé que je pouvais faire une bonne action et le partager avec toi.

— Merci.

Après avoir ouvert le paquet, j'enfonçai mon petit doigt dans le glaçage. Il avait un goût tellement sucré que je faillis gémir de plaisir.

Jase détourna le regard, mal à l'aise.

— Je crois que je vais m'asseoir. Tu devrais, toi aussi... Tu sais, à cause de ta blessure.

Je ne risquais pas de l'oublier.

Jase m'observa m'installer. Mon genou était plus raide que d'habitude.

— Ta jambe te fait mal ?

J'ouvris la bouche pour lui répondre, mais il m'en empêcha.

— Je n'y avais même pas pensé. Tu ne devrais pas t'en servir autant et...

— Ça va. (Je mordis dans le cupcake. J'eus l'impression de vivre un orgasme culinaire.) Tu en veux ?

— Et comment !

Je divisai le gâteau en deux et lui tendis sa moitié. Il l'engloutit en deux secondes. Je ne tardai pas non plus à finir la mienne. Après avoir jeté la boîte dans une poubelle, je pris une grande inspiration.

— Tu n'es pas venu ici juste pour m'offrir un cupcake, pas vrai ?

— Euh, non.

— Qu'est-ce que... Qu'est-ce que tu fais ici, Jase ?

Il ne me répondit pas tout de suite. Lorsque ses yeux gris se posèrent sur moi, ils me parurent étonnamment vifs.

— Je voulais te parler.

— J'avais bien compris, mais tu as été très clair tout à l'heure. Alors, je ne m'attendais pas à te voir ce soir.

J'avais l'impression d'être une garce en lui balançant ça à la figure. Mais c'était la vérité. Et quelque part, il le méritait. Je n'étais le punching-ball de personne.

Les épaules crispées, Jase détourna le regard, puis se rapprocha pour s'asseoir à côté de moi. Une légère odeur d'alcool me parvint pendant qu'il me dévisageait. Sans un mot, il tendit le bras vers moi et saisit ma main libre. Les yeux écarquillés, je le regardai soulever ma main, la retourner et déposer un baiser contre ma paume.

Pas de doute. Il était bourré.

Ma peau me picotait à l'endroit où ses lèvres m'avaient touchée, comme une décharge électrique. Sans voix, je l'observai reposer ma main sur mes genoux.

— Je suis un connard, dit-il.

Je clignai lentement les yeux.

— Je n'aurais pas dû te dire toutes ces conneries, tout à l'heure. Ce n'était pas bien et je t'ai menti. (Je pris une grande inspiration et fixai le banc vide en face de nous.) Je n'avais pas bu, cette nuit-là. J'étais loin d'être pété.

Mon cœur s'était emballé à l'instant où il m'avait baisé la main. Ses paroles ne faisaient qu'aggraver les choses. Ma voix n'était pas plus forte qu'un murmure :

— Je sais.

— Et je ne pensais pas vraiment que tu te ferais des films parce que tu avais le béguin pour moi.

Le coin de ses lèvres se retroussa de nouveau, mais il avait eu raison sur ce point. Ce baiser avait énormément compté pour moi.

— C'est juste que… je n'aurais jamais dû t'embrasser ce soir-là, ni te caresser. Pas parce que c'était écœurant ou une autre excuse bidon, mais parce que tu es la petite sœur de Cam. Tu es intouchable.

Tandis que je le dévisageais, les papillons migrèrent de ma poitrine jusqu'à mon ventre. C'était ça, le problème de Jase ? Il se sentait mal parce que Cam était son ami. Sérieux ? Une partie de moi aurait voulu le frapper derrière la tête. L'autre aurait préféré se glisser sur ses genoux... parce que si c'était le plus gros problème, on pouvait très bien trouver une solution. Pas vrai ? Était-ce vraiment important ?

Au lieu de quoi, je restai immobile, à l'admirer comme toutes ces fois où il était venu à la maison voir Cam. Si un seul gloussement s'échappait de mes lèvres, j'allais me donner des claques.

— C'était plus fort que moi... Je n'ai pas pu m'en empêcher, Tess. Tu... Tu es très belle. Tu l'as toujours été. Et Dieu sait que ça n'a pas changé.

Il me trouvait belle... Mais, comment ça, c'était plus fort que lui ? Ignorant si je devais me sentir insultée ou plutôt flattée, je secouai la tête.

— Bref. Je voulais simplement m'excuser. (Il jeta un coup d'œil vers moi. La moitié de son visage était cachée dans l'obscurité.) Mais si tu penses que je suis le plus gros connard de la terre, je comprendrai.

Ce qu'il m'avait dit plus tôt dans la journée m'avait blessée comme si j'avais donné un coup de pied dans un nid de frelons, mais à présent, ses paroles m'apaisaient comme un baume.

— Je ne pense pas ça.

Jase se figea un instant avant de se tourner vers moi, la tête sur le côté. Lorsque nos regards se rencontrèrent, je fus incapable de me détourner.

— Tu es toujours si... gentille.

Gentille ? Je réprimai l'envie de cracher par terre. Jase me voyait sans doute comme quelqu'un de doux, gentil et innocent, qu'on a envie de serrer dans ses bras comme un vieux nounours déchiré. Ce n'était pas vraiment l'effet escompté.

Il baissa les yeux le premier et je relâchai le souffle que j'avais retenu. M'humectant les lèvres, je fis courir ma carte magnétique le long des jambes de mon pyjama en flanelle.

— Tu as décidé de venir ici au milieu de la nuit pour me dire ça ?

— Ce n'est pas vraiment le milieu de la nuit, dit-il en souriant légèrement. C'est le début du tard.

Je haussai les sourcils.

— Ça ne veut rien dire.

— Si tu avais bu la moitié d'un pack de dix-huit, tu verrais bien que si.

Les lèvres pincées, je me rappelai qu'il avait plus qu'un petit coup dans le nez.

— Pourquoi est-ce que tu n'as pas attendu, je ne sais pas, d'être un peu plus sobre, ou que le soleil se lève pour avoir cette conversation ?

— Je ne pouvais pas attendre, répondit-il sans hésitation, à une telle vitesse que je ne pus douter de l'importance de la chose. Et la fête était nulle.

— Ah oui ?

Étonnamment, j'avais du mal à croire que le *luau*, la grosse fête hawaïenne, soit si minable.

Jase hocha la tête, puis fronça les sourcils.

— Cette histoire… cette histoire ne voulait pas sortir de mon esprit. J'ai essayé de boire pour oublier. Ça n'a pas marché. Alors j'ai décidé de venir t'en parler avant de tomber dans un coma éthylique.

Donc la soirée n'était pas si nulle que ça. Il s'était simplement senti tellement coupable qu'il avait eu besoin de venir me voir. Je ne savais pas quoi penser de tout ça. J'avais fait une fixation sur lui. À un moment donné, j'avais même été persuadée que je l'aimais profondément, à la folie. Et la nuit où il m'avait embrassée, j'avais cru… je m'étais fait des tas de films ridicules. Je m'étais imaginé qu'il se réveillerait le lendemain et qu'il déclarerait son amour pour moi devant

le petit Jésus et toute ma famille réunie. Tout le monde aurait approuvé. Même Cam. Je m'étais aussi imaginé qu'une relation entre une élève de terminale et un étudiant en première année marcherait. Jase serait venu me voir moi et pas Cam tous les week-ends à la maison, il aurait assisté à mes récitals et m'aurait rendu visite à New York lorsque j'aurais intégré l'école de ballet…

Mais rien de tout ça ne s'était produit.

Quand je m'étais réveillée ce matin-là, Jase et Cam étaient déjà partis. Je ne l'avais plus revu jusqu'à ma rentrée à Shepherd. L'année passée, j'avais cru avoir tiré un trait sur lui, avoir mis tout ça sur le compte de rêves de gamine, stupides et naïfs. J'étais même sortie avec un garçon ou deux, mais le cœur n'y était pas vraiment. Je n'avais pas tourné la page. C'était évident. Voir Jase, être à ses côtés, me rappelait ce qui m'avait attirée chez lui : sa gentillesse, son humour, son intelligence. Et même si ces qualités n'étaient pas criantes à cet instant précis, je savais qu'elles se cachaient quelque part là-dessous. Venir me voir à 1 heure du matin pour s'excuser en était la preuve.

Il se laissa aller en arrière et étendit les jambes.

— Tess… Tess… Tess…

— Quoi ?

Je me forçai à reporter mon attention sur lui après avoir fixé trop longtemps une haie carrée.

Jase me dévisageait de nouveau. Son expression était indéchiffrable. Ses yeux prirent une teinte éclatante, presque argentée, tandis qu'ils descendaient le long de mon cou. Il émit un son rauque à mi-chemin entre le grognement et le juron. Je ne compris pas tout de suite pourquoi. Puis je suivis son regard et hoquetai de surprise.

Je ne portais pas de soutien-gorge, et l'air froid et le top fin que j'avais enfilé ne faisaient rien pour cacher quoi que ce soit.

Et à ce moment précis, j'avais beaucoup à cacher.

Mes tétons avaient durci, poussaient contre le tissu. Le feu aux joues, j'allais croiser les bras sur ma poitrine lorsque je me rendis compte que Jase me matait. Il me matait vraiment. Et pour quelqu'un qui clamait que « c'était plus fort que lui »...

Attendez une minute. Il était bourré.

Je croisai les bras sur ma poitrine.

— Quoi ? répétai-je.

Quand il remonta son regard brûlant le long de mon corps, j'aurais pu jurer qu'il s'était attardé sur mes lèvres.

— Pourquoi est-ce que tu es venue ici ? Dans cette fac ?

La question me prit au dépourvu. Surtout la façon dont il l'avait posée, comme s'il n'aurait jamais cru me trouver ici, dans la même université que lui.

— Je... Ma jambe... (Je ne pouvais pas faire des phrases entières ou quoi ? Une légère brise se leva, décoiffant mes cheveux.) Je ne savais pas quoi faire d'autre.

— Tu n'as jamais eu l'intention d'aller à la fac, pas vrai ?

— Non. Pas comme ça, en tout cas.

— Alors, qu'est-ce que...

Jase s'interrompit et attrapa une mèche de mes cheveux. Lorsqu'il la replaça derrière mon oreille, ses doigts me frôlèrent la joue. Un frisson me parcourut la colonne vertébrale. Sa main s'attarda peut-être une seconde avant de retomber dans l'espace qui nous séparait.

— Qu'est-ce que tu étudies ?

Il fallut un instant à mon cerveau pour comprendre la question.

— L'enseignement. Pour être instit.

Ses lèvres se retroussèrent de nouveau tandis qu'il passait son bras sur le dossier du banc, toujours face à moi.

— Ce n'est pas pour tout le monde.

— Ah bon ?

J'avais choisi cette voie à la dernière minute, étant donné que je n'avais jamais eu l'intention d'avoir un métier normal. J'avais ouvert le formulaire d'inscription et choisi au hasard. L'enseignement m'avait paru une bonne idée, un choix solide. Un plan B dont je ne comptais pas me servir.

— Les enfants sont difficiles à gérer, Tess, surtout à cet âge.

— Comme si tu pouvais le savoir. (Je souris en me rappelant la façon dont il s'occupait de son frère.) J'aime bien les enfants.

Une ombre passa soudain sur son visage.

— Ouais. Bon, écoute, je ferais mieux de partir. Il se fait tard et tu as sûrement envie de retourner au lit. (Il fit mine de se redresser avant de se figer.) On est amis, pas vrai ? Toi et moi ? Comme... comme avant ?

Avant qu'il m'embrasse. J'encaissai sans rien dire en sentant mon cœur se briser dans ma poitrine. Voilà, c'était terminé. Même si Jase me trouvait belle et ressentait de l'attirance pour moi, il n'avait pas l'intention d'en tenir compte. Ce qu'il éprouvait à mon égard n'était pas suffisant, que ce soit à cause de Cam ou d'autre chose. Aucune importance. Je pouvais très bien être son amie. Je ne comptais pas rester ici très longtemps, de toute façon. Dès que j'aurais l'accord du médecin, je terminerais mon semestre et retournerais au studio de danse.

Jase... Jase deviendrait alors un souvenir.

Je m'efforçai de sourire.

— Oui. On est amis.

— Super. Génial.

Son sourire s'élargit. C'était le genre de sourire qui n'entachait en rien sa beauté, au contraire, il aurait été capable de faire tomber toutes les petites culottes du pays. Il se leva et je l'observai tanguer vers la gauche. Jase tendit les bras pour retrouver l'équilibre.

— Waouh.

Lorsqu'il sortit ses clés de voiture, je sautai sur mes pieds. Cette fois, mon genou ne me fit pas souffrir.

— Tu ne prends pas ta voiture.

Il me lança un regard amusé et éclata de rire.

— Je vais bien.

— Tu ne vas pas bien. Tu ne tiens même pas debout.

— Alors, heureusement que conduire ne nécessite pas de rester debout.

J'écarquillai les yeux.

— Jase...

Quand il tituba de nouveau, je l'attrapai par le bras et enroulai mes doigts autour de son biceps. Je n'arrivais même pas à en faire le tour. Surpris par ce contact soudain, il se tourna vers moi. Je l'étais aussi. La sensation de sa peau sous la mienne me brûlait. Mais je tirai avantage de la situation.

Je lui volai ses clés avant de le lâcher et de reculer.

— Tu ne prendras pas ta voiture.

Jase n'essaya même pas de les récupérer.

— Alors, qu'est-ce que je devrais faire, d'après toi ? Dormir sur le banc ?

J'aurais pu lui suggérer d'appeler un ami, mais ce n'est pas ce qui sortit de ma bouche.

— Tu peux rester avec moi.

Il écarquilla les yeux avant d'éclater d'un rire sans joie.

— Rester avec toi ?

Je grimaçai.

— Qu'est-ce qui te fait rire, au juste ?

Il allait répondre quelque chose, mais se ravisa. Plusieurs secondes s'écoulèrent en silence.

— Cam va me tuer.

— Cam me tuera, moi, si je te laisse conduire. Et puis, il y a un canapé dans le salon, ce n'est pas comme si je te proposais de partager mon lit.

Dans la lumière du lampadaire, ses yeux étincelèrent. Ce que j'y lus me fit rougir jusqu'aux oreilles.

— Canapé ou pas, répondit-il au bout d'un moment, ton frère va quand même me tuer.

C'était une possibilité, mais mon frère m'en voudrait davantage de laisser Jase prendre sa voiture. De toute façon, aucun de nous deux ne pouvait l'appeler pour lui demander de venir le chercher parce qu'il était bourré. Comment est-ce qu'on aurait expliqué sa présence ici ?

— Il n'est pas obligé de l'apprendre.

Jase ne parut pas convaincu, mais quand je me mis à marcher en direction de l'immeuble, il me suivit sans rechigner. Il resta silencieux pendant tout le chemin, jusqu'à ce que j'ouvre la porte de la suite.

— Debbie n'est pas encore rentrée. (J'allumai la lumière.) Elle passera sans doute la nuit chez...

— Erik, finit-il à ma place.

Il observa le petit salon. Ce n'était sans doute pas la première fois qu'il visitait l'une de ces suites.

— Ils sont encore à la fête. Il y a qui dans l'autre chambre ?

— Aucune idée. (Je ramassai un coussin par terre et le posai sur le canapé, contre l'accoudoir.) Je ne les ai jamais vus. Je crois que ce sont des vampires, ou un truc dans le genre.

Il me dépassa en ricanant, puis s'assit sur le canapé. En l'espace d'une seconde, il se retrouva allongé, les yeux fermés, avec une respiration régulière. Waouh. Ça devait être génial de s'endormir aussi vite.

En poussant un soupir, je me rendis dans ma chambre où j'attrapai une couverture que ma mère avait faite posée au pied de mon lit, avant de retourner dans le salon. Jase n'avait pas bougé lorsque je vins me poster entre la table basse et ses longues jambes, mais ses yeux argentés étaient légèrement entrouverts.

— Amis ? murmura-t-il.

La pointe de déception que je ressentis fut éclipsée par le bond que fit mon cœur lorsqu'il me sourit. J'étais vraiment stupide. Après avoir étendu la couverture sur lui, je reculai pour partir.

Il m'attrapa par le poignet avec une douceur étonnante pour m'empêcher de bouger. Il était rapide pour un mec bourré.

— Tess ? me demanda-t-il, les yeux lourdement voilés. On est amis ?

J'avais le souffle coupé. Son pouce dessinait des cercles sur ma paume. Cette légère caresse avait un effet terrible sur mon cerveau, le court-circuitant tout à fait.

— Oui, on est amis.

— Super, dit-il, répétant les mêmes paroles qu'il avait eues plus tôt. Génial.

Il ne me lâcha pas pour autant. Au contraire, il m'attira à lui, jusqu'à ce que ma hanche touche le canapé, tout près de lui. Tant de pensées se bousculaient dans mon esprit... j'ignorai pourquoi je formulai celle-ci :

— Comment tu as su où j'habitais ?

— J'ai mes sources.

Sa main remonta le long de mon bras, s'arrêta juste sous mon coude, où son pouce se mit à caresser ma peau sensible.

Que fabriquait-il ? J'étais quasiment sûre que des amis ne faisaient pas ce genre de choses. En tout cas, je n'avais pas ce genre de gestes pour les autres mecs avec qui j'étais amie. Je n'en avais pas beaucoup. Seulement quelques-uns au studio de danse. Et Jase ne m'avait jamais touchée comme ça. Même avant de m'embrasser. On était alors en train de discuter et je l'avais serré dans mes bras pour lui souhaiter bonne nuit, mais quand je m'étais reculée, il m'avait retenue et... il n'avait pas pu s'en empêcher. Est-ce que ça allait se reproduire ce soir ? Il avait trop bu. C'était fort possible. Je savais que j'aurais dû m'enfuir pour des tonnes de raisons différentes, mais j'en étais incapable.

Ça faisait de moi quelqu'un de très stupide.

Je ne bougeai pas pour autant.

Le doux mouvement de son pouce provoquait de petits stimuli dans mon corps. Une douleur naquit dans mes seins avant de descendre plus bas. Mes lèvres s'entrouvrirent sans me demander mon avis. Mon Dieu, je valais mieux que ça, pourtant. Je le savais. Mais c'était la première fois que je répondais aussi violemment à un simple contact. Je n'aurais jamais cru éprouver une sensation aussi merveilleuse dans mes entrailles simplement à cause d'un pouce parcourant le creux de mon coude.

— Amis, murmura-t-il encore avant de m'attirer à lui.

Le cœur battant la chamade, je ne résistai pas. L'idée ne me traversa même pas l'esprit lorsqu'il leva le visage vers moi et que son souffle chaud dansa sur mes lèvres, puis sur ma joue. Je frissonnai en sentant son torse se soulever, frotter contre le mien.

Une émotion forte se réveilla soudain dans ma poitrine. Elle avait le goût de la panique. Contre toute attente, je parvins à me ressaisir. Une volonté dont je ne me savais même pas capable reprit le dessus. Je me détachai de lui, avant de me transformer en véritable carpette.

Jase me suivit, se redressant en position assise. Mon déséquilibre soudain, son ébriété et le manque de marge de manœuvre ne firent pas bon ménage avec la couverture que j'avais gentiment étendue sur lui. Il réussit à s'emmêler les pieds dedans. En faisant un pas en arrière, je me cognai à la table basse. Il continua d'avancer, m'entraînant avec lui, roulant à moitié, se relevant à moitié. Et on tomba ensemble du canapé.

Mon dos rencontra le sol en premier, puis Jase s'affala de tout son poids sur moi, me coupant la respiration. Un instant passa, puis je clignai les yeux et les ouvris. J'étais étalée sur le sol, incapable de bouger mes jambes ou mes bras.

— Oh, mon Dieu, articulai-je avec difficulté. Tu es mort ?

Il eut un rire rauque et planta une main de chaque côté de mes bras pour soulever le haut de son corps. L'oxygène retrouva son chemin vers mes poumons.

— Non. Mais, putain... Ça va ?

— Ouais. Et toi ?

Ses cils noirs épais se baissèrent et il sourit à pleines dents.

— Je ne sais pas. Je crois que je t'ai écrasée.

— Je t'ai demandé si ça allait, précisai-je avec une voix qui paraissait étrange, même à mes propres oreilles. (Son poids sur moi et sa proximité faisaient battre mon cœur un peu plus fort.) Pas si tu m'avais écrasée.

— Je me fais davantage de souci pour toi. Tu as amorti ma chute. C'est vraiment gentil de ta part, Tess.

Il ricana. Dieu tout-puissant... Je savais qu'il avait un coup dans le nez, mais était-il obligé d'être aussi adorable et maladroit quand il était bourré ? Comme je me débattais pour libérer mes bras, il se déplaça légèrement et nos corps se retrouvèrent pressés l'un contre l'autre, de même que toutes les zones sensibles. Je me figeai. Un grondement rauque et sexy s'éleva de sa poitrine. Je relevai les yeux, croisai les siens. Aucun de nous n'osa bouger. Ni parler. Ses lèvres s'entrouvrirent pour laisser échapper un léger soupir. Ma poitrine se souleva contre la sienne sous le coup d'une inspiration profonde, mais tremblante. Je le sentais durcir entre mes cuisses à travers mon bas de pyjama fin. Il n'y avait pas de doute. Il n'aurait pas pu dissimuler sa longueur et son épaisseur.

Une douce chaleur entêtante se répandit dans mon corps. Plusieurs parties de mon anatomie se réveillèrent violemment sous l'effet de son regard. Ensorcelée, j'observai ses yeux gris prendre la teinte de l'argent liquide. Des frissons successifs me parcoururent. Les palpitations s'intensifiaient, se ramifiaient dans tout mon être.

Son regard était légèrement voilé et, encore une fois, je me rappelai qu'il avait bu, mais cette information ne faisait rien pour calmer mon désir ni la flamme que je lisais dans ses yeux.

— Ce... ce n'était pas prévu, dit-il avec une voix qui me mit encore un peu plus à fleur de peau. Tess, je... (Il ferma les yeux et exhala longuement.) Ton corps est vraiment agréable sous le mien. Trop agréable.

Mon cœur manqua un battement, puis s'emballa. Ses paroles faisaient naître en moi un désir que je ne comprenais pas et dont j'avais très peu l'expérience. Tout ce que je savais, c'était que j'avais envie de le serrer contre moi et de ne plus jamais le lâcher.

— Agréable n'est peut-être pas le mot juste. Parfait, peut-être ? (On aurait dit qu'il se parlait à lui-même.) Merde.

Il grogna, puis fit rouler doucement ses hanches contre les miennes, les pressant à l'endroit qui me faisait le plus languir. La sensation me parcourut de la tête aux pieds. Je hoquetai. Un tremblement secoua son corps puissant.

— Tu crois au destin ?

La question me parvint, mais elle eut des difficultés à franchir le brouillard qui emplissait mon esprit.

— Je ne sais pas, murmurai-je. Et toi ?

— Ce que je veux dire, c'est : est-ce que tu crois que certaines choses sont prédestinées ? murmura-t-il. (Il pencha la tête et ses lèvres frôlèrent ma nuque. Un nouveau gémissement étranglé franchit mes lèvres.) Qu'elles se produiront, quoi que tu fasses ou quoi que tu dises ? Je suis persuadé que tu ne peux pas empêcher certaines choses d'arriver.

Mon corps prit le pas sur ma tête, et je perdis le fil de ce qu'il disait. Je ne savais même pas s'il comprenait lui-même le sens de ses paroles. Mon bras droit était libre. Je le levai lentement et posai les doigts contre ses cheveux frais et soyeux.

Ses lèvres me caressèrent de nouveau, puis sa langue passa rapidement sur mon cou. Je sursautai, ce qui rapprocha davantage nos hanches. Il m'embrassa au même endroit, jouant doucement avec ma peau de façon à ne pas laisser de marque, mais la sensation me rendit folle.

— Tu n'as jamais su.

Il s'appuya sur un bras et posa son autre main sur ma joue pour renverser légèrement ma tête en arrière. Une tempête s'était levée dans mes veines, aussi dangereuse qu'un orage d'été.

— Jamais su quoi ?

Jase secoua la tête tandis que son pouce rugueux dessinait les contours de ma lèvre inférieure.

— Je n'allais pas uniquement… voir Cam. Il n'était pas la seule raison pour laquelle je faisais le voyage tous les week-ends. (Tandis qu'une onde de choc me traversait, il rit et ferma les yeux.) Je venais te voir, toi. Je suis vraiment un connard. Tu avais quoi ? Seize ans ? Putain.

Ses paroles associées à la sensation de son corps contre le mien me firent l'effet d'une décharge électrique. Mais je n'avais pas le temps de réfléchir à ce que ça signifiait, de me faire des films ou même de les remettre en question. Quand son visage se rapprocha du mien, je me tendis. Il allait m'embrasser et je ne comptais pas le repousser. Pas maintenant. Pas après ce qu'il venait d'admettre. Pas quand mon cœur était sur le point d'exploser, effaçant l'horrible sentiment de malaise que j'avais éprouvé plus tôt.

Ses lèvres effleurèrent l'arête de mon nez, puis il déposa un baiser sur mon front avant de rouler sur le côté. La main qui avait été posée contre ma joue glissa entre mes seins, s'arrêtant juste au-dessus de mon nombril. Ce doux baiser avait été adorable, mais j'attendais qu'il s'aventure plus bas.

Ce qui n'arriva jamais.

Je tournai la tête vers lui et ouvris les yeux. Bouche bée, je compris alors ce qu'il se passait. Allongé à côté de moi, Jase s'était endormi.

4

Forrest Gump avait élu résidence dans ma tête. Les mots « N'est stupide que la stupidité » y résonnaient en boucle. J'aurais dû ignorer le message de Jase. J'aurais dû acquiescer lorsqu'il s'était traité de connard. J'aurais dû appeler quelqu'un pour qu'on vienne le chercher, puisqu'il était trop bourré pour conduire. Je n'aurais pas dû désirer plus qu'un baiser sur le front. Et je n'aurais pas dû me faire embobiner par ce qu'il m'avait dit la veille. Même si je mourais d'envie de le croire, il avait trop bu.

« Un homme ivre dit toujours la vérité. » C'était la phrase préférée de mon père. Personnellement, je ne le pensais pas. Pas à la lumière du jour.

Je n'avais pas réussi à faire monter Jase sur le canapé. Alors, j'avais fini par lui glisser un oreiller sous la tête et disposer la couverture sur lui. Je m'étais ensuite assise sur le canapé, avec la ferme intention de me relever pour aller me coucher dans mon propre lit, mais j'avais perdu la notion du temps en le regardant dormir. Comme je l'ai déjà dit : « N'est stupide que la stupidité. » Alors que je contemplais la douceur de ses traits apaisés, je m'étais endormie.

En me réveillant, en ce dimanche matin, je m'étais rendu compte que la couverture que j'avais posée sur lui me bordait. Et le coussin avait été abandonné sur l'accoudoir. Jase avait disparu.

Une grande partie de moi aurait voulu croire qu'il avait été sincère, que la nuit précédente signifiait quelque chose. Son baiser avait été... tellement tendre. Mais il avait un coup dans le nez. Et il n'était même plus là. Il avait bien fait de s'excuser. À partir de là, on pouvait aller de l'avant et rester amis, mais j'avais envie de me frapper pour m'être précipitée jusqu'à lui au beau milieu de la nuit, comme si je mourais d'envie qu'il m'embrasse.

Partout, sauf sur mon front. Pourtant, ça avait été... tellement tendre.

— Rah !

J'enfouis mon visage entre mes mains.

La vérité, c'était que j'avais été déstabilisée par son message. J'avais cru qu'il avait composé mon numéro par erreur et puis... j'étais une fille, quoi. Voilà mon excuse. *On est seulement amis*. Je me le répétais en boucle. Il fallait que ça me rentre dans la tête, et Dieu sait si elle était dure.

— Tu n'as pas l'air d'avoir passé une bonne nuit.

Je me redressai en entendant la voix de Debbie. Elle se tenait dans l'embrasure de la porte avec deux cafés à la main.

— Euh...

Ses cheveux bruns étaient attachés avec une barrette violet vif. Elle me mit un gobelet chaud dans les mains.

— J'ai une question.

— Vas-y. (Je m'assis sur mon lit et croisai les jambes.) J'aurai peut-être la réponse.

Retirant ses sandales, elle me sourit aussitôt et se laissa tomber sur le lit en face du mien.

— Alors, je suis rentrée ce matin, vers... disons 4 heures, et j'ai cru que mes yeux me jouaient des tours parce qu'il y avait un certain Jase Winstead endormi par terre et toi, roulée en boule, sur le canapé, comme un bébé.

Une légère rougeur envahit mes joues.

— Euh, ouais, je...

Debbie gloussa tandis que je cherchais mes mots.

— En fait, quand je surprends Jase à des endroits incongrus, je m'attends plutôt à ce que ça soit dans le lit de quelqu'un. Pas sur le sol. Je dis ça comme ça... Allez vas-y, raconte ! Qu'est-ce qu'il faisait ici ? Je l'ai vu à la fête et il n'avait pas l'air de s'amuser. Oh ! Je comprends mieux maintenant ! Il avait envie d'être ailleurs : ici avec toi.

C'était un peu hâtif, comme conclusion.

— Ce n'est pas ce que tu crois.

Face à son air dubitatif, je pris une gorgée de café sucré et résistai à l'envie de lui demander à quels endroits incongrus elle avait déjà croisé Jase.

— Je t'assure. On se connaît depuis longtemps. Tu sais que mon frère et lui sont bons amis, non ?

— Je sais très bien qui est ton frère. Tout le monde le connaît. (Elle passa la main dans les mèches de cheveux qui tombaient devant son visage.) Mais je ne savais pas que Jase et toi étiez bons amis aussi.

Je haussai les épaules.

— Il avait trop bu. Je ne pouvais pas le laisser reprendre sa voiture. Alors il est resté dormir sur le canapé. C'est tout. Pas très excitant, comme histoire.

Elle haussa les sourcils.

— Qu'est-ce qu'il faisait ici, s'il était bourré ?

Et merde. Bonne question. Je gagnai du temps en prenant une longue gorgée de café.

— Je crois qu'il est venu voir quelqu'un d'autre. Et comme il était bourré, il m'a envoyé un message pour me faire un coucou.

Elle fronça le nez.

— Tu as raison, c'est décevant.

Je ris.

— Désolée.

— Moi qui espérais entendre tous les détails croustillants et vivre par procuration à travers toi, c'est raté. (Elle éclata de rire en me voyant écarquiller les yeux.) Oh, je t'en prie ! Tu sais bien que Jase a une sorte de... je ne sais pas... de magnétisme. Comme s'il pouvait changer ta vie rien qu'en te baisant.

— Comme s'il pouvait changer ta vie rien qu'en te baisant ? répétai-je bêtement. (Le peu de fois où j'avais fait l'amour, je n'avais pas été transcendée.) Il doit être habile de la quéquette, alors.

Debbie se laissa tomber en arrière en riant, sans renverser une seule goutte de son gobelet en polystyrène.

— Habile de la quéquette ? Oh, mon Dieu...

Je lui souris à pleines dents, le gobelet contre les lèvres.

— Erik n'était pas avec toi, rassure-moi ?

— Non.

Je me détendis. Si Erik avait été là, il se serait empressé d'aller tout raconter à Cam et aux autres membres de sa fraternité.

— Est-ce que je peux te demander un service ? Tu peux éviter de dire à Erik que Jase était ici ? Je ne veux pas que les gens se fassent des idées...

— Ils s'en feraient forcément, me taquina-t-elle.

— Voilà. Je ne veux pas non plus que Cam s'énerve pour rien.

Elle roula sur le côté pour poser son café sur la table de chevet.

— Cam est du genre surprotecteur, comme grand frère ?

Je ricanai.

— Tu n'imagines même pas !

— Ça doit être agréable, quand même, d'avoir quelqu'un qui s'inquiète pour toi, dit-elle en étirant les jambes. Mais il doit être emmerdant avec tes copains.

Je pris une nouvelle gorgée. Il était temps de changer de conversation.

— En parlant de copains, ça m'étonne qu'Erik ne soit pas rentré avec toi.

Elle se mordit les lèvres.

— Il avait envie de rester à la fête, alors...

Ce qu'Erik voulait, Erik l'obtenait. Tout comme Jeremy. Je baissai la tête vers mon gobelet. Je mourais d'envie de dire quelque chose, mais j'aurais sûrement dépassé les bornes. Le silence me coûtait. Personne ne m'avait jamais posé de questions en voyant Jeremy m'attraper par le bras ou me hurler dessus pour des choses insignifiantes. Tout le monde avait détourné le regard. C'était plus facile.

Je fermai les yeux, et un sentiment d'impuissance m'envahit comme un vieil ami un peu collant dont on a du mal à se débarrasser. Je n'étais plus cette fille. Je n'étais plus une victime.

Lorsque le téléphone de Debbie sonna, j'ouvris les yeux. Elle le sortit de sa poche.

— Salut, mon cœur, j'étais en train... (On la coupa soudain et elle se raidit.) Je sais. Oui. Oui ! Je suis juste allée me prendre un café. Tu...

Elle posa les pieds par terre. Quand elle se leva, son regard croisa le mien. Ses joues étaient empourprées. Elle détourna la tête et se précipita hors de la pièce.

— Erik, mon cœur, je suis désolée. Je ne savais pas...

Elle s'arrêta à la porte, puis revint ramasser les sandales qu'elle avait ôtées. Son short en coton se souleva, révélant le haut de ses cuisses. Je hoquetai de surprise, mais elle ne sembla pas l'entendre par-dessus ce que lui disait Erik.

Des hématomes dont la couleur allait du jaune au bleu marquaient sa peau. Certains étaient vieux. D'autres récents, d'un violet tellement vif qu'ils dataient probablement de moins de vingt-quatre heures.

Debbie se redressa, tenant ses sandales du bout des doigts.

— J'arrive. Je dois juste mettre de l'essence... Je sais, tu m'avais dit d'y aller hier, mais il était tard... (Elle prit une grande inspiration.) Je suis désolée.

La poitrine comprimée dans un étau, je la regardai refermer la porte derrière elle. Je fermai les yeux, mais je ne pouvais pas effacer ce que j'avais vu ni ce que ça signifiait. Les blessures, un paquet d'hématomes, avaient été infligées à des endroits dissimulés par les vêtements.

Elles avaient été cachées.

Mon tee-shirt me collait déjà au dos et mon genou droit me faisait mal. Dans cette chaleur, marcher de mon cours d'histoire à Whitehall jusqu'à celui de musique sur le campus ouest était du suicide. Le pire, c'était que si je voulais manger à midi il faudrait que je refasse le chemin inverse, dans la joie et la bonne humeur.

— Tu aurais pu prendre le bus, me dit Calla Fritz en changeant sa besace d'épaule. Tu n'étais pas obligée de marcher autant.

— Ça va.

— Mon détecteur de mensonge vient de se déclencher.

Calla décoinça sa longue queue-de-cheval blonde de sous la bandoulière de son sac. Je l'avais rencontrée une semaine plus tôt, lorsque j'avais commencé les cours. On allait en histoire et en musique ensemble. En ce court laps de temps, j'avais découvert qu'elle pouvait se montrer très directe, quand elle en avait envie.

À part Debbie, elle était certainement ma seule amie. Je ne comptais pas Avery parce qu'elle était la copine de mon frère. Elle était obligée de m'apprécier. Ma mère m'avait dit que la plupart de ses longues histoires d'amitié avaient commencé lors de sa première année de fac.

Je doutais qu'il m'arrive la même chose.

Même mon amitié avec Sadi n'avait pas tenu, alors qu'on avait dansé ensemble depuis l'âge de cinq ans.

— Tu as commencé à boiter quand on a dépassé le terrain de football, ajouta-t-elle.

La sueur fit glisser mes lunettes de soleil sur l'arête de mon nez. Je les remontai en lui souriant. Petite, toute en rondeur, Calla Fritz me rappelait les pin-up des années 1950, le genre de filles qui gagnaient beaucoup de fric grâce au burlesque.

Mais, comme moi, Calla était loin d'être parfaite.

Une cicatrice boursouflée fendait sa joue gauche, du coin de ses lèvres à son oreille. Grâce au maquillage, on ne voyait qu'une légère marque. J'ignorais d'où elle provenait et je ne lui avais pas posé la question. Selon moi, je devais attendre qu'elle m'en parle d'elle-même.

— Je boite tout le temps, rétorquai-je.

Dissimuler ma blessure était impossible avec la jolie coupure rose vif qui décorait mon genou. J'aurais préféré la cacher, mais la chaleur de la fin de ce mois d'août était insoutenable.

— Et puis, j'avais besoin d'exercice.

Elle ricana.

— Ce qu'il ne faut pas entendre ! Ce sont mes cuisses qui ont besoin d'exercice. Toi, tu as besoin d'un hamburger.

— Tu as vu mon cul ? Il en a connu des hamburgers ! Et il fait toujours le joli cœur avec les frites.

— Je comprends. Mes cuisses raffolent des milkshakes.

J'éclatai de rire avant d'entrer dans le tunnel qui reliait les deux côtés du campus en soupirant. Comme il était souterrain et seulement éclairé par des LED, il y faisait bien vingt degrés de moins qu'à l'extérieur.

— Je me demande si quelqu'un me remarquerait si je m'allongeais ici, en plein milieu ? s'interrogea Calla.

— Sûrement. Mais je te soutiendrais.

Le reste du chemin, Calla ne cessa de râler : elle était obligée de prendre des cours de musique alors qu'elle étudiait pour devenir infirmière. Je ne pouvais pas lui en vouloir. C'était un cours facile, mais pas très intéressant. Notre professeur ne faisait aucun effort. Après tout, la majorité des élèves étaient là par obligation.

C'était vraiment étrange, la fac. Comme le lycée, mais sans réelle supervision parentale, voire aucune. On était toujours forcé de suivre certains cours à contrecœur et en plus, on les payait. Ça me faisait chier.

L'amphi était à moitié plein. On s'installa dans le fond, au milieu de la rangée. En m'asseyant, je réprimai un grognement de soulagement. Mon genou me remercia aussitôt. Je relevai mes lunettes de soleil, grimaçant en sentant la pellicule de sueur qui recouvrait mon front. Rien de mieux que d'être en nage pour apprécier un cours. Vivement l'automne !

— Réveille-moi dix minutes avant la fin, me dit Calla en glissant sur son siège. (Elle avait gardé ses lunettes de soleil.) Au moins, j'aurais l'impression d'avoir écouté un peu.

Je souris.

— Pas de souci.

Tandis que la salle se remplissait, j'ouvris mon cahier à la recherche des notes que j'avais prises la semaine précédente. Je ne m'étais pas rendu compte que quelqu'un s'approchait du siège libre à ma gauche jusqu'à ce que j'entende le bois craquer. Je jetai un coup d'œil sur le côté. Ma mâchoire faillit tomber par terre.

Jase Winstead était vautré à côté de moi d'un air insolent, les jambes pliées et les bras posés nonchalamment sur le dossier des sièges. Avec son jean et son tee-shirt, il avait l'air parfaitement à sa place, surtout avec le sac à dos posé contre sa jambe.

Sauf que je ne comprenais pas ce qu'il faisait ici.

Un étrange sourire en coin étirait ses lèvres.

— Salut.

Je regardai autour de moi pour m'assurer que j'étais dans le bon cours. À côté de moi, Calla retira ses lunettes de soleil pour examiner Jase. J'étais au bon endroit.

— Salut.

Son sourire s'élargit d'un centimètre.

— Tu sembles surprise.

— Parce que je le suis, rétorquai-je en sortant de ma torpeur. Qu'est-ce que tu fais ici ?

Il tapota son cahier avec un long doigt.

— J'ai eu rendez-vous avec mon conseiller la semaine dernière pour m'assurer d'obtenir tous mes crédits. On s'est aperçu que je n'avais pas validé la musique, et c'était le seul créneau horaire de libre. Alors je me suis inscrit avec un peu de retard.

Jase s'interrompit pour me dévisager. Son corps était l'incarnation de la décontraction, mais il émanait de son regard un degré d'intensité et de non-dits troublant.

— J'étais assis devant. Tu ne m'as pas vu, mais moi si.

Il était impossible que Jase connaisse mon emploi du temps, et sa présence ici n'avait absolument rien à voir avec moi ou sa visite nocturne de samedi soir. Je le savais. Mais ça n'empêcha en rien l'espoir et l'excitation de m'envahir.

— Ah, c'est... euh, c'est bien.

L'autre coin de sa bouche se retroussa.

Le rouge aux joues, je détournai vivement la tête. D'accord. Je pouvais gérer la situation. Jase et moi, on avait discuté. Le problème était résolu. Il n'y avait d'ailleurs plus aucun problème. On était amis. Les choses qu'il m'avait dites et la sensation de son corps sur le mien ne comptaient pas. Il avait trop bu. Il avait fait une autre erreur. Je m'accrochai à cette pensée, car tout le reste risquait de me rendre malheureuse comme les pierres.

Je lui jetai un coup d'œil à la dérobée. Il continuait de me dévisager. Puis il baissa les yeux lentement le long de mon corps. Ma jambe droite était tendue et la façon dont je tenais mon cahier ne faisait rien pour cacher l'étendue de la cicatrice qui couvrait mon genou. Je sentis le feu de mes joues s'intensifier tandis que je la dissimulais.

— Ce cours est nul à chier, déclara Calla en lui tendant la main pour détourner son attention. Je m'appelle Calla, au fait.

Il tendit son bras gauche et lui serra la main tout en examinant son visage. Il ne s'attarda pas sur sa cicatrice, ce qui ne manqua pas de lui faire marquer des points, niveau compassion.

— Je m'appelle...

— Jase Winstead, finit-elle à sa place en se rasseyant. Je te connais. Enfin, je ne te connais pas vraiment, mais j'ai entendu parler de toi.

Une légère teinte rosée apparut au sommet de ses pommettes saillantes. Était-il en train de rougir ?

— Ah oui ? demanda-t-il.

Elle hocha la tête et un sourire discret, presque entendu, se dessina sur ses lèvres.

— Je crois que toutes les filles du campus ont déjà entendu parler de toi.

Je levai les yeux au ciel.

Il ricana.

— Ah, je vois...

— Tu vois ? répétai-je en haussant un sourcil.

Concentré sur l'estrade de l'amphithéâtre, dans lequel le professeur venait d'entrer, Jase se mordit les lèvres. Il y avait quelque chose d'enfantin dans cette action, mais aussi d'incroyablement sensuel. Les muscles de mon ventre se contractèrent quand je l'imaginai me mordre la lèvre, comme il l'avait fait avec mon cou.

Ma peau se mit à me picoter en guise de rappel. Une sorte de courant électrique me parcourut de part en part au souvenir de la façon dont il avait ondulé des hanches contre les miennes.

Mon Dieu. J'avais vraiment besoin de prendre mon pied.

— Certains diraient que je suis plutôt populaire..., fit-il remarquer au bout d'un moment.

— Auprès des filles ? terminai-je à sa place en sortant un stylo de mon sac.

Il baissa ses longs cils épais et me lança un regard en coin.

— Peut-être.

— Incontestablement, murmura Calla dans sa barbe.

Je souris en voyant l'air gêné de Jase. Alors comme ça, il n'aimait pas parler de sa réputation de folie ? Quel dommage !

— Et alors, continuai-je, incapable de résister à la tentation de l'embêter. (Je gardai la voix basse tandis que le professeur commençait à parler des six composantes de la musique.) Ces filles parlent de toi en bien ou en mal ?

Il ne répondit pas tout de suite, notant les mots « rythme » et « mélodie » sur son cahier. J'étais persuadée qu'il allait m'ignorer.

— Ça dépend à qui tu poses la question.

— Ça dépend de quoi ?

Il eut de nouveau un sourire en coin.

— Plusieurs facteurs, mais je t'assure que la majorité aurait de bonnes choses à dire.

Ses yeux gris clair rencontrèrent les miens et il pencha la tête jusqu'à ce que je sente son souffle contre ma joue.

— De très bonnes choses, même.

Mon cœur manqua un battement. Était-il en train de flirter avec moi ? Je déglutis.

— Quel genre de choses ?

Comme il ne répondait pas, je m'efforçai de me concentrer sur la leçon. Je sentais que Calla m'observait. Elle ignorait comment je connaissais Jase et pensait probablement que j'étais l'une de ces filles qui avaient de très bonnes choses à dire à son sujet.

J'aurais voulu dire qu'il était arrogant et que ses paroles n'étaient que du vent, mais vu la façon dont il embrassait, je ne doutais pas de sa dextérité pour le reste. Les filles vantaient probablement ses mérites sur des forums de discussion.

Quand Jase changea de position, je me figeai. Je sentis son souffle dans mon cou, juste sous mon oreille, chatouillant un endroit sensible qui me donna envie de me tortiller, le même endroit qu'il avait mordillé, léché, puis embrassé. Puis, dans un murmure rauque, il me dit :

— Je crois que tu sais très bien de quoi je parle.

Je n'avais pas la moindre idée de ce qui avait été dit pendant le cours de musique. La proximité de Jase m'avait complètement déconcentrée. Chaque fois que son bras ou sa jambe me frôlait, je perdais le contrôle de la situation.

Dire que ça allait durer tout un semestre !

Une partie de moi aurait voulu trouver ça agaçant, mais je ne pouvais pas me mentir. Savoir que j'allais voir Jase trois fois par semaine m'avait soudain réconciliée avec la matière.

Après tout, je ne faisais rien de mal en le matant.

Jase sortit de l'amphi avec Calla et moi. On aurait dit que la température avait augmenté de dix degrés et que l'intensité des rayons s'était amplifiée.

— Vous allez où, maintenant ? demanda Jase en passant la main dans ses cheveux en bataille.

— Je retourne à ma résidence, répondit Calla en remettant ses lunettes de soleil à leur place. (Elle se tourna vers moi.) Tu retournes au campus est, c'est ça ?

Je hochai la tête en pensant à la marche insupportable qui m'attendait.

— Ouais, il va bien falloir. J'ai un cours à 13 heures à Knutti. J'ai une heure pour y aller.

— Je peux te déposer, me proposa Jase en s'arrêtant devant le pavillon qui entourait le département des arts.

Son coup d'œil vers le bas fut bref, mais je le remarquai quand même. Il avait regardé ma jambe. Je me tendis.

— Je serai ton chauffeur personnel, ajouta-t-il avec un sourire qui frôlait l'espièglerie.

Pendant un instant, je me retrouvai captivée par ce sourire et la façon dont mon ventre se nouait, mais je réussis à secouer la tête.

— Merci, mais tu n'es pas obligé, si tu dois aller ailleurs.

Jase fit un signe de la main à quelqu'un qui l'avait appelé, sans me quitter des yeux.

— Je t'emmène. Je suis garé ici, de toute façon, dans le parking à l'arrière.

— Mais...

— Ça ne me dérange pas. (Ébloui par une voiture qui passait, il plissa les yeux.) Je dois y aller aussi, de toute façon.

— C'est vraiment gentil de ta part, intervint Calla en m'adressant un regard qui signifiait clairement « la ferme ». Son genou la fait souffrir.

Je rougis de honte.

— Ma jambe ne me fait pas si mal que ça. J'ai besoin d'exercice, et marcher est un bon...

Je criai de surprise lorsque Jase passa un bras autour de ma taille, se baissa et me renversa sur son épaule comme si je ne pesais pas plus qu'un sachet de sucre. Mon sac glissa de mon bras et s'écrasa sur le trottoir.

— Qu'est-ce que tu fous ?

— Rester ici à discuter de ta capacité à marcher jusqu'au campus est sous cette chaleur a eu raison de ma patience.

J'attrapai le dos de son tee-shirt. Je ne voyais rien à travers mes cheveux.

— Alors, casse-toi ! Je ne vois pas pourquoi tu te sens obligé de me porter comme un homme des cavernes !

— Parce que tu n'iras pas là-bas à pied. (Il plaqua un bras contre mes cuisses, à deux doigts de faire connaissance avec mes fesses.) Voilà pourquoi.

Calla éclata de rire.

— Au moins, ça règle le problème.

Relevant la tête, je lui adressai un regard noir à travers mes cheveux.

— Tu ne m'aides pas.

Elle ramassa mon sac de cours en souriant et déposa la bandoulière dans la main tendue de Jase.

— À plus tard.

— Traîtresse, murmurai-je.

— Merci.

Quand Jase se retourna, je m'accrochai à lui de toutes mes forces. Il se mit à avancer.

— Comment tu te sens là-haut ?

— D'après toi ? rétorquai-je.

On dépassa un groupe d'étudiants qui éclatèrent de rire. L'un des garçons s'écria :

— Alors, c'est comme ça que Jase attrape les filles !

Mon corps tout entier se crispa.

Il se retourna soudain, me faisant couiner de surprise. Il revint sur ses pas en ricanant.

— Certaines ont besoin d'être travaillées au corps.

— Je veux bien que tu me travailles au corps, dit une voix douce et féminine. Quand tu seras moins occupé.

Je jurai.

Jase émit un son désapprobateur avant de reprendre son chemin.

— Surveille ton langage, Tess.

Me tenant d'une main, je lui flanquai mon poing dans les reins.

— Aïe !

Mes lèvres s'étirèrent en un grand sourire.

— Si j'avais les deux mains libres...

Je savais exactement à quoi il pensait.

— Si tu crois ne serait-ce qu'une seule seconde que tu peux... Han ! (Je hoquetai de surprise lorsque son pas devint sciemment plus saccadé.) Connard.

— Tu mériterais une bonne fessée.

J'ouvris la bouche pour lui envoyer une réponse salée, mais on était arrivé à sa voiture et, pour une raison qui m'échappait, l'idée qu'il me donne la fessée ne me déplaisait pas. Malheureusement, il plaisantait sûrement. Il n'aurait jamais posé les mains sur les fesses de la sœur de Cam.

Jase laissa tomber mon sac avant d'ouvrir la portière. Puis un mouvement amena la peau calleuse de ses doigts à remonter le long de mes cuisses. Je frémis malgré la chaleur, maudissant la façon dont mon corps réagissait à son contact.

Il m'attrapa par les hanches.

— Tu peux lâcher mon tee-shirt maintenant.

— Oh.

Je m'exécutai.

Ses épaules tremblèrent sous la force de son rire et mon corps glissa contre le sien. Le frisson inattendu me coupa le souffle. Sa proximité éveilla certaines parties de mon corps. Mes pieds avaient retrouvé le sol, pourtant, ses mains s'attardaient sur mes hanches.

— Et voilà, dit-il d'une voix plus rauque qu'avant tandis qu'il me lâchait. Tu peux monter toute seule, pas vrai ?

Repoussant les mèches de cheveux qui tombaient devant mon visage, je pris une grande inspiration.

— Je ne suis pas handicapée, non plus.

— Je n'ai pas dit le contraire.

— Je peux marcher, tu sais. Et monter dans des Jeep, aussi.

Il ramassa mon sac et le déposa sur la banquette arrière.

— Je n'en doute pas.

Comme il continuait de me regarder en haussant un sourcil, je compris qu'il comptait sérieusement rester là jusqu'à ce que je monte dans sa voiture. Soupirant, je me retournai et m'installai. Il referma la portière en souriant avant de faire le tour.

Lorsqu'il alluma le contact, un courant d'air chaud s'échappa de l'aération et me décoiffa. Les yeux qu'il posa sur moi avaient une teinte gris clair métallisée.

— Bon. Pourquoi est-ce que tu ne voulais pas que je t'accompagne ?

Me rendant compte que toute trace d'humour avait déserté sa voix, je me tortillai sur mon siège, mal à l'aise.

— Ce n'est pas que je ne voulais pas que tu m'accompagnes...

— C'est vrai ?

Il décrocha ses lunettes de soleil du rétroviseur et les glissa sur son nez avant de s'asseoir confortablement sur son siège. Des mèches de cheveux tombèrent en avant, caressant la monture du style aviateur.

Saperlipopette, ça lui allait bien.

Même derrière des verres fumés, son regard ne me laissait aucun répit. Personne n'était capable de scruter quelqu'un comme Jase Winstead. J'avais l'impression qu'il voyait à travers moi, s'insinuant toujours plus profondément.

— C'est à cause de samedi soir ? J'avais beaucoup bu. La preuve : je ne me souviens d'absolument rien à partir du moment où on est rentrés dans ta résidence.

Mes cheveux se dressèrent à l'arrière de ma nuque.

— Rien du tout ?

Il secoua la tête.

— Alors Dieu sait ce que j'ai pu dire ou faire… Et j'ai forcément dit quelque chose pour que tu refuses de monter dans ma Jeep.

Une part de moi aurait voulu lui donner un coup de poing dans les couilles, même si je savais déjà qu'il était bourré… suffisamment pour ne pas se rappeler sa confidence sur la véritable raison de ses visites à Cam ni notre petit interlude sur le sol. Je pris beaucoup sur moi pour ne pas le lui envoyer à la figure. Qu'est-ce que ça aurait changé ? Il avait un coup dans le nez à ce moment-là. C'était moi qui étais allée le retrouver et lui avais proposé de dormir dans la suite. De toute façon, cette situation était temporaire. Je ne comptais pas la rendre encore plus difficile à vivre.

Je pris une grande inspiration, puis expirai lentement.

— Tu n'as rien dit ou fait qui m'aurait mise en colère.

Il ne répondit pas tout de suite.

— Mais j'ai dormi par terre et toi, sur le canapé ?

— Ouais… Euh, en gros, tu es tombé et tu n'as plus bougé. (Je haussai une épaule.) Moi, je me suis endormie sur le canapé.

— Sympa. (Il eut un rire bref, comme une quinte de toux. Plusieurs secondes s'écoulèrent pendant lesquelles j'étudiai l'idée de bondir comme une folle hors de la voiture.) On est amis, pas vrai ?

Malgré toutes mes convictions sur le statut de notre relation, mon cœur se serra.

— Oui.

— Arrête-moi si je me trompe, mais les amis accompagnent leurs amis en voiture, non ?

Je hochai la tête, sachant pertinemment où se dirigeait cette conversation.

— Alors, c'est quoi, le problème ?

Détournant les yeux, je soufflai longuement. Passer du temps en sa présence ne renforçait pas ma détermination à oublier ce béguin ridicule que je ressentais pour lui. Mais il y avait une autre raison.

— Je ne veux pas que les gens croient... (Secouant la tête, je triturai les jambes de mon short.) Il y a plein de choses qui me sont interdites pour le moment : la danse, la gym, la course à pied... Je ne peux même pas trottiner ! Par contre, j'ai le droit de marcher. C'est à peu près tout ce que je peux faire.

Je me sentais stupide de l'avoir admis et je doutais qu'il comprenne à quel point il était dur pour moi de passer d'un style de vie très actif à l'état de larve. Et je ne pouvais même pas passer pour un bébé larve tout mignon.

— Et moi qui pensais que tu espérais secrètement que je te drague.

Il passa la marche arrière.

Je ris.

— Désolée de te décevoir.

— Tu ne pourras jamais me décevoir.

Il sourit en regardant par-dessus son épaule pour reculer. Je me demandai s'il avait remarqué la façon dont mon cœur s'était emballé en entendant ces mots.

— Je comprends ce que tu essaies de me dire. C'est difficile d'abandonner quelque chose que tu faisais aussi naturellement que respirer.

— C'est ça. (Je tirai sur un fil qui dépassait du tissu.) L'adrénaline que me procuraient la danse et la course à pied me manque. Tu vois ? L'énergie. Ça me détendait. C'était moi... (Je ne savais même pas si mes paroles avaient le moindre sens.) Et j'ai tout perdu.

Lorsqu'il passa la première, il relâcha sa prise sur le volant et resta silencieux en sortant du parking.

— Il y a d'autres choses que tu pourrais faire, tu sais ?

L'amour ? Je ne doutais pas que ça détende quand on allait jusqu'au bout.

— Tu veux savoir quelle est l'activité la plus relaxante que j'aie trouvée ? me demanda-t-il sans songer une seconde que j'avais l'esprit joyeusement mal placé. L'équitation.

Je clignai les yeux.

— Oh...

Il eut un grand sourire.

— Il n'y a rien de comparable. Je te le jure, Tess. Ça t'est déjà arrivé d'avoir l'impression de voler quand tu dansais ?

— Oui, murmurai-je, un peu sonnée.

C'était ce qui me manquait le plus.

Il hocha la tête.

— C'est ce que tu ressens quand tu montes à cheval. Tu devrais essayer. Je suis sûr que ça te plairait.

Je n'avais pas la moindre idée de la façon dont je devais répondre à ça. Était-ce une invitation à la ferme de ses parents ? Est-ce que ça avait la moindre importance ? À mes yeux, mettre le pied à l'étrier était aussi tentant que de jouer les poulets devant un T. Rex en colère.

— Tu as faim ? demanda-t-il en changeant de sujet avant que je puisse répondre. Je comptais aller au foyer rejoindre Cam et Avery. La bouffe est meilleure qu'au resto U.

C'était vrai. Je haussai les épaules.

— Allez. (Il me donna un petit coup sur le bras.) Allez ! Viens manger avec nous.

Je ne pus réprimer un sourire en jetant un coup d'œil vers lui. Voilà... ça, c'était le Jase dont je me souvenais. Blagueur. Ouvert. Drôle. Quelqu'un à qui je pouvais parler, avec qui je pouvais être honnête. Et même si c'était stupide, je me surpris à regretter qu'il ne se rappelle pas ce qu'il s'était passé après son arrivée dans ma suite. Toutefois, c'était sans doute mieux ainsi.

— Je ne voudrais pas passer pour la petite sœur qui s'incruste.

— Mais non.

Je lui adressai un regard tranchant comme un couteau.

— Je me suis incrustée presque toute ma vie. Je l'ai même suivi à la fac.

— Tu ne l'as pas suivi, Tess. (Il s'interrompit pour s'arrêter à un stop. Quand il se tourna vers moi, un sourire en coin était de retour sur ses lèvres.) Et devine quoi ?

Mes lèvres imitèrent les siennes, se retroussant d'un côté et de l'autre.

— Quoi ?

— Il se moque de savoir si tu l'as suivi ou pas. Il est content de t'avoir avec lui, dit-il. Et moi, je m'en moque aussi. Je suis simplement heureux que tu l'aies fait.

5

J'arrêtai de me battre avec Jase assez rapidement au sujet du « en voiture ou à pied », surtout à partir du moment où les feuilles des imposants érables plantés sur tout le campus passèrent d'un vert vif à un arc-en-ciel rouge, doré et marron. Septembre passa le relais à octobre sous un rideau de pluie qui ne semblait pas vouloir s'arrêter. L'automne était bien installé. Le matin et le soir, un air froid s'élevait du Potomac, comme pour nous avertir que l'hiver serait glacé et humide.

Une fois par semaine, sinon plus, Jase apportait un cupcake avec lui. Il le gardait au frais dans sa Jeep dans une petite glacière posée sur la banquette arrière. On partageait ce plaisir sucré en chemin pour le campus est. Il allait me faire prendre dix kilos s'il continuait ainsi, mais j'avais au moins pu goûter des tonnes de cupcakes différents : Twix, Oreo, fraise, chocolat blanc, Skittles (très bizarre), chocolat-banane et un cupcake au chocolat noir tellement décadent que j'avais ressenti le besoin d'aller me confesser après l'avoir mangé.

Aujourd'hui, on partageait un cupcake Red Velvet avec une sorte de glaçage au fromage frais.

C'était divin.

Je ne savais pas où il les achetait, mais le pâtissier méritait une médaille d'or dans la catégorie « déchire tout ».

De gros nuages noirs étaient apparus dans le ciel lorsqu'on sortit du cours de musique ce mercredi. Il allait pleuvoir. Pour changer. Avec mon genou, je devais me montrer super prudente sur les trottoirs humides. Me casser la gueule aurait été aussi humiliant que fatal.

Je fis au revoir de la main à Calla en montant dans la Jeep. Quand Jase alluma le contact, la radio dédiée à Elvis Presley retentit aussitôt. Beurk. Profitant du fait qu'il soit occupé à reculer, je me penchai en avant pour changer de station.

Jase s'arrêta. Il s'arrêta littéralement en plein milieu du parking.

— Qu'est-ce que tu viens de faire ?

— Quoi ? demandai-je en toute innocence.

Des voitures commençaient à s'aligner derrière nous. La Jeep bloquait le passage. Mais vu l'expression de son visage, il n'en avait rien à foutre.

— Tu as zappé le King pour… (Il jeta un coup d'œil vers la radio en grimaçant.) Godsmack ?

— Hé ! Tu n'as pas intérêt à dire du mal de Godsmack !

— Je n'ai rien contre eux. (On klaxonna. Il l'ignora.) Tant que ça n'affecte pas Elvis.

— Je ne peux pas écouter Elvis.

Bouche bée, il haussa les sourcils.

— On ne peut plus être amis, c'est terminé.

Je gloussai.

Jase plissa les yeux avant de redémarrer enfin la voiture. Dieu merci.

— Tu as de la chance d'être mignonne, sinon je t'aurais jetée dehors.

J'éclatai de rire en m'installant plus confortablement.

— Je pourrais dire la même chose de toi et tes goûts douteux. (Je souris jusqu'aux oreilles sous son regard mécontent.) La country, c'est pas possible.

— Tu ne sais pas ce qu'est la bonne musique, c'est tout. (Il prit un virage à gauche.) Je vais devoir refaire ton éducation.

Une douce chaleur s'insinua dans ma poitrine. Je fis de mon mieux pour la réprimer. On continua de se renvoyer la balle jusqu'à ce qu'il trouve une place. Cela prit un peu de temps car il snoba celles qui étaient le plus éloignées. Je savais très bien pourquoi. Il ne voulait pas que je marche. D'habitude, quand on prêtait trop attention à ma jambe, ma peau se mettait à me démanger, j'étais mal à l'aise. Cette fois, je ne dis rien. Je le laissai faire le tour du parking jusqu'à ce qu'une place se libère entre Sara Creed et le foyer. C'était gentil de sa part, galant même. Je ne pouvais pas me permettre d'y voir autre chose.

— Comment va Jack ? demandai-je alors qu'il avait entonné le gospel de Johnny Cash.

Une lueur particulière emplit ses yeux, un air de fierté. Je me sentis fondre de l'intérieur.

— Il va très bien. Il a commencé la maternelle cette année. Sa maîtresse, Mme Higgins, dit que c'est le plus intelligent de sa classe.

Je souris en me glissant hors de mon siège.

— Tu es sûr que c'est ton frère ?

— Qu'est-ce que tu veux dire ?

Il apparut devant moi et attrapa mon sac sur la banquette arrière avant que j'aie eu le temps de le faire. Son regard gris avait pris un éclat étrange.

— Bien sûr que c'est mon frère.

— Je plaisantais. (J'essayai de récupérer mon sac, mais il passa la bandoulière à son épaule.) Tu sais, vu que c'est le plus intelligent de sa classe, je me demandais si vous étiez vraiment de la même famille.

Toute tension se dissipa de son expression et il sourit.

— Ah ! Jack tient toute son intelligence, sa beauté et son charme de moi.

— Oui, oui.

Avec un rire rauque, il porta mon sac sur un bras et passa l'autre par-dessus mon épaule. Ce contact fut si soudain et inattendu que je sentis de petits frissons me parcourir les bras, et les cheveux de ma nuque se hérisser.

Pour Jase, cette familiarité ne signifiait rien. Il ne remarquait probablement même pas les regards que l'on nous lançait dans les escaliers du foyer au moment de dépasser des gens qui le connaissaient. Tout le monde le connaissait. Je n'avais aucun mal à me rappeler la première fois qu'il avait fait quelque chose de ce genre. C'était le soir où il avait débarqué sans prévenir.

Ça s'était produit le week-end après... l'incident de Cam. Mon frère s'était terré au sous-sol après avoir bu une grande partie de la collection de scotch de notre père. Apparemment, Jase avait discuté avec lui par SMS et avait commencé à se faire du souci. Alors, il avait tout laissé en plan et conduit plusieurs heures pour venir le voir.

Quand j'avais aperçu Jase dans l'entrée en train de parler avec mon père et ma mère, j'en étais restée bouche bée. C'était le plus beau garçon que j'aie jamais vu. Ses cheveux étaient plus courts, mais tout aussi indomptés, et ses yeux d'un gris métallisé s'étaient tournés vers l'endroit où je me cachais, épiant par la porte qui menait au salon.

Une lueur particulière avait alors éclairé son visage, et j'avais eu peur qu'il ne voie en moi que la source des problèmes de Cam. Il faisait un temps glacial ce soir-là, comme souvent au mois de décembre, pourtant la pièce me paraissait brûlante, étouffante.

J'avais changé de cachette. Je m'étais installée dehors sur une chaise en osier sur la terrasse pour regarder les étoiles scintiller en me demandant comment les choses avaient pu prendre de telles proportions.

C'est là que Jase m'avait trouvée. Au lieu de me faire la morale sur ce qu'il s'était passé avec Jeremy, puis d'évoquer avec moi la réaction de Cam quand il avait appris la vérité, il m'avait parlé de Noël, de danse, de ma matière préférée, rien qui soit en rapport avec l'histoire qui avait déchiré notre famille. Jusqu'à ce jour, il n'avait jamais posé de questions sur Jeremy. Il n'avait pas non plus abordé le sujet de Cam. En ce qui nous concernait, ça ne s'était jamais produit.

Alors que j'étais à peu près sûre que mes doigts avaient gelé, Jase avait passé un bras par-dessus mes épaules et m'avait ramenée à l'intérieur, au chaud. Je crois que c'est à ce moment précis que j'étais tombée amoureuse de lui.

Voilà pourquoi ce geste qu'il faisait avec une telle facilité ne voulait sans doute rien dire à ses yeux.

Moi, en revanche, j'avais l'impression que mes entrailles s'étaient emmêlées en des tas de petits nœuds complexes. La sensation empira lorsqu'il attrapa le bout de ma queue-de-cheval pour tirer ma tête en arrière. Un frisson ardent me parcourut le cuir chevelu. Le souffle coupé, je relevai les yeux, et croisai les siens sans crier gare. On s'était arrêté devant les grandes portes bleu et or.

Ses iris étaient argentés, d'un gris intense et éclatant qui contrastait violemment avec ses pupilles noires. Je n'arrivais pas à déchiffrer son expression, mais elle avait quelque chose de sexy, de profond, qui me captiva. J'entrouvris les lèvres.

Jase baissa ses longs cils. Alors qu'il était sur le point de dire quelque chose, les portes s'ouvrirent et l'air frais coupa court à sa tentative. Le sourire entendu dont il avait le secret apparut sur ses lèvres tandis qu'il détournait la tête.

Quand on entra dans le foyer à l'endroit où on passait les commandes, son bras glissa de mon épaule. Ce n'est qu'à ce moment-là qu'il me rendit mon sac. Mes doigts effleurèrent les siens lorsque j'attrapai la bandoulière. Le rouge me monta aux joues.

Il se pencha vers moi. Ses lèvres étaient redoutablement proches. Elles touchaient presque ma joue.

— J'ai remarqué un truc chez toi.

Sa proximité faisait battre mon cœur plus fort pour deux raisons. Par réflexe, je cherchai du regard la table habituelle de mon frère. Heureusement, c'était de l'autre côté de la salle. J'aperçus le sommet de la tête cuivrée d'Avery. Ils nous tournaient le dos.

— Quoi ? demandai-je, le souffle court.

Jase ne répondit pas immédiatement. Partager un instant si intime en public avait un côté dérangeant.

— Tu rougis beaucoup, ces temps-ci.

Mes joues s'empourprèrent de plus belle.

Son sourire s'élargit.

— Du coup, je me demande à quoi tu peux bien penser.

Plutôt mourir un millier de fois que lui avouer ce qui me passait par la tête.

— Je ne pense à rien du tout.

— C'est ça.

Il fit glisser un doigt le long de ma joue en feu avant de reculer et de se redresser.

— Je ne sais pas toi, mais moi, je meurs de faim, dit-il en se tournant vers la file d'attente qui se formait.

Je hochai lentement la tête et le suivis. Ce n'était pas de nourriture dont j'avais envie. Je voulais qu'il me touche encore, qu'il m'embrasse, qu'il me regarde avec ce sourire en coin qui semblait avoir tant d'effet sur moi… Et je n'aurais pas dû ressentir tout ça.

Surtout avant d'aller retrouver mon frère qui n'apprécierait sûrement pas que je bave sur son meilleur ami.

Mettant à profit le temps d'attente pour me calmer, je choisis une salade de poulet frit, en me disant que les crudités contrebalanceraient sûrement les calories de la friture. Jase commanda des frites et le genre de hamburger qui aurait tout de suite fini sur mes hanches.

Assiettes en main, on se dirigea vers la table. Les filles se retournaient sur notre passage, se rapprochaient pour chuchoter et glousser pendant qu'on se frayait un chemin dans le labyrinthe de tables carrées et blanches. Il ne faisait aucun doute que Jase s'en était rendu compte. Son sourire satisfait le confirmait.

Je le regardai d'un air agacé.

— Hé !

Avery tapota la chaise vide à côté d'elle. Un sourire chaleureux illuminait son visage. Elle était vraiment magnifique avec ses grands yeux et sa crinière enflammée.

— On commençait à se demander où vous étiez passés, tous les deux !

Je réprimai la bouffée de chaleur que ces mots éveillèrent en moi, comme si l'on venait « par deux », en couple.

— Salut !

Cam grimaça en s'appuyant contre le dossier de sa chaise, les doigts jouant avec les cheveux d'Avery. Je commençais à croire qu'il lui était impossible de ne pas la toucher, quel que soit l'endroit ou l'heure.

— Quoi de neuf ?

— Rien que du vieux.

Jase se dirigea vers le siège en face de celui où j'allai m'asseoir en souriant brièvement à mon frère.

Celui-ci leva les yeux au ciel.

— Très drôle.

— C'est ce que je me suis dit aussi, rétorqua Jase.

Le sourire aux lèvres, je m'attablai à côté d'Avery et saluai Brit et Jacob d'un geste de la main. Je ne les connaissais pas très bien. Ils étaient souvent à table avec nous, mais l'obsession de Brit pour la mayonnaise et les frites me retournait l'estomac. Ce jour-là, Dieu merci, la blonde mangeait de la pizza. À côté d'elle,

Jacob était plongé dans un livre de cours épais, le visage crispé par la concentration.

— Il a commencé à pleuvoir ? demanda Avery.

Je secouai la tête en déballant ma fourchette en plastique.

— On dirait que ça ne va pas tarder.

Elle soupira et se tourna vers Brit.

— Tu vas voir qu'il va se mettre à pleuvoir quand on devra marcher jusqu'au campus ouest.

— C'est notre jour de chance. (Elle donna un coup de coude à Jacob.) Tu me prêtes ton chapeau s'il pleut ?

Il releva le menton et toucha le haut de son chapeau melon. Il avait un petit air de Bruno Mars.

— Pas question que je me mouille les cheveux. Désolé pour ton jour de chance.

Brit enfonça un doigt dans ses côtes.

— Ce n'est pas très galant.

— Alors heureusement que je n'ai jamais dit que je l'étais, pas vrai ? (Les yeux pétillant de malice, il reporta son attention vers moi.) J'espère que tu te trouveras de meilleures amies que celle-là, ma chérie.

— Hé ! (Brit eut l'air scandalisé.) Ça va pas la tête ? Je suis un produit de choix en matière d'amitié. Pose la question à Avery !

Celle-ci hocha la tête mais fit mine de croiser les doigts.

— C'est vrai.

Je plantai ma fourchette dans un morceau de poulet en souriant.

— Je trouve que Brit est quelqu'un de bien.

— Merci, dit-elle avec un sourire assassin à l'attention de Jacob.

Pendant que je terminais les morceaux de viande de ma salade, la conversation se poursuivit tranquillement autour de la table, allant des épreuves de sélection que Cam passerait pour intégrer l'équipe de foot au printemps à la fête du week-end suivant.

— Je ne sais pas s'il y aura beaucoup de monde, dit Jase.

Il avait déjà englouti son hamburger et s'attaquait maintenant aux frites.

— C'est Erik et Brandon qui l'organisent. Vous venez, pas vrai ? demanda-t-il à Cam.

Cam jeta un coup d'œil à Avery avant de répondre. C'était trop mignon.

— On y va ?

Elle se mordit les lèvres avant de hocher la tête.

— Je pense, oui.

Je ne connaissais pas grand-chose d'Avery, mais je savais que, pour elle, se rendre à une soirée demandait un gros effort. Ça n'avait pas l'air d'être son truc.

Brit et Jacob comptaient y aller aussi. Je revins à ma salade, et m'appliquai à trier les concombres. Au lycée, je n'allais pas souvent aux fêtes à cause de la danse. Du coup, je ne savais pas à quoi m'attendre concernant celles de fac. De toute façon, je n'allais pas y participer de sitôt.

— Tu viens aussi, n'est-ce pas ? demanda Jase.

J'ignorais à qui il parlait. Puis je sentis son pied taper le mien sous la table. Je relevai la tête. Il me regardait d'un air interrogateur.

— Tess, tu viens, pas vrai ?

Je clignai difficilement les yeux, envahie par la surprise.

— Euh oui, croassai-je. (Je m'éclaircis la voix.) Je peux venir.

— Quoi ? Attends une minute.

Cam éloigna son bras d'Avery. Merde. Signal d'alarme. Ils ne se touchaient plus. Il se pencha en avant et me dévisagea de ses yeux bleus identiques aux miens.

— Tu n'as que dix-huit ans...

— Presque dix-neuf, l'interrompis-je, décrétant que ça faisait une différence énorme.

Après tout, mon anniversaire tombait le 2 novembre et c'était dans moins d'un mois.

— C'est pareil. Tu es mineure. (Cam se tourna vers Jase.) Tu es sérieux ? Tu viens d'inviter ma petite sœur à une soirée dans une fraternité ?

Oh, mon Dieu. J'allais tuer mon frère.

— Moment gênant..., murmura Jacob en refermant son livre.

Jase croqua dans une frite.

— Tu amènes ta copine dans cette même soirée, je te rappelle.

— Ce n'est pas pareil, rétorqua-t-il.

Je soupirai.

— Cam, est-ce que tu peux la fermer...

— Je n'aime pas l'idée que tu traînes dans la maison d'une fraternité. Les membres sont...

— Comme moi, finit Jase à sa place en m'adressant un clin d'œil.

Je rougis.

— Exactement, grogna presque Cam. Ça en dit long.

Brit gloussa.

— Cam, à quel âge est-ce que tu as commencé à aller aux soirées des fraternités ?

— Et ne dis pas que ça n'a rien à voir, intervins-je en embrochant un morceau de laitue. Tu sortais avant d'avoir quinze ans.

Lorsque Cam se carra de nouveau dans sa chaise, je m'aperçus que la main d'Avery n'avait pas quitté sa cuisse de toute la conversation. Fausse alerte. Ils n'avaient pas arrêté de se toucher.

— C'est différent, insista-t-il. Je suis un mec.

— Sans déconner, t'es sérieux ? s'exclama Jase, les yeux ronds. (Je souris.) Moi qui t'ai toujours pris pour une fille.

— C'est pas moi qui ai les cheveux trop longs. (Cam souleva sa bouteille d'eau.) Je suis presque tenté de te les tresser.

— Je veux bien m'en charger, fit Jacob en souriant. Je suis doué pour les nattes.

Jase se mordit les lèvres.

— Je crois que je vais passer mon tour, désolé.

Il soupira.

— C'est toujours pareil.

Avery recoiffa une mèche de ses cheveux derrière son oreille.

— Tu devrais vraiment venir t'amuser avec nous. Cam... (Elle lui adressa un regard appuyé qui coupa court à toute protestation.) Cam se fera une raison. On viendra même te chercher en voiture.

Lorsque mon frère fit mine de répondre, cette fois, ce fut Jase qui le devança.

— Et si Cam ne veut pas t'accompagner, je le ferai. Dans tous les cas, tu viens, c'est officiel.

— Sinon, je peux m'en charger aussi, dit Brit. Mais je ne suis pas la meilleure des conductrices...

— C'est bon, je l'emmène, capitula Cam en soufflant.

Mon sourire s'élargit en voyant mon frère battu à plate couture. Une vague d'excitation m'envahit et je me sentis ridicule. C'était ma première soirée étudiante. Je regardai droit devant moi. Il fallait que je trouve comment m'habiller. Un nouveau chemisier sexy, par exemple. Je pouvais peut-être convaincre Avery de venir faire du shopping avec moi.

Jacob secoua la tête en observant quelque chose derrière moi.

— Et voilà, ça recommence.

Grimaçant, Brit inclina la tête et se cacha les yeux derrière la main.

— Je ne peux même pas regarder. Sérieux. J'ai honte pour eux.

Quand je me retournai sur mon siège, je compris tout de suite de quoi ils parlaient. Le ventre noué, je vis Debbie et Erik qui se tenaient au bout des tables, devant le mur sur lequel était peint un bélier. Les lèvres d'Erik se mouvaient à toute allure tandis que Debbie pâlissait à vue d'œil.

— Ce n'est pas ta coloc ? demanda Jase d'une voix posée.

Je hochai la tête sans les quitter des yeux.

— Ouais. Son copain… Il est…

— C'est un connard, termina Jase. (Surprise, je me retournai vers lui. Il s'empara d'une frite.) C'est un salaud de première classe.

— Je suis d'accord. (Cam passa un bras autour de la taille d'Avery puis posa le menton sur son épaule et ferma les yeux.) Il peut être sympa, des fois, mais il ne sait pas se tenir. (Il s'interrompit pour déposer un baiser dans le cou de sa copine.) Contrairement à moi.

Jase émit un reniflement moqueur.

— Ne sois pas jaloux, murmura Cam.

Mon regard croisa celui de Jase, puis je ne pus m'empêcher de jeter un nouveau coup d'œil par-dessus mon épaule. Erik avait attrapé Debbie par les bras. À présent, c'était elle qui parlait vite. Et ce qu'ils disaient avait attiré l'attention de la table devant eux.

J'aurais voulu me lever et forcer Erik à retirer ses sales pattes de son corps. Non, en fait, j'aurais voulu me lever et lui mettre un coup de pied dans les couilles. Tandis que je m'obligeais à me détourner, des mots se bousculèrent dans ma gorge. Ils ressemblaient fortement à des accusations.

Jacob secoua la tête et leva les bras pour s'étirer.

— Les filles sont connes. Sans vouloir vous vexer.

Brit grimaça.

— Bien sûr que non.

— Tu veux bien t'expliquer ? demanda Avery en se blottissant dans les bras de Cam.

Ces deux-là renvoyaient l'image parfaite du couple amoureux.

— C'est plutôt évident : je me moque de savoir s'il en a une grosse, s'il est cool ou brillant.

Jacob se rassit au fond de son siège, mais ses yeux se posèrent sur Debbie et Erik qui s'étaient déplacés de l'autre côté des portes où ils continuaient de se disputer. Debbie était au bord des larmes.

— Il faut être conne pour accepter ce genre de choses.

Je me figeai, la fourchette en l'air. Le morceau de laitue se balança au bout du couvert. Brit, comme Jacob, n'avait pas l'air perturbé par cette affirmation. Ni l'un ni l'autre ne savait que j'avais été l'une de ces connes. Et même si je ne comptais plus jamais me retrouver dans ce genre de situation, je n'en resterais pas moins cette fille-là toute ma vie.

Des doigts glacés descendirent le long de ma colonne vertébrale. Je baissai la main. Avery ne parlait plus. Jase et mon frère non plus. Bien sûr qu'ils étaient au courant. Je n'avais rien dit à Avery, mais Cam l'avait sûrement fait, étant donné que ça avait gâché sa vie plusieurs années auparavant.

Comme je n'avais pas eu le courage ni l'intelligence de dire la vérité, et encore moins de quitter Jeremy, mon silence avait entraîné une succession d'événements qui avaient failli détruire mon frère.

— Bon, je vais en cours. (Je ramassai mon sac et le passai à mon épaule.) Je n'ai pas envie de me retrouver sous la pluie.

— Teresa, dit Cam d'une voix calme. Tu...

— On se voit plus tard.

Je gardai les yeux rivés sur ma salade en la soulevant. Je n'osais regarder personne.

Après avoir jeté les restes, je me dirigeai vers la porte par laquelle on était entrés, évitant ainsi de croiser Debbie et Erik. De gros nuages noirs s'étaient amoncelés dans le ciel et l'air était saturé d'humidité, mais l'orage n'avait pas encore éclaté. La gorge nouée, je m'engageai sur le trottoir. Jacob n'avait pas voulu me blesser. Je le savais. Ça n'atténuait pourtant pas la peine que je ressentais. C'était bien plus que de la honte. Je ne voulais plus penser à Jeremy. Plus jamais. Malheureusement, il continuait d'apparaître dans ma vie sans prévenir, comme un bouton de fièvre. Si j'avais pu effacer le temps passé avec lui de ma mémoire, je l'aurais fait sans hésitation.

Peut-être que tu ne t'es pas encore tout à fait remise de ce qu'il t'a fait, murmura une petite voix agaçante en mon for intérieur. Je la fis taire aussitôt.

— Tess.

Je m'arrêtai à mi-chemin de la montée et me retournai. Mon cœur s'emballa, comme chaque fois que j'entendais sa voix. Je venais pourtant de passer deux heures avec lui, et mon passé peu reluisant avait été rappelé à tout le monde à table. J'étais irrécupérable.

Il s'approcha de moi avec un léger sourire, puis m'attrapa par le bras pour m'écarter du chemin et des gens qui passaient. On se plaça sous un arbre. Je resserrai ma prise sur mon sac.

— Tu es partie trop vite, dit-il. Je n'ai pas eu le temps de te demander un truc.

Il me tenait toujours le bras. Sa main était chaude et puissante contre ma peau.

— Quoi ?

Jase me regardait comme si Jacob n'avait jamais rien dit, comme si je ne m'étais pas enfuie, la queue entre les jambes. Il se contenta de sourire et de faire glisser ses longs doigts de mon bras jusqu'à mon poignet.

Mon Dieu, si Cam sortait à ce moment-là et voyait ça...

— Qu'est-ce que tu fais demain, après les cours ? demanda-t-il.

J'écarquillai les yeux, et bon sang, ce fut comme si une myriade de questions envahissaient mon esprit en même temps : *Non ? C'est pas vrai ? Est-ce qu'il... ?* Je dus me mettre sur pause et forcer ma tête à fonctionner correctement.

— Euh, je finis à 13 heures et après, je n'ai rien de prévu.

— Super.

J'attendis une explication un peu plus précise, mais elle ne vint jamais.

— Super ?

— Oui ! (Il se rapprocha au point que nos pieds se frôlèrent.) Parce que, maintenant, tu as quelque chose de prévu.

6

Calla se tenait devant la porte, un bâton de réglisse à la main.

— Tu ne sais vraiment pas où vous allez ?

— Non. (Je tirai sur le bas de mon débardeur.) Jase m'a seulement dit de m'habiller pour l'extérieur. C'est bien, comme ça, non ?

Elle examina mon jean et mes baskets.

— Il fait encore chaud dehors, ma vieille. Tu devrais peut-être penser à tomber le jean.

Je jetai un coup d'œil lourd de regrets à ma petite armoire où reposait mon pauvre short abandonné. J'ignorais ce qu'on allait faire, mais je ne voulais pas passer mon temps à m'inquiéter que Jase regarde ma cicatrice. Ça n'aurait pas dû me poser de problème, mais visiblement c'était le cas. De toute façon, il ne faisait pas si chaud que ça, pas autant que le mois précédent.

— Je garde mon jean.

Elle me dévisagea en jouant avec l'extrémité de sa queue-de-cheval.

— On ne la voit pratiquement pas, tu sais ? Je dis ça, je dis rien. Bref. (Elle poursuivit sans me laisser le temps de répondre.) Où est Debbie ?

J'observai son lit vide dans lequel personne n'avait dormi.

— Aucune idée.

Je ne l'avais pas vue depuis la veille, et encore, elle était passée en coup de vent dans la chambre avant de repartir à toute vitesse.

— Et tes autres colocs ?

— Bonne question. (Je détournai mes yeux du lit.) Je ne les ai toujours pas rencontrés.

— Bizarre, murmura-t-elle. (Elle avança vers leur porte sur la pointe des pieds.) J'ai envie de frapper.

— Non !

— Mais...

Le bip de mon téléphone me fit sursauter. Mon cœur se mit à battre à cent à l'heure. Je ramassai mon portable sur le lit et lus rapidement le message.

— Il m'attend dehors.

Le visage de Calla se fendit en un énorme sourire.

— Alors, allons-y !

J'attrapai mon sac et y laissai tomber mon téléphone après avoir répondu brièvement à Jase. Puis on sortit de la suite, passant devant des portes ouvertes derrière lesquelles les gens avaient visiblement des colocataires normaux.

— C'est un rendez-vous ? me demanda Calla en se dirigeant vers l'ascenseur pour m'empêcher d'emprunter les escaliers. Pas vrai ?

— Non.

Elle m'adressa un regard dubitatif tandis que les portes se refermaient.

— Je crois qu'il t'aime bien.

Pendant un instant, j'imaginai que c'était un rendez-vous, qu'il avait envie d'être avec moi... « *Je suis simplement heureux que tu l'aies fait.* » Un gloussement se fraya un chemin jusqu'à ma gorge. Bon d'accord, me faire des films n'était peut-être pas une bonne chose, finalement. Je secouai la tête.

— Je te l'ai déjà dit. Je le connais depuis longtemps. C'est le meilleur ami de…

— Cam, finit-elle à ma place. Je sais. Mais il n'est pas avec Cam, là. Il est avec toi. Et je doute que cette petite sortie ait le moindre rapport avec ton frère.

J'ouvris la bouche pour répondre, mais la refermai aussitôt. Je n'avais pas envisagé la possibilité qu'il fasse ça au nom de l'amitié qu'il avait pour mon frère. Et si c'était la véritable raison ? Je posai la main sur mon ventre. Je n'avais pas besoin de sa pitié. Ou pire : peut-être qu'il me considérait comme sa petite sœur.

Non. Cette dernière explication ne tenait pas la route.

— Euh… Ton expression fait un peu peur.

Je fis en sorte d'adopter un air plus tranquille.

Elle éclata de rire. Au même moment, l'ascenseur s'arrêta, et les portes s'ouvrirent doucement.

— C'est mieux.

— C'est vrai ?

Lorsqu'elle hocha la tête, je me passai les mains dans les cheveux pour les recoiffer, puis les baissai en sortant de la cabine. Le hall d'entrée était plein à craquer. La moitié des gens étaient affalés sur les fauteuils et les canapés. Je m'arrêtai devant la porte, jetant un coup d'œil à la Jeep qui m'attendait dans la zone « interdit de stationner ».

— Je peux t'avouer un truc ? me demanda Calla pendant qu'on sortait.

Mon cœur battait déjà la chamade.

— Bien sûr.

Un sourire étira lentement ses lèvres sur son beau visage, estompant les traits de sa cicatrice.

— Je ne peux pas me retenir. Ce mec…

— Quoi ? lui demandai-je en m'arrêtant à quelques mètres de la voiture.

Calla était de la région. Comme moi, elle était plus jeune que Jase, mais elle était peut-être au courant de choses que j'ignorais. Même si ça ne changeait rien. C'était impossible. On était seulement amis.

Je commençais à rabâcher toujours les mêmes choses.

Calla soupira et se mit à s'éloigner.

— Ce mec est incroyablement sexy, c'est tout.

Je souris avant d'éclater de rire. Mes muscles crispés se détendirent.

— Ouais, on ne peut pas dire le contraire.

Tout sourire, elle jeta un coup d'œil à la Jeep, puis agita les doigts dans ma direction.

— Amuse-toi bien !

Après lui avoir rendu son signe, je pris une grande inspiration et m'approchai de la Jeep où Jase m'attendait. Il se pencha en avant pour ouvrir la portière côté passager de l'intérieur. Des mèches de cheveux d'un brun profond tombèrent devant son visage, effleurant la pointe de ses cils. La voix suave de Luke Bryan s'échappait de la radio.

— Bien le bonjour, gente dame.

— Salut !

Je me hissai sur le siège et refermai la portière derrière moi, bien trop heureuse de la façon dont il m'avait accueillie. À mon avis, ce n'était pas très sain. En attrapant la ceinture de sécurité, je jetai un coup d'œil dans sa direction et faillis me mettre à baver.

Il ne portait pas de tee-shirt.

Jase avait sûrement le corps le mieux dessiné du monde. J'étais prête à parier l'argent que je n'avais pas là-dessus. Même s'il était assis, ses abdos ressortaient et paraissaient en béton. Mon regard glissa le long de son bras, suivant le motif complexe de son tatouage.

— Tu vas y arriver ? me demanda-t-il en tentant tant bien que mal de cacher son sourire.

Comme je n'avais pas la moindre idée de ce dont il parlait, je me contentai de le dévisager. Il rit doucement avant de me prendre la ceinture des mains. Lorsqu'il tira la sangle au-dessus de moi, ses doigts frôlèrent ma poitrine.

Je pris une grande inspiration tandis qu'une sensation primale s'engouffrait dans mes veines.

Il boucla ma ceinture avant de relever la tête. Ses yeux argentés brillaient d'un éclat tout particulier.

— C'est bon ?

Je hochai la tête.

Le sourire aux lèvres, il se rassit convenablement et attrapa une petite boîte rose que je n'avais pas remarquée. Au temps pour mes talents d'observatrice.

Il me la tendit.

— J'en ai déjà mangé la moitié. Je n'ai pas réussi à attendre.

Souriant, j'ouvris l'emballage et croquai dans le cupcake. J'attendais toujours ce moment avec impatience. Il y avait quelque chose d'excitant à ne pas savoir ce que j'allais goûter.

Une bouchée suffit. Je gémis de plaisir.

— Oh, mon Dieu, ce sont des Smarties à l'intérieur ?

Il hocha la tête.

— Ouais. C'est de la bonne, hein ?

— Je veux épouser ce gâteau.

Jase éclata de rire, puis démarra la Jeep. Je ne pris pas le risque de parler avant d'avoir terminé ma bouchée et que l'adrénaline engendrée par sa caresse accidentelle ait quitté mes veines. Alors, on était déjà sur la route principale, en direction de Martinsburg.

— On va où ? demandai-je.

— C'est une surprise. (Il me jeta un coup d'œil.) Mais tu vas peut-être regretter d'avoir mis un jean. La météo a prévu trente degrés pour cet après-midi.

Ce qui était une chaleur inhabituelle pour le mois d'octobre. Peu importait.

— Elle est bien bonne.

Son sourire en coin s'agrandit.

— Toi aussi.

Je le fixai d'un air incrédule, avant d'éclater de rire.

— Tu n'as pas osé ? C'était...

— Hilarant ?

Je secouai la tête, souriant comme une idiote.

— C'était nul.

Il ricana et tendit la main vers la radio pour mettre une station de blues.

— Je me suis trouvé subtil, pourtant.

Je m'arrêtai avant de lui demander pourquoi il avait besoin de l'être. S'il répondait à cette question, j'allais sans doute me sentir idiote.

Me tournant vers la vitre, je posai mes mains sur mes genoux.

— Bon et sinon... ça se passe comment, les cours ?

Je grimaçai à la banalité de ma question. Jase ne sembla pas s'en rendre compte.

— Ça va. Si je réussis à avoir les matières que je veux au semestre prochain, je devrais avoir mon diplôme au printemps.

— C'est génial.

J'eus un grand sourire. Un tantinet trop grand pour être honnête. Je n'avais pas la moindre idée de ce que Jase comptait faire après ses études, mais je doutais qu'il reste ici. Ça n'aurait pas dû me contrarier autant.

— Qu'est-ce que tu feras, après ?

Jase eut l'air gêné. Il avait une main sur le volant et l'autre sur sa jambe.

— Eh bien, avec un diplôme de sciences environnementales, je pourrais aller n'importe où... mais je vais rester ici et j'irai travailler à Washington si j'arrive à entrer au ministère de l'Intérieur ou à l'université. Tu sais qu'il y a un centre de recherche agricole en périphérie de Kearneysville...

— Tu ne pars pas ? demandai-je sans réfléchir.

— Je ne peux pas, dit-il avant d'ajouter rapidement : Enfin, j'aime bien vivre ici.

La soudaine crispation de ses épaules ne m'échappa pas. Me mordant les lèvres, je lui jetai un coup d'œil en coin.

— Tu ne peux pas ?

Il ne répondit rien, se contentant de changer la station de radio pour remettre de la country. Quelqu'un se mit à chanter à propos d'une larme dans sa bière, mais je ne lui prêtai pas beaucoup d'attention. Que voulait dire Jase ? Rien ne le retenait ici. Il pouvait aller n'importe où, en particulier s'il réussissait à entrer dans un établissement d'État.

Il se tourna vers moi en passant la main dans ses cheveux en bataille.

— Et toi ?

— Moi ?

Il essayait de changer de sujet.

— Oui. Toi. Tu comptes rester ici ? (Son ton moqueur me déstabilisa.) Pour enseigner ?

Je sentis l'indignation s'élever en moi.

— Qu'est-ce que tu entends par là ?

Il rit, mais pour une raison qui m'échappait, il n'avait pas l'air sincère.

— Pitié, Tess, tu vas vraiment enseigner à une bande de gamins de primaire ? Sérieux ?

Je me tournai vers lui, les bras croisés.

— OK. Je ne comprends plus rien. Tu avais l'air de dire que devenir instit était une bonne idée et je…

— C'est une bonne idée, mais ce n'est pas…

— Quoi ? demandai-je, sur la défensive. Ce n'est pas quoi ?

— Toi. (Il me jeta un coup d'œil en prenant à droite sur Queen Street.) Ce n'est pas toi.

Je le dévisageai avant d'éclater d'un rire sans joie.

— N'importe quoi. Comment tu peux savoir ce qui est moi ou pas ? (La colère s'était embrasée en moi. Je n'osais pas en chercher l'origine exacte.) Tu me connais à peine, Jase.

— Je te connais.

Je pris un air dédaigneux.

— Je ne crois pas, non.

Ce satané sourire en coin réapparut.

— Oh, Tess...

— Il n'y a pas de « oh, Tess » qui tienne. Je veux savoir pourquoi tu es convaincu que je serais nulle en tant que maîtresse.

— Ce n'est pas ce que j'ai dit. (Il ne quittait pas son expression amusée. Qu'est-ce qu'il trouvait si drôle, à la fin ?) Tu ferais même une instit géniale. Les gamins t'adoreraient sûrement et tu serais peut-être heureuse, mais... ce n'est pas ce que tu désires vraiment.

— Pour ta gouverne, j'adore la compagnie des enfants. Au studio de danse, je m'étais portée volontaire pour aider les débutants. (À travers la vitre, j'observai les centres commerciaux et les immeubles laisser place aux champs.) Alors va te faire voir.

— Bon. Tu ne comprends pas ce que je veux dire.

— Visiblement, rétorquai-je avec agacement.

Il soupira.

— Tu ferais une très bonne instit, Tess, mais tu es... tu es une artiste. C'est ce que tu as toujours voulu faire.

Je fermai les yeux le plus fort possible, comme pour ne pas voir la vérité.

— Ce n'est pas ce que j'ai toujours voulu faire.

— Ah bon ?

— Non.

— Je ne te crois pas, reprit-il. Et je vais te dire pourquoi. Tu danses depuis que tu sais marcher. Tu partiras d'ici dès que tu pourras recommencer. Je me trompe ? Cette histoire d'enseignement n'est qu'un plan de secours au cas où tu ne pourrais plus danser. Ce n'est pas ce que tu veux vraiment faire. Tu me l'as déjà avoué.

J'ouvris la bouche avec la ferme intention de lui répliquer qu'il avait tort, mais ce ne furent pas les mots qui franchirent mes lèvres.

— Il y a un an, je ne pensais pas que je serais assise ici, inscrite à la fac. Ça ne m'avait même pas traversé l'esprit. Tu as raison. Quand le Dr Morgan me dira le mois prochain que je peux reprendre la danse dans disons, trois mois, je le ferai, parce que j'adore ça. Et qu'est-ce qu'il y a de mal à ça ? Je ne serai plus ici, où j'ai l'impression d'être toujours à côté de la plaque.

Jase resta silencieux un instant.

— Il n'y a rien de mal à ça.

J'avais l'impression de m'être mise à nu et d'avoir fait mon numéro pour rien. Frustrée, je levai les mains en l'air.

— Alors à quoi a servi cette conversation ?

Il sourit et haussa une épaule.

— Aucune idée. C'est toi qui as commencé.

— Pas du tout !

— Si, rétorqua Jase. Tu m'as demandé ce que je comptais faire. Je t'ai retourné la question.

Je levai les yeux au ciel.

— J'ai une furieuse envie de te frapper.

Il ricana.

— Tu n'arranges pas ton cas.

Je le fusillai du regard.

La Jeep ralentit et on s'engagea sur une route étroite qui me paraissait vaguement familière. Il pencha la tête sur le côté, mais resta un moment silencieux.

— Dans tous les cas, si tu décides de rester ici et d'enseigner, tu le feras merveilleusement bien. Sinon, ce sera cool aussi. Je sais à quel point la danse compte pour toi.

Je n'avais pas la moindre idée de ce que je devais lui répondre. Heureusement, au même moment, je compris où on se trouvait. Me redressant vivement, j'observai l'écriteau qui pendait à la chaîne.

— On est à la ferme ?

— Ouaip.

Une nervosité soudaine s'empara de moi.

— Pourquoi ?

— J'ai pensé à un truc, c'est tout. (Il me fit un clin d'œil et je réprimai un grognement tandis que mon estomac se serrait.) Tu verras.

Les yeux écarquillés, je me retournai vers la route accidentée et cahoteuse. Au-delà des champs de maïs et des vaches, j'aperçus l'objet probable des réflexions de Jase.

Un frisson de peur glissa le long de mon dos alors que je me rappelais notre conversation à propos de la danse et de l'équitation.

— Oh non...

Ricanant, Jase gara la Jeep devant la grange.

— Tu ne sais même pas à quoi tu dis non.

Le pouls affolé, la gorge nouée, j'essuyai mes mains moites sur mon jean. La dernière chose dont j'avais envie était de mourir dans des circonstances atroces devant le garçon pour lequel j'avais des sentiments profonds.

— Jase, je ne suis pas sûre que ce soit une bonne idée. C'est gros, un cheval, et je n'en ai jamais monté. Je vais tomber, c'est...

Il posa un doigt contre mes lèvres. Ce qui me fit sursauter de surprise.

— Arrête, me dit-il d'une voix douce en plongeant ses yeux gris dans les miens. Je ne t'obligerai pas à faire quoi que ce soit dont tu n'as pas envie. OK ? Fais-moi confiance, c'est tout. Tu me fais confiance, pas vrai ?

Avant que je puisse répondre, il baissa la main, traçant ma lèvre inférieure avec son doigt. Je frissonnai en le sentant descendre le long de mon menton puis s'éloigner.

— Tess ?

Le souffle court, je hochai la tête… J'aurais accepté de jouer à l'intérieur d'une hacheuse rien que pour le sentir caresser mes lèvres.

— Je te fais confiance.

— Bien.

J'aperçus rapidement son sourire avant qu'il descende de la voiture.

Un peu secouée, je le suivis du regard. C'était la vérité. Je lui faisais confiance. Et pour moi, ça voulait dire beaucoup. Je n'avais pas fait confiance au moindre garçon depuis Jeremy, à part à mon frère, bien sûr.

Pourtant, j'avais eu foi en Jase dès notre première rencontre.

7

Je n'allais pas mourir aujourd'hui. Du moins, c'était ce que je me répétais en boucle en sortant dans la chaleur humide. L'été refusait de relâcher sa prise sur la région.

Mes mains tremblaient lorsque Jase me rejoignit. Il avait malheureusement enfilé un tee-shirt blanc, me gâchant mon plaisir. Dommage : si je devais me briser la nuque, autant le faire en admirant son torse et ses abdos.

Derrière nous, la porte de la grange s'ouvrit dans un grincement et un homme plus âgé en sortit. Même si je ne l'avais jamais rencontré, je compris tout de suite qu'il s'agissait du père de Jase. J'avais l'impression de voir ce dernier avec trente années en plus.

Il avait les mêmes cheveux bruns éclatants, la même peau mate héritée d'une vie passée au soleil ou d'un ancêtre oublié, et il était aussi grand et mince que son fils. Des yeux d'un gris métallique passèrent de Jase à moi avant de s'agrandir comme des soucoupes.

Les sourcils froncés, il posa le seau en métal qu'il portait sur le gravier. Enfin, un léger sourire, presque étonné, apparut sur son charmant visage.

Jase sourit à son tour et posa une main sur mes reins.

— Salut, Papa ! Je te présente Teresa. C'est la sœur de Cam.

Mettre un nom sur mon visage sembla le rassurer.

— La petite sœur de Cam ? Ah oui ! La danseuse !

Je me sentis rougir. Comment était-il au courant de ça ? Si cette information venait de mon frère, Dieu seul savait ce qu'il avait pu lui dire d'autre.

— C'est ça, répondit Jase.

— Bonjour, le saluai-je avec le signe de la main le plus coincé de tout l'univers.

Le sourire de son père s'élargit lorsqu'il s'approcha de nous, la tête penchée sur le côté. Son langage corporel me rappelait celui de Jase.

— Tu n'es pas de la même famille que Cam, c'est pas possible. Une jolie fille comme toi ne peut pas partager le même ADN que ce p'tit merdeux.

Sous la surprise, un éclat de rire m'échappa. Je crois que cet homme me plaisait bien.

— Et je comprends pas non plus c'que tu fais avec c'ui-là. (Il désigna Jase qui fronça les sourcils.) T'es sûrement perdue.

C'était officiel. J'adorais ce type.

— Vous avez raison. Je ne connais pas cette personne.

L'expression de Jase se transforma en grimace. Il pencha la tête vers moi.

— Pardon ?

Je souris à pleines dents.

Son père me fit un clin d'œil. À cet instant, je compris de qui Jase tenait sa beauté, mais aussi son caractère.

— Alors, qu'est-ce que vous fabriquez ici ? (Il sortit un mouchoir rouge de la poche arrière de son pantalon et s'essuya les mains dessus en regardant son fils.) Jack est avec ta mère, chez Betty.

— Je sais. Il y va tous les jours après l'école. (Jase retira sa main de mon dos. Sans son contact, ma peau se mit à frémir.) Je voulais montrer les chevaux à Tess.

M. Winstead observa son fils.

— Je s'rai derrière, si vous avez besoin de moi.

— Ça ira, Papa, répondit Jase en se retournant.

— Je disais pas ça pour toi. (Il m'adressa un regard malicieux.) Si ce type se montre irrespectueux avec toi, hésite pas à me le dire. Je m'occuperai de son cas.

— Bon Dieu, Papa, grommela Jase en se passant une main sur la mâchoire. C'est une amie.

— Oui, oui. (Son père recula et ramassa son seau.) Si tu es ami avec une jolie fille comme ça, c'est que t'as pas tout compris, fiston.

Je souris jusqu'aux oreilles lorsque je me tournai lentement vers Jase.

— N'y pense même pas, me prévint-il.

Il avait l'air d'avoir envie d'étrangler son père. Il me prit par la main.

— Allez, viens, avant que j'humilie mon père en lui mettant la pâtée, à l'ancienne.

Son père ricana en donnant un coup d'œil appuyé à nos doigts enlacés.

— Amis ?

— Papa, fit Jase en soufflant.

Je gloussai tandis qu'il me tirait en direction des enclos. Son père, lui, disparut dans la grange.

— J'aime bien ton père.

Il eut un reniflement dédaigneux.

— Ça ne m'étonne pas.

— Vu sa réaction, on dirait que tu ne ramènes pas souvent... de filles ici.

— Non. (Il s'arrêta pour me faire face et me lâcha la main avant d'enjamber un muret.) Tu viens de rencontrer mon père. Je suis sûr que tu comprends pourquoi.

Une partie de moi se sentait flattée qu'il m'ait emmenée ici, un lieu auquel n'avait eu accès aucune autre fille. Mais ça signifiait aussi que je n'étais qu'une amie.

— Viens, dit-il en posant les mains sur mes hanches et en me soulevant comme si j'étais aussi légère qu'une plume. Et voilà.

— J'aurais très bien pu le faire, murmurai-je.

Il haussa les épaules.

— Je sais. (Après avoir repris possession de ma main, il me mena avec précaution à travers les herbes hautes jusqu'aux abords d'une clôture en bois.) Fais attention. Il y a une marmotte qui vit ici, peut-être même une famille entière. Il y a des trous partout.

— D'accord.

La ferme et les marmottes étaient le cadet de mes soucis. J'étais tellement concentrée sur le poids et la sensation de sa main enroulée étroitement autour de la mienne qu'il ne restait pas beaucoup de place dans mon esprit pour m'inquiéter des trous dans le sol.

En silence, il me guida jusqu'au portail. Il me lâcha alors la main pour ouvrir le verrou. Les gonds pivotèrent dans un bruit métallique.

J'hésitai.

— Je ne suis pas sûre que ce soit une bonne idée.

Un sourire amusé aux lèvres, il revint vers moi avec une démarche décontractée.

— Allez, Tess. Tu as dit que tu me faisais confiance.

Me balançant d'un pied sur l'autre, je regardai pardessus son épaule. De l'autre côté du grand enclos broutaient deux chevaux. Leur queue noire battait négligemment.

— Je te fais confiance.

— Alors, suis-moi.

L'un des chevaux, le noir et blanc, releva sa tête imposante. Il tourna le museau dans notre direction. Aucun des chevaux n'était sellé.

— Ils ne vont pas te piétiner à mort. (Il me reprit la main.) Et je ne compte pas te faire monter dessus.

Je relevai vivement la tête.

— Non ?

Il sourit légèrement en attrapant une mèche de mes cheveux que le vent avait soulevée. Il la replaça derrière mon oreille.

— Non. Aujourd'hui, c'est juste une visite de courtoisie.

— Je n'ai jamais fait ce genre de visites.

— Tu vas adorer, dit-il en me tirant en avant. (Je réprimai un sourire.) Ils sont très gentils. Jack les a montés des centaines de fois. Et crois-moi, si je pensais qu'ils étaient dangereux, il ne les approcherait jamais.

Il marquait un point.

— D'accord, répondis-je en prenant une grande inspiration. Je peux le faire.

Il ne me laissa pas l'occasion de revenir sur ma parole. En l'espace de quelques secondes, on se retrouva à l'intérieur de l'enclos. Un autre seau en métal était posé par terre. Celui-ci était rempli de céréales.

— Je vais les appeler, OK ? Ils vont se précipiter vers nous parce que c'est bientôt l'heure de la soupe. Tiens-toi prête.

La gorge serrée, je hochai la tête.

Ma peur me parut ridicule jusqu'à ce que Jase porte deux doigts à sa bouche parfaitement dessinée et laisse échapper un sifflement aigu. Alors, les chevaux relevèrent la tête et partirent au galop, fonçant droit sur nous, leurs sabots martelant la terre battue.

Merde.

Je fis un pas en arrière, mais me cognai au torse musclé, inflexible, de Jase. Quand je fis mine de m'enfuir, il passa un bras autour de ma taille pour me maintenir en place. Il était collé à mon dos.

— Tout va bien.

Son souffle était chaud contre mon oreille. J'étais déchirée entre la peur des mastodontes qui se précipitaient vers nous et la sensation troublante de ses bras autour de mon corps.

— Tu t'en sors très bien.

J'agrippai son bras et fermai les yeux. Mon cœur faisait du zèle : il bondissait de plus en plus fort dans ma poitrine à mesure que le tonnerre des sabots se rapprochait et faisait trembler le sol. Une pellicule de poussière emplit soudain l'air, et un courant d'air chaud et humide me caressa le visage. Je me blottis davantage contre Jase pour m'en éloigner.

— Tu as un visiteur, Tess. (Il posa le menton sur ma tête. Mon pouls s'emballa de plus belle.) Deux, même.

— D'accord.

Il marqua une pause.

— Tu as les yeux fermés ?

— Non.

Il releva la tête, puis un éclat de rire secoua son torse.

— Tu as les yeux fermés. (Il rit de nouveau.) Ouvre-les.

Jurant dans ma barbe, j'entrouvris un œil. Je sursautai contre Jase. Il raffermit son étreinte.

— Oh. Waouh.

Le cheval noir et blanc était le plus proche. Il se tenait à peine à un mètre de moi. Le marron était un peu plus loin. Il secouait la tête en renâclant doucement. Les yeux écarquillés, j'observai les deux animaux l'un après l'autre.

— Rassure-moi, ils ne sont pas carnivores ? Parce que vu leur taille, ils pourraient très bien me manger.

Jase eut un rire rauque. Sa main remonta le long de mon ventre jusque sous mes seins.

— Les chevaux ne mangent pas les gens, idiote.

Je sursautai, les yeux plissés.

— Il y a un début à tout.

Le cheval noir et blanc retroussa légèrement les babines, comme s'il se moquait de moi.

— Tu vois celui-ci ? M. Je-veux-être-ton-meilleur-ami ? Jack l'appelle « Bubba numéro un », dit-il d'une voix douce et apaisante.

Le pouce qui dessinait lentement des cercles sur le tissu fin de mon débardeur et touchait les baleines de mon soutien-gorge à chaque passage ne faisait rien pour me calmer, lui.

— Le marron, c'est Bubba Numéro Deux.

La bouche sèche, je m'humectai les lèvres.

— C'est pratique pour s'en souvenir.

Il rit doucement tandis que son auriculaire et son annulaire se mirent à bouger de haut en bas, descendant vers mon nombril avant de remonter. On aurait dit qu'il ne se rendait pas compte de ce qu'il faisait, ni des frissons que ses mouvements m'arrachaient.

— Je trouve, moi aussi, mais son vrai nom, c'est Éclair.

Le cheval en question secoua la tête, rejetant sa crinière en arrière.

— Éclair lui va beaucoup mieux, admis-je en me détendant petit à petit.

Peut-être était-ce son intention : me distraire avec des caresses douces, *presque* innocentes. Ça fonctionnait, en tout cas.

— Et Bubba Numéro Deux ?

— Celui qui regarde le seau comme si c'était la Mecque des céréales, tu veux dire ? (Sa joue effleura la mienne. Je ris.) C'est Tonnerre. On va les nourrir. Ensemble.

Les frictions que ses doigts produisaient sur mon débardeur engendraient de petits frissons qui montaient et descendaient le long de ma colonne vertébrale.

— Avec nos mains ?

Le rire qui me répondit me fit retrousser le coin des lèvres.

— Oui. Avec nos mains.

— Tu as vu les dents qu'ils ont ? Je ne crois pas, non.

— Tout ira bien.

Ses doigts quittèrent mon ventre pour s'enrouler autour de mon poignet. Puis, doucement, il me fit tendre la main devant moi.

— Ne bouge pas.

Mon cœur bondit dans ma poitrine.

— Jase...

Éclair s'approcha et posa son nez humide contre ma paume. Je pris sur moi, m'attendant à ce qu'il dévore mes pauvres doigts. Ça n'arriva pas. Au contraire. Il repoussa ma main en hennissant doucement.

Alors, Jase guida ma main le long du museau de l'animal jusqu'à ses oreilles pointues.

— Tu vois ? murmura-t-il. Ce n'est pas si terrible que ça.

Je secouai la tête tout en caressant le doux pelage. Éclair anticipa mes mouvements, pressant sa tête imposante contre ma main tandis que mes doigts s'enfonçaient dans sa crinière. Ce n'était pas si terrible que ça.

Derrière moi, Jase bougea légèrement. Soudain, toute pensée relative aux chevaux s'envola. Ses hanches étaient parfaitement alignées avec les miennes. Je me mordis la lèvre inférieure et me concentrai sur la tache blanche qui couvrait le nez d'Éclair.

Je le sentais contre moi. Je sentais Jase. Il ne faisait plus aucun doute que la proximité de nos corps l'affectait tout autant. Cette idée, associée à la sensation de sa virilité contre moi, me donna le vertige, me rappela ce fameux samedi soir. Une chaleur presque insupportable se répandit jusque dans ma nuque. Dans ma tête, j'essayais de rationaliser sa réaction. C'était un mec. On était collé l'un à l'autre. Il suffisait d'un coup de vent sur leurs parties génitales pour qu'ils bandent. Dans ma logique, j'aurais dû faire comme si de rien n'était, mais mon corps ne partageait pas mon opinion. Il jouait solo. Une douleur sourde s'était réveillée dans mon bas-ventre. Un désir aigu mais agréable courait dans mes veines.

— Ils ne sont pas si effrayants que ça, non ? (Sa voix s'était faite plus grave, plus profonde.) On dirait des chiens. Enfin, des chiens qui peuvent porter cent kilos, si ce n'est plus.

Retirant sa main de la mienne, il recula. La disparition soudaine de son poids contre mon dos me fit l'effet d'une hydrocution.

— Fais-moi confiance.

Puis il me donna une tape sur les fesses.

Je hoquetai de surprise, les yeux arrondis comme des soucoupes. Alors que j'allais me tourner vers lui, Éclair, qui en avait assez qu'on l'ignore, me donna un coup de nez sur le bras.

— Euh...

— Tout va bien. Tu l'as caressé et il ne t'a pas dévoré la main.

Je pris cette pensée en considération. Éclair me regardait avec ses grands yeux noirs. Je le grattai alors derrière l'oreille, mais j'étais toujours morte de peur. De près, la taille de ces animaux était saisissante. En toute honnêteté, j'étais incapable de m'imaginer assise sur l'un d'eux, en particulier avec des noms comme Éclair et Tonnerre.

Jase revint près de moi et posa le seau entre nous. Tonnerre le suivait, agitant la queue d'un air impatient. Après s'être baissé pour ramasser une poignée de céréales, Jase se releva. Le museau brun se posa aussitôt contre sa main. Jase tourna la tête vers moi.

— C'est aussi simple que ça.

Même si je n'avais jamais imaginé laisser un cheval manger dans ma main, je ne dis rien lorsque Jase déposa de l'avoine dans ma paume. Avec une grimace, j'offris les céréales à Éclair.

— Si tu voyais ton expression ! (Jase rit en secouant la tête.) C'est trop mignon.

Et sûrement ridicule. Je sentis mes joues s'empourprer tandis qu'Éclair donnait des coups de nez à l'avoine dans ma main.

— Il fait son difficile ?

Tout sourire, Jase frotta l'encolure de Tonnerre de sa main libre.

— Je crois qu'il prend son temps parce qu'il t'aime bien.

— Tu crois ?

Je souris et, lentement, je tendis mon autre main pour caresser le nez élégant. Un long moment passa, pendant lequel je réfléchis à la façon dont je m'étais retrouvée ici. C'était plus qu'une simple rencontre avec des chevaux. Je comprenais ce que Jase essayait de faire. C'était lié à la conversation qu'on avait eue dans la Jeep. Substituer la poussée d'adrénaline et le plaisir que me procurait la danse par autre chose.

J'étais touchée qu'il s'inquiète ainsi pour moi et me consacre du temps. Davantage touchée que par le baiser volé de l'année précédente ou de brèves caresses. L'émotion m'obstrua la gorge pendant qu'Éclair mangeait son avoine du bout des lèvres, me chatouillant la paume.

Je ne savais pas pourquoi Jase faisait ça pour moi. D'accord, on était amis… depuis un certain temps, à présent. Lorsqu'il rendait visite à Cam, c'était aussi pour me voir, mais à mes yeux, on ne faisait pas ce genre de choses par amitié.

Même si j'étais loin d'être une experte en la matière.

Debout dans la légère brise qui ne faisait rien pour sécher ma peau moite, je me rendis compte dans un éclair de lucidité que je… n'avais pas beaucoup d'amis. Si Sadi ou les gens du studio de danse avaient réellement été cela pour moi, nous serions restés en contact malgré tout. Ce n'était pas une histoire de jalousie ou d'amertume. Mis à part la danse, rien ne nous liait.

Je déglutis pour faire passer la soudaine brûlure que je ressentais.

— Ça donne vraiment l'impression de voler ?

Jase me jeta un coup d'œil avant de hocher la tête.

— Oui.

Repoussant ma tristesse, je reportai mon attention sur Éclair. Quand il eut terminé la première poignée d'avoine, je me penchai pour en ramasser une autre. Il y avait quelque chose de paisible dans tout ça : le calme de la ferme, la simplicité de ce geste.

— Ce n'est pas si mal, admis-je d'une voix douce.

— Je sais. Et ça ira encore mieux quand tu auras compris à quel point le moment présent est précieux.

Je me mordis les lèvres en me rappelant ce qu'il m'avait dit dans la Jeep.

— Quand est-ce que tu es devenu si sage ?

— J'ai toujours été très sage. À tel point que je vois ça comme une malédiction.

Je ris légèrement.

— Non, en fait, ça vient avec l'expérience. Dans la vie, les choses se passent rarement comme tu le pensais, Tess. Crois-moi. Des événements peuvent changer complètement ton existence… ce que tu pensais vouloir, la personne que tu pensais être. Alors, tu remets tout en question, et même si ça te paraît affreux au début… (Il haussa les épaules et posa les yeux sur Tonnerre.) … Parfois, ça se termine encore mieux que tu ne l'aurais imaginé.

Vu la teneur de son discours, j'étais certaine qu'il avait déjà vécu quelque chose d'inattendu.

— Tu veux que je te dise un truc ? demanda Jase au bout de quelques minutes. Ce qu'a dit Jacob hier au foyer n'était pas vrai.

Le changement de sujet soudain me déstabilisa. Éclair mangeait toujours dans ma main. Je tournai la tête vers Jase.

— Hein ?

Tonnerre, qui avait terminé son repas, s'éloigna au trot. Jase s'essuya les mains sur son jean, puis s'approcha de moi pour gratter Éclair derrière l'oreille.

— Tu vois très bien de quoi je parle, Tess. Et je sais aussi pourquoi tu es partie brusquement.

Mon premier réflexe fut de nier. C'était toujours plus facile que de faire face à la réalité. Surtout quand la réalité était aussi humiliante. Mais Jase avait été aux premières loges, à l'époque. Nier m'aurait donné l'air stupide.

— Je n'ai pas envie d'en parler.

— Tess...

— Je pourrais vivre heureuse pendant le restant de mes jours si je n'entendais plus jamais son nom, ou si je ne pensais plus à lui, à ce que ça m'a fait d'être avec lui et de croire... (Contre toute attente, ma voix se brisa. Je dus inspirer profondément pour me reprendre.) Je ne veux pas me souvenir de ce que j'ai ressenti.

Il y eut un moment de silence.

— Tu sais pourtant que tu ne l'oublieras jamais. Et il faut que tu comprennes que Jacob avait tort.

Avec un soupir, j'observai Éclair dévorer ses derniers grains d'avoine.

— Au contraire, c'est vrai.

— Pas du tout...

— Si. J'étais l'une de ces connes qui se font frapper par leur mec. (Je ris, mais ce son sonnait faux à mes propres oreilles.) Et j'ai failli gâcher la vie de mon frère par la même occasion en laissant la situation s'envenimer. Crois-moi. Je le sais très bien.

— Tu ne sais pas grand-chose, visiblement. (Jase me prit la main, soufflant sur les résidus d'avoine pour les faire tomber.) Tu n'as pas failli gâcher la vie de ton frère. C'est lui qui a pris la décision d'aller mettre une raclée à ce salaud. Pas toi. Et je ne peux pas lui jeter la pierre. À sa place, je l'aurais mis six pieds sous terre.

Je relevai vivement les yeux en direction des siens. Je ne lus que de la franchise dans son regard gris acier.

— Non. Tu n'aurais pas fait ça, Jase.

Il haussa les sourcils.

— Euh, si. Et tu sais quoi, même si c'est mal, ça aurait été mon choix. Comme ça a été celui de Cam. Ça n'a jamais été ta faute. Peu importe ta relation avec ce *connard*. (Il cracha l'injure.) Ce qui s'est passé à Thanksgiving n'était pas ta faute.

En le regardant ainsi dans les yeux, mon Dieu, j'avais envie de le croire. Le poids de cette affreuse culpabilité était bien plus lourd que celui de mon futur tombé aux oubliettes. Une partie de ma responsabilité sembla s'envoler. C'était vrai. Je baissai la tête pour observer Éclair s'éloigner. Comme on ne lui prêtait pas suffisamment attention, il avait décidé de courir après Tonnerre.

Jase me tenait toujours la main. Ses doigts remontèrent jusqu'à mon poignet.

— Et tu n'es pas conne.

J'éclatai de rire et reportai mon attention sur lui.

— Bon, OK : pourquoi tu me parles de ça ? Pourquoi est-ce que tu essaies de me rassurer ?

— Parce que c'est la vérité. (Il pinça les lèvres, et un air inquiet se peignit sur son beau visage.) Tu avais quel âge quand vous avez commencé à sortir ensemble ?

Je haussai une seule épaule.

— Quel âge, Tess ?

Son ton était empreint d'une détermination sans faille.

Je secouai la tête et essayai de me libérer, mais il m'en empêcha. Cette conversation me donnait envie de me cacher sous l'énorme tas de foin derrière nous.

— J'avais quatorze ans. C'était l'été avant le lycée. Content ?

Il n'en avait pas l'air.

— Tu étais jeune.

Je serrai le poing sans m'en rendre compte.

— Oui, mais il...

— Il ne te frappait pas encore ? dit Jase d'une façon tellement directe que je tressaillis. (Son visage se détendit.) Quand a-t-il commencé ?

C'était facile à se rappeler. Le souvenir était toujours aussi frais dans mon esprit.

— Je venais d'avoir seize ans. J'avais marché sur ses Nike flambant neuves sans faire exprès.

Jase détourna le regard. Un muscle tressauta au niveau de sa mâchoire. Presque dix mois s'étaient écoulés entre la première et la dernière fois que Jeremy m'avait frappée. Dix mois pendant lesquels j'avais gardé le secret, pendant lesquels j'avais dissimulé mes bleus, et m'étais demandé ce que j'avais fait pour mériter ça. Dix mois que je ne voulais plus jamais revivre.

— Même seize ans, c'est très jeune. Tu l'es toujours, dit-il au bout d'un moment. (Son ton était calme, mais de toute évidence, il se contenait.) Je n'imagine même pas ce que tu as vécu. Tu étais une gamine, Tess. Tu n'étais pas stupide. Tu étais morte de peur.

Un nœud apparut soudain dans ma gorge. Quand je repris la parole, ma voix était rauque :

— Je croyais que c'était ma faute.

— Ce n'était pas ta faute. (Son regard brillait d'un éclat argenté.) Je t'en prie, dis-moi que tu en as conscience.

— Je le sais maintenant. (Clignant rapidement les yeux, je m'éclaircis la voix.) Ce qu'il m'a fait n'était pas ma faute, mais mon silence n'a pas aidé.

— Tess...

— Je comprends où tu veux en venir, mais j'aurais dû en parler à quelqu'un. Tu ne peux pas me dire le contraire. Le silence n'est pas une vertu. C'est une maladie, un cancer qui te bouffe de l'intérieur et te met la tête à l'envers. Je le sais, maintenant. Ce n'était pas le cas avant et puis... (Je m'interrompis, le souffle court, et secouai la tête. J'eus une pensée pour Debbie.) Et puis, les choses sont différentes à présent.

— C'est vrai, mais tu n'étais pas conne et ce n'était pas ta faute. Et si je le dis, c'est comme ça. Fin de la discussion.

Je le dévisageai d'un air incrédule.

— Fin de la discussion ?

Il hocha la tête. Ses lèvres commencèrent à s'étirer.

— Oui. J'ai toujours raison.

— Ouais, c'est ça.

Mon sourire s'élargit lorsqu'il me tira légèrement sur le bras. La couleur de ses yeux s'éclaircit, tirant vers le gris clair.

— Ne doute jamais de mon autorité.

J'éclatai de rire. Je me surpris moi-même à en être capable après une discussion aussi sérieuse et triste.

— Tu n'as aucune autorité.

Il eut un sourire narquois.

— Oh que si. Tout le temps. Mais elle est tellement discrète que tu ne t'en rends même pas compte.

Je levai les yeux au ciel ; la douleur qu'avait réveillée cette conversation gênante avait disparu. Je prenais ses paroles à leur juste valeur. Même si j'avais du mal à me décharger de toute responsabilité dans ce merdier, je savais que Jase croyait dur comme fer à ce qu'il m'avait dit. Et ce n'était pas rien. Ça comptait beaucoup pour moi.

— Alors, qu'est-ce que tu as pensé de cette rencontre ? me demanda-t-il.

On aurait dit que le nuage noir venait de passer au-dessus de nos têtes. On était officiellement de retour en terrain connu.

— Pas si mal que ça, hein ?

— Non. (Je lui souris.) Pas mal du tout.

— Alors la prochaine fois, tu en monteras peut-être un ? Éclair, par exemple ?

Mon estomac se serra.

— Euh...

— Je serai avec toi, ajouta-t-il en inclinant la tête. Du début à la fin.

Je m'imaginai pratiquement assise sur ses genoux, ses bras autour de moi qui me plaquaient contre lui... J'eus très chaud tout à coup. Il fallait que je freine mes pensées avant de me retrouver au royaume du X.

Il eut un rire moqueur, rauque et sexy, tout en s'approchant de moi. Ses baskets effleuraient les miennes. Je dus me tordre le cou pour le regarder dans les yeux.

— Je vois que l'idée ne te déplaît pas.

— Hein ? (Je grimaçai. J'espérais avoir l'air combatif, pas stupide.) Rien à voir. Je pensais au cours de musique de demain. On va parler de l'ère baroque, pas vrai ? C'est vraiment stimulant comme période. Je suis excitée comme une puce.

Un sourire narquois se forma sur ses lèvres.

— Je ne crois pas que ce soit ça qui t'excite.

— Ce n'est pas toi, en tout cas.

— Si tu le dis. (Une lueur taquine s'alluma dans ses yeux.) Tu pensais à moi.

Je reniflai. Comme un cochon.

— Je ne crois pas, non. Je ne pense jamais à toi.

— Tu mens très mal.

— Et toi, tu as les chevilles qui enflent. Tu es pire que mon frère, et ce n'est pas un compliment.

— Cause toujours. Je sais à quoi m'en tenir.

Quand il pencha la tête, ses lèvres effleurèrent ma joue, répandant une traînée de flammes dans leur sillon.

— Tu vois ? Tu rougis alors que je t'ai à peine touchée.

— C'est à cause du soleil, rétorquai-je en m'éloignant avant de faire un truc stupide. (Comme prendre son visage entre mes mains et le violer.) Je suis en train d'attraper une insolation.

Ma réponse lui arracha un éclat de rire.

— Il n'y a pas de soleil.

Je me renfrognai.

— Comme si ça avait la moindre importance.

— Tu sais quoi ?

J'attendis qu'il continue, la tête penchée sur le côté. Ce sourire agaçant ne semblait plus le quitter.

— C'est mignon.

— Quoi donc ?

J'espérais qu'il ne parlait pas de moi, parce que je voulais être plus que « mignonne » à ses yeux.

— Toi. (Il saisit une mèche de mes cheveux et s'en servit pour me chatouiller le cou. Je réprimai l'envie de lui tirer la langue.) Ton petit numéro. Tu essaies de me faire croire que tu ne passes pas ton temps à penser à moi. Je suis sûr que tu écris mon nom encore et encore sur ton ardoise, puis que tu l'effaces et que tu recommences.

— N'importe quoi, répliquai-je en riant.

— Et tu rêves de moi aussi, pas vrai ? Tu restes éveillée et tu...

Mon rire l'interrompit et je tentai de le frapper au torse avec ma main libre. Ce qu'il racontait était ridicule. Bon, OK, peut-être pas pour les rêves. Il était apparu dans un certain nombre d'entre eux. Ma main n'atteignit jamais sa cible. Il l'attrapa à une vitesse déconcertante et m'attira à lui dans un mouvement fluide et rapide.

Impressionnant.

— Ce n'est pas bien de frapper les gens, dit-il en souriant. Te bercer d'illusions non plus.

La sensation de ma poitrine contre son torse rendait la conversation encore plus difficile. Le bout de mes seins me picotait vivement.

— Tu t'entends parler ? C'est toi qui m'as dit que tu regrettais de m'avoir embrassée, je te rappelle... Alors pourquoi est-ce que je perdrais mon temps à penser à toi ? Je suis passée à autre chose, mon pote.

À l'instant où ces mots franchirent mes lèvres et que je croisai son regard, je compris que j'avais commis une erreur. J'ignorais à quoi il pensait, mais l'intensité de ses yeux argentés me consuma de l'intérieur. On était passé des taquineries inoffensives et des reparties pleines de mauvaise foi, parce que tout ce que je lui avais balancé n'était qu'un ramassis de mensonges, à ça… et je ne savais pas ce que c'était.

Toute trace d'humour avait déserté son expression étonnée.

— Je n'ai jamais dit que je regrettais de t'avoir embrassée.

— Je suis pourtant certaine du contraire.

Ses pupilles se transformèrent en argent liquide.

— Et moi, je suis certain que non.

Il secoua doucement la tête. Complètement perdue, je ne savais pas quoi dire.

— Je ne regrette pas de t'avoir embrassée.

Dans ma poitrine, mon cœur se mit à battre trois fois plus fort.

— Non ?

— Non. (Il détourna brièvement la tête, les mâchoires contractées, avant de plonger de nouveau son regard dans le mien.) Je devrais. J'aimerais que ce soit aussi facile.

— Pas moi, murmurai-je avant de pouvoir m'en empêcher. Je ne le regrette pas du tout.

Il me dévisagea un instant. Ses mains tremblèrent autour de mes poignets. Puis il tendit les bras pour mettre de la distance entre nous. J'aurais mieux fait de la fermer.

— Et puis merde ! s'exclama-t-il d'une voix rauque en me ramenant à lui.

Jase inclina la tête et sa bouche trouva la mienne avant même que je comprenne ce qu'il se passait. Mon esprit avait du mal à suivre, mais il était en train de m'embrasser. Il m'embrassait. Ses lèvres bougeaient contre les miennes et il n'y avait rien de tendre ou de doux dans ce baiser.

Il ne me fallut que quelques secondes pour m'embraser de la tête aux pieds.

Sans détacher sa bouche de la mienne, il prit mon visage entre ses mains et me pencha la tête en arrière. Je me mis sur la pointe de mes baskets et posai les paumes contre son torse. Sous mes doigts, son cœur battait aussi fort que le mien. Il frissonna tandis qu'il écartait les doigts… et je crois que c'est à ce moment-là que j'arrêtai de respirer.

Trois ans que j'avais le béguin pour lui, un an depuis que nos lèvres s'étaient rencontrées, et voilà que Jase m'embrassait enfin !

L'esprit en surchauffe, les sens en ébullition, je tremblai tandis qu'il mordillait ma lèvre inférieure de la même façon qu'il avait trituré mon cou la fois précédente. Puis il passa la pointe de sa langue au creux de mes lèvres en une invitation à les ouvrir. Alors, il approfondit le baiser, me goûtant, me faisant sienne… et me libérant en même temps. Ce baiser n'avait rien à voir avec celui qu'on avait partagé un an auparavant. C'était incomparable. Un gémissement rauque et presque primitif s'échappa de ma poitrine.

Il l'avala.

Pendant une seconde, je m'inquiétai que son père nous trouve ainsi. Ça aurait été gênant. Mais la pensée s'évanouit lorsque ses mains glissèrent le long de mon cou, sur mes épaules, jusque sur mes hanches. Se faire surprendre ? Aucune importance.

Mon cœur se gonfla jusqu'au bord de l'explosion. Il resserra sa prise sur mes hanches. Puis me souleva sans rompre le baiser. Guidée par l'instinct, je nouai mes jambes autour de sa taille et passai mes bras autour de son cou, enfouissant mes doigts dans ses cheveux soyeux.

Quand il se mit à avancer, je n'avais pas la moindre idée d'où il allait, mais j'étais époustouflée par sa capacité à faire plusieurs choses en même temps : sa langue se mêlait à la mienne, ses mains empoignaient mes fesses, et il ne trébucha pas une seule fois.

La myriade de sensations qui me traversèrent lorsqu'il se mit à genoux et que mon dos rencontra le foin me rendit folle. Son corps puissant recouvrit le mien, me rendant prisonnière. Les brins de paille me piquaient les bras, mais je ne sentais que ses lèvres chaudes contre les miennes. Quand il se pressa tout entier contre moi, j'en eus le souffle coupé. Le foin s'enfonça sous notre poids, nous engloutit tandis que les mains de Jase descendaient vers mes cuisses pour placer mes jambes par-dessus les siennes. Ça n'avait rien à voir avec la nuit où il avait trop bu. On savait tous les deux qu'il était pleinement conscient de ses actes. On était « ici ».

La pression, à l'endroit où il était le plus dur et moi la plus douce, laissait peu de place à la réflexion. Je le sentais contre moi. Lorsqu'il fit rouler ses hanches, je gémis en sentant un tressaillement de plaisir intense me parcourir. Je relevai les fesses pour suivre son mouvement. Le grognement qui me répondit résonna comme le tonnerre à l'intérieur de mes veines.

— Merde, fit-il contre mes lèvres gonflées. Putain de merde, Tess, je...

Sa bouche recouvrit de nouveau la mienne. Cette fois, il y avait quelque chose de plus profond, de plus mesuré dans ce baiser. Presque tendre. J'eus l'impression que sa main tremblait contre ma taille lorsqu'elle glissa sous mon débardeur. Quant à mes doigts, ce n'était pas qu'une impression, ils étaient franchement fébriles. Je les enfouis dans ses cheveux. Sa paume rugueuse caressa mon ventre. Je sursautai contre lui. J'avais envie, besoin même, de tellement plus.

À cet instant, où rien d'autre ne semblait exister que ses baisers, son goût, son contact, j'étais prête à aller jusqu'au bout.

Dans une ferme.

Près d'une grange.

Sur un tas de foin.

Lorsque ses lèvres quittèrent les miennes, je gémis. Elles me manquèrent aussitôt. Son rire satisfait planta des échardes de désir à l'intérieur de mes veines. Il se mit alors à tracer un chemin de feu dans mon cou. Je rejetai la tête en arrière, lui offrant tout ce qu'il voulait.

Et il ne se fit pas prier.

Il déposa un baiser sur le point sensible sous mon menton, frotta doucement son nez contre mon cou. Ses lèvres apaisèrent l'irritation causée par la repousse de sa barbe. Mon corps tout entier le désirait, désirait plus… plus que ça.

Comme si j'étais dans un tunnel, j'entendis le ronronnement lointain d'une voiture. Au début, je crus qu'il s'agissait de mon imagination. Je priai pour que ça le soit. Mais à mesure que les secondes s'égrenaient, le son s'amplifia.

Jase se redressa et se releva d'un bond. Malgré la chaleur, l'air me parut soudain bien froid. Hébétée, je l'observai des pieds à la tête. De la paille collée à son tee-shirt aux poils fins de ses bras. Mes yeux descendirent lentement sous sa ceinture avant que je prête attention à mon propre état.

Mon débardeur était coincé sous mon soutien-gorge.

La voiture dépassa le virage et on aperçut la carrosserie rouge derrière les plants de maïs vert et jaune.

Mon cerveau avait du mal à se remettre en route. Aussi, quand Jase m'aida à me relever, je ne m'y attendais absolument pas. Penchant sur le côté, je tentai de me rétablir sans m'appuyer sur ma mauvaise jambe. Jase me rattrapa et je pus retrouver l'équilibre. Je haletais comme si je venais de danser la gigue.

— Putain, Tess, dit-il en traçant le bord de mon débardeur. (Il le remit en place tandis que je restais là, comme une imbécile.) Ça…

La voiture s'arrêta près de la Jeep de Jase. La portière côté passager s'ouvrit, et une petite silhouette en sortit. Une femme cria.

— Jase ! s'exclama une petite voix. (Son petit frère courait vers l'enclos.) Jase !

J'étais figée sur place. Je savais que j'étais couverte de foin et que ma peau était bien trop rouge, comme si j'avais bel et bien attrapé une insolation. Mon regard inquiet se posa sur Jase.

— Je suis désolé. Ça n'aurait jamais dû se produire, dit Jase avant de se retourner et de s'éloigner.

8

Jack se jeta dans les bras ouverts de Jase qui l'attendait. Soulevant le petit garçon, Jase le fit tournoyer dans les airs. Quelqu'un aurait pu perdre un œil s'il s'était approché de trop près. Jack cria de délice, les yeux fermés très fort et la bouche ouverte.

Ma poitrine se serra en les voyant ensemble. Jase... il serait un très bon père un jour. Bien sûr, je n'en ferais jamais l'expérience vu que, pour lui, j'étais une erreur ambulante. Cette pensée me piquait à vif, comme les frelons d'un essaim dans lequel j'aurais donné des coups de pied. Je ne savais pas pourquoi j'en souffrais autant. Avoir des enfants n'était pas dans mes projets immédiats. Pourtant, la douleur dans mon cœur ne se dissipa pas pour autant.

Jack gigota pour que son frère le pose, et à l'instant où ses pieds touchèrent le sol, il s'élança vers moi. Enroulant ses petits bras autour de ma jambe, il releva la tête vers moi et me sourit d'une façon qui me fit fondre. Cet enfant était adorable.

— Tu as appris à monter sur les dadas ? me demanda-t-il.

Surprise qu'il s'en souvienne, je m'efforçai de sourire.

— Je les ai nourris, mais je n'ai pas appris à les monter.

Et étant donné la situation, je doutais que ce soit encore d'actualité.

— Pourquoi vous ne faisez pas du cheval ensemble ? demanda Jack en tournant la tête vers son frère.

— « Faites », le corrigea Jase d'un air absent. (Il s'approcha de nous et attrapa Jack par les épaules.) On dirait une amibe.

Jack fronça les sourcils, mais refusa de me lâcher la jambe.

— C'est quoi, une namibe ?

Jase rit doucement et le tira de nouveau vers lui.

— Quelque chose qui a tendance à s'accrocher aux autres. Tu devrais la lâcher.

Pendant un instant, il n'eut pas l'air de vouloir obéir, puis il desserra son étreinte étonnamment puissante. Jase releva la tête en écartant doucement son frère de moi. Nos regards se croisèrent. Il détourna aussitôt les yeux.

Génial. Le trajet du retour s'annonçait merveilleux.

Mais pas aussi gênant que de rencontrer sa mère pour la première fois en paraissant m'être envoyée en l'air dans le foin… Ce qui n'était pas loin d'être vrai.

Mme Winstead me sourit chaleureusement lorsque je suivis les deux frères jusqu'à la Jeep, mais la surprise marquait ses traits. C'était une belle femme, avec de légères rides autour des yeux et de la bouche. Avec son jean et son tee-shirt usé, elle semblait savoir s'occuper d'une ferme et ne pas avoir peur de mettre la main à la pâte.

Prenant une grande inspiration, je lui tendis la main tandis que Jase soulevait son frère et le plaçait sur ses épaules comme un sac de patates. Il ne comptait pas faire les présentations. Pas comme avec son père. Pas après ce qui venait de se passer. Je ne me sentais pas bien. Je n'avais pas l'impression d'être à ma place, je n'avais rien à faire ici. Ma gorge se mit à me brûler et la douleur s'étendit jusqu'à mon cœur.

J'en eus le rouge aux joues.

— Bonjour. Je suis Teresa.

En entendant ma voix rauque, Jase se tourna vivement vers moi. Je me raclai la gorge, concentré sur sa mère.

— Je suis la sœur de Cam.

Une lueur de reconnaissance brilla dans ses yeux marron.

— Ah oui. Comment va ton frère ?

De retour en terrain connu, je me détendis un peu.

— Il va très bien. Il va essayer d'intégrer l'équipe de DC United au début de l'année prochaine.

— C'est vrai ? Ça fait plaisir à entendre.

Elle jeta un coup d'œil à Jase qui refaisait le coup de la cape de Superman à son frère. Mon Dieu, ils étaient vraiment adorables ensemble. Soupir.

— Tu savais que Jase jouait au foot ?

— Maman, grogna Jase.

Je hochai la tête.

— Oui, Cam en a parlé une ou deux fois, mais il ne m'a jamais dit pourquoi il avait arrêté.

Au moment où Mme Winstead ouvrait la bouche pour répondre, Jase reposa Jack avec précaution par terre.

— On doit y aller, Maman. (Il me regarda à peine.) Allez, viens, Tess.

Je croisai les bras sur ma poitrine en faisant un pas en arrière. Je me mordis la langue. Je n'étais pas un chien. Je n'obéissais pas à ses ordres.

— Je veux venir ! s'écria Jack en s'élançant vers la Jeep.

Jase le rattrapa.

— Désolé, petit gars. Pas cette fois.

Sa lèvre inférieure se mit à trembler.

— Mais je veux venir avec toi !

— Je sais, mais je dois ramener Tess, OK ?

Jack fit la moue. Il ne faisait aucun doute qu'une énorme crise était sur le point d'éclater. Jase s'agenouilla alors devant lui et posa les mains sur ses épaules. Il s'était mis à sa hauteur. C'était rare pour les mecs de son âge.

— Je reviens tout de suite, d'accord ? On ira manger une glace après. Qu'est-ce que tu en dis ?

Le regard de Jack s'illumina, mais leur mère fit la grimace.

— Jase, tu vas lui couper l'appétit. Encore une fois.

Jase lui tira la langue.

— On ne va rien couper du tout, pas vrai ?

Le petit garçon gloussa.

— Non !

— Super, alors dépêche-toi de rentrer. (Il se leva et guida son frère jusqu'à Mme Winstead, qui l'attendait.) Je reviens dans pas longtemps.

Puis il se tourna vers moi et je me raidis.

Je me sentais aussi tendue qu'une danseuse qui entre sur scène pour la première fois. Je fis un signe de la main à Mme Winstead et à Jack.

— Ravie de vous avoir rencontrée.

Tout sourire, elle jeta un coup d'œil à Jase avant de revenir vers moi.

— J'espère te revoir bientôt.

Merde. C'était encore plus gênant, maintenant.

Je hochai la tête. Qu'aurais-je pu faire d'autre ? Jack échappa à la surveillance de Mme Winstead pour me prendre une dernière fois dans ses bras. Je lui rendis son étreinte, sachant que j'aurais du mal à ne pas tomber amoureuse de ce petit garçon.

Une partie de moi aurait préféré faire du stop plutôt que de monter en voiture avec Jase, mais ça aurait sûrement éveillé des soupçons. Aussi, après le départ de Jack, je me dirigeai vers la Jeep. Gentleman à ses heures perdues, Jase m'ouvrit la porte.

Je ne le remerciai pas.

Quand Jase monta à son tour, il laissa échapper un soupir. Ça me mit en rogne. De quel droit se sentait-il contrarié ? Les mâchoires serrées, il fit demi-tour et s'engagea sur la route en gravier. Il n'ouvrit pas la bouche jusqu'à ce qu'on atteigne la fin du chemin.

— Tess...

— Arrête, l'interrompis-je. Il n'y a rien que tu puisses dire que j'aie envie d'entendre, là, tout de suite. Et si tu me répètes que ce qui s'est passé était une erreur... (Ma voix se brisa de la plus humiliante des façons.) Je te mets un pain dans la gueule. Je ne rigole pas.

Ses lèvres se retroussèrent comme s'il croyait que je plaisantais.

— Je n'aurais pas dû le formuler de cette façon, mais...

— Stop, le prévins-je en sentant qu'il allait aggraver son cas. Contente-toi de me ramener.

Je pressai mes lèvres l'une contre l'autre pour les empêcher de trembler, comme la gamine que j'étais. Je sentais ses yeux sur moi.

— Je veux simplement rentrer chez moi.

Il y eut un moment de silence, puis il jura :

— Et merde.

Au lieu de se garer sur le côté, il se contenta de s'arrêter en plein milieu. La Jeep tangua lorsqu'il se tourna vers moi.

— Tu ne comprends pas, Tess.

Levant les yeux au ciel, j'étais sur le point de lui rendre la monnaie de sa pièce, mais ma gorge se noua.

— Tu as raison. Je ne comprends vraiment pas. C'est à cause de Cam ? Si c'est ça, c'est ridicule, Jase. Cam est mon frère, pas le gardien de ma chasteté.

Jase fit la grimace, comme s'il avait mangé quelque chose d'acide.

— Je me serais bien passé de cette image.

— Oh, la ferme.

Son visage se détendit, mais ses mains agrippèrent le volant un peu plus fort.

— D'accord. Ce n'est pas à cause de Cam. Enfin, peut-être un peu au début, parce qu'en sortant avec sa petite sœur j'enfreins un tas de règles... mais je peux passer outre.

— Tu l'as déjà fait, visiblement, marmonnai-je en me tournant vers la vitre. À moins que ta bite ne l'ait fait à ta place.

Jase faillit s'étrangler en toussant.

— Tess, je... La vérité, c'est que tu n'as pas envie d'être avec moi. Crois-moi.

J'eus un rire sans joie.

— Waouh. C'est nouveau. C'est moi qui te rejette et pas l'inverse ? Bravo.

— Ça n'a rien à voir, insista-t-il. Fais-moi confiance. Tu ne sais pas tout de moi. Si c'était le cas, tu ne serais pas assise dans cette voiture.

Reportant mon attention sur lui, je lui adressai un regard interrogateur.

— Tu as tué quelqu'un ? Tu l'as coupé en morceaux et tu as nourri des porcs avec pour faire disparaître le cadavre ?

— Quoi ? (Il fronça les sourcils.) Bien sûr que non !

— Tu as frappé ou violé une fille ? Tu séquestres une bande de gamins dans un sous-sol, quelque part ? À moins que tu ne sois un terroriste ?

Il fit une grimace de dégoût.

— Quelle horreur. Pas du tout !

— OK, dis-je lentement. Alors, je ne sais pas ce que tu as fait exactement, mais ça ne peut pas être si terrible que ça.

Il détourna le regard en secouant la tête.

— Tu ne comprends pas, Tess. Je ne peux pas être avec toi.

— Mais je suis déjà à toi, murmurai-je avant de me mettre une main sur la bouche.

Est-ce que j'avais vraiment dit ça ? Horrifiée, je vis ses yeux s'agrandir comme des soucoupes.

Oh, mon Dieu. Je l'avais vraiment prononcé à voix haute.

Mais c'était la vérité. Qu'il le veuille ou non, je lui appartenais déjà. Je ne pouvais pas changer ce que je ressentais ni ce dont j'avais besoin.

— Non, fit-il. (Des ombres passèrent dans son regard.) Je ne veux pas te blesser.

« Mais »... Le « mais » qu'il ne disait pas m'accablait.

Je fermai les yeux et me mis à respirer difficilement. La pression écrasante dans ma poitrine s'accentua encore. Je lui avais ouvert mon cœur, de façon pathétique certes, et c'était la seule chose qu'il trouvait à dire ? Humiliée au plus haut point, je n'avais qu'une envie : m'enfuir.

— Ramène-moi, s'il te plaît.

Il resta immobile à la place du conducteur.

— Tess...

— Ramène-moi !

Le silence retomba, l'espace d'un battement de cils, et il posa les mains sur ses genoux.

— C'est mon fils ! cria Jase, aussi surpris que moi. (Puis, plus bas, comme s'il n'arrivait pas à croire ce qu'il disait, il reprit :) Jack est mon fils.

9

Je n'étais pas sûre d'avoir bien entendu. Mes oreilles me jouaient sans doute des tours, parce qu'il était impossible que Jack soit son fils. Jack était son petit frère.

Mais tandis que je l'observais, je remarquai la pâleur de son visage et le sérieux de son regard gris. Alors je sus que cette révélation, ce secret que sûrement personne ne connaissait… était vrai.

Je secouai la tête d'un air incrédule.

— Jack est ton fils ?

Jase soutint mon regard encore un instant avant de détourner les yeux. Plusieurs secondes passèrent avant qu'il reprenne la parole.

— Merde. Je… Personne ne le sait, Tess. À part mes parents. Et Cam aussi, mais il ne dira jamais rien. Personne d'autre.

Ce n'était guère étonnant que Cam soit au courant, mais j'étais surprise qu'il ne m'ait pas mise dans la confidence. En même temps, ça ne me concernait pas.

Je continuai de le regarder. Je ne savais absolument pas comment réagir. Mon esprit fonctionnait à cent à l'heure. C'est vrai que Jack et Jase se ressemblaient terriblement, mais il n'y avait là rien d'extraordinaire pour des frères. Jase était très proche de Jack, et ils avaient beaucoup d'affection l'un pour l'autre, mais les frères aussi. Jase faisait passer Jack avant le reste, mais un frère aurait fait de même.

Sauf qu'ils n'étaient pas frères.

Ils étaient père et fils.

Putain de merde.

Au final, ça expliquait beaucoup de choses. Mis à part sa façon de se comporter avec Jack, il y avait aussi la conversation qu'on avait eue plus tôt, dans la voiture. Il avait l'air de bien savoir que les meilleures choses de la vie n'arrivaient pas forcément quand on s'y attendait. Ça expliquait pourquoi il avait arrêté le foot et pourquoi il ne comptait pas accepter un job qui l'obligerait à déménager. Il voulait rester près de son fils, peu importait le statut qui les unissait. Ça expliquait aussi pourquoi il ne ramenait jamais de copine à la maison. Il avait un enfant et, même s'il ne l'élevait pas, il aurait peut-être à le faire un jour. Et ça faisait beaucoup à encaisser pour une fille. Je comprenais. Moi-même, j'étais sous le choc.

Jase était papa.

À ranger dans la catégorie PBAB : père bon à baiser.

Je fermai les yeux. Oh, mon Dieu. Je n'arrivais pas à croire que j'avais pensé une chose pareille. Il était papa.

Le souffle coupé, je l'observai tendre la main vers moi et retirer quelque chose, un brin de paille, de mes cheveux. Il le fit rouler entre ses doigts pendant que je continuais de le dévisager, bouche bée.

— Est-ce que… Est-ce qu'il le sait ?

Jase secoua la tête.

— Non. Il est persuadé que ses grands-parents sont ses parents.

— Pourquoi ?

La question m'échappa avant que je me rende compte à quel point elle était intrusive. Mon Dieu, c'était vraiment impoli de ma part. Mais j'avais envie de savoir.

Il fallait que je sache pourquoi Jase, qui aimait visiblement ce petit garçon plus que tout, laissait quelqu'un d'autre l'élever.

— C'est compliqué, répondit-il en se laissant aller contre son siège. (Il se passa une main sur le visage et soupira.) Ils l'ont élevé depuis sa naissance. Ils l'ont même adopté. Ça fait de moi un connard, pas vrai ? (Il pencha la tête en avant. La douleur que je lus dans ses yeux me serra le cœur.) Je ne suis même pas capable d'élever mon propre fils, putain. Ce sont mes parents qui le font et il n'est même pas au courant. Je suis sûr que tu me trouves moins sexy, maintenant.

Je clignai les yeux, la bouche grande ouverte. Je ne savais pas quoi répondre à ça.

Il eut un rire rauque et appuya de nouveau sa tête en arrière. La tension quitta ses épaules.

— Je n'élève pas mon propre enfant, répéta-t-il. (Je compris tout de suite qu'il se le disait souvent à lui-même.) Mes parents s'en occupent depuis cinq ans. Je voudrais que ça change, mais je ne peux pas effacer ces années, alors comment faire ? Il perdrait tous ses repères si je lui avouais la vérité maintenant. Je ne veux surtout pas faire ça. Ça briserait aussi le cœur de mes parents. Ils l'aiment comme leur fils. (Il ferma les yeux.) Je suis un bon à rien.

En entendant son rire amer, je me redressai sur mon siège.

— Tu n'es pas un bon à rien.

— Oh, je t'en prie. (Un sourire pathétique se dessina sur ses lèvres.) Je viens de te dire que j'avais un gosse. J'ai presque vingt-deux ans et j'ai un fils de cinq ans que mes parents élèvent. Fais le calcul, Tess. J'avais seize ans quand il est né. Seize ans. J'étais encore au lycée. Ce n'est pas quelque chose dont on peut se vanter.

— Est-ce que c'est quelque chose dont tu as honte ?

Son regard se fit acéré, et il sembla retourner la question dans son esprit.

— Non, répondit-il d'une voix calme. Je n'ai pas honte de Jack. Jamais. Mais j'ai honte de ne pas prendre mes responsabilités et de ne pas jouer le rôle de père pour lui.

Je me mordis les lèvres. J'avais tant de questions à lui poser ! Un camion passa à toute vitesse sur la route devant nous.

— Donc tu avais seize ans quand il est né ? Tu n'étais qu'un gamin. Comme moi quand je sortais avec Jeremy.

— Ça n'a rien à voir. (Il ferma les yeux.) Ça n'excuse pas mes actes.

— Tu en connais beaucoup, des ados de seize ans qui pourraient être parents ? m'enquis-je.

— Certains y arrivent très bien.

— Et alors ? Ça ne veut pas dire que tout le monde est prêt à l'être à seize ans. Moi, je sais que j'en aurais été incapable. Et mes parents m'auraient aidée. (Je m'interrompis. Comme une idiote, je venais juste de me souvenir qu'il fallait être deux pour faire un enfant.) Tu n'étais pas le seul responsable, d'ailleurs. Il y avait la maman. Où est... ?

— Je ne veux pas parler d'elle, rétorqua-t-il vivement. (Le ton de sa voix me fit tressaillir.) Tout ça n'a rien à voir avec elle.

Waouh. Pas de doute : il y avait bien un problème avec la mère.

— Aider, ce n'est pas la même chose qu'adopter. (Il ouvrit légèrement les yeux.) Quand je leur en ai parlé, ils n'étaient pas contents, mais ils voulaient que je termine le lycée, que j'aille à la fac et que je continue de jouer au foot. Ils ne voulaient pas que je perde tout ça.

— Je peux comprendre, répondis-je doucement.

Et la mère, dans tout ça ?

— C'était ça, ou faire adopter Jack, parce que je n'étais pas prêt. Je sais que c'est horrible, mais je ne voulais pas de lui, au début. Je ne voulais rien avoir à faire avec lui. Il n'était même pas né, je ne l'avais même pas vu, pourtant je l'avais déjà abandonné de la pire des façons...

Sa voix s'enroua. Il s'éclaircit la gorge. De toute évidence, la mère avait été écartée du tableau dès la naissance de Jack. Je mourais d'envie de savoir pourquoi.

— Ils ont donc fait la demande d'adoption, et elle a été acceptée. En y repensant aujourd'hui, je me rends compte à quel point j'ai été égoïste. J'aurais dû le reconnaître à l'époque, mais je ne l'ai pas fait. Et je ne peux plus rien faire pour changer ça, aujourd'hui.

— Mais tu fais partie de sa vie, Jase. Et je vois bien que tu regrettes que les choses se soient passées ainsi. N'est-ce pas le plus important ? Que tu l'aimes ?

La tête rejetée en arrière, Jase souffla doucement.

— Je l'aime plus que tout, mais ça n'excuse en rien les décisions que j'ai prises.

La colère me submergea, à tel point que j'en oubliai l'histoire de la mère.

— Il n'y a pas si longtemps, tu m'as dit que seize ans, c'était jeune, que je ne devais pas m'en vouloir de n'avoir rien dit à propos de Jeremy. Pourquoi est-ce que j'aurais le droit de jouer la carte de l'âge et de la naïveté et pas toi ?

Il ouvrit la bouche.

— Pourquoi ? insistai-je. Ce n'est pas juste et ce n'est pas objectif du tout ! (J'étais lancée à présent, et je n'avais pas l'intention de me taire.) Tu ne peux pas me dire d'oublier mes décisions et mes actions passées quand tu refuses de le faire toi-même !

Jase se fondit un peu plus contre son siège. Sa gorge bougeait, comme s'il cherchait la bonne réponse, mais qu'il ne savait pas quoi dire.

— Putain, tu m'as eu, là.

— J'espère bien.

Ses lèvres se retroussèrent, mais ses yeux restaient sombres.

— Tu… Tu n'as pas besoin de tout ça. (Il reporta son regard gris comme des nuages de pluie vers moi.) Tu es jeune. Tu as toute la vie devant toi.

Je haussai les sourcils.

— Quel est le rapport ? Je tiens à toi, Jase. Beaucoup. OK ? Je veux être avec toi. (J'avais les joues en feu, mais je continuai.) C'est évident. Mais toi, tu prends des décisions de ton côté et tu te montes la tête sans même me demander ce que j'en pense.

— Et qu'est-ce que tu en penses, Tess ? lâcha-t-il, les mâchoires crispées. (Ses yeux avaient pris un éclat dangereux.) Tu veux toujours être avec moi ? Même en sachant tout ça ? Tu crois que ce serait intelligent qu'on sorte ensemble ? Et si tu te rapprochais de Jack ?

Je croisai les bras sur ma poitrine.

— Pourquoi tu ne veux pas que je me rapproche de lui ? Je croyais que tu pensais que je serais…

— Tu as l'intention de partir, Tess. Tu ne veux pas habiter ici. Et je m'en voudrais si ce petit garçon venait à souffrir juste parce que tu as envie de te faire sauter.

Je tressaillis, touchée en plein cœur. La gorge serrée, je sentis des larmes me brûler les yeux. Était-ce ce qu'il pensait vraiment ? Après tout ce que je lui avais dit ? Après tout ce qu'il avait dit et fait pour moi ? Pour lui, je voulais juste me faire sauter ?

Connaître son opinion de moi me blessait encore plus que d'être rejetée.

— Tu sais quoi, Jase ? (Ma voix tremblait, mais je m'en fichais pas mal.) Ce n'est pas parce que tu as un gosse que tes parents élèvent ou que tu refuses ne serait-ce que de murmurer le nom de sa mère que tu me rebutes ou que tu me donnes une mauvaise image de toi. Non, ton comportement et les conclusions complètement débiles que tu tires suffisent largement pour ça.

10

Le vendredi, Jase ne vint pas en cours.

Lorsque la leçon sur la musique baroque commença sans lui, je ne fus qu'à moitié surprise. La veille, le trajet du retour s'était poursuivi dans un silence pesant.

Ce que je lui avais dit était la vérité. Oui, j'étais stupéfaite d'apprendre qu'il avait un gamin. Je ne m'étais pas du tout attendue à ça. Mais avec le recul, on pouvait accepter beaucoup de choses. Et là, il en fallait sacrément. Je ne le voyais pas différemment. Pas vraiment. Bon, OK. Ce n'était pas tout à fait vrai. Bien sûr que je le voyais un peu différemment. Il était papa, merde. Je ne connaissais aucun père de mon âge. Mais ce n'était pas pour ça qu'il m'avait déçue ou que mes sentiments pour lui avaient changé. Même si, je l'admettais, une relation avec lui allait être difficile.

Elle l'aurait été dans tous les cas.

Il avait un petit garçon auquel il allait peut-être dire la vérité un jour. La femme qui partagerait le futur de Jase devrait se tenir prête. Qui sait si j'aurais pu être cette femme ? Il ne m'en avait même pas donné la chance.

Comme je le lui avais dit, c'était la façon dont il me voyait qui m'avait blessée, qu'il pense que je pourrais entrer dans la vie de Jack sans réfléchir aux répercussions qu'un départ soudain aurait sur lui.

Sur le chemin du retour, le regard de Jase avait croisé le mien de temps en temps. Chaque fois, il avait détourné rapidement les yeux. La seule chose qu'il m'avait dite était : « Au revoir. » Point final.

Ça me faisait mal au cœur.

Jase ne m'avait pas appelée, et je refusais de faire le premier pas comme la fois précédente, seulement pour être froidement ignorée.

« Jack est mon fils. »

Je savais que c'était stupide de ma part, mais j'avais mal pour lui. Même s'il se comportait comme un connard avec moi, il aimait ce petit garçon, et cette situation le tuait à petit feu. Tout ça à cause de choix qu'il avait faits quand il était ado.

Comme ceux qui me hantaient moi-même.

Il y avait aussi le mystère de la mère dont il refusait de parler. Où était-elle ? Vivait-elle toujours par ici ? Cachait-il un cœur brisé derrière son ton mordant ?

Cette pensée me serra le cœur et j'eus envie de me frapper. Comment aurais-je pu être jalouse d'une femme dont je ne connaissais même pas le nom. Toutefois... j'avais mis le doigt sur quelque chose, quelque chose d'énorme. J'avais l'impression que son aversion à s'engager avait plus à voir avec elle qu'avec Jack.

Mais quelle importance ?

Il m'avait dit que fricoter avec moi était une erreur. Et, bien qu'il m'ait confié son secret, sa façon de me voir n'avait pas changé. Je comprenais son comportement, mais le résultat était le même.

Je n'aurais jamais dû le laisser m'embrasser. Après tout, ce n'était pas comme si je n'avais pas su comment ça allait se terminer. Pourtant, mon cœur se serrait à la vue du siège vide près du mien. Je n'avais presque pas dormi la nuit précédente, et au petit matin, la douleur s'était faite lancinante. Mes émotions et mes pensées ne faisaient qu'un.

Mais maintenant...

Maintenant, j'étais en colère.

Ce n'était pas moi qui l'avais embrassée. Pas cette fois. Ni la première, d'ailleurs. Ce n'était pas moi qui m'interdisais d'avoir une relation. C'était lui. Et pourtant, c'était lui qui revenait me chercher, qui me donnait des baisers qui m'enivraient jusqu'au plus profond de mon âme, avant de me repousser violemment.

Je n'avais pas beaucoup d'expérience avec les garçons, le sexe ou les amis, mais j'avais compris avant même que Jase m'embrasse qu'il avait envie de moi. Son corps l'avait trahi quand il m'avait prise dans ses bras lorsqu'on avait nourri Éclair. Bien sûr, j'avais conscience que le désir et l'amour étaient deux choses bien distinctes.

Moi-même, je pouvais fantasmer sur trois personnes différentes par jour.

Je comprenais également qu'avoir un fils ne l'empêchait pas d'avoir une vie sexuelle. Jase avait envie de moi. Mais est-ce que ça allait plus loin que ça ?

Sûrement. Il voulait que je trouve une autre activité que la danse. Il m'avait émue en me disant que ce qui était arrivé à Cam n'était pas ma faute. Ces attentions signifiaient qu'il s'inquiétait pour moi, non ? À moins qu'il n'agisse comme ça parce que j'étais la sœur de Cam... Merde.

L'agacement me donnait la bougeotte. Je ne tenais pas en place sur ma chaise. Je serrai le capuchon de mon stylo dans ma main jusqu'à ce qu'il craque. À l'intérieur de moi, j'attisai la flamme jusqu'à ce qu'elle se transforme en une boule de colère. La colère, c'était toujours mieux que la douleur.

Ce qui m'énervait le plus, c'était que j'allais rater mon semestre parce que j'avais passé les trente dernières minutes à faire une fixette sur ce connard au lieu d'écouter le cours de musique !

— L'ère baroque a vu la création de la tonalité, dit M. Gibson. La tonalité est un langage musical dans lequel les sons sont arrangés de manière hiérarchique à partir d'une clé. On appelle ça l'harmonie tonale.

Hein ?

Comme je venais de reprendre la leçon en cours, je n'avais pas la moindre idée de ce que racontait Gibson. Quand il poursuivit, je me sentis encore plus perdue.

— Les compositeurs de l'ère baroque les plus connus et le plus souvent cités sont : Johann Sebastian Bach...

J'aurais bien mis un « Sebastian Bach » dans la gueule de Jase, tiens.

— Ça va ? me demanda Calla à la fin du cours.

Je rangeai mon cahier dans mon sac en hochant la tête.

— Oui. Je suis fatiguée, c'est tout.

Elle se leva sans commentaire. Elle m'avait déjà demandé comment s'était passé mon rendez-vous en classe d'histoire. Comme je n'avais pas envie de jurer tous les trois mots, je lui avais répondu que tout s'était bien passé.

Malgré le soleil, l'air était frais à l'extérieur du bâtiment des arts. Pour une fois, je fus contente de porter un jean. La pauvre Calla, elle, avec son short en coton rouge, allait se les geler.

— Tu sais, quand Gibson nous a parlé de Sebastian Bach, je n'ai pas pu m'empêcher de penser à ce chanteur de rock des années 1980 qui était trop canon. Je doute que le vrai... (Quand on tourna à l'angle du mur, elle s'interrompit et eut un hoquet de surprise.) Oh putain.

Curieuse, je suivis son regard tout en croisant les bras. Je plissai les yeux pour mieux y voir. Un mec aux cheveux bruns coupés court était en train de traverser le parking. Les voitures sortaient les unes après les autres. Lui passa sans regarder entre une Volkswagen et un van. Avec son pantalon bleu foncé en toile et la chemise grise qui recouvrait ses épaules carrées et son torse musclé, il semblait sortir tout droit d'une brochure d'accueil d'une fac lambda.

Je l'avais vu plusieurs fois du côté de Whitehall. Il était difficile à manquer avec son beau visage taillé à la serpe et ses lèvres pulpeuses et expressives. Je jetai un coup d'œil à Calla.

— C'est qui ?

— Tu ne le connais pas ? demanda-t-elle en tirant sur le bas de son short. C'est Brandon Shriver.

— Brandon Shriver ? (Je sortis mes lunettes de soleil de mon sac pour les mettre.) J'aime bien son nom.

— Moi aussi. Mais ça m'étonne que tu ne le connaisses pas. C'est un pote de Cam et Jase.

J'esquissai un sourire contraint. Jase. Pour le moment, je faisais comme si ce type n'existait pas. Ça ne fonctionnait pas des masses.

— Il est arrivé ici au semestre dernier, au printemps, mais il est plus vieux que moi.

Le creux de ses joues s'empourpra. Calla avait déjà plus de vingt ans. Je tentai de trouver une raison pour laquelle il aurait commencé la fac aussi tard. Elle répondit à ma question avant que je la pose.

— Il s'est engagé dans l'armée pendant deux ans, à l'étranger. Je crois qu'il est en section sciences de l'éducation. C'est bizarre. Il est trop sexy pour devenir prof.

— Hé ! m'exclamai-je en lui donnant un coup de coude. Moi aussi, je vais être prof.

— Oui, mais je ne veux pas faire de jolis bébés avec toi. Avec lui, par contre, dit-elle avec un soupir rêveur, c'est une autre histoire. Oh, il vient par là.

En effet, il monta sur le trottoir et traversa le parvis. Il n'était qu'à quelques pas lorsqu'il tourna la tête vers nous. Je remarquai aussitôt qu'il avait les yeux d'un vert profond. C'était la première fois que je me trouvais assez près de lui pour m'en rendre compte. Son regard brillant se posa sur Calla, puis sur moi avant de revenir vers mon amie blonde.

Calla lui fit un léger signe de la main. Ses joues étaient aussi rouges que son vernis à ongles.

— Salut !

— Bonjour. (Il avait une belle voix grave. Il jeta un coup d'œil par-dessus son épaule avant de s'approcher.) Il y a un monde fou sur la route. J'espère que vous n'avez pas l'intention de quitter le campus tout de suite.

Une seconde passa, puis Calla secoua la tête.

— Pas avant deux heures, au moins. Et toi ? me demanda-t-elle.

Elle savait parfaitement que je n'allais nulle part, mais j'acceptai de jouer le jeu.

— Non. Je crois que je vais aller au campus est à pied.

Ce qui me paraissait bizarre après y être allée aussi souvent en voiture. Tout changeait du jour au lendemain, comme le temps. Je chassai cette pensée de mon esprit.

Brandon hocha la tête en tapant doucement son cahier contre sa cuisse.

— Tu me dis quelque chose, me dit-il en plissant les yeux. (On ne voyait plus qu'un fin trait émeraude entre ses paupières entrouvertes.) On a cours ensemble ?

Si ça avait été le cas, les cours auraient été bien plus intéressants. Le soleil se cacha derrière une nappe de nuages. Je relevai mes lunettes de soleil sur ma tête, coiffant en arrière les mèches de mes cheveux les plus courtes.

— Tu connais son frère, lui répondit Calla.

— Ah bon ?

Il reporta son attention sur elle.

— Oui. (Elle avait tourné la tête de façon que Brandon ne voie que son profil sans cicatrice.) C'est la sœur de Cameron Hamilton.

— C'est pas vrai ?

Pendant que ses lèvres s'étiraient en un sourire sincère, je me demandai si un jour je réussirais à être autre chose que la sœur de Cam.

— Je vois la ressemblance maintenant. Les yeux, surtout.

Je sentis mes joues s'empourprer.

— C'est un type bien, en tout cas. (Brandon s'appuya sur son autre pied.) Il ne fait pas partie de cette fraternité, tu sais, celle de Jase Winstead ?

Putain, je ne pouvais vraiment pas y échapper.

— Non, mais il est ami avec Jase et d'autres membres de la fraternité, alors il va souvent à leurs fêtes.

— Comme celle de ce week-end ? me demanda-t-il. (Quand je hochai la tête, il se tourna vers Calla, qui était anormalement silencieuse.) Tu y vas aussi ?

Calla s'éclaircit la voix.

— Non. Il faut que je travaille.

Une lueur d'intérêt s'éveilla dans ses yeux alors que son expression se voulait stoïque.

— Tu travailles où ?

Mon Dieu, cette discussion était aussi gênante que de regarder des singes essayer de se taper un ballon de foot. Mais la façon dont Calla n'osait pas soutenir le regard de Brandon était très mignonne. Pendant qu'elle répondait à la question, je jetai un coup d'œil autour de moi. Je reculai vivement. Une Jeep noire et grise bien trop familière dépassa un camion et vint se garer contre le trottoir. Bouche bée, j'observai la vitre de la voiture se baisser.

Jase était au volant, une casquette bleue à l'envers sur la tête. Des boucles marron soyeuses s'en échappaient.

Merde, j'avais un faible pour les mecs à chapeaux.

Visiblement, maintenant, j'avais un faible pour les papas à chapeaux.

Ses yeux gris acier se posèrent sur moi avant de s'arrêter sur Brandon. La sombre expression qui passa sur son visage me mit le cœur à l'envers.

— Hé, Shriver ! Qu'est-ce que tu fais ici ?

Brandon lui sourit.

— Rien de particulier, mon pote. Et toi ?

Bonne question.

— Je suis venu chercher Tess. (Un sourire crispé se forma sur ses lèvres.) Tu es prête ?

Et puis quoi, encore ? Je levai les sourcils. Après tout ce qui s'était passé la veille, il venait quand même me chercher ? Après avoir séché le cours de musique ? Après m'avoir embrassée, s'en être excusé, m'avoir balancé qu'il était père, puis m'avoir insultée ? Vivait-il dans un monde parallèle où toutes ces choses étaient acceptables ?

— Tess ? fit-il.

L'impatience retentissait dans sa voix.

La colère enfonça ses griffes un peu plus profondément en moi. J'étais plus que tentée de me retourner et de m'en aller, mais Brandon et Calla me regardaient avec le même air curieux. Et même si je mourais d'envie de faire un doigt d'honneur à Jase, la dernière chose que je comptais faire était de me donner en spectacle en plein milieu du campus. Piquer une crise attirerait beaucoup trop l'attention. J'appréciais seulement d'être le centre d'intérêt quand j'étais sur scène. C'était sans doute dû au nombre de crises que m'avait fait subir Jeremy dans le passé.

Serrant un peu plus fort la bandoulière de mon sac, je me tournai vers Calla et Brandon.

— À plus tard.

Brandon eut l'air un peu surpris tandis qu'il me faisait signe de la main. Calla, elle, souriait gaiement, comme si je venais de dire « oui » à une demande en mariage. Mal à l'aise, je traversai le parvis, ouvris la portière côté passager à la volée, puis la refermai derrière moi. Une petite boîte rose reposait sur les genoux de Jase. S'il me la tendait, j'allais lui balancer le cupcake à la figure.

La couleur de ses yeux s'assombrit tandis qu'il me regardait m'attacher. Un instant passa avant qu'il prenne la parole.

— Brandon Shriver ?

Les lèvres pincées, je m'appuyai contre le dossier du siège.

— Je crois que j'ai raté le début de la conversation parce que je n'ai pas la moindre idée de la raison pour laquelle tu prononces son nom.

Il contracta les mâchoires.

— Tu étais en train de discuter avec lui.

— Oui, répondis-je lentement. Calla aussi. Je ne le connais pas vraiment.

Démarrant la Jeep, Jase concentra son attention sur la route.

— Ce n'est pas l'impression que j'ai eue. Tu sais qu'il est plus vieux que moi, pas vrai ? Il est trop vieux pour toi...

Incrédule, je me raidis sur mon siège.

— Putain, tu plaisantes, j'espère !

Il cligna les yeux avant de les plisser.

— Pas la peine d'être vulgaire.

— Merde : je serai vulgaire si j'en ai envie, bordel ! rétorquai-je. Connard.

En voyant un semblant de sourire naître sur ses lèvres, je sentis ma colère décupler.

— Je suis sérieux. Brandon est... Il a vécu beaucoup de choses difficiles. Crois-moi, tu ne veux pas te frotter à ce genre de conneries.

— Waouh. Merci du conseil, Papa ! (Il m'adressa un regard noir. Je le lui rendis.) Mais je ne t'ai rien demandé. La dernière fois que j'ai vérifié, je pouvais encore parler à qui je... Attends une minute. (Le muscle vital mais complètement stupide qui battait dans ma poitrine se retourna.) Tu es jaloux ?

— Quoi ? (Il ricana en passant devant le parking des dortoirs.) Mais non, je ne suis pas jaloux. Je te dis ça en toute objectivité. Brandon est un gars bien, mais...

— Putain, tu es incroyable ! (Je sautai sur mon siège, faisant tomber mon sac de mes genoux.) Pourquoi est-ce qu'on parle de Brandon, au juste ?

Il marqua une pause.

— Il y a eu un accident sur la 45 quand je revenais de la ferme. Je n'ai pas pu arriver en cours de musique à temps, dit-il comme si ça expliquait tout. Tiens, ton cupcake. Il est au Snickers.

— Va te faire foutre, avec ton cupcake !

Je le dévisageai. Il me regarda comme si je lui avais demandé de jeter un bébé au milieu de la route. Mon esprit fonctionnait à cent à l'heure.

— Qu'est-ce que ça a à voir avec le reste ?

— Je n'ai pas séché le cours exprès. Je ne veux pas que tu le penses.

C'était ce que j'avais cru, mais je ne comptais pas l'admettre. Il passa la main sur sa casquette pour l'enfoncer un peu plus sur sa tête.

— C'est pour ça que je n'étais pas là, mais que je suis ici maintenant. Tout est bien qui finit bien puisque tu m'attendais...

— Je ne t'attendais pas.

Il jeta un coup d'œil dans ma direction d'un air suspicieux.

— Alors, tu discutais avec Brandon.

— Mon Dieu, fis-je en levant les mains en l'air. Cette conversation est ridicule. Ce n'est pas de ça dont on est censés parler.

— Et on est censés parler de quoi, Tess ? me demanda-t-il en s'insérant sur la route et en s'arrêtant aussitôt.

La circulation était bloquée à cause d'un stop.

— Tu le sais parfaitement. Hier…

— Hier, c'était hier. (Il se laissa aller en arrière et se passa une main sur la mâchoire.) On s'est laissé emporter. Ça arrive.

Je pris un air incrédule.

— Ça arrive ? Souvent ? Tu te promènes dans la rue et d'un coup, tu embrasses une fille ? Tu tombes sur ses lèvres, c'est ça ? Ça ne doit pas être évident, comme vie.

— Eh bien… (Ses lèvres s'étirèrent en un sourire taquin et moqueur, mais je ne comptais pas entrer dans son jeu. Il soupira.) Tess, tu es une très jolie fille et je suis un mec…

— La ferme.

Il écarquilla les yeux.

— Ne termine pas cette phrase. Elle va sûrement se hisser en tête du classement des excuses les plus ridicules. Tu es attiré par moi.

— Je n'ai jamais dit que je ne l'étais pas.

La file de voitures n'avait pas avancé d'un centimètre, les muscles de sa mâchoire se contractaient en rythme, comme un compteur de vitesse.

— Et c'est bien le problème, pas vrai ? Tu es attiré par moi. Tu me veux, mais tu refuses de l'admettre à cause de Jack ?

La colère faisait battre mon cœur un peu plus vite et me rendait bavarde, mais les mots qui me brûlaient les lèvres devaient être prononcés au grand jour.

— Ah oui, pardon. C'est parce que tout ce qui m'intéresse, c'est de me faire sauter.

Il frappa le volant à deux mains. Bouillant de frustration et d'un demi-million d'autres émotions, je retirai ma ceinture de sécurité. Il se crispa.

— Tess…

— Ne dis rien. Je ne rigole pas. Ce n'est pas une façon de se comporter. Tu ne peux pas m'embrasser, puis t'excuser. Deux fois. C'est offensant. Tu ne peux pas non plus te bourrer la gueule et ne pas te rappeler, comme par hasard, ce que tu me dis.

Je me penchai en avant pour ramasser mon sac de cours. Il fallait que je m'éloigne avant de lui coller mon poing dans la figure ou de fondre en larmes. L'un et l'autre m'auraient fait autant de bien qu'ils m'auraient humiliée.

— Tu sais que tu me plais, repris-je. Tu le sais depuis quand ? Tu t'en es même servi contre moi, putain. Mais tu voulais qu'on soit amis et je comprends que tu n'es pas un mec normal. Tu as un enfant.

— Je ne l'élève pas…

— Tu es quand même papa ! criai-je. (Quand il se rassit, je m'efforçai de retrouver mon calme.) Écoute, j'essaie de mettre de l'eau dans mon vin. Mais tu ne peux pas m'embrasser si on est amis. Et tu ne peux pas non plus me faire chier parce que je parle à d'autres mecs, si on est juste amis.

Le torse de Jase se souleva lorsqu'il prit une grande inspiration.

— Tu as raison.

Un nœud ridicule se forma dans ma gorge. Il avait fait le mauvais choix en acquiesçant. Moi-même, je ne savais pas pourquoi. Ça aurait dû être la meilleure chose à faire, la plus simple. Jase traînait des montagnes de casseroles derrière lui, mais la douleur n'en était pas moins vive. J'attrapai la poignée de la portière. La chose qui s'appelait « fierté » ne me permettait pas de rester dans cette voiture à écouter ce qu'il avait à dire.

— À plus tard.

— Tess ! (Il tendit la main vers moi, mais j'étais déjà dehors, au milieu de la route bondée.) S'il te plaît, ne fais pas ça. Il faut qu'on…

— « Il faut qu'on » rien du tout. Ciao.

Je claquai la porte et m'éloignai. Mon cœur lourd menaçait de remonter le long de ma gorge. Ça n'allait pas être joli à voir. Repoussant, même. Comme après avoir regardé *N'oublie jamais*.

Malgré tout, je continuai d'avancer, traçant mon chemin entre les voies. Quand je l'entendis appeler mon nom, je ne me retournai pas. J'avais l'impression d'avoir une énorme pierre qui me pesait au fond de l'estomac, mais je réussis à rassembler les morceaux éparpillés de ma dignité.

Jase, ses baisers, ses leçons d'équitation et tout ce qui se rapportait à lui pouvaient aller se faire voir. D'habitude, c'était toujours lui qui fuyait. Cette fois, c'était mon tour.

11

Cette nuit-là, je pleurai comme un gros bébé en colère.

Heureusement, Debbie était allée voir Erik. Il n'y eut aucun témoin de la fête aux mouchoirs. J'avais eu raison de dire tout cela à Jase. Si on voulait essayer d'être amis, ou du moins de se voir de temps en temps, il fallait qu'on arrête de s'embrasser. Sur le coup, c'était absolument génial, mais ça le devenait beaucoup moins après. Oui, il était attiré par moi physiquement. Oui, il tenait à moi. Oui, j'avais envie d'être avec lui. Oui, il avait un fils dont la mère se promenait dans la nature. Mais ce qu'il ressentait pour moi n'était pas assez fort pour surmonter ses angoisses ou le mur invisible qu'il avait érigé entre nous.

Avoir conscience de tout ça ne rendait pas la situation moins douloureuse.

En vérité, je doutais qu'on puisse être amis. J'étais honnête avec moi-même : je savais que je ne pouvais pas faire abstraction de mes sentiments pour lui dès qu'il se montrait gentil. J'interprétais sans arrêt ses actes. Et lui laissait parler son attirance physique à la moindre occasion. Nous n'avions pas passé beaucoup de temps seuls, après tout, mais chaque fois, il s'était passé quelque chose.

Et il n'y avait pas de raisons pour que ça change.

Ça faisait encore plus mal, parce que je savais que si je laissais les rênes à mes hormones, elles finiraient sûrement par obtenir ce qu'elles voulaient. Au bout d'un moment. Mais ce ne serait pas suffisant, et étant donné ce que j'éprouvais maintenant, je n'avais pas besoin de souffrir davantage.

Et ça ne ferait que confirmer son opinion sur moi.

J'avais déjà mal à la tête. Il n'était pas encore 9 heures du matin lorsque Debbie arriva avec Erik.

— Salut. (Erik se laissa tomber sur mon lit et tendit ses longues jambes.) Quoi de neuf ?

Je le dévisageai un instant avant de me tourner vers Debbie. Elle m'adressa un regard désolé.

— Pas grand-chose. J'essaie d'étudier un peu, répondis-je en désignant mon livre de biologie. C'est tout.

Erik s'appuya sur ses coudes.

— Tu travailles un samedi matin ? (Quand il éclata de rire, je m'imaginai le pousser de mon lit.) Waouh. Tu n'as sûrement rien de plus intéressant à faire.

Je fronçai les sourcils.

— Ou alors, elle est sérieuse, elle, rétorqua Debbie en s'asseyant au bord de son propre lit. (Elle me sourit.) C'est de la biologie, c'est ça ? Ce cours est difficile...

— La biologie de première année n'est pas difficile, l'interrompit Erik en riant.

Il secoua la tête. Pour une fois, j'étais d'accord avec lui, mais seulement parce que, étonnamment, les sciences m'intéressaient.

— Ce que Debbie oublie de te dire, c'est qu'elle a raté l'épreuve de bio. Elle a dû la repasser deux fois.

Le rouge aux joues, elle croisa les bras.

— Merci, Erik.

Il haussa les épaules.

— Tu as de la chance d'être sexy. (Il eut un sourire qui se voulait sûrement charmant. Le résultat était incroyablement dérangeant.) Parce que niveau QI, eh bien…

Je me tournai vers elle. Il aurait fallu être aveugle ou la personne la moins observatrice du monde pour ne pas voir son air blessé et humilié. La colère s'éleva en moi comme un serpent prêt à frapper, et ma bouche s'ouvrit avant que je puisse l'en empêcher.

— Tu es un salaud.

Erik tourna vivement la tête vers moi, les yeux agrandis comme des soucoupes. Debbie hoqueta de surprise.

— Quoi ? s'exclama-t-il.

Il était trop tard pour effacer ce que j'avais dit et, de toute façon, je n'en avais pas envie.

— Tu m'as bien entendue. (Je ramassai mon livre et mon cahier, puis me levai et les fourrai dans mon sac.) C'était salaud de dire ça. Donc, tu es un salaud.

Debbie s'était figée sur le lit, la bouche grande ouverte. Deux points rouges s'étaient formés sur ses joues. Erik remua les lèvres comme s'il avait un camion-benne d'insultes à déverser sur moi, mais qu'il les filtrait. Et j'aurais parié que ce filtre avait un nom. Cam.

— Je vais à la bibliothèque. (Un sourire mielleux aux lèvres, je passai mon sac sur mon épaule et me tournai vers Debbie.) Désolée.

Il y avait un éclat particulier, un peu éteint, dans ses yeux qui me noua l'estomac. La satisfaction que j'avais ressentie s'était évaporée lorsque je fus sortie de la chambre. Ce n'est qu'une fois arrivée dans le couloir que je compris ce qui se cachait derrière ce regard.

De la peur.

Inquiète et nerveuse, je passai les heures suivantes dans le froid et le silence de la bibliothèque. Je n'aurais jamais dû insulter Erik. Pas parce qu'il ne le méritait pas, c'était un vrai salaud, mais parce que la peur de Debbie me rappelait la mienne.

Personne n'avait jamais insulté Jeremy de la sorte. Du moins, pas devant lui. Si ça avait été le cas, il m'en aurait voulu, à moi. Je pariais qu'Erik avait également reporté sa colère sur Debbie. Cette pensée me rendait malade.

Lorsque je me rendis compte que je ne me souvenais absolument pas du dernier chapitre que je venais de lire, je me passai les mains sur le visage. Ça ne servait à rien d'étudier. Les mots se mélangeaient les uns aux autres. Je ne comprenais plus rien à la chaîne alimentaire ou aux composantes de l'écosystème, alors que j'aurais dû.

Je refermai mon livre et observai les tables vides autour de moi. Il n'y avait pas âme qui vive au premier étage. Avec un soupir, je sortis mon téléphone portable de mon sac. Aucun message ni appel en absence. Évidemment. Pourquoi avais-je même pris la peine de regarder ? Ce n'était pas comme si Jase allait me contacter, ou que j'en avais envie.

Je ne savais vraiment pas mentir.

Lorsque je rassemblai suffisamment de courage pour retourner aux logements universitaires, la suite était vide. Le lit de Debbie était fait. Rien n'avait été cassé ou déplacé. Je n'étais pas étonnée. Erik n'avait pas encore piqué sa crise. Jeremy ne l'avait jamais fait tout de suite non plus.

Il était 20 heures lorsque je me décidai à entrer dans la douche et à me préparer pour la fête. Une partie de moi aurait voulu annuler, mais c'était la première soirée à laquelle j'étais invitée, donc je n'avais que deux choix : y aller et courir le risque de croiser Jase, ou rester dans ma chambre à me lamenter.

Je préférais ne pas jouer les Caliméro.

Et puis, aller à cette soirée était une bonne opportunité de me prouver à moi-même que j'étais passée à autre chose, que je pouvais me trouver près de lui sans paniquer.

Après m'être séché les cheveux, je les attachai en un chignon lâche et enfilai un legging noir. Oublié le haut mignon : j'optai pour un long chemisier à pois et ma jupe en jean préférée, tout usée à force d'être portée. Au moment où je chaussais mes ballerines, la sonnerie de mon téléphone retentit.

Glissant mon portable dans la poche arrière de ma jupe avec ma carte magnétique, je pris une grande inspiration et sortis. Cette soirée allait être sympa. Normale. J'étais une fille de dix-neuf ans comme les autres qui se rendait à une fête. J'allais m'amuser.

La voiture d'Avery était garée contre le trottoir. Cam était assis derrière le volant. Alors que je m'approchais de la portière à l'arrière, Cam, penché vers le siège passager, se redressa. Avery avait les joues aussi rouges qu'une carte de Saint-Valentin.

Je montai à mon tour, le sourire aux lèvres.

— Je serai surprise si vous finissez la fac sans avoir procréé une équipe de foot entière.

Les yeux marron d'Avery s'agrandirent.

— Oh pitié, non...

J'éclatai de rire et m'attachai. Je croisai le regard de Cam dans le rétroviseur. Je lui souris.

— Quoi ? Pas d'enfants ?

— Euh, pas tout de suite, en tout cas, répondit-il.

— Mais ça veut dire que vous y avez réfléchi ?

Je me demandais si Jase avait envisagé de faire des enfants avec la mère de Jack ? Pas à seize ans, mais plus tard, dans leur futur.

Avery rougissait.

— Pas vraiment. C'est très sérieux comme décision. Pas que ce ne soit pas sérieux entre nous..., dit-elle en posant la main sur le bras de Cam, qui lui avait jeté un coup d'œil en coin. (Elle se retourna en souriant.) Bref. Tu es très jolie. J'adore ton chemisier.

— Merci. Toi aussi. (Je ne disais pas ça par politesse. Elle portait un jean et un beau top vert qui lui allait parfaitement au teint.) Il va y avoir beaucoup de monde, ce soir ?

— Non, pas trop, répondit Cam en tournant le volant. Ce n'est pas une de leurs grosses soirées. Tu vas sûrement t'ennuyer.

— Mais non, fit Avery, tout sourire. Jacob a dû annuler, mais Brit sera là.

Je me détendis contre mon dossier malgré les contorsions que faisait mon estomac.

— Super.

— Ollie vient ? demanda-t-elle à Cam.

Un sourire étira mes lèvres. J'avais rencontré Ollie, l'ancien coloc de Cam, une ou deux fois. Il avait obtenu son diplôme au printemps dernier et, même si je ne le connaissais pas beaucoup, j'en savais assez pour l'apprécier.

— Il passera peut-être plus tard dans la soirée.

Cam tendit la main à l'aveugle pour attraper celle d'Avery. Il entrelaça ses doigts aux siens.

Gênée, je me concentrai sur le paysage derrière la fenêtre. Ce n'était pas parce qu'ils se touchaient. Ils étaient toujours comme ça. Mais parce qu'une garce aux yeux verts avait élu domicile au creux de mon estomac. Je n'aurais pas dû être jalouse d'eux.

Secouant la tête, je m'éclaircis la voix.

— Qu'est-ce que fait Ollie, maintenant ?

— Il est entré en école de médecine.

J'écarquillai les yeux.

— Sérieux ? Mince. Je ne pensais pas qu'il… (Euh, comment dire les choses gentiment ?) Je croyais qu'il avait détruit ses neurones en fumant.

Avery gloussa.

— Moi aussi.

— Ollie est bien plus intelligent que les gens ne le pensent, répondit Cam. (On dépassa un fast-food mexicain qui me donna envie d'un bretzel fromage-piment.)

Il est même plus intelligent qu'il ne le pense lui-même, c'est pour te dire !

Avery et Cam discutèrent alors de leurs soupçons sur Brit et Ollie ; ils étaient persuadés qu'il y avait quelque chose entre ces deux-là, mais qu'aucun ne voulait l'avouer. Serrant les poings jusqu'à me couper la circulation sanguine, je m'efforçai de me concentrer sur les ombres qui défilaient derrière la vitre. Lorsque Cam tourna à droite sur de petites routes sombres sans lampadaire, je retins ma respiration.

Il se gara au bout de la rue, en face d'une maison sur deux étages dont toutes les pièces paraissaient allumées. Le ventre noué, je sortis de la voiture et pris une grande bouffée d'air frais. Je songeai un instant à prendre Cam à part pour lui dire que je connaissais la vérité sur Jack, mais ça ne semblait pas être le bon moment et ce n'était sans doute pas à moi de le faire.

Avery vint se poster à mes côtés et me prit le bras.

— Prête ?

Je hochai la tête. Tandis qu'on traversait tous les trois la rue et qu'on se dirigeait vers la porte d'entrée, la seule chose à laquelle je pensais était la façon dont Jase allait réagir en me voyant. Serait-il agacé ? Content ? En colère ?

Tant pis pour ce petit con. Ça n'avait aucune importance. Je n'étais pas là pour le voir.

Cam ouvrit la porte, et Avery me guida à l'intérieur. C'était la première fois que j'entrais dans la maison d'une fraternité. Je craignais le pire. Pourtant, le spectacle me surprit.

L'entrée était propre et sentait bon. Des baskets étaient alignées près de la porte. Il n'y avait aucun trou dans le mur. Je ne savais pas d'où me venait cette idée.

— Hey ! cria Cam en nous dépassant pour entrer dans le salon. Quoi de neuf ?

Plusieurs mecs étaient assis sur le canapé et autour de la télé. J'eus froid dans le dos en reconnaissant Erik.

Il releva la tête avant de se reconcentrer rapidement sur son jeu. Il se tenait bien trop droit pour être à l'aise. À côté de lui, Debbie avait l'air en forme. Elle me sourit et me fit signe de la main.

Je répondis à son geste. J'avais envie de m'excuser, mais je savais que le moment était mal choisi, surtout en présence d'Erik.

Brandon Shriver était assis près d'eux, une manette dans une main et une bière dans l'autre. Il me salua d'un hochement de tête avant de se tourner vers Cam. Il lui tendit la manette.

— Tu veux jouer ?

— Non, ça va. (Il retourna sa casquette.) Fais-toi plaisir.

— Le fût de bière est dehors, mec, dit un gars blond que je n'avais jamais vu.

Il était perché sur l'accoudoir d'un vieux fauteuil usé. Ses yeux foncés se posèrent sur Avery, puis sur moi. Il prit une gorgée de sa bouteille et sourit.

— Et je crois qu'une partie de bière-pong a commencé.

Je lui rendis son sourire. Il était mignon, même s'il n'avait pas les cheveux bruns ni les yeux gris. C'était plutôt une bonne chose, en fait. Mon sourire s'élargit.

— Génial, dit Cam en passant un bras autour des épaules d'Avery. Et arrête de reluquer ma petite sœur, abruti.

J'en restai bouche bée.

Le garçon en question ricana et me fit un clin d'œil.

— Oui, chef.

— Cam, fit Avery en lui donnant une tape sur le ventre pendant que je me détournais, le visage en feu. Arrête ça tout de suite.

Elle le frappa une seconde fois.

Il haussa une épaule tout en se dirigeant vers la porte ouverte qui donnait sur le garage.

— Hé, j'ai dit qu'elle pouvait venir. Je n'ai jamais dit qu'elle n'allait pas le regretter.

Je me dépêchai de les rattraper pour lui donner un coup de coude dans les côtes. Un plaisir intense m'envahit en l'entendant grogner.

— À ce que je sache, je n'avais pas besoin de ta permission, trouduc.

— Elle a raison, acquiesça Avery d'une voix enjouée.

Il grimaça.

Je lui adressai alors un regard qui signifiait que, s'il en rajoutait une couche, je n'hésiterais pas à lui faire encore plus mal. Poussant du doigt mon chignon, il s'écarta de mon bras et se pencha pour embrasser Avery sur la joue.

— Ça te dit, de jouer au bière-pong ?

Elle secoua la tête.

— Je passe mon tour pour cette fois. Et toi ?

Je n'avais pas la moindre idée de la façon dont on y jouait.

— Moi aussi.

— Ça ira, toute seule ? demanda-t-il à Avery à voix basse. (Lorsqu'elle hocha la tête, il déposa un baiser sur son front.) Je serai juste là.

Je haussai les sourcils. « Juste là », c'était devant les chaises de jardin vides. Tandis qu'il rejoignait en courant le groupe de mecs assemblés autour d'une table de ping-pong, Avery et moi nous dirigeâmes vers le fût de bière. On en repartit avec un verre en plastique rouge chacune, rempli à ras bord.

J'observai mon frère avec ses amis pendant un instant en prenant une gorgée du liquide amer. Puis une deuxième.

— Il n'y a pas beaucoup de filles.

Avery se laissa aller en arrière et tendit les jambes devant elle.

— Je ne viens pas souvent, mais je crois que c'est plus une soirée tranquille qu'une fête. Du coup, les seules filles que tu croises sont les copines des uns et des autres.

Grimaçant, je pris une nouvelle gorgée.

— Si j'ai bien compris, je suis l'intruse ?

Elle me sourit.

— Eh bien… tu veux la vérité ou la réponse qui te fera plaisir ?

Je ris.

— Allez, dis-moi la vérité qui me fera pleurer.

De petites rides se formèrent autour de ses yeux tandis que son sourire s'élargissait.

— Disons que si tu as envie de rencontrer quelqu'un, tu es pile au bon endroit.

Je reniflai bruyamment en jetant un coup d'œil à la table.

— Comme si ça pouvait arriver avec Cam qui me surveille.

— Ce n'est pas faux. Le gars à qui tu as parlé dans le salon… (Elle but un peu de bière avant de baisser les mains.) Il s'appelle Eddie. Je le trouve plutôt bien, comme mec, alors…

Je regardai derrière moi. Je ne voyais pas ce qui se passait dans le salon, mais j'entendais les sons du jeu vidéo et des rires.

— Cam serait capable de le renverser en voiture si je lui parlais.

Avery rit.

— Je ferai de mon mieux pour le distraire.

On continua de comploter pendant une heure, puis la conversation dévia vers le voyage dans les Poconos que Cam et elle comptaient faire pendant les vacances d'automne.

— Ça a l'air romantique.

Ses joues avaient presque pris la même teinte que ses cheveux.

— C'est lui qui en a eu l'idée.

— Oooh. (Tout sourire, je considérai mon frère. Qui aurait cru qu'il pouvait se montrer romantique ?) Je suis fière de lui.

Elle rit.

— Et moi, j'ai de la chance.

— Non, c'est lui qui a de la chance.

Une balle passa à côté de nous, tapant dans le mur près de la cible à fléchettes. Avery secoua la tête lorsque l'un des garçons courut la rattraper et manqua trébucher.

— Comment va ton genou ?

— Pas trop mal. Il me fait seulement souffrir de temps en temps. J'ai rendez-vous chez le médecin la semaine avant Thanksgiving.

— Je croise les doigts pour toi.

Elle jeta un coup d'œil à la table de ping-pong. Cam semblait être en plein milieu d'une danse de la victoire. Ou d'une crise cardiaque. Au choix.

— La danse te manque ? lui demandai-je.

Elle hocha la tête.

— Oui, beaucoup. (Elle marqua une courte pause pour déglutir.) Quel a été ton spectacle préféré ?

Les yeux brillants, elle m'écouta lui parler de mon dernier récital, celui avant que je me plante en beauté. Même si elle n'avait pas dansé depuis des années, je sentais que ça la passionnait toujours. À cet instant, je me promis de la refaire danser un jour.

J'observai mon gobelet vide. Je me demandais où était Jase. Il n'y avait aucune trace de sa Jeep devant la maison, mais je savais que certains se garaient à l'arrière. Toutefois, je ne poserais pas la question, parce que je n'étais pas venue pour le voir.

Pas du tout.

Pourquoi vivait-il dans cette maison au lieu de rester à la ferme ? Ne voulait-il pas être proche de Jack ? Ou avait-il besoin de respirer, au contraire ?

J'avalai un deuxième verre, puis un troisième pendant que Cam faisait les yeux doux à Avery depuis le groupe de garçons avec lequel il jouait. Une autre fille avait rejoint la soirée, mais comme un mec avait passé un bras autour de sa taille, elle rentrait sans doute dans la catégorie « petite amie ».

Brittany arriva à son tour. Ses cheveux blonds étaient relevés en queue-de-cheval. Trois minutes plus tard, Ollie passa la porte du garage, les cheveux détachés, frôlant ses épaules.

Il leva les bras tandis que tout le monde, ou presque, l'acclamait, un sourire illuminant son beau visage.

— Oooh, je vous ai manqué, apparemment !

Brit eut l'air exaspéré, mais avant qu'elle ait pu dire quoi que ce soit, Ollie vint se poster près d'elle.

— Bonsoir, Avery. Mademoiselle Teresa. Comment allez-vous par cette belle soirée ?

Je gloussai et secouai la tête.

— On va bien.

— Super. (Il attrapa la queue-de-cheval de Brit.) J'ai besoin de te kidnapper une seconde, *sí* ?

Brit leva les yeux au ciel, mais ses joues prirent une jolie teinte rosée.

— Je reviens tout de suite. Le señor connard n'en a sûrement pas pour longtemps.

— Oh si, je vais prendre mon temps, la corrigea-t-il.

Elle rougit de plus belle.

On les regarda s'enfoncer dans la nuit ensemble. Puis je me tournai vers Avery.

— Intéressant, murmura-t-elle.

Je lui souris.

— Je crois qu'ils sont ensemble.

Elle hocha la tête en haussant les sourcils.

— Effectivement, on dirait bien qu'il se passe quelque chose.

La combinaison de la situation Erik-Debbie et l'absence de Jase ne faisait pas beaucoup de bien à mon foie. En revanche, mon humeur allait de mieux en mieux. Au bout de mon quatrième verre de bière, je me moquais bien de l'absence de Jase. Plus tard, lorsque Avery aurait attiré Cam à l'extérieur comme prévu, j'irais peut-être retrouver Ernest... ou Edwin. Peu importait son nom. Je me prouverais alors que les mecs sans histoires embrassaient aussi bien que Jase, sinon mieux. C'était mon plan. Mais d'abord, il fallait que j'aille au pipi-room avant de mourir.

— Je dois aller aux toilettes.

Je me levai au moment où une balle de ping-pong volait à travers le garage et tapait encore une fois contre la cible des fléchettes.

— Tu as besoin de quelque chose ?

Avery secoua la tête en désignant son verre à peine entamé.

— Tu ferais mieux d'utiliser celles à l'étage, au premier, me suggéra-t-elle en relevant la tête pour me sourire. Elles sont moins dégueu.

— Mais quand même un peu ?

Elle hocha la tête.

— Malheureusement.

— Souhaite-moi bonne chance alors.

Elle afficha une mine de dégoût tout en gloussant.

— Tu vas en avoir besoin.

Je me dirigeai vers la porte de la maison au moment où Cam rejoignit Avery. On aurait dit qu'il attendait que je parte pour lui voler un baiser. Et ce n'était pas un petit baiser, en plus. Il lui prit la tête entre les mains et pressa sa bouche contre la sienne jusqu'à ce qu'il n'y ait plus aucun espace entre eux.

Un sourire étira mes lèvres, mais je ressentis une pique au cœur, un semblant d'envie. C'était mal. Je n'aurais pas dû jalouser la relation de mon frère. Ils méritaient tous les deux l'amour qu'ils partageaient. Pourtant, j'aurais voulu savoir ce que ça faisait.

Connaître moi aussi un amour qui guérissait plus qu'il ne blessait.

Et j'étais peut-être un peu bourrée.

Dans le salon, les doigts d'Erik et de Brandon volaient sur les manettes. Leurs visages reflétaient le même masque de concentration et de détermination. Perchée sur l'accoudoir à côté de son copain, Debbie releva la tête. Elle avait l'air de s'ennuyer à mourir.

Je lui adressai un sourire encourageant sans lui demander pourquoi elle restait là si elle s'embêtait tant. Je connaissais déjà la réponse : parce qu'Erik voulait qu'elle reste à côté de lui, pour la voir. Pour la contrôler. Un goût amer emplit ma bouche. Je montai les escaliers. Il fallait que je m'éloigne de la pièce avant que je l'insulte encore. Et cette fois, je risquais d'être plus violente.

Monter les marches me prit un certain temps. Ma perception des distances déraillait un peu. Arrivée au palier du premier, je m'arrêtai pour observer le couloir.

— Oh...

Il y avait plusieurs portes de chaque côté. La plupart étaient fermées, à l'exception de la plus éloignée. On aurait dit la chambre d'un collectionneur de bouteilles de Mountain Dew. Beurk.

Comme il fallait que j'ouvre les portes pour voir ce qu'il y avait à l'intérieur, je commençai par la plus proche, sur ma gauche. Je frappai doucement. Aucune réponse. J'appuyai sur la poignée. La porte était fermée à clé. Avec un peu de chance, ce n'étaient pas les toilettes. La pièce attenante était une chambre vide, et la suivante une buanderie dont le sol était jonché de jeans et de chaussettes.

Pitié, que quelqu'un leur trouve une nounou !

Refermant la porte avant de me mettre à faire la lessive pour les pauvres petites créatures qui vivaient ici, j'évitai une paire de baskets abandonnées au milieu du couloir et avançai vers la porte d'après. Je cognai légèrement. Personne ne répondit. Alors j'attrapai la poignée et l'actionnai. La porte s'ouvrit facilement, révélant non pas une salle de bains, mais une chambre plutôt bien rangée et...

Oh, mon Dieu.

La pièce n'était pas vide.

Je savais ce que je voyais. Il ne me fallut que quelques secondes pour comprendre ce qu'il se passait. Mais mon cerveau marchait au ralenti. La scène sembla durer une éternité.

Jase était assis sur une chaise, dos à un bureau ordonné. Une petite boîte rose était posée dessus. Je savais ce qu'il y avait à l'intérieur et, quelque part, c'était ce qui rendait la situation encore plus douloureuse. Sa chemise était à moitié ouverte, comme s'il avait été fatigué de passer les boutons dans les petits trous. Il avait les jambes écartées, les mâchoires serrées, et ses bras tombaient lourdement contre ses flancs.

Il n'était pas seul.

12

Devant Jase se tenait le genre de fille qui me faisait passer pour une flaque de vomi séché de la semaine dernière, dans un bon jour. Elle était magnifique. Ses longs cheveux noirs étincelaient comme du cristal, et son corps bronzé et musclé avait l'air d'avoir ce qu'il fallait où il fallait.

Elle avait retiré son haut.

Elle portait seulement une jupe en jean et un soutien-gorge en dentelle rouge qui prouvait que certaines poitrines pouvaient défier la gravité.

Et j'avais le sentiment que ces petites merveilles étaient naturelles.

Je l'avais aperçue plusieurs fois sur le campus, accompagnée de filles aussi belles qu'elle. J'ignorais son nom, mais à cet instant, je la haïssais, comme si on était en compétition pour la même place dans un spectacle. Je n'arrivais pas à détourner le regard. C'était peut-être à cause de la bière. Ou de ses nibards. Dans tous les cas, il fallait que j'arrête.

Quelques secondes s'étaient écoulées entre le moment où j'avais ouvert la porte et celui où Jase et sa dulcinée s'étaient tournés vers moi. Une lueur passa dans ses yeux d'un gris d'acier et il resta bouche bée. Lorsque nos regards se rencontrèrent, je ressentis le froid et le chaud.

Alors c'était là que Jase se cachait.

Apparemment, il n'avait pas de problème pour coucher avec d'autres filles.

Un gloussement se forma dans ma gorge, et m'échappa avant que je puisse l'en empêcher. Je refermai aussitôt la bouche. Mon rire paraissait hystérique. Je n'aurais pas dû boire autant.

Les sourcils parfaitement épilés de la fille se soulevèrent tandis qu'elle me toisait. Elle avait les lèvres pincées par l'agacement.

— Excuse-moi ?

Mon estomac se retourna violemment. Pendant un instant, je fus incapable de bouger. Un sentiment terrible m'envahit. Lui offrait-il des cupcakes, à elle aussi ? Mon Dieu... Cette pensée m'était insupportable.

Puis je retrouvai ma voix et mes facultés motrices.

— Pardon. Je cherchais les toilettes.

— Ce n'est pas ici, visiblement, répondit-elle d'un ton sec.

Le rouge aux joues, je sentis ma gorge se nouer. Il m'avait embrassée. Moins de quarante-huit heures plus tôt. Il m'avait touchée. M'avait avoué la vérité à propos de Jack. Apparemment, je m'étais encore imaginé des choses.

— Pardon, répétai-je, jetant un coup d'œil à Jase qui s'était levé. Je...

Je m'interrompis. L'émotion m'obstruait la gorge. Pressée de m'enfuir, je me retournai trop vite et me cognai le genou gauche contre la porte. Un sifflement de douleur s'échappa de mes lèvres.

— Oh putain, murmura la fille.

Le visage rouge comme une tomate, je continuai mon chemin. Il fallait que je sorte d'ici.

— Tess, m'appela Jase. Attends une minute. Tess !

Je ne m'arrêtai pas. Pas quand il cria mon nom, pas quand la fille l'appela à son tour. Oubliant pourquoi j'étais montée à l'étage, je descendis les escaliers en vitesse. Mon cœur battait à une cadence folle, qui me donnait la nausée. Choquée, humiliée, j'évitai le salon et me dirigeai directement vers la porte de la cuisine.

Mon bon sens s'envola alors par la fenêtre, disparaissant comme le top de cette fille. Je sortis dans l'air froid de la nuit et je... me mis à marcher. Je suivis le trottoir craquelé couvert d'herbes, puis me glissai entre deux voitures. Je tournai à droite et continuai mon chemin.

Une petite voix au fond de mon esprit me disait que j'étais stupide et que je réagissais trop violemment, mais j'avais plongé la tête la première dans le monde merveilleux de l'excès mélodramatique. Tout ce que je savais, c'était que je n'avais pas envie de rester à cette fête. Je n'aurais pas pu regarder Jase en face après ce que je venais visiblement d'interrompre, ni parler à qui que ce soit, en fait.

La sonnerie de mon portable retentit, étouffée. Je le laissai sonner.

Je voulais rentrer chez moi.

Dans ma vraie maison, pas ma chambre. J'aurais voulu faire marche arrière jusqu'en mai dernier et ne pas tenter ce saut qui avait tout bousillé. Si j'avais pu, j'aurais disparu. Je ne serais pas restée près de Jase.

Lorsque j'atteignis le dernier pâté de maisons avant les petites routes plongées dans le noir qui menaient à la rue principale, je regrettai de ne pas avoir demandé à Avery de me ramener. Mais je ne voulais pas leur gâcher la soirée. J'aurais pu en parler à Debbie, mais Erik aurait pété un câble. Je...

Mon téléphone vibra de nouveau dans ma poche arrière. Je l'ignorai.

La bière atténuait la douleur dans mon genou. À moins que la souffrance que je ressentais dans la poitrine n'éclipse toutes les autres. Peut-être que c'était la faute de la bière si j'allais sérieusement marcher deux kilomètres jusqu'à la fac en pleine nuit.

La dernière maison du quartier était plongée dans l'obscurité et le silence. Un camion passa à une telle vitesse que mon cœur s'emballa. Je m'arrêtai au bout de la rue et repoussai de mon visage les mèches qui s'étaient échappées de mon chignon.

Il m'avait embrassée. Il m'avait touchée. Il m'avait serrée contre lui. Il avait essayé de trouver une alternative à la danse pour que j'aie de nouveau l'impression de voler.

De stupides larmes me brûlaient les yeux, en partie à cause de la frustration et en partie… pour une raison encore plus idiote que ce retour à pied. Je lâchai mes cheveux. Le vent les fit danser dans l'air.

Qu'est-ce que j'étais en train de faire ? En ne me voyant pas revenir, Cam allait paniquer. Il appellerait sûrement la police. Et Jase ? Il pensait sans aucun doute que j'étais dingue, mais il m'avait dit… j'avais cru… Je m'étais trompée.

Je fermai les yeux sur mes larmes. Voir Jase avec une autre fille m'avait fait l'effet d'une claque en pleine figure. J'en vins à penser que j'avais sous-estimé mes sentiments pour lui parce que… personne ne réagissait aussi violemment pour un simple béguin.

J'ouvris les yeux. Mes cils étaient humides et je n'aimais pas ça. Ce n'était pas moi. Je n'étais pas ce genre de filles. Je n'étais pas…

Des phares éclairèrent soudain la route, se rapprochant rapidement de moi. Je me retournai quelque peu. Mon cœur eut un soubresaut. C'était une Jeep. Mais ça ne pouvait pas être…

Impossible.

La voiture pila dans un crissement de pneus juste à côté de moi. J'aperçus le visage de Jase à travers la vitre ouverte, côté passager. Dans le noir, je ne voyais pas ses yeux, mais il avait les lèvres pincées en une moue furieuse.

— Je t'ai appelée.

Je ne savais pas comment répondre à ça sans lui dire d'aller se faire voir.

Jase se pencha de tout son corps sur le siège passager, me dévoilant enfin ses yeux. Ils étaient d'un gris profond, comme un ciel orageux.

— Monte dans la voiture.

— Non.

Le mot sortit tout seul, et ça me fit un bien fou.

Il parut exaspéré.

— Monte dans la voiture, Tess.

— Je ne crois pas, non.

Il détourna la tête et prit une grande inspiration avant de reporter son attention sur moi.

— Qu'est-ce que tu fabriques ici ? Ça n'a pas intérêt à être ce que je pense. Tu ne peux pas être aussi stupide.

Ce fut la goutte d'eau. Une colère monstre s'empara de moi. Je quittai le monde des filles éplorées pour plonger directement dans celui des folles à lier.

— Je ne suis pas aussi stupide ? C'est ta question qui est stupide. Tu vois très bien ce que je fais. Je rentre à la maison.

Il me dévisagea comme si je venais de lui avouer que j'avais un pénis.

— Tu rentres à la maison ?

— Est-ce que tu m'as entendue bafouiller ? rétorquai-je.

Ce n'était pas ma repartie la plus brillante, mais son expression renfrognée me fit quand même plaisir.

— Tu es dingue ou quoi ?

Comme je ne répondais pas, il jura et colla la voiture contre le trottoir. Sans couper le moteur, il descendit de la Jeep et se retrouva devant moi en un instant. Il me dominait de toute sa hauteur, mais la seule chose que je voyais, c'était que sa chemise était encore déboutonnée.

— Premièrement, tu es en train de marcher sur une voie rapide ! Une voiture aurait pu passer trop près et te tuer ! Te tuer, Tess !

Comme pour confirmer son argument, une voiture arriva à toute vitesse, la musique à fond. Synchronisation parfaite. Je croisai les bras.

— Je...

— Ou quelqu'un aurait pu s'arrêter. (Il m'attrapa par le menton pour me forcer à le regarder dans les yeux quand je refusai de le faire.) Et pas quelqu'un qui voudrait seulement te ramener chez toi. Tu comprends ?

Je pâlis.

— Très bien, mais...

— Et puis, il y a aussi ton genou. Tu y as pensé ? (Putain, on ne l'arrêtait plus. Il ne m'avait pas lâchée, me mettant au défi ne serait-ce que de cligner les yeux.) Tu crois que c'est bon pour ta blessure de marcher autant ? Et à cause de quoi ?

J'ouvris la bouche pour dire quelque chose qui n'allait sûrement pas arranger la situation, mais ce ne fut pas ce qui franchit mes lèvres.

— Le cupcake était pour elle ?

Que quelqu'un m'arrête ! Je ne boirais plus jamais d'alcool. Putain de bière...

Jase soutint mon regard. J'eus l'impression qu'une éternité s'était écoulée lorsqu'il baissa la main en jurant.

— Monte dans la voiture, Tess. Et ne fais pas d'histoires. (Il fit mine de se retourner avant de se reprendre et de s'approcher de moi.) Et merde.

Il ne me laissa pas l'occasion de le suivre. Comme lors du premier cours de musique, en quelques instants, mes pieds quittèrent le sol et je me retrouvai renversée sur son épaule. Le monde changea de sens et mes cheveux tombèrent en avant en une joyeuse pagaille.

— Qu'est-ce que tu fous ? m'écriai-je en empoignant son tee-shirt. Repose-moi !

— Pas question ! Je ne resterai pas ici à me disputer avec toi. (Il retourna vers sa Jeep à grands pas et ouvrit la portière à la volée.) Toi et moi, on a besoin de parler…

— Je ne veux pas discuter avec toi ! (Je lui donnai une claque dans le dos. Il ne dit rien et se contenta de me laisser tomber sur le siège.) Tu…

— Si tu bouges, je jure devant Dieu que je m'assois sur toi, me prévint-il.

— Je ne… Pardon ? Te veux t'asseoir sur moi ? Tu as quel âge ? Deux ans ?

Jase attrapa la portière.

— Reste ici.

— Je ne suis pas un chien.

Il se pencha vers moi, son visage à quelques centimètres du mien. De près, ses yeux étaient d'une teinte argentée incroyable.

— Reste ici. Si tu sors, je te cours après. Comme un chien.

Je fronçai le nez.

— Très glamour, comme image.

— Concentre-toi dessus pendant quelques secondes.

Reculant, il claqua la portière.

Je n'eus pas suffisamment de temps pour réfléchir à l'option « je cours, tu m'attrapes ». Il était monté en voiture et avait démarré avant que mon cerveau comprenne ce qui se passait.

— Le cupcake n'était pas pour elle.

Je ne le croyais pas.

— Il était pour toi. Putain, je n'arrive pas à croire que tu allais rentrer chez toi à pied, dit-il en secouant la tête. (Il se passa la main dans les cheveux.) Et pourquoi ? À cause de moi ?

— Non. Pas du tout. Je voulais juste rentrer.

— Oui, c'est ça. Tu mens très mal.

— Et toi, tu te fais des idées, rétorquai-je en croisant les bras. (La bière remua dans mon estomac.) Pourquoi tu es là, au juste ? Tu n'as pas une nana à moitié nue qui t'attend dans ta chambre ?

— Ça n'a vraiment rien à voir avec ton départ ?

J'ouvris la bouche puis la refermai. Et merde. Je me tournai vers la vitre, les lèvres pincées.

— Je vous ai interrompus, visiblement.

— Pour être franc, je suis content que tu l'aies fait.

Je laissai échapper un rire sans joie.

— Ouais, c'est ça.

Il y eut un moment de silence pendant qu'il tournait à droite.

— Ce n'est pas ce que tu crois. Il n'allait rien se passer du tout.

— Je ne suis pas stupide, Jase. De toute façon, est-ce que tu me dois une explication ? Non. On est juste amis, souviens-toi. Tu peux draguer ou baiser n'importe qui. Moi aussi, d'ailleurs. Après tout, je veux juste me faire...

— Bien sûr que je te dois une explication, putain ! (Il serra les poings autour du volant.) Attends une minute... Baiser n'importe qui ? Avec qui est-ce que tu...

J'en eus le souffle coupé de la pire des façons et les larmes me brûlèrent les yeux.

— Je ne veux pas discuter.

— Il faut qu'on parle, pourtant, répliqua-t-il d'un ton dur. On aurait dû le faire hier.

— J'ai un téléphone, je te rappelle. (Je me retournai vivement vers lui et posai une main sur le tableau de bord.) Tu ne m'as pas contactée, je te signale !

Il me lança un regard en coin.

— J'ai préféré te laisser te calmer. Je serais venu te parler ce soir, si Cam n'avait pas été là.

— Tu étais trop occupé, de toute façon, pas vrai ?

Je savais que je me comportais comme une pimbêche. Il fallait que je la boucle.

Jase prit une grande inspiration.

— Je ne l'ai pas invitée dans ma chambre, Tess. Elle est venue toute seule.

— Et elle a enlevé son chemisier par hasard ? Ça t'arrive souvent ce genre de choses ? (J'eus un rire mauvais.) Tu dois vraiment avoir une vie intéressante. Tu tombes sur la bouche des filles, tu fais disparaître leurs tee-shirts...

Son demi-sourire habituel fit son entrée.

— J'avoue que ma vie est plutôt agréable...

— La ferme.

Il soupira.

— Tess, je ne suis pas en train de te mentir, OK ? Elle s'appelle Steph. On s'est amusés ensemble plusieurs fois, mais pas récemment. Je ne savais même pas qu'elle allait venir ce soir. Elle est montée et elle a commencé à se déshabiller.

Je ricanai.

Un muscle de sa mâchoire tressauta.

— Elle voulait aller plus loin. Pour être franc, j'y ai pensé, parce que je suis un mec, mais je n'ai rien fait. Ce n'est pas elle que je veux. Il ne s'est rien passé. Elle a retiré son chemisier une minute avant que tu arrives.

Je le dévisageai avant de détourner les yeux. Le croire revenait à me jeter sous les roues d'une voiture. Et pourtant, j'en avais terriblement envie. Les pulsations à l'intérieur de ma poitrine me suppliaient presque.

— Putain, Tess, j'étais même allé chercher ce cupcake pour toi. (Il marqua une pause.) Tu crois vraiment que j'aurais baisé cette fille en sachant que tu étais à la soirée ?

— Tu ne savais pas que j'étais là.

— Si, répondit-il du tac au tac.

OK. S'il le disait. Je haussai les épaules.

— Merde, Tess. Tu le penses vraiment ? (Il jura.) Tu penses ça ?

— Tu m'as embrassée, puis tu l'as regretté. Tu m'as dit des choses dont tu ne te souviens pas quand tu étais bourré, alors...

Jase écrasa la pédale de freins et on s'arrêta en plein milieu de la route plongée dans le noir. Les yeux écarquillés, je me tournai vers lui.

— Qu'est-ce que tu...

— Il ne s'est rien passé entre Steph et moi depuis des mois, Tess. Rien. Et tu sais quoi ? Je ne l'ai jamais embrassée.

Je clignai les yeux.

— Quoi ?

— Jamais. Pour tout te dire, ça fait des années que je n'ai pas embrassé une fille, alors ne me dis pas que tu sais ce qui s'est passé. Parce que tu ne sais rien du tout.

Il y avait de grandes chances pour qu'une voiture arrive d'un coup et nous rentre dedans.

— Mais tu m'as embrassée.

— Oui, je t'ai embrassée et...

— Comment pourrais-je te croire ?

Et pourquoi ? De toute façon, ça n'avait pas d'importance. Pas vraiment.

Jase jura, puis soudain, il passa la main derrière ma tête. Quand il m'attira vers lui, mon cœur bondit dans ma poitrine. Alors, il m'embrassa. Il n'y avait rien de tendre dans ce baiser. Il était violent, passionné. Jase m'embrassait pour prouver quelque chose, comme s'il ne l'avait pas fait depuis un long moment. Dans mes veines, mon sang se transforma en lave. Lorsqu'il se dégagea, je restai immobile, à le dévisager, le cœur battant la chamade.

Je le croyais.

Je ne savais pas pourquoi ni comment un baiser pouvait prouver ses dires, mais c'était bien le cas. J'emporterais cette conviction dans la tombe.

Le souffle court, il se rassit sur son siège et appuya sur l'accélérateur. La voiture se remit en mouvement.

— Voilà : ça, c'est ce qui ne n'est jamais passé entre elle et moi. Jamais, Tess.

Peut-être que c'était à cause de la bière. Ou du besoin de prouver que je pouvais être aussi sexy, audacieuse et attirante que cette fille sans retirer mon chemisier ni avoir sa paire de seins. À moins que ce ne soit la faute du baiser. J'aurais pu accuser aussi toutes les émotions qui envahissaient ma poitrine ou le désir qui s'accumulait entre mes cuisses. Peut-être que c'était un tout. Ça n'avait pas la moindre importance. Mon cerveau s'était mis en veille. Je bougeai avant d'avoir la moindre pensée rationnelle, sans réfléchir aux conséquences… ni aux problèmes que Jase devait déjà gérer, ni à mon ego bafoué.

Je me penchai au-dessus de la boîte de vitesses et déposai un baiser au coin de ses lèvres. Il ne réagit pas lorsque mes doigts glissèrent jusqu'à son entrejambe. Puis je le pris dans ma main et il sursauta, se pressant un peu plus contre moi. Il était dur, à l'étroit derrière la fermeture Éclair.

— Mon Dieu, grogna-t-il.

Quand je relevai la tête, je vis qu'il agrippait le volant tellement fort qu'il se coupait la circulation du sang. Il me regarda vivement en coin, les yeux voilés par le désir.

— Qu'est-ce que tu fais ?

— C'est évident, non ?

Je fis glisser ma main vers le haut, suivant sa longueur assez impressionnante.

Il prit une grande inspiration et reporta son attention sur la route.

— Rien n'est évident, avec toi. (Il aurait pu me repousser ou me demander d'arrêter.) Putain, rien de ce que tu fais n'est jamais évident.

Ses paroles vinrent se mêler à l'étrange brouillard chaud qui submergeait mes pensées. Mes mains savaient quoi faire. Je l'avais déjà fait. Quelques fois seulement, mais j'imaginais que c'était comme le vélo. On ne pouvait pas oublier ni se tromper.

Hmm, vu comme ça, ce n'était pas très sexy.

J'ouvris un à un les boutons de son jean, puis baissai la fermeture Éclair avec précaution. Ce léger son me parut plus bruyant que celui de l'air qui s'engouffrait par les fenêtres entrouvertes.

Jase respirait fort. Je glissai mes doigts à l'intérieur de ses vêtements et les enroulai autour de sa peau chaude et dure pour le sortir.

— Tess, gémit-il.

Un frisson le parcourut. Il tressauta contre ma main tandis que je le touchais. La Jeep ralentit.

Sa peau était rougie, douce comme de la soie. J'étais émerveillée. Pendant quelques secondes, le simple fait de le sentir contre moi me laissa sans voix. Je remontai de la base jusqu'à l'extrémité. Mon ventre se contracta.

— Oh, mon Dieu, ça va me rendre dingue, dit-il d'une voix enrouée. Tu es vraiment…

Je me penchai le plus possible et baissai la tête. Le goût salé de sa peau dansa sur ma langue. Je bougeai lentement la main vers le bas, pour continuer à l'explorer, pour le prendre plus profondément dans ma bouche.

— Tess, grogna-t-il.

Son corps se crispa tandis que je le goûtais pour la première fois. En remontant, je passai ma langue sur son gland.

— Merde, où est-ce que tu as appris ça ? Non. Ne réponds pas. Je ne veux pas savoir. Je préfère penser que c'est un talent inné.

Un éclat de rire m'échappa, me faisant vibrer contre lui. Il jura, et son corps se raidit. Je ne savais pas que rire dans cette position aurait cet effet sur lui. Il palpitait contre ma main et dans ma bouche. L'instinct prit le dessus. Je me mis à bouger en rythme.

— Tu vas me tuer... Nous tuer. (Il releva les hanches et j'entendis le moteur hurler.) C'est dingue, fit-il. (J'accélérai.) Tu es vraiment en train de me tuer.

Je souris et passai de nouveau la langue sur son gland. Une vague de chaleur m'envahissait, descendait le long de mon corps. Mon entrejambe criait famine. Avec les autres, je n'avais jamais été excitée. Pas comme ça. C'était la première fois que j'avais vraiment envie de le faire. Ça me plaisait.

Quand sa main se posa à l'arrière de ma tête, j'émis un murmure de triomphe étouffé. Il enfouit ses doigts dans mes cheveux, défaisant légèrement mon chignon. Il me guida quelques instants, puis sa main glissa jusqu'à mon cou. Son pouce trouva mon pouls et il me massa doucement jusqu'à ce que je n'en puisse plus et que je serre les jambes.

— Je ne vais pas tenir longtemps. Putain, je vais... (Il releva les hanches en tremblant et empoigna ma nuque un peu plus fort.) Tess, il faut que tu arrêtes ou je vais...

Je n'avais aucune intention de me retirer. J'ignorais pourquoi. Je n'avais jamais avalé auparavant. Cette simple idée me dégoûtait, en temps normal. Mais pas avec lui. Apparemment, j'avais une âme de star du porno. Un coup de langue et une caresse suffirent : il cria alors mon nom en convulsant contre moi.

Je déposai alors un baiser sur lui et relevai la tête pour le rhabiller. Sa main tremblait contre ma nuque lorsque je retournai sur mon siège. J'avais l'impression que ses doigts me marquaient au fer rouge.

Jase regardait droit devant lui, les lèvres entrouvertes et le torse qui se soulevait rapidement. Son expression demeurait impénétrable. Je jetai un coup d'œil à l'extérieur. La route était sombre et s'étendait à perte de vue. Je ne reconnaissais rien. Nous n'étions plus sur la Route 45. C'était surprenant qu'on n'ait pas eu d'accident.

Quand il baissa la main, je me tournai vers lui. Il serrait les dents et il respirait fort. Mon cœur s'emballa avant de se dégonfler comme un ballon de baudruche. Oh, mon Dieu. Je n'aurais jamais dû faire ça. Il existait des milliers, non, des millions de raisons pour lesquelles j'aurais dû m'abstenir. Tellement que j'aurais pu écrire un pavé dessus. Peut-être que les mecs avec des gosses n'aimaient pas se faire tailler une pipe au volant ? Comment étais-je censée le savoir ?

Je réfléchis aussitôt aux excuses que j'allais pouvoir lui servir. J'avais bu. J'étais bourrée. Je n'avais pas beaucoup mangé aujourd'hui. Peut-être que j'avais une maladie inconnue qui me poussait à faire des fellations sans que je puisse me contrôler ? Mais oui. Très crédible. Il fallait que je la note, celle-là. Ça pouvait servir.

Sans un mot, Jase jeta un coup d'œil vers moi... Non, sur le bord de la route. Il se déporta et s'arrêta brusquement sur le bas-côté. Je tendis le bras pour me rattraper avant de me prendre le tableau de bord en pleine tête.

Après avoir coupé le moteur, il ouvrit sa portière dans un silence inquiétant et sortit. Il était sorti de la voiture ! La veilleuse s'alluma.

— Merde, murmurai-je en le regardant passer devant les feux.

Sa silhouette élancée se détacha dans la lumière jaune et vive.

Allait-il me jeter dehors ? Me laisser rentrer à pied alors qu'on se trouvait au milieu de nulle part ? Ça me paraissait un peu exagéré comme réaction. Non ? Après tout, grâce à moi, il avait eu un super orgasme. Il aurait dû me remercier...

Jase ouvrit la portière à la volée. Je baissai aussitôt les yeux. Son jean était toujours déboutonné et, mon Dieu, ce que c'était sexy !

Je pris une grande inspiration.

— Jase...

Il me prit la tête entre les mains et pressa sa bouche contre la mienne. Ce baiser ressemblait à celui qu'on avait partagé avant que j'aie la brillante idée de le sucer. Passionné. Avide. Je n'avais d'autre choix que de goûter, de ressentir. Sa langue s'introduisit entre mes lèvres, captura mon gémissement. La tête penchée sur le côté, il approfondit le baiser tout en glissant les mains sous ma jupe, au niveau de mes hanches. Lorsqu'il se redressa, il planta son regard dans le mien et me tourna vers lui.

Je poussai un petit cri de surprise en le sentant m'attirer jusqu'au bord du siège. Je m'allongeai alors en arrière et posai les mains à la place du conducteur, les coudes pliés. Une expression féroce se peignit sur ses traits tandis qu'il soulevait mes fesses et passait les doigts sous l'élastique de mon legging.

Je compris alors ce qu'il comptait faire. Il tira dessus et le baissa jusqu'à mes chevilles. Déstabilisée, je rougis et respirai un peu plus fort. OK. Il n'était pas en colère. Plutôt l'inverse...

Soulevant légèrement mon chemisier, Jase recula d'un coup. Il déglutit.

— Putain de merde. Tu n'as pas de culotte ?

Pas de culotte ? Hein ? Oh putain. J'avais oublié. La chaleur de mon corps redoubla.

— Je... Je n'aime pas en porter quand je mets des collants.

Il se pencha de nouveau vers moi et passa une main derrière ma nuque.

— Parfait. (Il m'embrassa, insinuant sa langue dans ma bouche.) C'est vraiment parfait.

Puis ses lèvres quittèrent les miennes et il me contempla. Ses grandes mains hâlées contrastaient avec la peau de mes cuisses. Après des années de danse en collants, en justaucorps et en robes qui ne cachaient pas grand-chose, j'avais pris l'habitude de m'épiler presque entièrement. Je ne pouvais pas me cacher. Pas quand il m'écartait les jambes.

Il émit un grognement rauque et sexy.

— Tu es magnifique, Tess. Encore plus que je ne l'avais imaginé.

J'avais la bouche sèche. Mon corps était en feu.

— Ouvre-toi à moi.

Je réprimai l'envie de serrer les jambes. N'importe qui aurait pu passer en voiture. J'ignorais où nous étions, et à quelle distance de la fraternité ou de toute autre maison nous nous trouvions. Même la police aurait pu débarquer. Pourtant, je lui obéis.

— Plus.

Le cœur battant la chamade, j'ouvris les cuisses, étirant mon legging autour de mes chevilles. Ses mains glissèrent sur ma peau et se posèrent sur mes hanches. La situation était complètement surréaliste. C'était comme un rêve qui me donnait des frissons et décuplait mes sens. Mon cœur battait si fort que j'avais l'impression que j'allais avoir une attaque.

Jase plongea son regard argenté dans le mien tout en abaissant la tête. Il se lança aussitôt, aussi audacieux et déterminé que je l'avais été. Mais c'était... différent. Intime d'une façon tout à fait unique. Je convulsai en sentant son souffle chaud contre moi, puis gémis lorsqu'il embrassa mon intimité... dans un baiser d'une tendresse à se pâmer.

Alors, il me dévora.

Sa bouche me recouvrait, chaude, humide, affolante. Sa langue me caressait inlassablement, se faisant tour à tour taquine, légère, profonde. Je rejetai la tête en arrière, submergée par un plaisir vertigineux. En haletant, je roulais des hanches contre le siège tandis que des sensations sauvages m'envahissaient. Mon corps était ravagé par une tempête. Je ne me contrôlais plus. Mes mains glissèrent sur le vinyle, et ma tête toucha le siège du conducteur. Le dos cambré, je le sentis s'enfoncer plus profondément.

— Jase, gémis-je en me raidissant.

Mon corps tout entier se tendit. Des muscles de mes doigts jusqu'à ceux de mes orteils. J'avais l'impression d'être sur scène, au moment où la musique commençait et où j'amorçais le premier pas. Cet instant où mon corps était complètement contracté, prêt à s'épanouir et à répondre à l'appel de la musique.

— Si tu persistes à prononcer mon nom comme ça... (Ses doigts s'enfoncèrent dans ma peau, m'arrachant un soupir de plaisir.) Je ne m'arrêterai pas. Je te le promets.

S'il continuait comme ça, j'allais mourir. C'était déjà presque le cas. Je criai, perdue dans les sensations qui m'anéantissaient alors que mon corps se contractait, se liquéfiait. Un orgasme lancinant, palpitant, me traversa et me coupa le souffle. Mes jambes tremblèrent, mes mains s'ouvrirent et se refermèrent dans le vide. D'étranges petits bruits résonnaient dans la Jeep. Il me fallut quelques secondes pour comprendre qu'ils s'échappaient de mes lèvres.

Je le sentis vaguement bouger, puis ses lèvres se posèrent sur les miennes et je me goûtai sur sa langue. Je me sentais loin, loin... Il passa une main sur mes cuisses en murmurant mon nom. Ses doigts descendirent le long de mes jambes. Il rajusta mes collants, remit mon chemisier en place et m'aida à me rasseoir, en disposant mes pieds à l'intérieur de la Jeep. J'avais perdu une chaussure entre-temps. Il la retrouva et me l'enfila.

Je posai la tête contre mon siège, respirant fort, tandis qu'il m'attachait. Un frisson me traversa lorsque sa main parcourut mon bras, puis ma joue. Il fit pivoter mon visage vers lui. J'ouvris les yeux en cillant.

— Si tu me dis qu'on n'aurait pas dû faire ça ou si tu t'excuses... (Je bâillai. Sexy.) Je te donne un coup de poing dans les couilles.

Les lèvres brillantes de Jase se retroussèrent en coin.

— Je n'allais pas dire ça.

— Non ?

— Non. (Il passa son pouce sur ma lèvre inférieure.) J'allais te dire que je… que je n'avais jamais autant apprécié cette route qu'aujourd'hui.

13

Sur le chemin de la cité universitaire, Jase s'arrêta au McDonald's. Il commanda un thé glacé que l'on partagea. On était tous les deux assoiffés. J'avais l'impression de ne plus avoir ni os ni muscles, de flotter dans mon siège, comme si seule ma ceinture de sécurité me retenait. Un sentiment euphorique m'avait envahie. C'était un peu la même sensation que de sortir de scène lors d'une compétition en sachant que j'allais obtenir la première place.

Non. C'était encore mieux que ça. Plus tangible. Lorsque je fermais les yeux, je pouvais toujours sentir ses mains sur mes jambes, son souffle qui dansait sur mon intimité.

J'allais sûrement ne plus savoir où me mettre le lendemain matin, mais pour l'instant, je le vivais parfaitement. Je ne voulais penser à rien. J'avais seulement envie de me laisser porter. Je ne m'étais pas sentie aussi bien depuis des mois.

Jase se gara dans un parking à côté de l'entrée de mon bâtiment. Quand il sortit de la voiture et fit le tour jusqu'à mon côté, j'essayai de me ressaisir. Il ouvrit la portière au moment où je détachais ma ceinture. J'avais l'impression de ne plus vraiment contrôler mes doigts.

En descendant de la Jeep, je le regardai dans les yeux. Il me prit la main, et un sourire radieux se dessina sur mes lèvres. Il referma la portière derrière moi. Je fis un pas en avant, mais titubai vers la droite.

Avec un ricanement, il resserra sa prise sur ma main.

— Tout doux. Je savais que je te faisais tourner la tête, mais pas à ce point-là…

Je gloussai. Il me faisait tourner la tête, aucun doute là-dessus. Il me guida vers le trottoir. Je m'emmêlai les pieds. Je trébuchai en riant.

Jase s'arrêta pour m'observer. Sous la lumière des lampadaires, avec les ombres qui jouaient sur son visage, il avait l'air de sortir tout droit d'un rêve.

— Tu as bu à la soirée ?

— Peut-être.

Son sourire détendu disparut.

— Combien de verres est-ce que tu as bu ce soir ?

— Euh… Trois ? Quatre ? Je ne sais plus. (Je marquai une pause.) Je ne bois pas d'habitude. À cause de la danse, tu sais ? Je ne peux pas danser saoule. Enfin, je pourrais, mais ça ne serait pas génial.

— Et merde. (Il pencha la tête et prit une inspiration vacillante.) Tu es bourrée ?

— Mon Dieu, on dirait mon père ! m'exclamai-je.

Il n'eut pas l'air amusé.

— OK, OK… Je ne dirais pas que je suis bourrée.

Je me tournai vers mon bâtiment en bâillant, puis jetai un coup d'œil vers lui, par-dessus mon épaule. Il me tenait toujours la main, mais comme il était resté en retrait, nos bras étaient tendus.

— Si seulement je pouvais me téléporter dans ma chambre !

Il haussa les sourcils.

— Cette fois, c'est officiel : tu es pétée.

Ah bon ? Je ne m'en rendais pas compte. La sensation de joie et d'ivresse que je ressentais pouvait être due à la bière comme à l'orgasme.

— Je préférerais l'orgasme.

— Hein ?

Il rit à pleine gorge.

Je tirai sur son bras et souris quand il se mit à me suivre.

— Je me sens bien, mieux que tous ces derniers mois. Et je préfère penser que c'est à cause de l'orgasme plutôt que la bière.

Un nouveau rire rauque et sexy s'échappa de ses lèvres.

— Je prends ça comme un compliment.

— Tu peux.

La porte se trouvait toujours à une distance effrayante, et Jase n'avançait pas assez vite. Le mieux, c'était sans doute qu'il reste avec moi. Debbie n'allait pas rentrer tout de suite. On aurait la chambre pour nous tout seuls. Et un lit et...

— Je ne savais pas que tu avais bu.

Son sérieux m'arrêta net. Je me retournai tellement vite que je faillis perdre l'équilibre. Ça ne plaidait pas en ma faveur. Il posa les mains sur mes hanches pour me retenir.

— Tu regrettes, c'est ça ? (Ma bulle de joie était sur le point d'éclater.) Je ne suis pas défoncée non plus. Je savais très bien ce que je faisais. J'en avais envie. Peut-être que ce n'était pas l'idée la plus brillante...

— Je ne suis pas du tout d'accord avec ça, dit-il en m'interrompant. (Ses yeux brillèrent un instant.) C'était une idée géniale. Mais... (Son expression se radoucit et il posa l'une de ses grandes mains contre ma joue.) Si j'avais su que tu avais bu, je t'en aurais empêchée.

Penchant la tête sur le côté, je tentai de décrypter ses paroles.

— Et si je n'avais pas bu ?

— Je crois que tu connais déjà la réponse.

Probablement.

— Mais je ne suis pas bourrée ! Je voulais le faire. Je voulais...

Jase grogna.

— Il faut que tu arrêtes de parler comme ça.

— Comme quoi ? demandai-je, les sourcils froncés.

— Arrête de me dire que tu voulais le faire. Entendons-nous bien : je suis content de le savoir, mais ça me donne envie de te laisser recommencer. Puis de recommencer à mon tour. Mais cette fois, je ne me servirai pas uniquement de ma langue. (Il posa son front contre le mien. Sa proximité me coupa le souffle.) Je commencerais comme ça, mais je voudrais aussi me servir de mes doigts et ça ne serait toujours pas suffisant.

Ses mots m'incendiaient les joues. J'étais sans doute plus ivre que je ne le pensais parce qu'une soudaine audace prit possession de moi.

— Je ne t'arrêterais pas.

Il ferma les yeux. Un son grave remonta du fond de sa gorge.

— Putain, Tess...

La gorge serrée, je relevai la tête de façon à rapprocher nos visages.

— Jase ?

Il hésita un instant avant de m'embrasser tendrement, effleurant mes lèvres avec les siennes. Ce contact aérien me bouleversa davantage que l'aurait fait tout autre baiser.

— Je sais que tu as bu. Je ne veux pas que ça vienne se mettre entre nous.

— Mais...

— On en parlera plus tard, OK ? Pour l'instant, laisse-moi raccompagner ton joli petit cul, pas bourré mais un peu gai, jusqu'à ta chambre.

— Tu trouves que j'ai un joli petit cul ?

Il recula en riant.

— Mon cœur, ton cul est une terre sacrée à mes yeux !

— N'importe quoi...

Il sourit vivement.

— Allez, viens.

— Je n'arrive pas à croire que tu aies dit que mon cul... Hé ! m'écriai-je lorsque Jase passa un bras autour de ma taille pour me soulever. (Il me serra contre son torse. Les étoiles virevoltèrent autour de moi pendant quelques secondes.) Qu'est-ce que tu fabriques ?

Il baissa les yeux vers moi, haussant un sourcil interrogateur.

— Je te raccompagne.

— Et tu es obligé de me porter, pour ça ?

— Bien sûr. (Il traversa le parvis à grandes enjambées.) Carte ?

Gigotant, je réussis à l'extraire de la poche arrière de ma jupe. Il me souleva et l'attrapa sans me laisser tomber. Je ne protestai pas lorsqu'il me demanda d'ouvrir la porte, qu'il retint avec son pied. La tête posée contre son torse, je fermai les yeux. Plusieurs secondes s'écoulèrent. Les douces secousses de ses pas me berçaient agréablement. On avait besoin de parler. De beaucoup de choses. De choses sérieuses. Attendre le lendemain était sans doute une mauvaise idée, mais je me blottis quand même un peu plus contre lui. Être dans ses bras...

Eh bien, ça me donnait envie d'envoyer « demain » se faire foutre.

Pendant tout le chemin jusqu'à ma chambre, j'eus l'impression d'être sous l'eau. Garder les yeux ouverts me demandait un effort surhumain. Comme d'habitude, notre suite était vide. Jase appuya sur l'interrupteur avec son coude.

— Tu es sûre que tu as des colocs à côté ? me demanda-t-il en se tournant pour refermer la porte sans me lâcher.

— Oui, oui, murmurai-je d'une voix fatiguée. (J'ouvris les yeux un instant pour m'assurer que ma chambre était vide, elle aussi.) Je les entends, de temps en temps.

— Mais tu ne leur as jamais parlé, pas vrai ?

Il traversa la petite pièce.

— Non.

Jase m'allongea. Quand j'ouvris les yeux, il avait déjà reculé et se tenait au pied du lit.

— Dis-moi quelque chose.

— Quelque chose.

Il sourit, les yeux entrouverts. La lumière du salon n'éclairait que lui.

— Ton frère sait que tu as bu ?

Cam était la dernière personne à laquelle j'avais envie de penser, là, tout de suite.

— Tess, insista-t-il en retirant l'une de mes chaussures.

Quand je battis des orteils, il m'attrapa le pied.

Je laissai mes paupières retomber.

— Non. Il était trop occupé à dévorer Avery du regard.

— Il aurait dû te surveiller aussi.

Il ôta ma seconde chaussure et la posa quelque part sur le sol.

Un reniflement très sexy m'échappa.

— Pourquoi ? Je ne suis plus une enfant. J'ai le droit de boire si je veux.

— Oui, oui.

Il fit danser ses doigts sur la plante de mes pieds. J'essayai de retirer mon pied en gloussant, mais j'étais trop lente. Il me lâcha pour attraper ma couverture.

— Bon, tu comptes faire partie du paysage des soirées, maintenant ?

Roulée en boule sur le côté, je clignai les yeux et lui souris lorsqu'il posa la couverture sur moi.

— Je ne sais pas. Je n'ai pas vu beaucoup de filles.

Il s'assit près de moi et remonta les draps jusqu'à mon épaule.

— Normalement, il n'y en a pas. À part les habituées.

— Les habituées ?

— Les filles qui viennent aux soirées, mais qui ne sont les petites amies de personne.

Je n'aimais pas ça.

— Comme la fille qui était dans ta chambre.

Il se passa la main dans les cheveux et les décoiffa.

— Ouais. Comme elle.

— Comment est-ce qu'elle s'appelle, déjà ?

Il se pencha en arrière, appuyé sur un seul coude.

— C'est important ?

Après ce qu'il s'était passé entre nous ?

— Oui.

— C'est une fille bien.

— Euh...

Il inclina la tête, mais ses lèvres se retroussèrent.

— Je suis sérieux. Elle aime s'amuser, c'est tout...

— Je ne veux pas savoir.

Il rit. Je le fusillai du regard.

— Cam couchait avec elle avant, lui aussi.

— Beurk. (Je fronçai le nez.) Et toi aussi ?

— Pas en même temps.

— J'espère bien ! (En l'entendant ricaner, je lui donnai un coup de genou.) Tu as conscience que ça veut dire que tu as couché avec Cam, pas vrai ?

— Hein ? N'importe quoi. (Il recula vivement dans la faible lumière.) Je t'ai dit que ce n'était pas...

— Il est rentré dedans. Toi aussi. Donc vous avez couché ensemble par personne interposée.

— C'est dégueulasse.

Je souris à pleines dents.

— Ce qui est dégueulasse, c'est que vous êtes tous les deux rentrés dedans et...

— On est obligés de parler de ça ?

Mon sourire s'élargit. Il y avait de grandes chances pour que je ne trouve pas ça très drôle le lendemain, mais pour le moment, sa gêne me faisait rire.

— Peut-être que maintenant, tu réfléchiras à deux fois avant de faire quelque chose dont tu n'es pas fier.

Il haussa un sourcil et posa les yeux sur le lit vide en face de nous.

— Je disais la vérité, Tess. Je connais Steph depuis des années. C'est vrai qu'on s'est amusés ensemble plusieurs fois, mais il ne s'est rien passé depuis la fin du semestre dernier. Et je... (Il pencha la tête sur le côté en soupirant.) Je ne l'ai jamais embrassée. Je ne t'ai pas menti. Je n'avais embrassé aucune fille depuis...

Mon cœur s'était emballé.

— Depuis quand ?

Jase secoua la tête avant de laisser s'échapper un rire rauque, sans joie.

— Depuis très longtemps.

Je l'observai en silence. Quelque chose avait changé en lui. J'ignorais de quoi il s'agissait exactement, mais un air distant, presque triste s'était emparé de ses traits, brouillant les lignes de son visage. Un artiste se serait arraché les cheveux en essayant de le dessiner.

Je savais qu'il parlait de la mère de Jack, qu'il avait été blessé et que, pendant toutes ces années, il avait traîné son cœur brisé avec lui.

Mon Dieu, j'étais peut-être bourrée, finalement. Jusqu'à maintenant, je n'avais pas su s'il avait été amoureux d'elle ou non. Jase était un mec. Les mecs ne dissimulaient pas de blessures secrètes. Ils réussissaient à s'en débarrasser en buvant ou en baisant quelqu'un d'autre.

J'avais de plus en plus de mal à garder les yeux ouverts.

— On aurait dû prendre le cupcake avec nous.

Il rit et secoua lentement la tête.

— Tu l'aurais adoré, en plus. J'en ai pris un autre aux Snickers. Mais apparemment, tu n'es pas destinée à le goûter.

— Apparemment. (Un instant passa.) Tu restes ?

Il ne répondit pas tout de suite. Je sentis l'un de ses doigts glisser le long de ma joue puis s'enrouler autour d'une mèche de cheveux.

— Je vais rester jusqu'à ce que tu t'endormes.

— Ça ne va pas être très long. (J'essayai de soulever les paupières, mais elles ne m'obéissaient déjà plus.) Et il faut qu'on parle…

— Dors, Tess. Je te promets… (Le lit s'enfonça sous le poids de Jase qui déposa un baiser contre mon front.) … Qu'on parlera demain… si ton frère ne m'a pas tué entre-temps.

*

* *

Il y avait une toute petite personne qui vivait dans ma tête. Elle tapait contre les parois de mon crâne avec une masse. Gémissant de douleur, je roulai sur le côté et ouvris difficilement les yeux.

La petite fenêtre à côté du lit de Debbie faisait entrer trop de lumière. Je grimaçai et posai la paume de ma main contre mon front douloureux.

— Oh, gémis-je en m'asseyant.

La couverture glissa jusqu'à ma taille, révélant les vêtements dans lesquels je m'étais endormie.

Un léger rire retentit dans la pièce.

— Je me demandais quand est-ce que tu allais te réveiller.

Mon regard ahuri glissa vers la porte. Debbie était appuyée contre le chambranle, le sourire aux lèvres. J'avais un goût affreux dans la bouche, comme si j'avais pris de très mauvaises décisions la veille. Je jetai un coup d'œil à l'horloge.

— Oh putain !

Il était presque 13 heures.

Elle rit encore.

— Tu t'es un peu laissée aller, hier soir ?

— Ouais, croassai-je.

Debbie s'éloigna de la porte et ouvrit le petit frigo. Elle en sortit une bouteille de jus d'orange, puis attrapa un autre récipient sur le bureau. Revenant vers moi, elle s'assit sur mon lit.

J'avais le cerveau embrumé, comme si un brouillard s'était formé à l'intérieur de mon crâne pendant la nuit. Je la regardai faire tomber deux cachets d'aspirine.

— Avale ça, dit-elle en me tendant le jus d'orange et le médicament. Ça va te faire du bien.

À ce stade, je me serais tiré une balle dans la tête pour stopper la douleur. J'avalai les cachets, puis une gorgée de jus d'orange.

— Tu es une vraie étudiante maintenant, c'est officiel, annonça-t-elle en refermant la boîte d'aspirine.

— Ah bon ?

Ce qui était officiel, c'était que je ne me sentais vraiment pas bien.

Elle hocha la tête.

— Tu vis ta première gueule de bois à la fac. C'est une tradition.

— C'est nul. (Je me pris la tête dans la main.) À chier, même.

— Hé ! (Elle me tapota la jambe.) Au moins, tu n'as pas vomi.

Je serrai fort les yeux.

— C'est vrai.

— Qu'est-ce qui t'est arrivé hier soir ? me demanda Debbie en se tournant pour s'asseoir en tailleur. Je t'ai vue monter à l'étage, mais tu n'es jamais redescendue. Une heure plus tard, Cam est venu nous voir. Il te cherchait.

J'écarquillai les yeux tandis que les événements de la veille me revenaient soudain en mémoire. Mon sang se glaça avant de se mettre à bouillir.

Oh. Mon. Dieu.

Jase et moi, on s'était légèrement servi de nos bouches.

Était-ce ça, ma vie ? Le souvenir de ses lèvres, de sa langue sur moi, en moi, me fit l'effet d'un électrochoc. Mon cœur se mit à battre plus fort et je rougis. Une nouvelle sorte de douleur s'empara de mes seins avant de descendre plus bas, bien plus bas.

Oui, c'était bien ma vie.

Je me retournai vivement sans prêter attention au mal cinglant qui me frappa entre les tempes et attrapai mon portable posé sur la table de nuit. Je ne me souvenais pas de l'avoir posé là. Jase l'avait sans doute sorti de ma poche. Il n'y avait pas d'appel en absence de Cam. Je supposais que Jase était retourné à la fraternité et lui avait expliqué qu'il m'avait ramenée chez moi. Sans entrer dans les détails.

Du moins, je l'espérais.

Même si je voulais être avec Jase, et Dieu sait à quel point j'en avais envie, je ne voulais pas semer la pagaille dans leur amitié. Mouais. Ça allait rendre toute relation officielle difficile.

Si on en arrivait là un jour.

Je n'avais aucun appel ni message de Jase non plus.

Le ventre serré, je laissai tomber le téléphone sur le lit à côté de moi.

— Je suis rentrée ici, lui dis-je au bout d'un moment.

— J'avais compris. Il s'est passé quelque chose pour que tu partes ?

— Non. (Je m'efforçai de hausser les épaules d'un air nonchalant et pris une autre gorgée.) J'avais envie de rentrer, c'est tout.

— Oh. (Elle se mordit les lèvres avant de prendre une grande inspiration.) Erik ne t'a pas parlé ?

— Non. (J'avalai le reste du jus.) Pourquoi ?

Dès que la question franchit mes lèvres, je compris que c'était parce que je l'avais traité de connard. La culpabilité m'envahit.

— Je suis désolée de l'avoir insulté, Debbie. C'est juste que...

— Ne t'excuse pas. (Elle balaya ma remarque de la main.) Il se comporte vraiment comme un connard, parfois. Mais il est allé aux toilettes peu après que tu es montée à l'étage. Du coup, j'avais peur qu'il t'ait dit quelque chose.

Une mèche de cheveux bruns s'échappa de sa pince et vint caresser son front. Elle la repoussa. Mon esprit marchait à cent à l'heure, obnubilé par Jase et sa langue incroyable, insatiable. Puis je me rappelai les bleus que j'avais vus sur les cuisses de Debbie et la façon dont Erik lui avait parlé.

Il fallait que je dise quelque chose. Que je lui explique que j'étais passée par là, moi aussi. Quelqu'un devait s'en mêler, car je savais d'expérience que si personne ne le faisait, les choses iraient de mal en pis. Ma peau me brûlait. C'était difficile. J'avais encore du mal à avouer que je m'étais trouvée dans ce genre de relation. Ça cachait plus que de la culpabilité ou de la honte. C'était à cause de... cette putain de peur qui n'avait jamais vraiment disparu, qui se nourrissait des plaies gangrenées de mes souvenirs.

Je détournai les yeux et fixai la bouteille vide.

— Debbie, je peux te poser une question ?

— Évidemment, répondit-elle en souriant. (Elle lança la boîte de médicament en l'air avant de la rattraper.) Vas-y.

Prenant mon courage à deux mains, je relevai la tête.

— Est-ce que... Est-ce qu'Erik te frappe ?

Une seconde passa, peut-être deux, puis elle éclata de rire. Trop bruyamment.

— Quoi ? Non. P... Pourquoi est-ce que tu penserais une chose pareille ?

Je triturai le bouchon de la bouteille.

— Parce qu'il n'est pas super gentil et que...

— Ce n'est pas parce qu'il dit des choses débiles de temps en temps qu'il me maltraite.

Elle déplia les jambes et se releva d'un bond. Les bras croisés, elle se tourna vers moi. Elle avait les joues écarlates.

— Il ne me frappe pas.

Le déni. J'avais essayé de jouer cette carte moi aussi quand ma mère avait vu mes hématomes. Repoussant la couverture, je m'assis au bord du lit et la regardai dans les yeux. Elle détourna la tête. Je pris une légère inspiration.

— J'ai vu les bleus sur tes jambes.

Elle pâlit à vue d'œil.

— Hein ? (Elle baissa les yeux vers son jean.) Des bleus ?

— L'autre jour. Tu étais en short.

Elle ouvrit la bouche d'un air perdu, puis la referma.

— Je me suis pris le coin du lit l'autre jour. C'est sans doute ce que tu as vu.

Pour avoir une blessure pareille, il aurait fallu qu'elle se le prenne plusieurs fois à des endroits différents. Je posai la bouteille sur la table de nuit.

— Debbie...

— Écoute, je te remercie de t'inquiéter pour moi, mais tu n'as aucune raison de le faire. (Elle débrancha son téléphone et ramassa une casquette en laine posée sur son lit.) J'ai des choses à faire. On se voit plus tard.

Je me levai à mon tour.

— Il faut que je te dise quelque chose.

— Je n'ai pas le temps.

— S'il te plaît. Tu ne comprends pas. Je n'essaie pas de te mettre mal à l'aise ni de te juger. Je veux simplement...

La porte claqua.

— Te dire que je sais ce que ça fait, marmonnai-je dans la pièce vide.

Une vraie réussite. Je me laissai retomber sur mon lit en soupirant. Mon mal de tête s'était atténué, mais il me semblait toujours qu'une pellicule dégoûtante recouvrait ma peau. Étant donné que j'avais l'impression d'être une ordure après ma conversation avec Debbie, ça tombait sous le sens.

Mais je savais que mes doutes étaient justifiés.

Après avoir rassemblé mes affaires pour la douche, je me dirigeai vers la salle de bains. Une fois sous l'eau bien chaude, je me repassai le film de la soirée dans ma tête. La fille dans la chambre de Jase. Moi partant comme une furie. Jase dans sa Jeep. Son goût sur mes lèvres. Sa tête brune entre mes jambes.

Cette image de lui était gravée pour toujours dans mon esprit.

Je fis glisser mes doigts sur mon visage et tournai le dos au jet. Les papillons que je sentais dans ma poitrine descendirent en direction de mon ventre. Un sourire naquit derrière mes doigts. Je ressentais quelque chose... d'étrange. Ce n'était pas seulement la gueule de bois avec laquelle je m'étais réveillée. Je me sentais différente. Comme si j'avais un peu grandi pendant la nuit. Je ne savais pas quoi en penser. C'était ridicule : des préliminaires ne changeaient pas la vie de quelqu'un.

Et pourtant, c'était ce qui s'était passé.

Je gloussai en me passant la main dans les cheveux.

Tandis que la mousse de mon savon se déversait sur mes pieds, je me mordis les lèvres. La nuit précédente avait réellement eu lieu, et Jase ne m'avait pas repoussée. Il était resté ici jusqu'à ce que je m'endorme. Il ne s'était pas excusé et n'avait pas dit qu'il n'aurait rien dû se passer.

Je sortis de la douche et me séchai rapidement. Après avoir enfilé un pantalon confortable et un tee-shirt, je retournai dans le salon. Je jetai un coup d'œil à la porte de l'autre chambre, l'oreille à l'affût.

Je retins ma respiration. Des pas se firent entendre derrière la porte, puis s'éloignèrent. Je m'approchai du battant, mes affaires de toilette pressées contre ma poitrine.

— Oui ?

Silence.

Au bout de quelques secondes, je secouai la tête et retournai dans ma chambre. Mon premier réflexe fut de regarder mon téléphone. Rien. Une sensation de malaise se mit à peser sur mon estomac. Je m'assis sur le lit et attrapai mon ordinateur portable.

Comme si ma conversation avec Debbie n'avait pas été suffisamment gênante, elle réapparut en fin d'après-midi avec Erik. J'avais discuté avec Avery un peu plus tôt et lui avais raconté la même chose qu'à Debbie. Je n'avais pas mentionné Jase une seule fois.

Et je n'avais eu aucune nouvelle de lui.

Mais pour l'instant, ce n'était pas à lui que je pensais.

Erik se tenait devant le bureau. Debbie faisait son sac pour la nuit. Je posai mon ordinateur sur mon coussin. Elle refusait de me regarder tandis qu'elle fourrait des vêtements dans un petit sac marron et rose.

— Tu ne dors pas ici, ce soir ?

— Non, me répondit Erik d'un air mauvais. Elle dort avec moi.

Ma patience avait des limites.

— C'est à elle que je posais la question.

— J'ai l'air d'être sourd ? (Il se tourna vers moi, les sourcils haussés. Son sourire prétentieux me donnait envie de le frapper.) Ou stupide ? Je sais parfaitement que tu lui parlais, mais...

— Erik. (Debbie soupira. Elle referma son sac et se retourna, les joues en feu.) On est obligés de se prendre le chou, là ?

Les pupilles dilatées, son petit ami tourna lentement la tête vers elle.

— Je rêve ou tu m'as interrompu ?

Tous les poils de mon corps se hérissèrent. Je me levai vivement. La froide mise en garde qui suintait de sa voix me ramena plusieurs années en arrière. Les muscles de mon ventre se contractèrent. Je mourais d'envie de quitter la pièce, de fuir Jeremy qui se tenait là, le visage déformé par la colère.

Je ne me souviens pas très bien de ce qu'il se passa ensuite.

Erik attrapa le sac de Debbie, mais elle refusa de le lâcher. Peut-être ignorait-elle ce qu'il essayait de faire. Dans tous les cas, sa réaction l'énerva encore plus. Son visage s'empourpra. Ses biceps se crispèrent. Puis il tira violemment sur le sac pour faire perdre l'équilibre à Debbie. Par réflexe, je me jetai en avant pour l'attraper par le bras. Une insulte fusa des lèvres d'Erik, qui me donna un coup de sac pour me repousser. Il me toucha à la hanche et me fit chanceler. Je titubai en arrière, les bras battant dans le vide à la recherche d'une prise pour me rattraper, n'importe quoi.

Tout ce que je vis fut Debbie, les yeux arrondis comme des soucoupes, tandis que je reprenais appui sur ma jambe forte, la droite, par habitude.

Elle ploya aussitôt sous mon poids, et une douleur vive éclata dans mon genou. Un cri étranglé m'échappa. Je tombai alors sur les fesses, le souffle coupé. La souffrance que je ressentais était terrible, comme si quelqu'un m'avait enfoncé un couteau dans les muscles et le cartilage.

— Teresa ! cria Debbie.

Sentant les larmes affluer, je fermai les yeux en grimaçant et refusai de regarder mon genou. J'en étais incapable. Oh, mon Dieu. Je ne voulais pas voir ça.

— Tu as mal au genou ? me demanda Debbie. Mon Dieu, dis-moi que ce n'est pas ton genou !

La mâchoire serrée, je hochai la tête. Le monde du dehors, la porte, la pièce, se refermèrent petit à petit sur moi.

— Je n'ai pas fait exprès, dit Erik d'une voix aiguë. Elle était au milieu. C'était un accident. Dis-lui que c'était un accident.

Le cœur battant la chamade, je serrai les poings.

— Teresa, murmura Debbie. (Je la sentis s'agenouiller près de moi. Elle posa une main froide et tremblante sur mon bras.) Dis quelque chose.

Je secouai la tête, les lèvres pincées. Je ne pouvais pas parler. Je ne pouvais pas regarder mon genou, parce que... Oh, mon Dieu... Je savais. *Je savais*. La douleur était trop intense, durait trop longtemps. Ce n'était pas une petite blessure.

Mon genou avait cédé.

Encore une fois.

14

Erik disparut rapidement, préférant attendre Debbie dans le hall d'entrée. Il avait de la chance. Si j'avais pu marcher normalement, je lui aurais botté le cul à travers le campus.

— Je suis désolée, répéta Debbie pour la centième fois en m'aidant à m'asseoir sur mon lit. Je suis vraiment...

— Arrête, rétorquai-je. (Je pris une grande inspiration tandis que ma jambe était secouée d'un spasme douloureux.) Arrête de t'excuser. Ce n'est pas ta faute.

Elle recula, les mains pressées l'une contre l'autre.

— Il ne voulait pas faire ça.

J'ouvris la bouche pour parler, mais un nouveau pic de douleur m'en empêcha. Je pris une nouvelle inspiration.

— Tu veux de la glace ? me demanda-t-elle.

Serrant les dents, j'acquiesçai. Lorsqu'elle revint avec une taie d'oreiller remplie de glaçons, j'avais réussi à tendre la jambe et à relever mon pantalon. Mon genou était enflé. Ce n'était pas bon signe. Je tressaillis en posant la glace dessus.

— Teresa...

Prenant une légère inspiration, je me tournai vers elle.

— Il n'avait peut-être pas l'intention de le faire, mais il était en colère. Il n'a pas réfléchi en balançant ton sac comme ça. Ou peut-être que si, mais il n'en avait rien à foutre.

Les larmes lui montèrent aux yeux.

— Je sais que ce n'était pas son intention.

Je ne dis rien. Je me contentai d'ajuster la glace. J'avais la tête dans du coton. Trop de pensées différentes affluaient dans mon esprit.

Debbie hésitait, à côté du lit, se balançant d'un pied sur l'autre. Plusieurs secondes s'écoulèrent avant qu'elle reprenne la parole.

— Je t'en prie... N'en parle à personne.

Je relevai vivement la tête. Je n'arrivais pas à croire qu'elle puisse me demander une chose pareille... puis mon cœur eut un soubresaut. N'avais-je pas fait la même requête à ma mère, et à Cam ? *« Je t'en prie, n'en parle à personne ? »* J'avais eu peur de la réaction de Jeremy.

Le moment était venu de me confier à Debbie. Malheureusement, elle se précipita vers moi pour me prendre dans ses bras.

— S'il te plaît.

Je ne répondis pas, même lorsqu'elle partit, car ce n'était pas une promesse que j'étais certaine de pouvoir tenir. Baissant les yeux, je levai lentement le sac de fortune. Dessous, ma peau était rougie par le froid.

Une heure plus tard, mon téléphone sonna, mais je ne le regardai pas. J'étais allongée sur le dos, avec un coussin sous le genou pour le garder en hauteur. Quand je dus me déplacer pour chercher plus de glace, la douleur ne me quitta plus. Son intensité augmentait simplement de temps à autre, comme si quelqu'un promenait la flamme d'une allumette contre ma peau.

Mon genou était toujours enflé. J'avais beau y appliquer de la glace et le mettre en hauteur, rien n'y faisait. Je n'avais pas entendu les os craquer quand j'étais tombée, mais le gonflement laissait présager le pire. Je savais que je ne pouvais pas me mettre debout. Pas encore.

On m'appela deux fois de plus ce soir-là. Sur trois appels, deux étaient de Jase, mais je n'avais pas le courage de répondre. La nuit dernière... La nuit dernière me paraissait si lointaine.

Je consultai le téléphone, les lèvres tremblantes. On avait laissé un message. Lorsque l'écran s'éteignit, je le ramassai, mais ne fis rien. Je ne pouvais pas lui parler tout de suite. Je risquais de m'effondrer.

Si mon genou avait encore lâché, ça changeait tout. La situation actuelle ne serait plus seulement temporaire. Je ne retournerais plus jamais au studio de danse. Tout ceci... j'examinai ma chambre... deviendrait ma vie, pour de bon, alors que pendant tout ce temps, j'avais fait semblant.

Je posai la main contre mon front. Un nouveau spasme secoua ma jambe. Je ne voulais pas revivre ça : la souffrance, l'opération, la rééducation. Cette fois... Je frissonnai. Cette fois, les choses seraient différentes. Quand on avait souffert d'une rupture du ligament croisé, il n'y avait rien de pire que de se blesser de nouveau. Ça pouvait causer une instabilité permanente du genou.

Ce qui signifiait que je ne pourrais plus jamais danser.

Je finis par sombrer dans un sommeil sans rêve. À mon réveil, mon genou avait doublé de volume. Je ne tentai même pas d'aller chercher de la glace. Je savais que ça n'y changerait rien. En plus, je n'avais pas de béquilles, donc je ne pouvais pas aller en cours. Le ventre rongé par l'acide, je décidai de rester au lit.

Mon téléphone sonna quelques minutes après le début du cours de musique. M'attendant à voir s'afficher le nom de Calla ou Debbie, qui m'avait envoyé deux messages pour prendre de mes nouvelles auxquels je n'avais pas répondu, je fus surprise de lire celui de Jase. Je n'avais toujours pas écouté son message de la veille.

Tu es où ?

Fermant les yeux jusqu'à me faire mal, je me redressai. Il méritait une réponse, même après m'avoir ignorée tant de fois. Ça n'avait rien à voir avec lui. Je restai évasive.

Je me sens pas bien.

Il répondit du tac au tac.

Ça va ?

Frottant mes yeux soudain humides, j'écrivis un rapide « oui » et balançai mon téléphone au bout du lit.

Je savais qu'il fallait que j'appelle le Dr Morgan et ma mère, mais rien que d'y songer, mon cœur se serrait. La douleur, le gonflement : je savais ce que ça voulait dire. Mon avenir, mes rêves étaient partis en fumée. Je n'avais pas besoin d'un médecin pour le comprendre.

Un nouveau tremblement me parcourut. Je me roulai en boule et attrapai mon coussin pour enfouir ma tête dedans. Le tissu moelleux devint aussitôt humide. Ce n'était pas de grosses larmes. Mais elles ne voulaient pas s'arrêter. La peine qui me nouait l'estomac était aussi forte que la douleur dans mon genou.

Un peu après 12 h 30, un léger coup retentit à la porte. Je n'avais pas la moindre idée de qui ça pouvait être. Peut-être les colocataires que je n'avais pas encore rencontrés ? Les sourcils froncés, je m'essuyai les joues à la hâte et me redressai. Puis je m'éclaircis la voix.

— Entrez.

Je remontai la couverture sur ma jambe droite. J'ignorais pourquoi je cherchais à la cacher. Peut-être parce que, si personne ne la voyait, la blessure n'existait pas. C'était une hypothèse ridicule, mais je n'arrivais plus à réfléchir correctement. J'étais à deux doigts de m'effondrer par terre en pleurant.

La porte s'ouvrit. Je clignai les yeux une fois, puis deux, pensant imaginer des choses, mais la personne était toujours là.

Jase entra dans ma chambre comme s'il l'avait fait des centaines de fois. Il portait un jean et un tee-shirt noir à manches longues. Un sac en plastique se balançait au bout de ses longs doigts. Quand ses yeux se posèrent sur moi, il se figea un instant.

Son regard gris s'emplit d'inquiétude.

— Waouh. C'est vrai que tu n'as pas l'air dans ton assiette.

Je grimaçai. C'était sûrement la faute des yeux rouges.

— Merci.

Un faible sourire étira ses lèvres. Il s'approcha de moi.

— Ce n'est pas si terrible que ça. (Il s'assit au bord du lit, posant son sac par terre, entre ses jambes.) Est-ce que je dois m'inquiéter ?

Je haussai les sourcils. J'étais encore tellement choquée par sa présence que je n'arrivais pas à comprendre ce qu'il entendait par là.

— C'est contagieux ? clarifia-t-il.

— Oh. Non. (Je marquai une pause, l'observant à travers mes cils moites.) Qu'est-ce que tu fais ici ?

— Qu'est-ce que je fais ici ? (Il eut un rire nerveux.) Ça me paraît évident.

Il se pencha pour ramasser le contenu de son sac. Il en tira une boîte en plastique.

— Du bouillon de poulet aux vermicelles. Pour te guérir de ta maladie pas contagieuse, du moins, je l'espère.

Ces satanées palpitations réapparurent de plus belle. J'acceptai le contenant tiède et la cuillère en plastique. Il sortit ensuite une bouteille de Ginger Ale, qu'il plaça sur la table de chevet ainsi qu'une boîte rose. Un cupcake. J'avais envie de pleurer.

— Si tu as peur de tomber malade, pourquoi est-ce que tu es venu ?

Il eut un sourire en coin.

— Eh bien, étant donné ce qu'on a fait samedi soir, ça ne changera pas grand-chose.

— Non, murmurai-je en rougissant.

— Et je me suis dit que tu méritais que je prenne le risque, ajouta-t-il en roulant le sac en boule pour le jeter dans la corbeille, à côté du bureau. Je suis sûr qu'en sachant ça tu te sens déjà mieux.

Je ris, mais mon sourire disparut dès que je retirai le couvercle de la soupe. Ce qu'il avait fait pour moi m'allait droit au cœur. Je n'étais pas malade, mais je ne pouvais pas nier ce sentiment. Malgré cette douleur lancinante à la jambe et ce qu'elle signifiait pour mon avenir, je sentis une douce chaleur envahir ma poitrine.

— Merci, lui dis-je d'une voix rauque. C'est... très gentil de ta part.

Il haussa les épaules.

— Oh, ce n'est rien du tout.

Plongeant la cuillère dans la soupe pleine de vermicelles, je pris une grosse lampée pour détendre ma gorge serrée. Non. Ce n'était pas rien du tout. Des larmes me brûlèrent de nouveau les yeux. Je devenais une vraie pleurnicheuse. Mais ces larmes-là étaient différentes. J'avais envie de me jeter dans ses bras, de couvrir son beau visage de baisers. J'aurais voulu me lever et faire tout ça sans boiter. Sa présence n'était pas une déclaration d'amour éternel, mais ça voulait dire quelque chose. Bien plus que quelques baisers volés.

Quand je lui jetai un regard en coin, je me rendis compte qu'il me dévisageait. D'un peu trop près. Je revins à ma soupe.

— Je me suis inquiété hier soir, admit-il d'une voix douce. Comme tu ne m'as pas répondu, j'ai cru... eh bien, j'ai cru que tu me faisais la gueule.

Je rapprochai le récipient de ma bouche et soulevai des vermicelles.

— Pas du tout.

— Je ne t'en aurais pas voulu, étant donné qu'il m'est arrivé de t'ignorer auparavant. (Il se passa la main dans les cheveux. Ils retombèrent aussitôt sur son front.) Je ne crois pas m'être excusé pour ça, d'ailleurs.

Les battements de mon cœur s'emballèrent. Pourquoi me parlait-il de ça ? Pourquoi maintenant, alors que ma rotule cherchait à jaillir de mon genou comme un bébé alien ?

— Alors, je suis désolé. Et aussi à propos du commentaire que j'ai fait, comme quoi tu voulais juste te faire sauter. Je sais que ce n'est pas vrai. Tu es bien mieux que ça. Et tu mérites mieux, d'ailleurs. Je sais que ça ne veut pas dire grand-chose, mais j'ai pris les mauvaises décisions... et ça n'a finalement servi à rien puisque je n'arrive pas à rester loin de toi. (Il se tourna vers moi et se pencha au-dessus de mes jambes.) Tu es au courant pour Jack, mais...

Sa hanche appuya contre mon genou. Je sursautai et me pliai en deux sous le coup de la douleur fulgurante qui remonta le long de ma jambe. Il tendit la main à la vitesse de l'éclair pour empêcher la soupe de se renverser sur moi. Pâle comme la mort, je crispai les poings sur les draps.

— Merde ! Qu'est-ce qui s'est passé ? (Il sauta du lit comme si je lui avais mordu les fesses.) Tu vas bien ?

Secouée par cet incident, je ne pus que hocher la tête. Inspirer. Expirer. Petit à petit, au bout de quelques minutes, la peine redevint supportable. Mes doigts se détendirent, et je fis l'effort de relever la tête.

Jase m'observait. Il jeta un coup d'œil à ma jambe, puis à mon visage.

— Tu n'es pas malade, c'est ça ? Tu as pleuré. C'est pour ça que tu as cette tête. (Avant que je puisse répondre, il s'empara de la couverture et la souleva.)

Putain, Tess. Ton genou. Merde. Je ne savais pas. Je suis...

— Arrête, l'interrompis-je d'une voix rauque. Tu n'étais pas au courant. Ce n'est pas grave.

Ses yeux écarquillés rencontrèrent les miens.

— Qu'est-ce qui s'est passé ?

— Je suis tombée dessus dimanche soir.

Le mensonge roula plus facilement sur ma langue que la vérité. Aussitôt, la culpabilité me pesa au creux de l'estomac. Les mains tremblantes, je repoussai les mèches de cheveux qui me tombaient devant le visage.

— Je crois qu'il est vraiment foutu, cette fois.

— Tu crois ? (Il posa la soupe sur la table de chevet.) Tu as très mal ?

Je le regardai s'asseoir avec précaution au bord du lit.

— Ça va, ça vient.

— Ça n'a pas dû aider que je m'assoie dessus, hein ?

Un faible sourire m'étira les lèvres.

— Ce n'est pas grave.

Jase tendit la main vers moi pour attraper la mèche de cheveux qui n'arrêtait pas de m'embêter. Il la recoiffa en arrière.

— Tu as appelé Cam ? Ou ta mère ?

Je secouai la tête.

— Je ne voulais pas qu'ils s'inquiètent.

— Tu veux encore de la soupe ?

Je hochai la tête. Il me rendit le récipient. Comme je n'avais rien mangé depuis la veille, ça me faisait du bien à l'estomac.

— Rester ici sans rien faire ne changera rien, Tess.

— Je sais, murmurai-je en baissant les yeux.

Je fixai sa mâchoire tout en prenant une cuillère de vermicelles. C'était une partie de son visage agréable à regarder. Une légère ombre couvrait le bas de sa joue. Ça lui donnait un air viril et sexy.

Jase se passa une main dans les cheveux.

— J'en déduis que tu n'as pas non plus appelé ton médecin ?

J'avalai une gorgée de soupe avant de secouer la tête.

— D'accord. Alors, c'est la première chose à faire... Attends. (Il passa son pouce sur mon menton pour essuyer une goutte de bouillon. Je rougis.) Il faut qu'on appelle ton médecin. Et n'essaie pas de dire le contraire. Il faut qu'on le fasse, et qu'on le fasse tout de suite.

Il me laissa terminer la soupe avant de ramasser mon portable au pied de mon lit. Après me l'avoir tendu, il attendit, les bras croisés, que je trouve le numéro de mon docteur. Je tombai sur la boîte vocale, mais on me recontacta aussitôt. Le rendez-vous fut pris pour le lendemain. Mon cœur se serrait déjà à cause de l'horreur de la situation.

— Je t'accompagnerai, annonça Jase en revenant de la cuisine où il avait jeté la boîte de soupe.

— Hein ?

Je m'adossai à la tête de lit.

— Je t'accompagne, demain, répéta-t-il. Son cabinet est à l'université de Washington, c'est ça ?

— Dans le coin oui, mais...

— Tu n'en as pas encore parlé à Cam ni à ta mère. Tu comptes y aller comment ? En stop ? (Son sourire était plein d'arrogance.) Je peux sécher les cours. Ce n'est pas très grave. Si ça ne me faisait pas plaisir, je ne te l'aurais pas proposé. Alors arrête de discuter.

— OK, répondis-je, mais pourquoi est-ce que ça te fait plaisir, au juste ? Rester assis dans une classe, c'est toujours mieux que de se lever à l'aube pour faire de la route. Je crois que je préférerais même aller en musique.

Il s'assit en riant et posa la main de l'autre côté de ma hanche.

— Tu dois vraiment détester la voiture et ce docteur, alors. Tu as raté le cours aujourd'hui. Ta copine Calla avait la tête complètement en arrière. Elle ronflait.

J'éclatai de rire.

— Elle ne ronfle pas. Je le sais : elle dort presque tout le temps pendant ce cours.

Ses paupières se fermèrent, dissimulant ses yeux magnifiques.

— Je veux être présent pour toi. Laisse-moi au moins faire ça.

J'ouvris la bouche, le mot « pourquoi » sur le bout de la langue. Avais-je vraiment besoin de connaître ses raisons ? La situation actuelle entre Jase et moi me déboussolait complètement. Quelque chose avait changé depuis la nuit de samedi, évolué. Il avait arrêté de me repousser et de fuir : il faisait même l'exact opposé. J'étais si douée que ça pour les pipes ? Je faillis rire toute seule. C'était une pensée stupide.

— OK, répondis-je au bout d'un moment.

Jase sourit, et j'eus alors l'impression d'avoir accepté bien plus qu'un simple tour en voiture.

Je détestais l'ambiance des cabinets médicaux : les murs blancs, la déco ringarde et l'odeur de désinfectant. Peu importait le docteur qu'on allait voir : c'était toujours la même chose.

On m'avait fait une radio avant même que je ne voie mon médecin. On m'avait posé les fesses sur un satané fauteuil roulant et on m'avait emmenée, abandonnant Jase dans la salle d'attente principale. Quand on me laissa enfin dans la pièce où le docteur allait me recevoir, je m'extirpai du fauteuil pour m'asseoir sur une chaise en plastique. Je regardais ce fauteuil d'un air mauvais lorsque l'une des infirmières de l'accueil ouvrit la porte en rougissant pour faire entrer Jase.

— Nous avons pensé que vous aimeriez un peu de compagnie, dit-elle en passant la main dans ses cheveux blonds.

Jase me fit un clin d'œil et entra dans la pièce d'un pas léger.

— Elle n'a pas dû supporter d'être séparée de moi.

Je reniflai.

L'infirmière gloussa avant de refermer rapidement la porte. Je le regardai d'un air interrogateur.

— Comment tu as réussi à entrer ici alors que tu n'es pas de la famille ?

Il se hissa sur la table sur laquelle j'aurais dû être assise et se mit à battre des jambes comme un petit garçon qui a fait une bêtise.

— Ne doute jamais de mes charmes, Tess.

— Jamais.

Je lui souris.

— On ne dirait pas, comme ça, mais c'est une responsabilité, poursuivit-il d'un air taquin. Je ne m'en sers qu'en cas de nécessité.

— C'est bon à savoir.

Je changeai de position sur la chaise en plastique, qui n'était pas confortable pour un sou. Avoir Jase avec moi me détendait. J'en avais bien besoin.

— Merci. Ça me touche beaucoup.

— Pas de souci. Souviens-toi simplement de ta promesse.

Je ris et secouai la tête.

— Comment pourrais-je oublier ?

— Tu vas adorer. (Quand il inclina la tête, ses cheveux en bataille tombèrent devant son visage.) Tu n'as rien à craindre, de toute façon. Je serai là avec toi.

Mon ventre se serrait toujours à l'idée de monter sur un cheval. Jase avait passé tout le trajet à essayer de me convaincre de ne pas m'arrêter à une simple rencontre avec les chevaux. De monter sur l'un d'eux. Jase serait à mes côtés. J'avais accepté parce que je lui faisais confiance. Et aussi parce que ça me changerait les idées.

— Cam m'a envoyé un message tout à l'heure, annonça Jase.

Je relevai vivement les yeux vers lui. Son expression était impénétrable.

— Tu lui as dit que tu étais avec moi ?

— Tu lui as dit, toi ?

— Non, il pense toujours que je suis malade. (J'enroulai ma queue-de-cheval autour de mon doigt.) Alors ?

Il secoua la tête.

— Je me suis dit qu'il allait me demander pourquoi je t'avais accompagnée et pas lui, et que ça entraînerait d'autres questions. Il vaut mieux ne pas avoir cette conversation au téléphone.

— Tu crois que répondre à ses questions se passera mieux face à face ?

Le doute perçait dans ma voix. Étant donné ce que Jase comptait lui dire, j'imaginais facilement cette discussion se terminer avec un poing dans sa figure.

Il rit.

— Il va falloir que j'utilise mon charme.

— Je ne crois pas qu'il fonctionne sur mon frère.

— Fille de peu de foi, rétorqua-t-il avec un sourire en coin.

Son regard malicieux fit s'emballer mon cœur.

Les lèvres pincées, je me demandais ce qu'il comptait bien dire à Cam. Il valait sans doute mieux que mon frère en sache le moins possible, quoi qu'il se passe entre Jase et moi à partir de maintenant. Mes yeux glissèrent sur le contour quasiment parfait de son visage puis descendirent sur ses épaules carrées. Quand je relevai la tête, il me sourit pour me rassurer.

Le souffle court, je compris que je pourrais facilement tomber amoureuse de lui.

Si ce n'était pas déjà fait.

— À quoi tu penses ? me demanda-t-il en mordant sa lèvre inférieure qui semblait délicieuse.

Une soudaine tension me contracta l'estomac. J'étais dans la merde. Je détournai le regard, les joues en feu.

— Je ne tiens pas à en parler.

Il eut un rire rauque et suave.

— Ce n'est pas drôle.

— Désolée.

Heureusement, au même moment, la porte s'ouvrit sur le Dr Morgan. Pour l'instant, je préférais me concentrer sur mon genou plutôt que réfléchir à ce qui se tramait dans mon cœur et ma tête.

Le Dr Morgan portait une blouse de laboratoire qui lui arrivait aux genoux. Ses cheveux bouclés étaient coupés court et parsemés de gris. Il sourit et observa nos positions respectives.

— Est-ce que j'ai un nouveau patient, aujourd'hui ?

Je m'éclaircis la voix en essayant de ne pas fonder trop d'espoir sur ce sourire.

— Je vous présente Jase. C'est, euh… un ami. Il m'a accompagnée.

— Ravi de vous rencontrer.

Le bon docteur vint lui serrer la main. Quand Jase fit mine de se lever, il lui signifia que ce n'était pas la peine.

— Ne bougez pas. On est très bien comme ça.

Après s'être assis dans une chaise à roulettes, il posa le dossier qui contenait mes radios sur le bureau. Puis il glissa jusqu'à moi, attrapa une autre chaise et la retourna. Avec précaution, il souleva ma jambe pour la poser dessus.

— Jetons un coup d'œil.

Je soulevai mon jean et grimaçai lorsqu'il frotta sur mon genou gonflé. C'était super sexy.

Le médecin émit un léger sifflement.

— Tu connais la chanson.

Oui. Je fermai les yeux et croisai les mains sur mon ventre. Les doigts du Dr Morgan étaient froids contre mon genou. Son contact ne me faisait pas mal. Pas encore. Il appliqua davantage de pression, pour tester la stabilisation. La douleur se réveilla aussitôt. Je serrai les dents.

— Si tu devais noter la douleur sur une échelle de un à dix ? demanda-t-il doucement.

— Euh…

J'étais nulle pour ce genre de choses. Qui pouvait vraiment donner une note à la souffrance ? J'avais besoin qu'on me fasse un dessin, quelque chose de drôle.

— Six ?

— Très bien. (Il appuya un peu plus fort. Je sursautai.) Et maintenant ?

— Sept ? couinai-je.

Il continua de me torturer ainsi, mais soudain, une main s'enroula autour de la mienne. J'ouvris vivement les yeux. Je ne l'avais même pas entendu bouger. Jase s'était agenouillé près de moi. Dès que mon regard plongea dans le sien, gris comme l'acier, je fus incapable de m'en détourner.

— Et là ? me demanda le Dr Morgan. (En entendant mon hoquet de douleur, il retira ses mains.) Pas besoin de répondre. (Il sourit doucement en remettant mon pantalon en place.) Bon. Tu as mis de la glace dessus ? Tu l'as surélevé ?

Je hochai la tête sans quitter Jase des yeux.

— Oui.

— Et tu n'as pas vu de changement ?

— Non.

Je m'humectai les lèvres. Jase sourit. Relevant la tête, histoire de ne pas passer pour une idiote, je fis enfin face au docteur. Pendant que je parlais, Jase réussit à attirer ma main gauche à lui et à enchevêtrer ses doigts aux miens.

— Ce n'est pas aussi douloureux que la première fois, et je n'ai pas entendu le moindre craquement, mais j'ai bien peur de l'avoir encore abîmé.

— Il faut que je sache exactement ce qui s'est passé quand tu t'es blessée, dimanche, dit-il en posant ses mains sur ses genoux. Tu marchais ? Tu as perdu l'équilibre ?

Mon regard se posa sur les longs doigts du docteur. Ils étaient fins, mais ses articulations étaient étonnamment grosses et rondes. Ma gorge se noua.

— Elle a dit qu'elle avait trébuché, dit Jase.

Je serrai le poing de ma main libre.

— Tu étais en train de marcher ? Tu t'es levée de ton lit ou d'une chaise ? (Le Dr Morgan s'interrompit.) C'est très important que je sache exactement ce qui s'est passé.

Le sang battant au niveau des tempes, je relevai doucement la tête. La vérité. Putain. La vérité était toujours une sale petite fouineuse. Je secouai la tête en me mordant les lèvres.

— Je… J'étais dans ma chambre. Le petit ami de ma colocataire avait un sac à la main. Un sac de voyage. Bref. Je me tenais trop près de lui quand il l'a jeté. Le sac m'a frappée à la hanche et je suis tombée en arrière, en me rattrapant avec ma jambe droite.

Les doigts de Jase se crispèrent contre les miens jusqu'à ce que je sente craquer les os de mes phalanges. Puis il me lâcha complètement la main. J'étais incapable de le regarder, mais je sentais ses yeux sur moi.

— Donc, ce n'était pas un geste conscient de ta part et ça ne résulte pas d'un effort physique important. Je comprends beaucoup mieux ce qui est arrivé. (Le Dr Morgan attrapa mon dossier et l'ouvrit.) Tu préfères la bonne ou la mauvaise nouvelle en premier ?

Mon cœur eut un sursaut. Je jetai un coup d'œil à Jase. Son regard était acéré, son expression de marbre.

— La bonne ? Je crois ?

— La bonne nouvelle, c'est que la radio ne montre pas de nouvelle rupture, dit-il. (Mes épaules se détendirent aussitôt.) Je sais que c'était ce que tu craignais le plus. La première rupture continue de cicatriser.

Je pris une profonde inspiration.

— Alors quelle est la mauvaise nouvelle ?

Le Dr Morgan eut un sourire pincé.

— Cette blessure montre que l'état du ligament croisé est instable. Dans ton cas, il y avait quarante à soixante pour cent de chances que tu te blesses de nouveau. Maintenant, comme je te l'ai déjà dit, il n'y a pas de nouvelle rupture. Tu n'auras pas besoin d'une deuxième opération, et je pense que le problème sera résolu si tu te sers d'une orthèse et de béquilles pendant quelques jours.

Au lieu de me rassurer, ses paroles me donnèrent l'impression que les murs se refermaient sur moi.

— Mais ?

— Mais...

Malgré son sourire rassurant, je me figeai. Ses yeux me racontaient une tout autre histoire. C'était le genre de sourire qu'un médecin vous adressait avant de vous annoncer une catastrophe.

— La blessure montre que l'état de ton ligament croisé n'est pas stabilisé, Teresa. C'est ce qui m'inquiète. Lors du premier accident, nous avons évoqué la possibilité, maigre à l'époque, d'une instabilité permanente et...

Mon cerveau arrêta de l'écouter à cet instant, mais je continuai de le regarder en hochant la tête, à peine consciente de la façon dont Jase se crispait au fur et à mesure qu'il parlait. Je réussis même à sourire lorsque le Dr Morgan me tapota la main en me disant que tout allait bien se passer. Bien sûr. Tout allait parfaitement bien, voyons. Puis, en silence, je regardai l'infirmière entrer dans la salle et l'orthèse bleue que je redoutais tant recouvrit de nouveau mon genou. J'acceptai les béquilles qu'on me tendait avec gravité. Sans oublier de respirer. Inspirer. Expirer. Inspirer. Expirer.

Je finis par me retrouver dans la Jeep de Jase, les yeux rivés sur le pare-brise.

— Tess...

Je me tournai vers lui. Il secoua la tête et nos regards se rencontrèrent. Il était très pâle.

— Putain, je suis vraiment désolé.

Je pris une grande inspiration qui resta coincée dans ma gorge et frissonnai. L'instabilité était une très, très mauvaise nouvelle. C'était pire que de devoir repasser sur le billard. Car ça ne voulait dire qu'une chose : mon genou resterait faible pour le restant de ma vie. Il continuerait de me poser des problèmes, même des années après sa guérison. Et mes chances de développer de l'arthrose venaient de doubler.

Une carrière dans la danse n'était plus une option. C'était fini. Basta. Je ne retournerais plus jamais au studio, il n'y aurait plus de leçons, de récitals ni de compétitions. J'aurais été stupide d'essayer. De toute façon, mes professeurs m'en auraient sans doute empêchée. L'école de New York aussi.

La fac n'était plus seulement temporaire. Enseigner n'était plus seulement mon plan B. C'était le seul plan qu'il me restait.

Oh, mon Dieu.

Je secouai la tête, ouvris la bouche, mais aucun mot n'aurait pu traduire ce que je ressentais.

Jase jura et je... j'éclatai en sanglots. Comme si un puits de larmes s'était craquelé au fond de moi.

Les gouttes d'eau salée coulaient le long de mes joues. Il n'y avait aucun moyen de les arrêter. L'intérieur de la voiture devint flou. Jase disparut également.

Un grognement grave lui échappa, puis il passa ses bras autour de moi. Mon monde s'effondrait, j'étais toute seule, mais Jase me serrait contre lui, m'empêchait de sombrer plus bas encore.

15

Je pleurai tellement et pendant si longtemps que ce fut encore pire qu'un lendemain de cuite. Le tee-shirt de Jase était trempé.

Ce n'était pas joli à voir.

Je ne comprenais pas pourquoi il ne m'avait pas encore repoussée, mais il était toujours là. Une main posée derrière ma tête, il me serrait contre son torse autant qu'il le pouvait avec le frein à main entre nous, et il me frottait doucement le dos. En même temps, il murmurait des tas de choses sans importance à mon oreille, jusqu'à finalement réussir à me faire rire.

— J'ai toujours su que je ferais un mouchoir humain du tonnerre. (Il posa son menton sur ma tête.) Merci de m'avoir aidé à réaliser ce rêve.

C'était un mouchoir résistant, en tout cas.

Quand je réussis à me calmer, on laissa Morgantown derrière nous. Il fallait que j'appelle ma mère, mais je n'arrivais pas à m'y résoudre. Je savais qu'elle me soutiendrait, peu importait ce que je décidais de faire de ma vie, mais elle avait adoré me voir danser et participer à des compétitions. Dans un sens, ça avait également été son rêve.

Alors qu'on s'approchait de Martinsburg, je jetai un coup d'œil à Jase.

— On est obligés de rentrer tout de suite ?

— Non. On peut faire ce que tu veux.

Retourner à l'université signifiait que j'allais devoir me confronter à la réalité, penser à étudier sérieusement.

— Enfin, tu as sûrement d'autres...

— Je suis exactement où j'ai envie d'être, dit-il avec un regard qui me laissa sans voix. Tu ne veux pas rentrer tout de suite. Pas de problème. Je sais où on peut aller.

— Ah ?

Ma voix me paraissait enrouée. Je me demandais quelle tête j'avais, mais je n'osais pas regarder dans le miroir.

— Ouaip.

Il me fit un clin d'œil. Le sourire aux lèvres, je retirai mon serre-tête. Le silence retomba entre nous tandis qu'il prenait la direction de la ferme de ses parents. Puis, tout à coup, il tourna sans crier gare, passant entre deux énormes chênes.

Les yeux écarquillés, je m'accrochai à la poignée.

— Tu es sûr que c'est une route ?

Il sourit.

— Oui. Enfin, plus ou moins.

Le sentier étroit était parsemé de quelques touffes d'herbes.

— Dans les films d'horreur, ça commence toujours comme ça.

Jase rejeta la tête en arrière, riant à gorge déployée.

— Fais-moi confiance, c'est bien mieux que dans ce genre de films.

— Ça ne me rassure pas des masses.

Serrant la poignée, je pris sur moi tandis que la Jeep tressautait. Jase tenait fermement le volant et se frayait un chemin entre les arbres et les rochers. Son sourire était contagieux. Les secousses ne me faisaient pas mal au genou, pas avec l'orthèse qui l'enveloppait. Avant que je m'en rende compte, j'étais déjà en train de rire en bondissant sur mon siège. Durant ces moments précieux, j'oubliai tout.

— Tiens-toi bien, m'avertit Jase.

La Jeep descendit dans un ravin puis remonta. Je ris. Les arbres disparurent petit à petit pour laisser place à un champ d'herbes parsemé de petites fleurs blanches. Quelques centaines de mètres plus loin se trouvait un point d'eau. Le ponton de bois avait l'air bien seul.

Jase ralentit, puis s'arrêta près du ponton.

— Bienvenue au lac Winstead, dit-il en coupant le moteur.

— Il s'appelle vraiment comme ça ?

Il rit.

— Non. Ce n'est qu'une mare, en fait. Mais elle est suffisamment profonde pour qu'on puisse nager en été et il y a pas mal de poissons à l'intérieur. C'est ici que Jack a pêché pour la première fois. Il a attrapé un poisson du premier coup.

Je souris en les imaginant assis ensemble au bord du ponton, canne à pêche à la main, l'un d'eux beaucoup plus petit que l'autre.

— Quel âge avait-il ?

— Trois ans, répondit-il d'un air fier. La pêche, c'est dans son sang.

— Comme l'équitation ?

Je défis ma ceinture de sécurité.

— Exactement. Et il est super doué pour le gribouillage, aussi.

Quand je ris, ses lèvres s'étirèrent un peu plus. J'étais ravie qu'il continue de me parler de Jack avec autant d'aisance alors que je connaissais la vérité.

— Ne bouge pas, OK ?

Ma main se figea sur la poignée.

— Euh, d'accord ?

Jase descendit de la Jeep et fit le tour par-derrière. Le coffre s'ouvrit puis se referma. Quelques secondes plus tard, je l'aperçus un peu plus loin. Je me renfonçai dans mon siège, la main sur mon genou. Il étendait une couverture bleu foncé sur les fleurs des champs.

L'émotion m'obstruait la gorge. J'avais du mal à me ressaisir. Mon Dieu. Des fois, quand j'étais avec Jase, j'avais l'impression que tous mes rêves de fille devenaient réalité. Pourtant, même mon imagination n'aurait pu créer cette scène.

Était-ce bien réel ?

Mes doigts suivirent les contours de l'orthèse. C'était réel. Le bon, comme le mauvais.

Lorsque Jase revint vers la Jeep, il ouvrit ma portière et me regarda d'un air inquiet.

— Ça va ? Les secousses ne t'ont pas fait mal au genou ?

— Je vais bien, répondis-je en souriant. (Je clignai les yeux. Que quelqu'un me donne l'antidote !) Je peux bouger, maintenant ?

— Non.

— Non ?

Un sourire en coin apparut sur ses lèvres. Il me fit alors tourner de façon que mes jambes pendent sur le côté de la Jeep. Les yeux plongés dans les miens, il passa un bras sous mes genoux et l'autre derrière mon dos.

— Tiens-toi bien.

Mon cœur fit un salto arrière. Parfait.

— Tu n'es pas obligé de me porter.

— Je sais, répondit-il. Maintenant, tiens-toi.

Je nouai mes bras autour de son cou et mes doigts agrippèrent son tee-shirt au niveau de ses épaules.

— Je peux me servir de mes béquilles.

— Et moi, je peux me servir de mes muscles impressionnants.

— C'est vrai qu'ils sont impressionnants, admis-je.

Il sourit.

— Et comment qu'ils le sont ! Prête ?

Quand je hochai la tête, il me souleva avec précaution. Je me sentais stupide d'être portée ainsi, mais le sol n'était pas plat. Me déplacer avec mes béquilles aurait été l'enfer. Lorsqu'il me posa, je desserrai ma prise à contrecœur.

— Marcher avec des béquilles à la fac, ça va être la merde.

— Sûrement. (Il s'assit à côté de moi, face à la mare.) Mais d'après ce qu'a dit le doc, je ne pense pas que tu en auras besoin très longtemps.

J'étirai les jambes sur la couverture et replaçai l'orthèse correctement à travers mon jean. La première fois, j'avais mis une éternité à m'y habituer. La simple idée de devoir la porter pendant des semaines, voire des mois, fit tomber mon moral à zéro, comme si je m'apprêtais à faire le saut de l'ange du haut de l'Empire State Building.

Plaçant mes cheveux derrière mes oreilles, je poussai un long soupir. Je ne m'étais pas rendu compte que j'avais bloqué ma respiration. Mis à part le chant des oiseaux dans les arbres autour de nous, il n'y avait aucun bruit. Cet endroit était paisible. Je me demandais si Jase y venait lorsqu'il avait besoin de réfléchir ou de rester seul.

— Il y a beaucoup de monde qui vient ici ?

— On est à trois kilomètres de la ferme, mais c'est encore notre propriété, expliqua-t-il. Personne ne vient ici à part nous. Et mes parents ne comptent pas venir aujourd'hui, donc on peut prendre notre temps.

Je posai les mains sur mes cuisses.

— Merci de m'avoir amenée ici.

— De rien. (Il me donna un petit coup de coude.) Tu es sûre que tu ne veux pas aller chercher tes antidouleurs avec l'ordonnance du doc ?

Le papier brûlait un trou dans ma poche.

— Non. Enfin, je sais que ça serait mieux de les prendre et d'oublier, parce que c'est ce que je ressens quand je les avale... mais j'ai besoin de me confronter à la douleur. Tu comprends ?

— Je vois ce que tu veux dire, mais tu n'es pas obligée de souffrir.

— Ce n'est pas si douloureux que ça.

C'était la vérité. La peine n'était pas insupportable. À côté de moi, Jase s'allongea, les bras pliés derrière la tête. Pendant un instant, je me perdis dans la contemplation de son nez parfaitement droit et ses cils d'une longueur indécente.

— Je peux te demander quelque chose ?

— Quelque chose.

Je souris en me rappelant une réponse similaire que je lui avais faite le samedi précédent, bourrée.

— Pourquoi est-ce que tu ne vis pas à la ferme ? Tu adores être avec Jack. Ça m'étonne que tu n'habites pas là-bas. Est-ce que ça te dérange que je te pose cette question ?

— Non, répondit-il aussitôt, en fronçant légèrement les sourcils. J'aimerais, tu sais, pouvoir passer plus de temps avec lui, mais je ne crois pas que ce soit une bonne idée. Ça rend les choses... plus difficiles, surtout avec mon père et ma mère qui jouent le rôle de parents pour lui. J'aurais envie de me mêler de son éducation et ça le perturberait.

— Je comprends. (Je m'humectai les lèvres.) Je suis désolée.

— Pourquoi ?

Je haussai les épaules.

— Parce que... ce que tu vis avec Jack est vraiment difficile. Tu essaies de faire les bons choix... mais c'est quoi, les bons choix, au fond ? Personne ne le sait. Alors, ça ne doit pas être évident.

— Non, c'est vrai. Et c'est pour ça qu'il n'y aura jamais de bon moment pour lui révéler la vérité, admit-il. (J'étais rassurée qu'il me parle de tout ça. C'était bien plus grave que ma stupide jambe.) Mais n'a-t-il pas le droit de savoir ? Et s'il découvrait la vérité par accident en grandissant ? Ce bordel m'empêche de dormir la nuit.

Je serrai sa main.

— Je suis persuadée que tu trouveras une solution.

Il ne dit rien, mais quelque chose dans ses yeux me poussa à continuer de parler.

— Je ne sais pas ce que je vais faire, murmurai-je en posant les yeux sur l'eau placide.

Je me sentais comme cette mare. Trop calme. J'avais l'impression que ma vie avait été mise sur pause.

— Je croyais... J'ai toujours cru que j'y retournerais. Que je recommencerais à danser. Je ne me suis jamais vue faire autre chose. Mais maintenant...

Je laissai ma voix mourir en secouant la tête.

— Tout a changé, finit-il d'une voix douce.

Je hochai la tête et soufflai.

— Je te l'ai déjà dit, mais je vais te le répéter. Parfois, dans la vie, les meilleures choses naissent des situations les plus inattendues.

Il leva les yeux vers moi. L'intensité de son regard était déstabilisante, comme si ses mots avaient un sens bien plus profond.

— J'ai conscience que la pilule est difficile à avaler pour l'instant, mais je te dis la vérité.

Je hochai la tête.

— Tu parles de Jack.

— Effectivement.

Je jetai un coup d'œil par-dessus mon épaule, vers lui. Il regardait le grand ciel bleu azur avec un sourire en coin.

— Tu sais quoi, Tess ? Tu vas faire une super instit.

Un rire étranglé m'échappa.

— La dernière fois, tu m'as dit que je ne serais pas heureuse si je devenais enseignante.

— Non. J'ai dit que tu serais heureuse, mais que ce n'était pas ce que tu voulais vraiment.

— Quelle différence ?

Il me jeta un coup d'œil.

— Ça n'a rien à voir. Tu finiras par vouloir enseigner et par aimer ça. Il te faut juste un peu de temps.

Le temps était un concept étrange et capricieux. À certains moments, on en manquait, et à d'autres, il paraissait s'étirer indéfiniment.

— J'en suis convaincu, ajouta-t-il doucement.

La pression se refermait sur mon cœur comme un étau. Peut-être qu'il avait raison. Peut-être que demain, la semaine prochaine, ou le mois prochain, je n'aurais plus l'impression d'être condamnée à mort. Mais pour l'instant, j'avais la sensation de tomber et de me débattre sans trouver la moindre branche à laquelle me rattraper.

— Je ne veux pas en parler, dis-je d'une voix rauque en fermant les yeux le plus fort possible.

— Qu'est-ce que tu veux, alors ?

— Je… Je ne veux pas penser à tout ça. Ça veut sans doute dire que je suis faible.

— Pas du tout, rétorqua-t-il.

Je le sentis rouler sur le côté.

— Je ne veux pas non plus ressentir ce que je ressens : le vide, l'incertitude ou la confusion. (Je pris une inspiration tremblotante.) Je ne veux pas ressentir ça.

Finalement, j'aurais dû passer à la pharmacie avec l'ordonnance.

Un moment passa, pas plus long qu'un battement de cœur, puis, je sentis sa main s'enrouler autour de mon bras. Quand il me tira vers lui pour m'allonger sur le dos, j'ouvris vivement les yeux. Le souffle coupé, je le regardai se placer au-dessus de moi, appuyé sur un coude.

— J'ai une idée, dit-il avec un léger sourire.

Sa moue se voulait taquine, mais le feu qui brûlait dans son regard me serra l'estomac.

— Avec ça, je te garantis que tu ressentiras autre chose.

— Ah oui ?

Mon cœur s'emballa.

— Oui, oui.

Il posa les doigts sur ma joue, puis descendit très lentement vers ma bouche entrouverte et ma gorge.

— J'ai un diplôme en art.

Je haussai les sourcils.

— Quoi ?

— Tu ne savais pas ?

Sa main se faufila plus bas, par-dessus mon tee-shirt. Elle s'arrêta juste au-dessus de mes seins arrondis.

— J'ai un diplôme en art de la distraction.

J'éclatai de rire.

— C'est nul.

— Mais ça marche, non ?

Tout sourire, il baissa la tête. Ses lèvres caressèrent la courbe de ma joue à l'endroit exact où ses doigts s'étaient posés avant elles.

— Et ce n'est pas tout.

— Quoi ?

Je frissonnai en sentant sa main avancer de nouveau, glisser entre mes seins et se poser juste en dessous de mon nombril.

— J'ai un diplôme dans une autre matière. (Ses lèvres effleurèrent le coin de ma bouche. La chair de poule m'envahit.) Tu vas dire que c'est nul, mais je te connais. Je sais qu'en fait tu es éblouie par mes talents.

— Dieu seul sait de quoi il s'agit.

Je bougeai ma lèvre inférieure pour pouvoir la mordre, mais Jase fut plus rapide que moi. Ses dents me mordillèrent doucement. Je hoquetai de surprise. Il prit ça comme une invitation. Couvrant mes lèvres avec les siennes, il glissa sa langue dans ma bouche et la fit danser avec la mienne, caressant mon palais.

Une vague de chaleur m'envahit, s'installant au plus profond de mon ventre. Toutes les parcelles de mon corps s'enflammèrent tandis qu'il explorait ma bouche avec la sienne et m'embrassait comme si nous avions tout le temps du monde. Lorsqu'il se redressa, mes lèvres me paraissaient agréablement gonflées.

Je posai la main sur son torse et découvris avec joie que son cœur battait aussi fort que le mien, alors que c'était lui qui m'avait embrassée.

— Tu as un diplôme en baiser ?

— Oui...

La sensation de ses lèvres fermes sur les miennes s'amplifia tandis que sa main descendait encore. Cette fois, il défit les boutons de mon jean avec dextérité.

— Et en déshabillage de filles.

Je gloussai. Il capta mon rire avec ses lèvres et le transforma en un léger gémissement impossible à réprimer. Il me répondit avec un grognement qui résonna contre ma poitrine. La bouche sèche, je sentis un bourdonnement de désir me parcourir. Au fond de mon esprit, l'incertitude perdurait. Pas pour les mêmes raisons qu'avant. Pour ce qu'il se passait entre Jase et moi. Notre relation ne portait pas d'étiquette, nous ne savions pas ce que nous étions l'un pour l'autre, alors que je mourais d'envie de mettre les choses au clair. J'avais besoin d'être sûre de mes lendemains avec lui, d'être sûre de pouvoir continuer de l'embrasser. Et je voulais encore bien plus.

Mais à ce moment-là, sa main se faufila dans ma culotte et la sensation de ses doigts qui se rapprochaient de moi fit disparaître tous mes doutes et mes pensées. Il avait vraiment un diplôme en distraction. J'étais entièrement concentrée sur ce qu'il faisait avec ses doigts.

Ses lèvres laissèrent un sillon de flammes le long de mon cou où il enfouit son visage pendant qu'il pressait un doigt dans la chaleur humide de mon entrejambe. Ce contact intime me fit sursauter. La fois précédente, il ne m'avait pas touchée avec ses mains. Le murmure de sa peau contre la mienne était une sensation nouvelle, différente et tout aussi enivrante.

Jase déposa des baisers mouillés et torrides contre mon point sensible derrière mon oreille tout en me taquinant de nouveau avec son doigt. Mon corps se mit à vibrer tout entier.

Sa main arrêta de bouger et il releva la tête. Nos regards se rencontrèrent. Ses yeux avaient un éclat argenté incroyable.

— Je n'arrive pas à oublier ton goût, dit-il. (Je me sentis rougir des pieds à la tête.) Je mourais d'envie de te toucher.

Dieu sait que j'étais bien loin de la vierge effarouchée, mais ses paroles crues me scandalisaient totalement... d'une manière vraiment délicieuse. Faire ça en pleine nature ajoutait sans doute à la chose.

Il m'embrassa de nouveau, supportant son poids sur le bras posé près de ma tête. Son doigt se pressa un peu plus contre moi. Mon bas-ventre se contracta. Alors, mon corps eut un soubresaut, par réflexe, et Jase laissa échapper un grognement rauque.

— Tu es tellement mouillée, dit-il d'une voix enrouée par le désir. (Ses mots me brûlèrent.) J'adore ça. Tu étais sûrement comme ça avant même que je n'y mette ma main.

Oh putain... J'avais la gorge serrée.

Il ricana.

— Je t'embarrasse ? me demanda-t-il.

— Non.

Ses paroles avaient un effet bien différent sur moi.

— Parfait.

Jase baissa la tête et s'empara de mes lèvres en un baiser qui me laissa pantelante, au même moment où il enfonçait son doigt en moi. Il captura mon gémissement avec ses lèvres. M'accrochant à ses épaules, je levai les hanches pour demander encore plus. Il s'exécuta.

Quand il appuya la paume de sa main contre la partie de mon corps la plus sensible, un courant électrique se déversa dans mes veines. Mes orteils se plièrent tout seuls. Mes jambes flageolèrent. Une légère douleur se réveilla dans mon genou, mais les autres sensations qui m'envahissaient l'éclipsèrent. Le désir me tournait la tête. Jase était dangereux de la plus exquise des façons.

— Putain, grogna-t-il en mordillant ma lèvre inférieure tandis que son doigt allait et venait en moi.

Il ajouta un deuxième doigt, m'étirant, et brisa le baiser. Il posa son front contre le mien.

Un frisson parcourut son corps lorsque mes hanches se mirent à suivre le rythme de sa main. Savoir qu'il était à la limite de perdre tout contrôle fut l'élément déclencheur. La tension explosa soudain et se diffusa dans tout mon corps. Lui tendant mes lèvres pour qu'il m'embrasse, je jouis avec sa langue emmêlée à la mienne. J'eus l'impression que les frémissements ne s'arrêteraient jamais.

Jase retira doucement sa main, mais il resta au-dessus de moi un instant, joue contre joue, le souffle lourd. Il me fallut quelques secondes pour me rendre compte qu'il respirait aussi fort que moi. Lorsqu'il roula sur le côté, je regrettai aussitôt son poids, sa chaleur et sa proximité.

Heureusement, il se rapprocha presque aussitôt. Un agréable engourdissement s'était emparé de moi, s'insinuant jusque dans mes os, mais je sentais l'érection de Jase contre ma cuisse. J'avais envie de le voir. Il faisait nuit, le samedi précédent, mais ce que j'avais pu apercevoir et toucher était plutôt impressionnant. Je voulais aussi lui rendre la pareille. Quand je tendis la main vers lui, il l'attrapa dans la sienne et la porta à ses lèvres. Il déposa un baiser sur chacune de mes phalanges.

— Je te l'ai dit. Ce n'était que pour toi.

Je ne savais pas quoi dire tandis que mes paupières se baissaient toutes seules. Un « merci » était de circonstance, mais ça me paraissait déplacé. Même si, visiblement, je n'avais rien contre les choses déplacées… Après tout, mon jean était toujours déboutonné et je savais que si je baissais les yeux, je verrais ma culotte à pois en dépasser. Je n'étais pas gênée au point de refermer mon pantalon.

Alors, il m'embrassa au niveau des tempes et mon cœur fit de nouveau une pirouette, suivie d'une série de sauts qui formaient le mot « AMOUR » La prise de conscience qui me frappa alors fut aussi terrifiante que dévorante.

Mon Dieu, je n'étais pas en train de tomber amoureuse de Jase.

Je l'étais déjà.

Je l'étais probablement depuis cette soirée où il avait débarqué chez mes parents, presque trois ans plus tôt. Mes sentiments ne s'étaient pas estompés lorsque j'avais appris qu'il avait un fils. Et un jour, cette situation allait se révéler compliquée, surtout si la maman réapparaissait, mais pour l'instant, on était là, ensemble… sans l'être tout à fait.

— Hé, murmura Jase en posant deux doigts sous mon menton. (Il me força à tourner la tête vers lui.) Tu es partie où, comme ça ?

Tout droit à dingoland. Voilà où j'étais allée. Tout à coup, il fallait que je le fasse… que je lui en parle. Parce que mon cœur avait pris de l'avance, il avait commencé à prendre ses marques, à se réjouir. Et il fallait que je me montre prudente. J'avais besoin…

J'avais besoin d'une *étiquette*.

Du moins, j'avais besoin qu'il me dise clairement ce qu'on était l'un pour l'autre. Et j'en avais besoin tout de suite.

16

— Qu'est-ce qu'on fabrique ? demandai-je.

Poser cette question me terrifiait. Si je ne l'avais pas fait, cette relation, peu importait sa nature, aurait pu continuer. Mais ce n'était pas suffisant.

— On profite.

Rejetant la tête en arrière, je réprimai un soupir lorsque ses lèvres effleurèrent les miennes. Le baiser manqua me faire replonger dans un brouillard de sensualité. Il fallait que je me concentre.

— Tu sais ce que je veux dire. Je parle de nous. Qu'est-ce qu'on est en train de faire ?

Il fit glisser un doigt le long de ma joue. Je tremblai comme si une brise hivernale m'avait glacée jusqu'aux os.

— Tu es sûre de vouloir en parler maintenant ?

Un sentiment de malaise me noua l'estomac, faisant disparaître toute trace de contentement.

— Je crois qu'il le faut. Surtout après ce qui vient de se passer. Et le week-end dernier. Et puis, dans le foin…

— Hé, ce n'est pas ce que je voulais dire. (Il se redressa sur un coude.) C'est juste que tu as beaucoup de choses à encaisser. Ton genou…

— Mon genou n'a rien à voir là-dedans.

Sentant que je devais être assise pour avoir cette conversation, je me redressai et rassemblai mon courage. Cette explication pouvait très mal se terminer... et me faire mal. Très mal. Mais il fallait que je sois fixée.

— Jase, j'ai des sentiments pour toi depuis le soir où tu es venu chez mes parents. Depuis le début. Je sais que ça peut paraître stupide ou enfantin, mais tu... eh bien, tu étais comme un héros pour moi.

Il cligna les yeux et ouvrit la bouche pour me répondre.

— Attends. (Je posai un doigt sur ses lèvres pour le réduire au silence.) Comme je te l'ai dit, je sais que c'est ridicule... mais c'est ce que j'ai ressenti. La nuit où tu m'as embrassée, ça n'a fait que confirmer mes sentiments. Et puis, je n'ai plus eu de nouvelles de toi et j'ai fréquenté d'autres personnes.

Il fronça les sourcils et éloigna ma main de sa bouche.

— Je ne sais pas si ça me fait plaisir d'entendre ça.

— Ça n'avait rien à voir. Je les ai tous comparés à toi. Je ne pouvais pas m'en empêcher. Ils... Ils n'étaient pas toi, c'est tout. (J'avais les joues en feu.) Ils ne t'arrivaient pas à la cheville.

— C'est déjà mieux.

Je plissai les yeux.

— Bref. Ce que je veux n'a rien à voir avec mon genou et la danse. J'ai toujours voulu être avec toi, malgré les mois passés sans se voir ou le fait que tu aies un fils. Ça n'a pas changé mes sentiments à ton égard.

Jase me dévisagea un instant avant de secouer lentement la tête. Mon cœur s'arrêta, puis reprit de plus belle. Il se redressa.

— La première fois que je t'ai vue, je t'ai trouvée incroyablement belle, dit-il.

Je ne m'étais pas attendue à cette réponse, mais elle ne me déplaisait pas non plus. J'avais du mal à respirer.

Deux taches rouges apparurent sur ses joues.

— Tu ne peux pas savoir à quel point je me sentais détestable. Tu étais la petite sœur de mon meilleur ami. Tu avais seulement seize ans et tu venais de sortir d'une situation terrible.

— Pas vraiment le genre de filles avec qui tu veux avoir une relation, hein ? le taquinai-je.

Il ricana.

— Et je... eh bien, j'ai toujours su que tu méritais mieux que moi. (J'ouvris la bouche pour protester, mais il poursuivit.) C'est la vérité, Tess. Je ne connais aucun mec digne de toi.

Il passa la main dans ses boucles brun-roux décoiffées, puis releva les yeux vers moi.

— J'ai essayé de rester loin de toi, tu sais ? J'ai essayé d'oublier ce que je ressentais pour toi, parce que je ne devrais pas ressentir ça. Mais c'est une bataille perdue d'avance. Et je ne veux plus me battre. Je ne veux plus ignorer tout ça.

» Je vais être franc avec toi, bébé. Les choses ne seront pas faciles avec moi. On va sûrement devoir surmonter beaucoup d'épreuves ensemble. Et je ne saurais même pas mettre un nom sur ce qu'il y a entre nous.

Il posa une main de chaque côté de mes hanches et se pencha en avant jusqu'à ce que son souffle chaud danse contre mes lèvres.

— Il y a bien longtemps que j'ai arrêté de me demander pourquoi on fait certaines choses. Ou pourquoi on veut certaines choses. La vérité, c'est qu'on se connaît depuis des années sans vraiment se connaître. Pas comme ça. Et j'aimerais qu'on apprenne à le faire.

Sa déclaration n'était pas la plus romantique que j'aurais pu imaginer, mais ses mots avaient le mérite d'être sincères. Jase avait raison. On se désirait, on se cherchait depuis trois ans et on avait partagé plusieurs moments intimes depuis qu'on s'était retrouvés, mais j'ignorais encore des tas de choses à son sujet. Qui pouvait prédire si une relation allait fonctionner ? J'aimais ce que je connaissais de lui. J'avais envie d'essayer.

Un sourire différent apparut sur ses lèvres. Un sourire que je voyais pour la première fois. Incertain, enfantin, en particulier avec la façon dont il se retroussait en coin.

— Je veux qu'on soit ensemble.

Au début, je ne fus pas sûre d'avoir bien entendu. L'orgasme m'avait peut-être bousillé les neurones. Pendant trois ans, j'avais rêvé de ce moment, d'apprendre qu'il éprouvait les mêmes sentiments que moi, qu'il voulait être avec moi autant que moi. Mais maintenant, devant le fait accompli, j'hésitais.

J'hésitais entre faire une danse de la victoire et lui sauter dessus. Je ne pouvais faire ni l'un ni l'autre. Mon genou ne l'aurait pas supporté et, de toute façon, ça aurait gâché la perfection de cet instant.

C'était étrange qu'un tel bonheur se produise après une annonce aussi catastrophique.

— Je veux une relation, dit-il en caressant mes joues du bout des doigts. Avec toi. J'en rêve depuis la première fois où tu as dévalé les escaliers pour me prendre dans tes bras, chez tes parents, alors que je savais que c'était mal. Pour tout un tas de raisons. Mais je le veux.

Je levai les yeux pour les planter dans les siens. J'avais presque peur de parler.

— Tu me veux ?

Il releva la tête avec un sourire en coin et plaça ses lèvres juste devant les miennes. Il m'embrassa alors avec douceur et tendresse. Il prit son temps. Le baiser parut durer une éternité.

— Ça me paraît évident, oui.

Mon Dieu, j'étais à deux doigts d'exploser.

— Comme ta petite amie ?

— Oui.

Tout en essayant de garder une once de dignité et ne pas me mettre à glousser comme une dinde, je réussis à parler calmement.

— Alors, tu ne vas pas me demander d'être ta petite amie ?

Il posa une main sur ma hanche en souriant.

— Ce n'est pas comme si tu risquais de dire non.

Bouche bée, je lui donnai une tape sur le torse.

— Non mais ! Ça va les chevilles ?

— Très bien. (Il embrassa le coin de mes lèvres.) J'ai juste une confiance extrême en tes sentiments pour moi.

— Waouh. Et c'est quoi, la différence ?

— J'ai tort ?

Je me mis alors à sourire comme si quelqu'un venait de me tendre une plaque de biscuits tout juste sortie du four. Je ne pouvais pas m'en empêcher.

— Non.

— Eh bien voilà.

Je ris.

— Mais qu'est-ce que tu ressens pour moi ?

— Tu devrais avoir autant confiance que moi.

J'ouvris la bouche, puis la refermai. J'avais envie d'avoir confiance, mais ce n'était pas le cas. Avec tout ce qu'il s'était passé, mon imagination fonctionnait toujours à cent à l'heure.

La couleur de ses iris était d'un gris argenté éclatant.

— Ferme les yeux.

Ravalant l'envie de lui demander pourquoi, je lui obéis. Plusieurs secondes s'écoulèrent, puis il m'aida à m'allonger sur le dos et ses mains se posèrent de chaque côté de ma tête.

— Ne les ouvre pas, me dit-il.

J'ignorais comment tout ceci pouvait me rendre plus confiante. Je dus me faire violence pour ne pas ouvrir les yeux lorsque je sentis la chaleur de son corps au-dessus du mien. Je retins ma respiration.

Jase m'embrassa le bout du nez.

J'ouvris doucement les paupières en riant. Il releva la tête. Des ridules se formèrent autour de ses yeux lorsqu'il me sourit.

— Maintenant, on en arrive à la partie la plus terrifiante, dit-il en prenant une grande inspiration. Il va falloir en parler à ton frère.

Terrifiant, en effet. Pour Jase. Mais moi, je souris.

— Et si je me mettais en couple sur Facebook et que je te taguais ?

Jase ricana avant de déposer un autre baiser sur mon front.

— J'imagine bien sa réaction.

Le regard empli de tristesse, Avery me tendit un verre de thé glacé. Une gorgée me suffit à comprendre que Cam l'avait préparé. La quantité astronomique de sucre était un indice infaillible. Je pris une seconde gorgée en observant Jase à la dérobée. Il s'était assis près de moi en laissant une distance respectable d'au moins dix centimètres entre nous.

En quittant la ferme, j'avais envoyé un message à Cam pour savoir où il était. Surprise. Surprise. Il était chez Avery. L'estomac noué, j'avais gravi les marches de son immeuble en boitillant, mais la véritable raison de notre visite s'était retrouvée sur la touche à l'instant où Cam avait aperçu mes béquilles.

Cam se tenait dans le coin du salon, à côté du fauteuil rond. Il avait les bras croisés, et l'air mécontent.

— Pourquoi est-ce que tu ne m'as pas appelé pour me dire que tu étais blessée ?

J'ouvris la bouche, mais il n'avait pas terminé.

— Je serais venu te chercher, Teresa. Ce n'était pas la peine d'appeler Jase.

Je pinçai les lèvres.

— Et je t'aurais emmenée chez le Dr Morgan, poursuivit-il. (Je réprimai un soupir.) Tu le sais, pas vrai ? Tu as appelé Papa et Maman ?

— Elle les a appelés, répondit Jase en passant un bras derrière le canapé. (Maman avait pleuré. Ça avait été une conversation difficile et douloureuse.) Et je lui ai envoyé un message hier parce qu'elle n'était pas en cours. Ce n'est pas elle qui m'a appelé.

— Si je comprends bien, tu m'as menti quand tu m'as dit que tu étais malade ? s'enquit Cam.

— Je crois que tu connais la réponse à cette question, rétorquai-je.

Le regard qu'il m'adressa aurait terrifié la plupart des gens. Il se tourna vers Jase.

— Et toi, tu ne m'as pas appelé ? Putain, tu as déconné.

— Il n'a pas déconné, intervins-je en serrant le verre de thé un peu plus fort. Ce n'était pas à lui de te le dire. Mais à moi. Et c'est ce que je suis en train de faire. Je ne voulais pas que tu t'inquiètes pour rien, c'est tout. Tu as déjà assez de soucis comme ça. Je voulais d'abord savoir à quoi m'en tenir pour mon genou.

— Peu importe, fit Cam en dévisageant Jase. Tu aurais dû m'en parler.

Il soutint son regard sans ciller.

— J'aurais pu, mais elle voulait aller chez le docteur avant d'inquiéter tout le monde. J'ai respecté sa décision.

— Je peux comprendre, dit Avery en toute diplomatie. (Elle se laissa tomber sur le fauteuil rond.) Jase s'est comporté en ami.

— En très bon ami, ajouta Jase.

Je faillis m'étouffer sur mon thé en sentant ses doigts s'emmêler à mes cheveux. De là où ils étaient, Avery et Cam ne voyaient pas ce qu'il faisait.

Cam se calma seulement lorsque Avery enroula son bras autour de son genou.

— Comment c'est arrivé, au fait ?

Je posai mon thé sur la table basse.

— C'était un accident. J'étais debout. On m'a donné un coup de sac et en voulant l'éviter, je me suis appuyée sur mon genou.

En racontant l'histoire de cette façon, elle paraissait innocente. Même moi, j'aurais pu la croire.

Cam passa la main sur sa casquette et baissa légèrement la visière.

— Putain, Teresa...

Quand je me rassis, Jase posa sa main sous mes cheveux. J'écarquillai les yeux en le sentant promener ses doigts le long de mon dos.

— Ton médecin est sûr que tu ne pourras plus danser ? demanda Avery en appuyant la tête contre la jambe de Cam, le regard empli de compassion.

L'inspiration que je pris se coinça dans ma gorge. Alors, je hochai la tête et entrepris de leur répéter les mots du docteur. Quand je terminai ma triste histoire, Avery était au bord des larmes et Cam s'était agenouillé à côté d'elle, le menton rentré, le regard fixé sur le tapis.

— Voilà, c'est... C'est terminé, dis-je. (Je grimaçai en entendant ma voix se briser.) Je ne peux plus danser.

Ces paroles me faisaient l'effet d'un coup de poignard en plein cœur.

— Je suis vraiment désolée, me dit-elle.

Je ne savais pas où me mettre. Si seulement la table basse avait été suffisamment haute pour cacher mon genou...

— Merci.

Un silence gênant s'abattit sur la pièce. C'était sans doute la partie la plus difficile de la chose. Personne ne savait quoi dire parce qu'il n'y avait rien à dire.

Jase retira sa main de mon dos et se pencha en avant.

— Vous n'avez pas envie d'aller manger un bout ? Je suis mort de faim. Je ferais des choses inavouables pour des frites au fromage à l'australienne.

Avery éclata de rire.

— Est-ce qu'on veut vraiment le savoir ?

Il ouvrit la bouche.

— Non, répondit Cam à sa place en se relevant. Tu ne veux pas savoir ce que Jase a déjà fait pour des frites au fromage.

— Tout ce que je peux dire, c'est que je n'ai rien à envier aux putes les plus désespérées, dit Jase.

Il fit un clin d'œil lorsque le visage d'Avery devint de la même couleur que le coussin contre lequel j'étais assise.

Je ris.

— Waouh. C'est... c'est dégueulasse.

Son sourire se fit malicieux.

Mon dos se détendit lorsque Cam se tourna vers Avery.

— Et toi ? lui demanda-t-il. (Je remerciai silencieusement les dieux d'avoir dévié le sujet de la conversation.) Tu veux aller manger quelque chose ?

Elle hocha la tête et replaça ses cheveux cuivrés derrière son épaule.

— J'ai envie de frites. Et de thon.

— Miam, dis-je en sentant mon ventre gargouiller.

— Alors, on y va. (Cam prit les mains d'Avery et l'aida à se relever.) C'est parti pour l'*Outback Steakhouse*.

Lorsque je réussis à me lever, Jase m'attendait déjà avec mes béquilles à la main. Nos regards se rencontrèrent quand il me les tendit et je sentis mes joues s'empourprer. Je détournai aussitôt les yeux. Avery nous observait attentivement. Je m'efforçai de lui sourire le plus naturellement du monde. Elle me rendit mon sourire et on sortit tous ensemble dans le couloir.

Pendant que Cam et Avery descendaient les escaliers en discutant d'emmener la voiture devant l'immeuble, je retins Jase par le bras. Je parlai à voix basse.

— On devrait peut-être attendre qu'il soit de meilleure humeur.

Jase hocha la tête d'un air absent.

— C'était un accident ?

— Hein ?

Un muscle de sa mâchoire tressauta.

— Erik et le sac ?

Je me demandai comment on en était revenu à cette histoire. Erik était la dernière personne à laquelle j'avais envie de penser. Pas après avoir annoncé l'état de ma jambe à Cam ni en allant à notre première sortie entre couples... même si les deux autres participants ne le savaient pas. Un sourire idiot se dessina sur mes lèvres tandis que mon esprit revenait rapidement en arrière vers le lac et notre conversation.

On était ensemble.

— Tess ? me demanda-t-il doucement.

Je haussai les épaules en attrapant mes béquilles.

— Sûrement.

— Vous venez, tous les deux ? (La voix de Cam monta du bas des escaliers.) Ou est-ce que Jase est en train de te montrer de quoi il est capable pour des frites au fromage ?

Je penchai la tête sur le côté.

— Tu ferais quoi pour plus de fromage et de bacon ?

— Je me mettrais à genoux, entre tes jolies cuisses, et je te dévorerais comme dans tes rêves les plus fous, murmura-t-il, me laissant bouche bée. (Mon Dieu, j'avais chaud partout.) Ouais. On a un problème avec les béquilles ! cria-t-il à l'intention de Cam.

Je grimaçai.

Il n'y prêta pas attention et me demanda à voix basse :

— Qu'est-ce que tu veux dire par « sûrement » ?

— Il était énervé contre Debbie. Il essayait de la pousser. Je me suis interposée. (Je haussai les épaules.) C'est à ce moment-là qu'il a balancé le sac. Fin de l'histoire. (Je m'interrompis, soudain inquiète.) N'en parle pas à Cam. Ça le rendrait dingue. Tu le sais. Il n'a pas besoin de le savoir. D'accord ? Promets-le-moi.

Le regard de Jase se fit orageux. Il prit une grande inspiration.

— Je ne dirai rien à Cam.

17

En dînant avec Cam et Avery, j'eus l'impression d'être un voyeur qui observait un couple à deux doigts de passer à l'acte comme deux lapins qui sortiraient d'un célibat forcé. Pendant qu'on mangeait, j'avais compté cinq baisers sur la joue ou les tempes, quatre baisers sur les lèvres... La main de Cam avait disparu au moins dix fois sous la table et le bras d'Avery s'était étiré cinq fois sur sa droite.

Au moment de partir, ils étaient tellement occupés à jouer au docteur qu'ils ne se demandèrent pas pourquoi je me dirigeais vers la Jeep de Jase au lieu de rentrer avec eux. Passer autant de temps avec Jase finirait par leur mettre la puce à l'oreille, mais ce n'était pas une conversation que l'on pouvait avoir dans un parking entre l'*Outback Steakhouse* et une librairie chrétienne.

Même si Cam et Avery n'avaient aucun problème pour s'embrasser à pleine bouche dans ledit parking...

Le trajet du retour se déroula en silence. La radio était réglée sur la station années 1990, en bruit de fond. Il était encore tôt dans la soirée, pourtant, je n'arrêtais pas de bâiller. Tant de choses s'étaient passées en une journée. Tant de choses avaient changé en l'espace de trois jours. Une fatigue extrême s'était installée au plus profond de moi. Je jetai un coup d'œil à Jase. Son beau profil était plongé dans le noir. Tout à coup, je faillis me sentir mal. Jase et moi... on était ensemble. Il était mon petit ami. J'avais enfin l'étiquette que je voulais. J'étais à deux doigts de glousser comme si j'avais treize ans.

Malheureusement, une grande tristesse vint chasser ce bonheur. Je reportai mon attention sur la vitre côté passager. La douleur soudaine me fit fermer les yeux. Je ne pouvais plus danser. La perte d'une chose qui avait été tellement importante à mes yeux planait comme une ombre sur tout le reste. Ça avait été le cas pendant tout le repas. Je m'étais sentie heureuse. J'avais souri et ri... puis je m'étais souvenue de ce qu'on m'avait annoncé.

Tous mes projets. Mes envies. Mes espoirs. Mon futur. Envolés.

Je ne voulais pas me focaliser sur les mauvais côtés de ma vie, mais les ôter de ma tête était difficile. Ses pensées restaient ancrées au fond de mon esprit.

Jase monta en ascenseur avec moi jusqu'à la suite, me prit la carte magnétique des mains et ouvrit la porte. Après être entré, il alluma la lumière pour ne pas que je cogne mes béquilles dans quoi que ce soit. Comme d'habitude, la porte de mes colocataires était fermée. Sur l'ardoise à côté du bureau, il y avait un mot de Debbie avec la date du jour qui disait qu'elle passait la nuit chez Erik.

— Tu veux rester ?

Je rougis tellement ça ressemblait à une invitation pour faire crac-crac. Pas que je sois contre... mais appuyée sur des béquilles, je ne me trouvais pas super sexy.

— Enfin, si ça te dit de traîner ici, tu es le bienvenu.

Traîner ici ? Je me trouvais ridicule.

Tout sourire, Jase entra dans la chambre à son tour.

— Je ne voudrais être nulle part ailleurs.

Mes lèvres s'étirèrent en un large sourire et je me retournai avant qu'il voie à quel point sa réponse me faisait plaisir.

— Je reviens.

Laissant les béquilles dans un coin, je m'emparai de mon pyjama et de mes affaires de toilette. J'enfilai rapidement un pantalon en coton et un tee-shirt, pas la peine de mettre un soutif. Mon haut était noir, on ne voyait pas grand-chose. Je gardai l'orthèse, par contre, et me nettoyai vite fait le visage. Après avoir défait ma queue-de-cheval, je me brossai les cheveux, puis retournai dans la chambre.

Jase avait pris ses aises sur mon petit lit. Il était allongé sur le dos, et la télécommande de la télé sur notre armoire était posée sur son ventre. Il avait même retiré ses chaussures. Le voir ainsi me donna des papillons dans le ventre. La sensation s'accentua lorsqu'il tapota la place à côté de lui.

— Tu es sûre que c'est une bonne idée de marcher sans tes béquilles ? me demanda-t-il.

J'avançai vers lui sans prêter attention à la douleur au niveau de mon genou et m'assis.

— Ce n'était pas très loin. Et puis, ces pièces sont trop petites pour utiliser des béquilles.

Il laissa la chaîne Découverte en fond avant de se pencher pour poser la télécommande sur la table de chevet. Enroulant ses doigts autour de mon coude, il me tira à lui en me regardant à travers ses longs cils noirs.

— Tu t'allonges avec moi ?

Comment aurais-je pu résister à une telle demande ? Comme il était sur le côté, je pus m'allonger sur le dos auprès de lui. Lorsque ma tête toucha l'oreiller, il me sourit d'une façon qui me réchauffa de l'intérieur.

— Comment tu te sens ?

— Je ne sais pas, répondis-je franchement.

— Je comprends. (Il repoussa les cheveux qui tombaient devant mon visage.) Il s'est passé beaucoup de choses aujourd'hui. Depuis quelques jours, même.

— Ouais. Mon esprit est tiraillé. (Ma poitrine se souleva vivement lorsqu'il dessina les contours de ma lèvre inférieure avec son pouce.) Tout est différent maintenant.

— Tu crois ?

Je hochai la tête, puis me figeai en sentant sa main descendre entre mes seins. Il s'arrêta juste en dessous. Son mouvement entraîna des picotements qui firent pointer mes mamelons. Je sus tout de suite qu'il s'en était rendu compte : il baissa les yeux et se mordit la lèvre. Lorsqu'il releva la tête vers moi, nos regards se rencontrèrent.

Il posa la main à plat contre mes côtes.

— Tu parles de nous ou de…

— Des deux, murmurai-je.

Ses yeux parcoururent mon visage avant de s'attarder sur mes lèvres. Une douce chaleur sembla se déplacer de mon ventre jusqu'entre mes cuisses. Pendant un instant, on n'entendit plus que le ronronnement de la télé et les battements de mon cœur affolé.

— Tout va bien se passer.

Je souris et recouvris sa main avec la mienne.

— Je sais.

— Pour nous. C'est différent en bien ou en mal ?

— En bien. Très bien.

Il baissa la tête. Ses lèvres effleurèrent mon front. Un frisson courut sur ma peau.

— Il va falloir qu'on fasse mieux que « bien », alors.

— Ah bon ?

— Oh que oui, murmura-t-il.

Puis il m'embrassa. Peut-être que c'était parce qu'on se trouvait sur mon lit, ou parce que c'était notre premier vrai baiser depuis notre conversation… Ou peut-être que c'était encore autre chose. Dans tous les cas, il me dévorait les lèvres comme s'il était affamé. Le baiser dura une éternité. Jase me goûtait, explorait ma bouche. Je n'aurais jamais cru qu'un baiser puisse être aussi puissant, et pourtant...

— Que dis-tu de ça ? me demanda-t-il.

Un léger tremblement secoua son bras lorsque ses lèvres effleurèrent une dernière fois les miennes.

Mon corps sembla s'enfoncer dans le matelas. À ce moment-là, avec mes lèvres qui fourmillaient encore du contact des siennes, j'étais à des années-lumière des mauvaises choses qui se passaient dans ma vie.

— C'était mieux que bien. C'était génial.

Il m'embrassa alors de nouveau, mais cette fois, avec des mouvements lents et doux. Ces baisers légers, langoureux n'avaient pas que des effets physiques sur moi. Ils emplissaient mon cœur d'une chaleur qui parlait d'amour, d'éternité et d'autres choses ridicules mais tendres que je n'aurais jamais avouées à voix haute.

Toutefois, physiquement, c'était agréable aussi. Même si mon genou me faisait souffrir, le besoin lancinant d'autres parties de mon corps n'avait pas diminué. Je désirais Jase à tel point que c'en était presque douloureux. La seule idée de son corps nu contre moi, en moi, me rendait dingue, me donnait une folle envie de partir à sa découverte.

Jase souleva ses lèvres des miennes, le souffle lourd, et se coucha près de moi. Je m'attendais à ce qu'il me touche. Mes seins étaient gonflés à cause de la proximité de sa main. Mais il n'en fit rien.

Je tournai la tête vers lui. Ses iris étaient d'un argent éclatant. Il eut un grognement rauque.

— Si tu continues de me regarder comme ça, je vais t'arracher tes vêtements et m'enfoncer tellement profond en toi que je n'arriverai plus à en ressortir.

Mon corps tout entier se tendit en guise de réponse et les muscles de mon ventre se serrèrent.

— Je ne vois pas ce qu'il y a de mal là-dedans.

Il émit de nouveau ce grondement grave et sexy. Ma propre audace m'embrasait.

— Tu rends les choses tellement dures...

— Ah oui ?

Je tendis la main vers lui et traçai la protubérance bien visible à travers son jean. Il m'attrapa la main. Surprise, je relevai les yeux vers lui.

Il ferma les paupières le plus fort possible.

— Tu me fais bander, c'est vrai. Tout le temps. Je suis une érection ambulante à côté de toi, mais je... Je veux faire les choses bien.

Je pliai les doigts contre son torse où il retenait ma main prisonnière.

— Comment ça ?

Quand il rouvrit les yeux, une légère teinte rosée apparut sur ses joues.

— Oui, tu sais bien... Je ne veux pas que notre relation soit basée uniquement sur le sexe.

J'ouvris la bouche, mais aucun son n'en sortit. Ce qu'il venait de me dire et son rougissement touchant m'avaient réduite au silence.

Ses joues s'enflammèrent davantage.

— Même si c'est très dur de ralentir... Si tu savais à quel point j'ai envie de toi ! (Il posa ma paume à plat contre son érection, comme pour prouver ses dires.) Je te désire tellement que ça me tue, mais toutes les relations que j'ai eues depuis... depuis longtemps ont été fondées sur le sexe. Entrer. Jouir. Ressortir.

— Comme avec Steph ? demandai-je avant de pouvoir m'en empêcher.

Il grimaça.

— Oui, comme avec Steph. Et ça ne me dérangeait pas avec elle, avec toutes celles-là. Parce que même si ça va me faire passer pour un connard, je ne ressentais rien pour elles. Du moins, pas ce que je ressens pour toi, Tess. Je veux que ça soit différent, entre nous. Je veux que notre relation aille au-delà du sexe. J'ai besoin qu'on soit plus que ça. OK ?

Tandis que je le dévisageais, une boule remonta le long de ma gorge et s'y logea. Les larmes me montèrent aux yeux.

Les pupilles dilatées, il me prit le visage entre les mains.

— Pourquoi est-ce que tu pleures, mon cœur ? Est-ce que j'ai dit...

— Tu n'as rien fait de mal, répondis-je d'une voix cassée. Tout est parfait.

Il eut l'air perdu.

— Je ne comprends pas.

J'eus un rire rauque.

— Tout va bien. (Je me penchai pour l'embrasser. Je ne savais toujours pas qui était la mère de Jack, mais elle ratait quelque chose.) C'est parfait.

— Tu es sûre ? On peut aussi s'en foutre de mes scrupules. Je peux me déshabiller en deux secondes et être en toi encore plus vite.

Je hochai la tête en riant.

Jase posa son front contre le mien et ferma les yeux. Son souffle chaud dansa contre mes lèvres.

— Je veux t'emmener à un rendez-vous. Je veux qu'on fasse du cheval ensemble. Je veux qu'on en parle à ton frère. Je veux t'emmener chez mes parents et te présenter à eux comme ma petite amie. Je veux te prouver que pour moi, c'est plus que du sexe. Je veux faire les choses bien.

Ma poitrine se serra sous le coup des émotions que je ressentais pour lui à ce moment-là. Si je n'avais pas déjà été folle amoureuse de lui, je l'aurais été ce soir-là. Trois petits mots se formèrent sur mes lèvres, mais je les gardai pour moi. Me serrant un peu plus contre lui, je fermai les yeux et m'autorisai à savourer sa proximité et son besoin, presque démesuré, de faire les choses dans l'ordre.

Malgré tout ce que j'avais en tête, après le départ de Jase, je dormis comme un loir. À mon réveil, je me sentis étrangement revigorée. J'avais cru que ce mercredi matin allait être difficile à vivre car il s'ouvrait sur un futur que je n'avais pas choisi, mais en réalité, j'avais hâte de découvrir ce qu'il me réservait.

Pendant que je me préparais pour aller en cours, je reçus un message de Jase. Il ne serait pas en musique, mais viendrait tout de même me chercher après. Quand je lui avais demandé s'il avait un problème, il m'avait simplement répondu que non.

L'excitation était palpable dans les couloirs de Whitehall. J'avais oublié que nous n'avions pas cours le jeudi et le vendredi suivant. C'était la coupure d'automne : un week-end de quatre jours. Il n'y avait pas grand monde en histoire, mais me déplacer dans la salle de classe avec des béquilles n'avait rien de pratique.

La compassion envahit l'expression de Calla quand elle me vit entrer.

— Qu'est-ce qui t'est arrivé ?

En m'asseyant sur ma chaise, mal à l'aise, je lui expliquai que j'avais perdu l'équilibre le dimanche précédent. Je ne mentionnai pas Erik ni Debbie. Je me moquais de ce que les gens pensaient de ce connard, mais je ne tenais pas à ce que Debbie en paie les frais. À un moment entre hier et aujourd'hui, j'avais décidé que Deb et moi allions avoir une petite discussion lorsqu'elle rentrerait dans la chambre. Je comptais bien lui avouer la vérité sur ce que j'avais vécu. Ça ne ferait peut-être pas une grande différence… mais il fallait au moins que j'essaie.

— Et la danse, alors ? me demanda Calla.

Je grimaçai.

— Les os de mon genou ne sont plus assez stables. Et ça ne va pas aller en s'arrangeant. (Mon estomac se serra, comme si prononcer ces mots rendait la chose plus réelle.) Ma jambe n'aurait pas dû plier sous mon poids dimanche, alors…

Elle se pencha vers moi et baissa la voix.

— Alors, la danse, c'est fini ?

Incapable de répondre, je hochai la tête.

Elle eut l'air triste.

— Je suis vraiment désolée.

— Merci, croassai-je.

Après ça, je demeurai silencieuse. Ma bonne humeur s'envola tout à fait lorsqu'on manqua le bus qui allait au campus ouest et que je dus y aller à pied. Quand on arriva enfin au bâtiment des arts, mes aisselles me faisaient un mal de chien. Elles étaient encore douloureuses à la fin du cours.

Dieu seul savait combien de temps j'allais devoir supporter ces béquilles. Les lèvres figées en un rictus d'agacement, je tentai de garder l'équilibre tout en rajustant mon tee-shirt. Les choses auraient été tellement plus simples si je n'avais pas eu cours à l'autre bout du campus. Je pouvais laisser tomber la musique. Ou l'histoire, comme ça je n'aurais eu qu'à aller directement de chez moi au campus est…

Je tuai cette pensée dans l'œuf. Arrêter des cours, c'était baisser les bras. M'avouer vaincue. Il en était hors de question. Même si ça me faisait chier.

— Ton mec est là, me dit Calla.

Je faillis trébucher tête la première sur le parvis.

J'étais sur le point de lui demander comment elle le savait quand je compris qu'elle me taquinait. J'allais en parler à Calla, mais je voulais d'abord le dire à Cam. Bizarrement, ça ne me paraîtrait pas réel avant d'avoir franchi ce pas. Tant qu'on n'a pas écrit un truc sur Facebook, il ne s'est pas vraiment produit. C'était pareil.

Je levai les yeux au ciel et me tournai vers elle.

— À plus.

Pendant qu'elle me faisait signe de la main, je m'éloignai laborieusement en direction de la Jeep qui m'attendait sur la zone « interdit de stationner ». Jase sortit de la voiture et se précipita vers moi. Ses cheveux marron s'échappaient d'un bonnet gris. Ça lui allait bien.

Il ouvrit la portière pour moi et me prit mes béquilles pour les poser à l'arrière. Puis il se tourna vers moi et fit mine de se baisser, comme pour m'embrasser. Je me crispai. Alors, il s'arrêta, le souffle court, et me prit par le bras.

— Allez, monte, dit-il.

Sa voix grave me fit frissonner. Une fois dans la Jeep, je lui jetai un coup d'œil en coin.

— Tu as pu t'occuper de ton problème, ce matin ?

— Oui.

Son regard se posa sur le rétroviseur. Un agent de sécurité du campus arrivait dans notre direction. Avec un sourire satisfait, Jase démarra et s'éloigna avant de se faire verbaliser.

— Ma mère m'a appelé ce matin. Jack a été malade toute la nuit. Il a vomi.

— Oh non. Il va mieux ?

Il hocha la tête.

— Il a attrapé un virus. Le docteur a dit qu'il fallait juste qu'il boive beaucoup et qu'il se repose. Il n'ira pas à l'école cette semaine. Ça ne lui a pas fait plaisir.

— Ah non ?

— Non, il adore l'école et sa maîtresse. (Il marqua une pause et se frotta le menton.) Avec un peu de chance, ça va continuer.

Je me penchai vers lui.

— Tu aimais l'école quand tu étais petit ?

— Oui.

— Ça a continué ?

Il rit.

— Pas du tout. J'ai plus séché qu'autre chose. Mais Jack est différent. Il ne sera pas comme moi.

Je souris, lui souhaitant silencieusement cette chance.

— S'il va mieux ce week-end, j'ai pensé qu'on pourrait… je ne sais pas, l'emmener manger ou quelque chose ?

C'était un grand pas en avant. Bien qu'un peu nerveuse, je hochai la tête avec conviction. Et si Jack se réveillait un jour en décrétant qu'il me détestait ? Les enfants changeaient souvent d'avis.

— Super, dit-il en se détendant.

Étant donné que la plupart des étudiants étaient déjà partis en week-end, on n'eut aucun problème à trouver une place près du foyer. Quand on entra, il était presque vide. Jase porta mon sac et raccourcit ses grandes enjambées pour marcher à mon rythme.

Cam et Avery étaient seuls à la table. Ils partageaient une part de pizza. Je choisis un hot-dog et des frites pour changer des hamburgers trop gras tandis que Jase, à en juger par le nombre de parts sur son assiette, avait sûrement pris une pizza entière.

Une fois assise en face des deux tourtereaux, j'étendis ma jambe droite.

— Je suis surprise de vous voir ici. Je croyais que vous partiez en Pennsylvanie.

— Oui, oui, répondit Cam en attrapant une poignée de frites dans mon assiette, sans avoir l'air coupable pour un sou. On part ce soir.

— Excitée ? demandai-je à Avery.

Elle hocha vivement la tête, faisant tressauter sa queue-de-cheval.

— Je n'y suis jamais allée. J'ai hâte.

— Qu'est-ce que vous avez prévu de faire ? fit Jase en posant un coude sur la table.

Il se pencha en avant, attrapa une part de pizza et glissa son autre main sous la table.

— Qu'est-ce qu'on fait dans les Poconos, je veux dire ? On regarde les arbres ?

Cam ricana.

— Non. Il y a des randos, des saunas, du vin, de la pêche... J'emmène Avery pêcher. Elle n'a jamais essayé...

Pendant que mon frère parlait encore... et encore, Jase se rapprocha, pressant sa jambe droite contre ma jambe gauche. Une seconde plus tard, il posa la main sur mon genou. Les yeux écarquillés, je me figeai, le hot-dog devant ma bouche.

— Et on va louer un bateau samedi, poursuivit Cam.

Le regard appuyé qu'il lança à Jase me fit lâcher mon hot-dog. Voyait-il ce qu'il faisait sous la table ? Oh, mon Dieu...

Cam fronça les sourcils.

— Tu vas bien ?

— Oui, très bien, couinai-je. (Tandis que je ramassais mon hot-dog, la main de Jase remonta le long de ma cuisse.) Donc, euh, un bateau ?

La réponse de mon frère fit naître des ridules au coin des yeux d'Avery. Elle éclata de rire. Moi, j'étais trop concentrée sur la main de Jase contre ma cuisse pour l'écouter. Je pris une grande inspiration lorsqu'il se pencha en avant pour me voler des frites. Il profita de ce rapprochement pour glisser sa main entre mes jambes.

Oh, mon Dieu...

Le rouge aux joues, je baissai la tête. Une douce chaleur voyageait plus au sud, vers un point précis, vers lequel sa main avançait. Il n'oserait pas !

— C'est quoi, comme bateau ? demanda Jase.

C'était dingue, il avait l'air parfaitement à l'aise.

Le bateau dont mon frère parlait avec enthousiasme échappa complètement à mon radar. Les doigts de Jase étaient remontés et leur extrémité caressait à présent la languette recouvrant la braguette de mon jean.

Je pris une grande inspiration tout en serrant le hot-dog un peu plus fort. Des morceaux de pain s'en détachèrent. Il n'irait pas plus loin. Impossible.

— Et vous, qu'est-ce que vous faites ? demanda Avery en prenant son menton dans ses mains.

— Pas grand-chose. Je...

Les mots me manquèrent lorsque Jase glissa ses doigts sous la bandelette et appuya un peu plus fort. Une bouffée de sensations m'envahit. L'adrénaline se répandit dans mes veines. J'ignorais comment j'avais fait pour ne pas sursauter.

Cam pencha la tête sur le côté.

— Tu... ?

— Je vais...

Je posai mon hot-dog sur la table tandis que Jase remontait le long de ma braguette, puis redescendait, tirant sur mon jean. Le mouvement augmentait la sensation, attisant le désir en moi.

— Tu vas... ? demanda Jase d'un air innocent.

Le salaud, c'était moche de faire ça.

— Rester ici, terminai-je.

— Il faut que tu te trouves une voiture, dit Cam. Comme ça, tu pourrais au moins aller voir les parents.

La main de Jase retourna sur ma cuisse. Je ne savais pas si j'étais soulagée ou déçue. Mon corps était en feu, mais ma tête s'éclaircit un peu.

— Mais oui, je vais l'acheter avec l'argent de mon boulot imaginaire.

Il grimaça.

— Je sais très bien que Maman et Papa te donnent de l'argent.

— Ouais, pour m'acheter à manger. Pas une voiture, rétorquai-je.

— Tu laisses ta voiture ici, non ? (Avery attrapa son verre d'eau.) Elle pourrait peut-être...

— Ah non, pas question ! (Cam regarda Avery comme si elle était folle.) Elle ne conduira pas ma voiture.

Jase garda la main sur ma cuisse. À la fin du repas, j'étais déchirée entre l'envie de lui mettre mon poing dans la figure et celle de grimper sur ses genoux, d'ouvrir son pantalon et de...

— Hé, fit Cam en interrompant mes pensées pas très catholiques. Il faut que je te parle. Tu as terminé ?

Mon estomac se mit à faire des cabrioles.

— Bien sûr, répondis-je en jetant un coup d'œil à Jase.

Il n'avait pas l'air inquiet. Il n'avait pas de raison de l'être. Cam ne lui ferait pas beaucoup de mal... surtout quand il apprendrait que Jase m'avait avoué son secret.

Je dis au revoir à Avery et suivis Cam à l'extérieur avec mes béquilles. On n'alla pas très loin. On s'arrêta sous l'un des grands érables dont les feuilles avaient pris des teintes dorées et rouges incroyables. Tandis que Cam mettait sa casquette à l'envers, je fermai mon gilet. Il ne faisait pas très froid, mais le vent était mordant.

— Qu'est-ce qui se passe ? lui demandai-je.

J'avais l'impression que le peu que j'avais mangé était sur le point de remonter.

Cam sourit, puis redevint sérieux. Il prit une grande inspiration. Pendant qu'il me dévisageait, un sentiment de malaise m'envahit. Oh, mon Dieu. C'était vraiment au sujet de Jase et moi. Il était au courant. On aurait dû lui dire. Bon d'accord, on était seulement ensemble depuis la veille, mais quand même...

— Je vais demander Avery en mariage ce week-end, annonça-t-il d'une traite.

— Attends. (Je faillis en laisser tomber mes béquilles.) Quoi ?

— Je vais demander Avery en mariage ce week-end. Sur le bateau. Il y aura juste elle et moi. Le bateau sera rempli de fleurs et de chocolats. Le solitaire n'est pas... très gros. Seulement deux carats.

— *Seulement* deux carats ?

— Ouais. Et je vais le placer sur une des roses. (Ses joues rougirent légèrement.) Bref, je voulais juste que tu...

Je sortis de ma transe. Le bonheur se mit à pétiller en moi comme du champagne. Pressée de le serrer contre moi, je manquai m'étaler par terre. Je réussis finalement à passer un bras autour de lui et à tenir l'autre béquille en équilibre.

— Oh, mon Dieu ! m'écriai-je. Cam, tu vas te marier !

— Euh, j'espère. (Il me rendit mon étreinte. Quand il recula, il souriait jusqu'aux oreilles.) Si elle dit oui.

— Évidemment qu'elle va dire oui ! (Je souriais tellement que j'en avais mal aux joues.) Oh, je suis tellement heureuse pour vous deux ! C'est une fille adorable. Je l'aime. Je t'aime aussi.

Cam eut un rire rauque et me serra de nouveau dans ses bras.

— Elle... Elle est parfaite.

Je hochai la tête.

— Quand est-ce que tu te lances ? Samedi ?

Lorsqu'il hocha la tête, je me félicitai de n'avoir rien dit pour Jase. Pas alors qu'il était sur le point de franchir un tel cap. Il fallait qu'il se concentre uniquement sur Avery et ce qu'il avait prévu.

— Appelle-moi ou envoie-moi un message quand elle aura dit oui. Promets-le-moi.

— C'est promis.

Je couinai encore une fois, m'attirant les regards curieux des gens qui marchaient sur le trottoir. Après l'avoir serré une dernière fois contre moi malgré mon équilibre précaire, je vis Jase passer la double porte, mon sac à la main.

— Ton domestique est là, dit Cam avec un sourire moqueur. (Il m'embrassa sur la joue.) Je retourne voir Avery.

— Bonne chance... même si tu n'en as pas besoin.

Il n'affichait pas son assurance habituelle lorsqu'il se retourna vers moi.

— Tu le crois vraiment ?

Je refoulai mes larmes, des larmes de bonheur.

— Oui, évidemment.

— Merci, répondit-il. Je t'aime, ma sœur.

— Je t'aime aussi.

Je pris plusieurs grandes inspirations en regardant Cam donner un coup à Jase au passage. J'avais les yeux humides. Il y avait de grandes chances pour que je me mette à prendre tout le monde dans mes bras. Et pas que des étudiants.

— Vu ton énorme sourire, je suppose que Cam ne voulait pas te parler de nous. (Jase fit passer mon sac de cours rose vif derrière son épaule.) Je t'ai déjà dit à quel point j'aimais ton sourire ?

Mon sourire s'élargit à l'infini. Je n'arrivais plus à le contenir.

— Cam va demander Avery en mariage !

— Il a complètement perdu la tête.

— Quoi ? (Tenant mes béquilles dans une main, je le frappai au torse.) Il n'a pas perdu la tête. Au contraire, il a retrouvé ses esprits.

Jase rit.

— Je rigole. J'étais déjà au courant.

— Hein ? m'exclamai-je. (Je le frappai encore.) Comment ça, tu étais déjà au courant ?

— Aïe. (Il frotta l'endroit où je l'avais touché.) Ça te perturbe si je te dis que je suis un peu excité... ?

Je secouai la tête.

— Sérieux ?

— Peut-être, murmura-t-il en baissant la tête. (Les cheveux qui s'échappaient de son bonnet ondulèrent.) Pour être franc, je commence à être bien dur.

— Oh, mon Dieu... (Je passai la main sur ma joue en feu.) OK. On parlait de la demande en mariage. Quand est-ce qu'il te l'a dit ?

— Il y a un mois environ. Tu as encore envie de me frapper ? Tu peux essayer mon cul, cette fois. Ça me plaira peut-être.

Je le dévisageai sans rien dire.

Il ricana.

— Je l'ai accompagné pour choisir la bague. Je crois que la bijoutière a cru qu'on se mariait ensemble.

— Tu aurais pu m'en parler, lui dis-je d'un air vexé.

— Il m'avait demandé de garder le secret. Il ne voulait pas qu'Avery l'apprenne. (Quand j'ouvris la bouche pour le contredire, il croisa les bras.) C'est comme quand je t'ai conduite chez le docteur, Tess. Tu ne voulais pas qu'il sache...

Je hochai la tête.

— Bon, là, tu m'as eue.

— Je sais.

Trop contente pour rester en colère contre lui, je souris jusqu'aux oreilles.

— Je suis tellement heureuse pour eux. Ils sont parfaits l'un pour l'autre. C'est le genre d'amour qui n'arrive qu'une fois dans une vie. Tu trouves sans doute ça stupide, mais moi, j'y crois.

— Je ne trouve pas ça stupide du tout. Je comprends... exactement ce que tu veux dire.

Il décroisa les bras.

Ses paroles étaient lourdes de sens, pourtant, c'est autre chose qui attira mon attention. Comme ses mains étaient plutôt occupées durant le déjeuner, je ne les avais pas bien regardées. Ses phalanges étaient rouge vif, la peau était éraflée et gonflée. Fronçant les sourcils, je pris sa main dans la mienne.

— Qu'est-ce qui t'est arrivé ?

Il se libéra et les observa d'un air contrarié.

— Je ne sais pas. J'ai dû les écorcher contre quelque chose à la ferme.

— Tu ne sais pas ?

Jase secoua la tête.

— Bon, maintenant, il faut qu'on ramène ton joli cul en cours. Allez, on se dépêche !

Même si son sourire taquin était réapparu, une lueur sombre demeurait dans ses yeux. Je regardai de nouveau ses doigts. Pour une raison qui m'échappait, ils me rappelaient ceux de Cam lorsqu'il avait frappé Jeremy. Je repoussai cette pensée, parce qu'elle était trop étrange. Jase avait dit qu'il s'était écorché à la ferme. Et c'était sans doute ce qu'il s'était passé. Il n'y avait pas d'autre possibilité.

Aucune.

18

Le premier jour du grand week-end d'automne, en fin de matinée, je me retrouvai face à Éclair, les doigts serrés sur mes béquilles jusqu'à me faire mal.

— Pas question.

— Tu as promis, me rappela Jase d'une voix douce, comme s'il était en train de parler à Jack.

— Je m'en fous.

— C'est mal.

Je lui adressai un regard mauvais. Il me sourit.

— Je ne peux pas monter là-dessus avec mon genou.

— Je serai là, tout se passera bien.

La moue que j'affichai en guise de réponse aurait sûrement rendu Jack fier de moi. Malheureusement, le petit garçon devait rester au lit. Lorsque Jase lui avait annoncé qu'il ne pouvait pas venir avec nous, il s'était transformé en Godzilla miniature. À notre arrivée, la mère de Jase était sous la douche et son père était quelque part dans la ferme. J'ignorais s'il comptait tenir sa promesse de me présenter à sa famille comme sa petite amie le jour même. Dans tous les cas, j'étais nerveuse. Peut-être parce que c'était un pas de géant en avant.

Mais j'avais quand même de la peine pour le petit garçon.

— Est-ce qu'on pourra aller voir Jack avant de partir ? demandai-je.

Jase cligna les yeux une fois. Deux fois.

— Bien sûr.

— Je me sens mal pour lui, expliquai-je en changeant mon point d'appui. Il avait vraiment envie de sortir.

Un éclat tendre apparut dans son regard.

— On ira le voir sans faute. Ça lui fera plaisir. (Il se pencha en avant et effleura mon nez avec le sien.) À moi aussi.

Je souris.

— Mais ce n'est pas en changeant de sujet que tu vas t'en sortir. Tu vas monter sur ce cheval. Fin de la discussion.

— Je n'essayais pas de changer de sujet.

Même à mes oreilles, ça ressemblait à du pleurnichage. J'observai Éclair. Le cheval souffla et regarda dans la direction opposée. Il en avait visiblement terminé avec moi.

— Ne bouge pas.

Jase attrapa mes béquilles et les posa contre la barrière. Après avoir tapoté le nez d'Éclair, il prit ses rênes, et passa de l'autre côté de l'animal. Sous la lumière crue du soleil, des reflets rouge et or étincelaient dans ses cheveux.

Il sauta sur le cheval avec la grâce de quelqu'un qui avait appris à le faire dès l'enfance. Sur cette énorme bête, il paraissait beaucoup plus grand.

Et étonnamment sexy.

— Lève les bras, me dit-il.

Je n'en avais pas la moindre envie, mais je rassemblai mon courage. Les muscles de ses cuisses se contractèrent contre le cheval et il se pencha pour poser les mains contre mes côtes. Nos yeux se rencontrèrent. Il me fit un clin d'œil avant de me soulever. Je n'eus même pas le temps de paniquer. En l'espace d'une seconde, je me retrouvai assise en amazone sur le cheval.

— Passe ta jambe gauche de l'autre côté, me dit-il en glissant ses mains jusqu'à mes hanches pour me tenir fermement. Je ne te laisserai pas tomber.

Agrippant son bras, je me contorsionnai de manière à bouger mon genou le moins possible et passai ma jambe gauche de l'autre côté du large dos de l'animal. Je me mordis les lèvres lorsque Éclair bougea sur le côté, mais Jase ne me laissa pas tomber. Je m'installai sur la selle, entre les jambes de Jase.

— Bonne fifille, me taquina-t-il. (Son souffle chaud caressait ma nuque, me faisait frissonner.) Tu vois ? Ce n'était pas si terrible que ça.

J'avais la bouche sèche.

— Non, je ne crois pas.

Son rire résonna à l'intérieur de moi. Il passa un bras autour de ma taille et prit les rênes dans l'autre main.

— Prête ?

Je secouai la tête.

— Non, ajoutai-je au cas où il n'aurait pas compris.

Jase rit encore une fois.

— Ça va te plaire. Je te le promets. (Baissant la tête, il déposa un baiser dans ma nuque, créant un frisson qui descendit tout du long de ma colonne vertébrale.) Je ne laisserai rien t'arriver.

Quand il frappa légèrement son flanc avec son talon, Éclair se mit à avancer au pas sur le sentier défraîchi qui longeait l'enclos. Il me fallut quelques instants pour m'habituer aux petites secousses. Jase me tenait contre lui. Il me raconta la première fois où il était monté sur un cheval. Il avait six ans et il avait glissé et s'était cassé le bras.

— Tu es remonté tout de suite ? lui demandai-je. Ou est-ce que tu avais peur ?

— J'avais peur. (Son pouce traçait des cercles sur mon ventre.) Mais mon père savait qu'il fallait que je remonte le plus vite possible. Alors, c'est ce que j'ai fait. Et je ne suis plus jamais tombé.

L'image du petit Jase me vint à l'esprit. J'étais certaine qu'il ressemblait à Jack et qu'il était aussi adorable, mais sûrement plus difficile à vivre. Au bout d'une bonne vingtaine de minutes, je finis par me détendre suffisamment pour desserrer ma prise sur le bras de Jase. Je me rendis alors compte que mes ongles avaient laissé des traces sur sa peau.

— Désolée, lui dis-je d'une voix rauque en regardant les arbres.

— Ce n'est pas grave. Ce n'est que de la peau.

Il m'embrassa de nouveau dans le cou, tellement vite que je crus avoir rêvé, puis il posa ses lèvres juste en dessous de mon oreille.

Notre conversation de la veille revint sur le devant de la scène. J'avais la gorge nouée. Ses mots me donnaient encore les larmes aux yeux. Il voulait prendre son temps. Il voulait me traiter différemment des autres filles… Apparemment, la liste était longue, mais je préférais ne pas y penser. Il voulait que notre relation ne soit pas uniquement basée sur le sexe.

Jase me mordilla l'oreille.

Un éclair de plaisir à l'état liquide courut dans mes veines, réveillant cette douce langueur dans mon corps qui me laissait peu de répit lorsque j'étais en sa présence.

Les muscles de mon dos se crispèrent avant de se détendre. Alors, je le sentis pressé contre moi. Un sourire satisfait apparut sur mes lèvres à l'idée que je n'étais pas la seule affectée par notre proximité. Rejetant la tête en arrière, contre son torse, je fermai les yeux en souriant tandis qu'une légère brise me caressait les joues. Ma prise se desserra un peu plus et sous mes jambes, Éclair prit de la vitesse.

Un soupçon de peur s'insinua en moi, mais au même moment, une autre émotion s'éveilla, dissipant les prémices de panique. Je sentis mes muscles se contracter. Pas à cause de la nervosité, mais de l'anticipation, comme lors de ces moments précieux que j'avais perdus, avant d'entrer en scène.

— Je le sens, murmurai-je.

J'avais du mal à y croire.

Son menton frôla ma joue tandis que son bras se refermait un peu plus fort sur moi.

— Ça fait de moi un connard si je te dis « je te l'avais dit » ?

Rouvrant les yeux, j'éclatai de rire et me redressai, convaincue que je n'allais pas tomber et me briser la nuque. Jetant un coup d'œil par-dessus mon épaule, je lui rendis son sourire. La terrible déception que ma blessure avait engendrée s'apaisa un peu.

— On peut aller plus vite ?

Et on alla plus vite.

Une fois de retour sur la terre ferme, les béquilles sous les bras, je dus admettre que l'équitation, c'était super cool. Je ne me voyais pas monter toute seule à cheval dans un futur proche, mais Jase avait raison. Le cheval, c'était comme la danse d'une certaine façon. Ça ne comblerait pas entièrement le vide que je ressentais, mais c'était un début.

Et ce n'était pas la seule chose que j'avais.

Je souris lorsque Jase passa devant moi pour ramener Éclair à l'écurie. Mon cœur fit une cabriole, un saut compliqué que je ne pourrais plus jamais effectuer en vrai.

Quand il revint, ce fut avec son père sur les talons. Les voir ensemble me déstabilisa. Même taille. Mêmes cheveux foncés. Leur façon de marcher aussi était identique. M. Winstead sourit jusqu'aux oreilles en s'arrêtant devant moi.

— C'est la première fois que j'vois une aussi jolie fille avec des béquilles.

Une vague de chaleur monta jusqu'à mes joues.

— Merci.

— Ça me fait plaisir de te revoir, mais pas avec ça. (Il sortit un mouchoir rouge pour s'essuyer les mains.) C'est pas grave, au moins ?

Je secouai la tête. Personne ne voulait vraiment entendre mon histoire.

— Elle vient de monter Éclair, lui dit Jase, un grand sourire aux lèvres. Elle s'est bien débrouillée pour une première fois.

Son père haussa les sourcils.

— T'es montée sur un cheval avec un genou en vrac ?

— Comme une pro, fit Jase.

Une onde de plaisir me traversa à la vue de son sourire empli de fierté. Mes parents arboraient le même après chacun de mes récitals et de mes compétitions.

M. Winstead pencha la tête sur le côté.

— Mince alors, si seulement j'avais vingt ans de moins et qu'y avait pas ta mère...

Jase tourna vivement la tête vers son père.

— Hé, Papa, c'est ma copine que tu dragues, là.

Voilà. Mon cœur bondissait encore, un pas chassé sur le côté, et je me sentis comme une danseuse après avoir fait le saut parfait.

— Ta copine ?

La surprise colorait la voix de son père tandis qu'il nous dévisageait l'un après l'autre.

Jase sourit effrontément. Mes genoux tremblaient.

— Oui, ma copine.

— Eh bien...

Il prit une grande inspiration avant de secouer la tête, comme s'il ne savait pas quoi dire. S'il m'était arrivé de douter de ce que Jase m'avait dit à propos des autres filles, ce n'était plus possible désormais. De toute évidence, Jase ne ramenait jamais personne à la maison et ma présence à la ferme était une révolution.

— C'est bon à entendre, finit-il par lâcher au bout d'un moment.

Puis il sourit et ses yeux étrangement familiers prirent une jolie teinte argentée. La façon dont il regarda son fils et hocha la tête semblait vouloir dire beaucoup.

— C'est super.

Jase ne dit rien, mais se tourna vers moi.

— Pourquoi vous venez pas à l'intérieur, tous les deux ? dit son père en rangeant son mouchoir dans sa poche. Ta mère vient d'faire du thé.

Son regard s'illumina. Je gloussai.

— On arrive dans une seconde. (Jase se tourna vers moi tandis que son père s'éloignait.) Ça ne te dérange pas que je l'aie annoncé comme ça ? J'aurais pu m'y prendre un peu mieux, mais je ne savais pas comment le faire sans avoir l'air idiot.

— Non, aucun problème. (Je marquai une pause pendant qu'il s'approchait.) Je suis la première petite amie que tu emmènes ici ?

Il replaça une mèche de cheveux derrière son oreille.

— Depuis le lycée, oui.

J'avais l'impression que c'était il y a une éternité. Il s'agissait sûrement de la mère de Jack. Un de ces jours, j'allais réussir à le faire parler d'elle.

— C'est... Waouh. Je suis...

— Honorée ?

Je reniflai. Très féminin.

— Il ne faut pas exagérer.

Jase éclata de rire et se posta près de moi.

— Je suis le genre de mec qui ne présente une fille à ses parents que lorsqu'il est vraiment sérieux et tient à elle.

Il était tard quand il me raccompagna jusqu'à la cité universitaire. En arrivant, j'aperçus de la lumière dans notre chambre. Deb était sûrement de retour.

Jase suivit mon regard.

— C'est toujours bon pour manger ensemble, demain soir ?

Je lui jetai un coup d'œil en coin.

— Je croyais qu'on allait déjeuner chez Betty ?

Il sourit.

— Ça n'empêche qu'on peut aussi dîner ensemble.

— C'est vrai, répondis-je en riant.

Ma bonne humeur s'estompa lorsqu'il s'arrêta près du trottoir. Je n'avais pas envie de le quitter. La journée… La journée avait été très agréable. Après avoir coupé le moteur, il attrapa la poignée de la portière.

— Tu n'es pas obligé de me raccompagner.

— Mais…

Je le réduisis au silence avec un baiser. S'il montait avec moi, je n'aurais pas le cœur à le voir partir et il fallait que je discute avec Deb.

— Je peux me débrouiller toute seule. Je t'appelle demain.

Il retira sa main de la portière.

— Envoie-moi un message avant de t'endormir.

Mes lèvres s'étirèrent en un énorme sourire.

— D'accord.

Avant que j'aie pu reculer, il passa une main derrière ma nuque et m'embrassa. Ma bouche s'ouvrit aussitôt sous la sienne. Il me goûta d'une façon qui rendit la séparation encore plus difficile.

— Bonne nuit, Tess.

Je fermai les yeux en m'éloignant.

— Bonne nuit.

Jase attendit que je sois entrée dans le bâtiment pour partir. J'avançai vers l'ascenseur en sautillant. Comme je l'avais soupçonné, Deb se trouvait dans la chambre. Elle était assise sur son lit, les jambes croisées et les cheveux coiffés en queue-de-cheval. Elle portait un pull à capuche trop grand pour elle. Quand elle releva la tête, elle plaqua une main contre sa bouche.

— Oh, mon Dieu !

Perplexe, je m'arrêtai dans l'embrasure de la porte.
— Quoi ?
— Tu as des béquilles ! (Elle déplia ses jambes, mais n'alla pas très loin.) Je savais que tu en aurais, mais je... Je ne sais pas. (Elle posa une main contre sa poitrine.) Je suis vraiment désolée.

Appuyant les béquilles contre le mur, je marchai avec précaution jusqu'à mon lit et m'y assis. Je ne savais pas comment entamer cette conversation, mais il allait falloir que je lui parle de mon passé. Ce n'était pas facile de dire : « Au fait, je suis sortie avec un salaud qui me battait, moi aussi. »

— Debbie...
— J'ai rompu avec Erik.

Je clignai les yeux. Mes oreilles me jouaient sans doute des tours. Puis l'espoir jaillit à l'intérieur de moi.
— Quoi ?

Elle se leva et s'assit près de moi.
— J'ai rompu avec Erik, tout à l'heure.
— C'est...

Que pouvais-je dire ? Super ? Fantastique ? Ça manquait de tact. Debbie avait des sentiments pour lui.
— C'était inévitable. J'étais obligée parce que... (Elle baissa la tête, m'empêchant de la regarder dans les yeux.) Tu avais raison, dimanche. Erik... il peut être un gars bien, mais...
— Mais il te frappe, finis-je d'une voix douce.

Pour une raison que je ne connaissais que trop bien, mon cœur se serra.

Elle hocha lentement la tête.
— Pas souvent. Tu sais, ce n'était pas une habitude. Des fois, il me serrait un peu trop fort le bras ou me criait dessus. Il avait toujours l'air de regretter après. Ou du moins, ses excuses paraissaient crédibles. Et je lui pardonnais. (Elle s'interrompit pour inspirer profondément.) Personne ne m'a jamais fait la moindre remarque. Avant toi. Je crois que c'est surtout parce

que ces derniers temps il perdait… son sang-froid plus facilement. Mais tout le monde tournait la tête ailleurs.

— C'est difficile de dire quelque chose, rétorquai-je en pliant ma jambe gauche contre ma poitrine. Je ne voulais pas te mettre en colère.

Ou l'embarrasser, parce que c'était surtout une profonde humiliation que j'avais ressentie quand ma famille avait découvert le pot aux roses.

— Je n'étais pas en colère. J'avais honte, dit-elle en confirmant mes doutes. Pourquoi est-ce que je restais avec lui alors qu'il était évident qu'il me traitait mal ?

— Parce que des fois, il te traitait aussi comme une reine ? (Je triturai le bas effiloché de mon jean.) Et tu te raccrochais à ces moments parce que tu savais qu'il était capable d'être un type bien.

Je sentais son regard sur moi.

— Toi aussi, tu as été… ?

Sans dire un mot, je hochai la tête.

Elle souffla lentement.

— Et tu as réussi à le quitter ?

— Pas vraiment, non. (J'eus un rire sans joie.) Ma mère et Cam ont vu mes bleus. J'ai fini par leur dire la vérité. J'aurais voulu le quitter plus tôt, mais j'étais terrifiée et je…

— Tu l'aimais ? me demanda-t-elle d'une voix emplie de douleur.

Tirant sur les petits fils blancs qui dépassaient de mon jean, je déglutis difficilement.

— Il était mon premier… mon premier en tout. Je croyais être amoureuse de lui. En y réfléchissant, je crois que j'avais peur de me retrouver…

— Toute seule ? termina-t-elle pour moi. (Je hochai la tête.) On est bêtes, hein ? Comme si être seule, c'était pire que se faire frapper.

— Tu n'es plus stupide, lui fis-je remarquer. Tu l'as quitté.

— Oui.

Ses yeux s'emplirent de larmes. Elle cligna rapidement les cils pour les chasser.

Ma gorge se serra. J'étais contente pour elle, heureuse même, mais je savais que la suite allait être difficile. Pour moi, le plus dur avait été de survivre à la première nuit sans Jeremy. Parce que, comme Erik, Jeremy avait le pouvoir magique de me faire oublier les mauvais moments. Il était très doué. À tel point que ça faisait partie des raisons pour lesquelles je ne l'avais pas quitté plus tôt. À présent, avec l'expérience, je comprenais que c'était la signature d'un homme violent. Ils savaient se montrer extrêmement charmants lorsqu'il le fallait, ce qui les rendait aussi dangereux qu'un serpent à sonnette.

— Comment a réagi Erik ? demandai-je.

Elle esquissa un sourire hésitant.

— Pas très bien.

Mon estomac chavira un peu.

— Il ne t'a pas...

— Non. Au contraire, c'est l'inverse. (Elle se frotta les yeux. Je posai la main sur son bras et le serrai.) Il s'est excusé, il a pleuré, il m'a suppliée... (Elle secoua la tête.) Au bout d'un moment, il s'est mis en colère, mais je suis partie avant que ça dégénère.

— Bien.

Elle releva les yeux vers moi.

— Je suis désolée de ne pas t'avoir écoutée dimanche et pour ce qui s'est passé quand je suis revenue avec Erik. Je suis toujours persuadée que c'était un accident, mais ça n'aurait jamais dû se produire. Quand il se met en colère, il ne réfléchit plus à rien.

— C'est pour ça que tu l'as quitté ?

— Oui. Et non. (Elle se racla la gorge.) Quand Jase est venu le trouver mercredi matin, j'ai appris que ton genou était en miettes...

— Jase est venu le voir ? l'interrompis-je, les yeux grands ouverts.

Elle hocha la tête.

— Il a débarqué juste avant qu'on parte en cours. Je ne savais pas qu'il t'avait blessée à ce point.

Je ne relevai pas. Mon pouls s'était emballé.

— Qu'est-ce que Jase lui a dit ?

— Pas grand-chose. En gros, il lui a fait comprendre que s'il te touchait encore une fois, il l'enverrait six pieds sous terre. Erik l'a très mal pris. (Elle leva le bras pour défaire sa queue-de-cheval.) Il a commencé à t'insulter, à te traiter de… sale conne, de fouineuse qui ferait mieux de se tenir éloignée de moi.

Je me foutais complètement de ce qu'Erik pensait de moi, mais j'étais estomaquée.

— Jase n'a pas beaucoup apprécié, poursuivit-elle. Le visage d'Erik non plus, à la fin.

Les yeux fermés le plus fort possible, je m'efforçai de respirer normalement, sentant le chaud, puis le froid m'envahir. L'image des doigts de Jase me revint en mémoire. Il s'en était pris à Erik. Comme Cam avec Jeremy. D'une certaine manière, l'histoire s'était répétée. La colère, la déception et un autre sentiment que je n'arrivais pas à nommer déferlèrent en moi.

— Ça va ? me demanda Debbie.

— Ouais, super. Tout va s'arranger pour toi maintenant, tu verras, dis-je d'une voix rauque en me concentrant sur ce qui importait pour le moment. (Autrement dit : Debbie. Pas ce que Jase avait fait.) Je le pense sincèrement.

— Je sais. (Elle me serra contre elle et quand elle me relâcha, ses larmes avaient séché.) Ma vie recommence aujourd'hui. Et il n'y a que des bonnes choses qui m'attendent.

19

Debbie et moi restâmes longtemps éveillées à discuter. Au début, j'eus du mal à encaisser que Jase soit allé trouver Erik alors qu'il m'avait dit être avec Jack. Peut-être avait-il fait les deux. Ça n'avait aucune importance et ça ne changeait rien. Au bout d'un moment, je finis par parler à Debbie de Jeremy. Je minimisai la réaction de Cam, mais ça me fit un bien fou de me confier. De partager mon expérience avec quelqu'un qui pouvait vraiment me comprendre. Deb, elle, me raconta les bons moments, les mauvais, puis ceux qui l'avaient terrifiée. De temps à autre, je sentais qu'elle remettait sa décision en cause, mais c'était naturel. Ils étaient restés ensemble pendant des années. Ce n'était jamais facile de se séparer de quelqu'un, même s'il s'agissait d'un sociopathe. Les gens qui ne l'avaient pas vécu ne pouvaient pas comprendre. Ils pensaient sûrement que nous étions stupides et faibles, mais même la fille la plus forte et la plus intelligente pouvait tomber dans les filets d'un charmeur à la langue empoisonnée.

Des larmes furent versées. Des larmes purifiantes. De celles qui marquent un renouveau.

Après tout ça, je me réveillai tard le lendemain matin. Deb m'annonça qu'elle allait rendre visite à ses parents pour leur avouer la vérité. Je lui souhaitai bonne chance. Moi aussi, j'en avais besoin.

J'avais fini par annuler le déjeuner, Debbie était partie et Jase n'allait pas tarder à venir me chercher pour dîner. Notre premier rendez-vous officiel. Pourtant, tandis que je l'attendais dehors en tenant fermement mes béquilles, la seule chose à laquelle je pouvais penser, c'était qu'il avait fait exactement pareil que mon frère.

Je n'arrivais toujours pas à décrypter ce que je ressentais. Étais-je aussi en colère que je le pensais ou l'étais-je encore davantage ? Jase savait pertinemment que je m'en voulais pour ce qui était arrivé à Cam.

Après s'être garé, Jase sortit de la Jeep et fit le tour par l'avant. Il portait un jean et un pull à col en V foncé qui me donnèrent l'impression de ne pas m'être assez habillée, avec mon jean et mon cardigan. Peu importait sa tenue, il était toujours beau à en tomber, comme s'il s'était échappé des pages de *GQ*. Rien à voir avec les autres mecs. Eux, c'était d'un catalogue Carrefour qu'ils s'étaient échappés.

Il me prit mes béquilles et m'aida à monter en voiture. Une petite boîte rose m'attendait sur le tableau de bord. Je l'attrapai et jetai un coup d'œil dans sa direction.

— Pour le dessert, me dit-il en souriant.

Je ne voulais pas ouvrir le couvercle, mais le glaçage marron clair avait l'air délicieux.

— Quel parfum ?

— Devine.

— Chocolat ?

— Trop classique, dit-il en démarrant. Beurre de cacahuète.

— Oh.

Momentanément distraite par l'appétissante association du beurre de cacahuète et du chocolat, j'étais à deux doigts d'ouvrir ce coquin en deux et de le dévorer.

— Tu peux aussi le manger tout de suite. On s'en fout des règles. On peut commencer par le dessert.

Un léger sourire étira mes lèvres. J'ignorais pourquoi les cupcakes avaient cet effet sur moi. Non seulement ils étaient pratiquement tout le temps délicieux, mais j'attendais à présent leur apparition avec impatience.

— Où est-ce que tu les achètes ? demandai-je, surprise de ne pas avoir posé la question plus tôt. À la pâtisserie en ville ?

— Non.

Mon regard se posa sur ses phalanges abîmées tandis que j'attendais qu'il me réponde de manière plus détaillée. La peau avait un peu cicatrisé, mais elle était toujours rosée. Mon ventre se serra.

— Je les prends chez la sœur de ma mère. C'est sa fille, Jen, qui les fait.

— Waouh. On dirait vraiment un dessert de pâtisserie de luxe. Elle devrait se mettre à son compte.

— C'est ce qu'on n'arrête pas de lui dire. (Il me regarda, luttant visiblement pour ne pas sourire.) Jen m'a demandé qui était la fille pour laquelle elle confectionnait des cupcakes spéciaux. Je lui ai dit que je la lui présenterais un de ces jours.

Mes yeux allèrent de nouveau se poser sur ses mains, je les relevai aussitôt vers son visage.

— Je... ça me ferait plaisir.

— À moi aussi.

Il entrelaça nos doigts et les serra.

Un sentiment de malaise apparut dans mon cœur et descendit jusque dans mon ventre. Je ne pouvais pas m'empêcher d'examiner sa main. Son poing avait martelé la chair d'Erik. Il avait tabassé l'autre garçon pour ce qui n'était peut-être qu'un accident. C'était le moment parfait pour moi d'en parler, mais je n'étais pas prête.

— Jen sait pour Jack ? demandai-je pour changer de sujet.

Il hocha la tête.

— Toute la famille est au courant. Mais personne n'en parle. C'est le secret le moins bien gardé au monde.

Après ça, je tombai dans le silence. J'avais l'esprit occupé. Le trajet jusqu'à Frederick ne dura pas longtemps et on nous servit rapidement au *Bonefish Grill*. Je pourrais me nourrir exclusivement de leurs crevettes panées. Jase alimentait la conversation, d'abord en parlant de Jack, puis de mon frère.

— Alors, demain, c'est le grand jour ? dit-il en volant une noix de Saint-Jacques dans mon assiette. Tu crois qu'il va aller jusqu'au bout ?

Je n'y avais pas pensé.

— Tu crois qu'il va se dégonfler ?

— Il est vraiment nerveux. (Jase rit et se laissa aller contre son dossier.) Je n'ai jamais vu ton frère comme ça.

— Moi non plus, mais j'espère qu'il va le faire. Ils sont parfaits l'un pour l'autre.

Jase fit courir son doigt le long de son verre tout en me regardant par en dessous.

— Il faut qu'on parle à Cam dès son retour.

Le souffle court, je hochai la tête.

— Oui, bien sûr.

La serveuse nous apporta l'addition et quand Jase se pencha en avant pour sortir son portefeuille, il déposa un baiser au coin de mes lèvres. L'éclat argenté qui brillait dans ses yeux lorsqu'il recula me serra le cœur.

— Debbie a rompu avec Erik, lançai-je.

Il se figea un instant, avant de sortir l'argent de son portefeuille.

— C'est une bonne nouvelle, non ? Je veux dire, il s'est toujours comporté comme un connard avec elle. Personne n'a jamais compris pourquoi elle restait avec.

Je l'observai tandis qu'il posait l'argent sur la note. Mon cœur se mit à battre plus fort.

— Il… Il la frappait.

Jase s'arrêta encore, mais cette fois, il était sur le point de se rasseoir en arrière. Il leva les yeux vers moi.

— Quoi ?

Rien dans son expression ne montrait qu'il me cachait quelque chose. Mais je le savais.

— Il la frappait. Comme Jeremy me frappait.

Il serra les dents, puis laissa échapper un sifflement grave. Il détourna la tête.

— Je ne sais pas quoi dire, Tess.

— Peut-être que tu es d'autant plus content de l'avoir tabassé ?

Son regard rencontra le mien. Ses iris avaient pris une teinte argentée saisissante. Il ouvrit la bouche, puis sembla repenser à ce qu'il s'apprêtait à dire. Ses larges épaules se crispèrent.

— Je suis au courant, murmurai-je. Deb m'en a parlé hier soir.

— Hier soir, répéta-t-il comme un automate. Et tu ne m'en parles que maintenant ? (Il rit tandis qu'un muscle de sa mâchoire tressautait.) Tu sais quoi ? J'ai tout de suite remarqué que quelque chose clochait. Tu étais trop silencieuse. Tu n'as pas mangé le cupcake tout de suite. J'ai cru que ton genou te faisait mal.

Je recoiffai mes cheveux derrière mes oreilles.

— Tu ne m'as rien dit non plus.

Il prit une grande inspiration, puis se glissa hors du box. Il attrapa mes béquilles en se levant.

— On parlera de tout ça dehors.

Comme ce n'était pas une conversation à avoir pendant le repas, j'attendis que l'on soit assis dans la Jeep pour rouvrir le sujet.

— Tu es allé le chercher.

— Je ne suis pas allé le chercher, Tess. Ce n'était pas comme avec Cam. Je sais ce que tu vas me dire. Ce n'était pas mon intention. Je l'ai croisé à la fraternité quand je suis rentré de chez mes parents. Il était assis sur le canapé comme s'il n'avait pas le moindre souci.

Retenant ma respiration, je le regardai se pencher en avant pour mettre le contact. Le moteur gronda. Il ne reprit pas la parole avant de s'être engagé sur la route principale en direction de l'Interstate 70.

— Et tout ce à quoi je pensais, c'était qu'il avait gâché tous tes rêves. Il t'a tout pris. Je me moque de savoir si c'était un accident ou pas. C'est quand même lui, le responsable.

Oui.

— Jase...

— Après toutes les épreuves que tu as dû franchir, il fallait que je dise quelque chose. J'étais obligé, continua-t-il. (Son profil se découpait dans l'ombre de la voiture.) Je lui ai dit de ne plus t'approcher et qu'il valait mieux pour lui qu'il ne t'arrive plus aucun accident. C'est tout. D'accord, j'admets que je ne lui ai pas dit gentiment, mais je voulais qu'il me prenne au sérieux.

L'histoire qu'il me racontait était la même que Deb. Aussi, ses mots suivants ne me surprirent pas.

— Mais après, il t'a insultée, Tess. Il a dit des choses qu'il n'aurait jamais dû dire sur toi. Alors, j'ai fait en sorte qu'il se taise.

Il n'y avait aucune fierté dans sa voix. Seulement, peut-être, la satisfaction d'un homme d'en avoir remis un autre à sa place, même si je n'étais pas certaine qu'Erik mérite d'être considéré comme un homme.

— Tu l'as frappé.

Il tourna les yeux vers moi, l'air sombre.

— Oui.

— Et c'est tout ce que tu as à dire pour ta défense ?

Reportant son attention sur la route, il se passa la main dans ses cheveux en bataille.

— Je ne le regrette pas.

Je pris une grande inspiration.

— Cam non plus n'a pas regretté.

— Ce n'est pas la même chose. Je n'ai pas tabassé Erik. Je n'ai pas fini en prison parce que j'ai envoyé un garçon à l'hôpital, cracha-t-il. (Je tressaillis.) Merde, Tess. Ce n'est pas ce que je voulais dire...

— Tu sais très bien ce que je pense des actes de Cam, la culpabilité que je ressens. Cam a failli gâcher sa vie à cause de ma...

— Ce n'était pas ta faute ! Ce qu'il a fait n'était pas ta faute. Et ce que j'ai fait non plus. Erik a ouvert sa grande bouche. Je l'ai frappé. Bon, d'accord. Je l'ai frappé deux fois.

Mon cœur se mit à battre plus vite tandis que j'essayais de comprendre ce qu'il se passait dans ma tête. J'étais confuse parce qu'une minuscule part de moi était contente qu'Erik ait reçu la monnaie de sa pièce. J'avais ressenti la même chose quand j'avais appris ce que Cam avait fait.

J'ignorais ce que ça disait de moi.

J'observai la silhouette floue des arbres qui bordaient la route.

— Pourquoi est-ce que tu ne m'en as pas parlé ?

— Je... (Il jura dans sa barbe.) Je savais que ça te mettrait en colère. J'espérais que Debbie ne dirait rien.

Je serrai les poings sur mes genoux.

— Tu croyais vraiment qu'elle allait se taire ?

— Tu voudrais que tout le monde sache que ton copain s'est pris une dérouillée ? Non. Alors, j'ai cru qu'elle ne dirait rien. Je sais que c'est mal de ma part et je suis désolé. Mais j'aurais préféré que tu ne l'apprennes pas.

L'absence de remords dans ses excuses les rendait difficiles à avaler. Le problème, ce n'était pas qu'il s'y était mal pris. C'était qu'il ne regrettait rien.

— Tu m'as promis que tu ne dirais rien.

— Je t'ai promis de ne rien dire à Cam. J'ai tenu parole. Et crois-moi, Erik n'ira pas lui raconter de bobards, sinon il devra lui expliquer pourquoi je lui ai mis un œil au beurre noir. Et c'est tout ce que j'ai fait. (Sa main abîmée serra un peu plus le volant.) Putain.

Tu ne t'es pas amusée ce soir, pas vrai ? C'était censé être notre premier… je ne sais pas. Merde. C'était notre premier rendez-vous et tu étais énervée pendant toute la soirée.

Je restai assise en silence, droite comme un I. Ce soir avait été notre premier rendez-vous, mais je n'en avais pas eu l'impression. Pas parce que je ne voulais pas être avec lui, mais à cause du non-dit qui planait entre nous.

— J'aurais dû t'en parler mercredi. Je n'aurais pas dû essayer de te le cacher. C'est là que j'ai merdé. (Il y eut un moment de silence.) Tess, dis quelque chose.

Je fermai les yeux et ouvris lentement les poings. Que pouvais-je dire ? Ce n'était pas seulement lui qui avait gâché la soirée, qui avait gâché ce qui était censé être un grand pas dans notre relation. J'aurais pu lui en parler à l'instant où je l'avais vu. Ou lorsqu'il m'avait envoyé un message dans la journée ou encore quand je lui avais écrit avant de me coucher. Je ne l'avais pas fait. On aurait pu s'expliquer, puis nous amuser. Si tout s'était bien passé.

— Je ne sais pas quoi dire, admis-je au bout d'un moment.

Jase ne répondit pas. Et le silence retomba pendant les trente minutes suivantes, jusqu'à la cité universitaire. Peut-être que j'exagérais. Il n'était pas allé aussi loin que Cam. Mais il m'avait menti. Et au bout du compte, il était passé par la violence pour régler le problème.

Mais Erik avait provoqué Jase…

J'avais mal à la tête lorsque la Jeep s'arrêta au bord du trottoir. Comme la nuit précédente, il fit mine de couper le moteur. Je l'en empêchai. Il fallait que je réfléchisse.

— Je t'appelle demain, lui dis-je.

Il me dévisagea un instant avant de hocher la tête.

— Laisse-moi au moins te donner tes béquilles.

— D'accord.

Je sortis de la Jeep en m'appuyant sur ma jambe valide et attendis qu'il me tende les béquilles qu'il avait posées à l'arrière. Lorsque je croisai son regard métallique, j'eus le sentiment que la situation le perturbait plus que je ne pouvais l'imaginer.

Au moment où j'allais l'inviter à monter avec moi, il me prit le visage entre les mains et caressa mes lèvres avec les siennes en un tendre baiser qui me rappela la douceur inhérente de Jase.

— Ça ne change rien entre nous ? me demanda-t-il.

Je sentis le sol se dérober sous mes pieds. L'idée que notre histoire puisse se terminer avant qu'on ait pu réellement la commencer me fit l'effet d'une douche froide. Les mots m'échappèrent précipitamment, me surprenant moi-même.

— Ça ne m'a pas seulement rappelé Cam. Ça me l'a rappelé, *lui*. Tout ce que j'ai ressenti quand j'étais avec lui, puis après.

Jase ferma brièvement les yeux.

— Je suis désolé. Je n'y avais pas réfléchi.

— Ce n'est pas grave, murmurai-je.

Il n'avait pas l'air de me croire.

— Tu es sûre ?

Comme j'étais incapable de parler, je hochai la tête. Ses doigts quittèrent mon visage et il fit un geste du menton vers l'entrée du bâtiment.

— Je vais attendre que tu sois rentrée.

L'émotion me nouait la gorge.

— Bonne nuit, Jase.

— Bonne nuit, murmura-t-il.

C'est seulement lorsque je pénétrai dans le hall d'entrée baigné de lumière que je me rendis compte que j'avais laissé le cupcake et mon cœur dans la Jeep. Je me retournai, prête à me traîner dehors et à tout oublier, mais Jase avait tenu parole : il avait attendu que je rentre.

Sa voiture avait disparu.

La gorge serrée, je me dirigeai vers l'ascenseur. Les regrets me brûlaient l'estomac comme de la nourriture avariée. Pourtant, c'était sans doute une bonne chose qu'il soit parti. Il fallait que je mette de l'ordre dans mes idées.

Je ne savais toujours pas quoi penser ou ressentir… Comment aurais-je pu rester en colère après lui ? Devais-je vraiment le rester ? La seule chose dont j'avais envie, c'était de dormir. Demain, je saurais quoi lui dire.

Lorsque j'appuyai sur l'interrupteur, la lampe s'alluma avant de griller, replongeant la pièce dans l'obscurité.

— Bordel, marmonnai-je en sautillant autour de la table basse et en me cognant dedans.

Je trouvai la petite lampe et l'allumai. L'ampoule à économie d'énergie brillait suffisamment pour ne pas que je tombe et me brise la nuque en cherchant à me déplacer. Je posai mes béquilles dans un coin et me retournai.

Je grognai.

— C'est une blague, j'espère ?

Une écharpe rose était accrochée à la porte entrouverte. Deb avait quitté cet abruti ! Et maintenant, ils baisaient ? La colère m'envahit, crachant du feu dans mes veines. J'allais les tabasser tous les deux avec mes béquilles. Et alors tout rentrerait dans l'ordre parce que je ne pourrais plus en vouloir à Jase. Au moins, les assommer résoudrait l'un de mes problèmes.

J'approchai de la porte en boitant. Bouger mon genou m'envoya une salve de douleur dans la jambe, mais je continuai sur ma lancée et poussai la porte. La pièce était plongée dans le noir et étonnamment silencieuse. Il n'y eut aucun grognement, aucun gémissement, ni aucun crissement de lit qui aurait indiqué que quelqu'un essayait de se couvrir.

Je sentis mes cheveux se dresser sur ma tête.

— Debbie ? (Mes yeux ne s'étaient pas encore habitués à l'obscurité. Je cherchai l'interrupteur à l'aveuglette.) Tu vas...

La lumière ne marchait pas.

Je réessayai. L'interrupteur s'actionnait, mais il ne se passait rien... Seul un grincement étrange me parvenait. Un peu comme si on marchait sur un vieux parquet.

Un frisson me parcourut l'échine. J'avais la gorge nouée.

— Deb ?

Je ne reçus aucune réponse. Juste ce cric... cric... cric.

Mon instinct me hurlait de me retourner et de m'enfuir. La peur enfonça ses griffes en moi tandis que j'avançais un peu plus dans la chambre en clignant les yeux. J'essayai d'appeler son nom encore une fois, mais les mots refusèrent de quitter mes lèvres. Ils étaient glacés à l'intérieur de moi.

Petit à petit, l'obscurité libéra sa prise sur la pièce. Les ombres prirent forme, devinrent plus solides, plus substantielles...

Soudain, je heurtai quelque chose. Quelque chose qui n'aurait jamais dû se trouver au milieu de la chambre. Qui n'aurait pas dû se balancer dans un grincement lancinant.

Le souffle coupé, je relevai la tête. La vue me revenait lentement.

Des jambes nues. Des jambes nues et pâles.

Un haut de pyjama foncé.

Des bras tombant mollement de chaque côté.

J'expulsai violemment l'air de mes poumons lorsque je compris ce qu'il se passait, mais je ne voulais pas y croire. Ce n'était pas possible. Un cri s'échappa de ma gorge.

Ce n'était pas elle.

Ce n'était pas ses cheveux bruns qui cachaient une partie de son visage. Ce n'était pas sa bouche qui était grande ouverte. Ce n'était pas Debbie qui pendait de la fixation de la lampe de notre chambre. Ça ne pouvait pas être elle.

Un son terrible emplit la suite, me creva les tympans. Il ne s'arrêta pas, il continua de résonner à l'infini. J'entendis des voix quelque part, des cris de panique... Des mains m'attrapèrent par les épaules tandis que mes jambes se dérobaient sous moi. Mais les cris étaient plus forts que tout.

C'était moi qui criais, me rendis-je compte au bout d'un moment. J'étais incapable de m'arrêter. J'allais continuer de crier toute ma vie.

Debbie s'était pendue.

20

La suite des événements s'enchaîna sans que je comprenne vraiment ce qui m'arrivait. Je finis par arrêter de crier, mais seulement parce que je n'avais plus de voix. Les mains qui m'avaient empêchée de tomber appartenaient à une personne à laquelle je n'aurais jamais pensé : notre colocataire.

Il s'avéra qu'il s'agissait de la fille que j'avais trouvée à moitié à poil dans la chambre de Jase. Steph. Dans un tout autre contexte, l'ironie de la situation m'aurait fait rire. Il avait fallu que notre coloc fantôme soit cette fille. En réalité, j'avais failli rire, mais je m'en étais empêchée au dernier moment parce que je savais que si je commençais, je ne serais plus en mesure de m'arrêter.

La jolie Steph avec ses cheveux noir de jais coiffés en queue-de-cheval haute et son short de nuit plus court que celui d'une gogo danseuse avait essayé de me parler une fois qu'on m'avait assise dans le hall d'entrée à la lumière trop vive, sur un fauteuil pas confortable avec des coussins trop durs. Elle avait abandonné quand elle s'était rendu compte que je la dévisageais sans la voir.

Debbie était morte.

Un tremblement me parcourut, suivi par une série de petits frissons moins puissants.

Le hall était rempli de gens rassemblés en petits groupes. Certains murmuraient ou pleuraient. D'autres se serraient dans les bras. Beaucoup semblaient profondément choqués d'apprendre que quelqu'un était mort seulement quelques étages au-dessus d'eux.

Steph revint vers moi avec une couverture. Elle la posa sur mes épaules.

— Merci, lui murmurai-je d'une voix à peine audible.

Elle hocha la tête et s'assit près de moi. Une autre fille que j'avais déjà vue, mais que je n'arrivais pas à remettre s'approcha de nous.

— Pas maintenant, cracha Steph, me faisant sursauter.

La fille s'arrêta net, les doigts de ses pieds nus recroquevillés sur le sol froid de l'entrée.

— Mais...

— Mais rien du tout, la coupa-t-elle. Laisse-la tranquille.

Perplexe, je regardai la fille faire volte-face et retourner vers les autres en clignant les yeux. Quelques minutes plus tard, un garçon tenta une approche. Steph le renvoya également. C'était mon chien de garde personnel.

Les lumières bleues et rouges qui venaient de l'extérieur projetaient des flashs étranges dans l'entrée. Je fermai les yeux.

Debbie s'était pendue.

Je n'arrivais pas à y croire. J'avais du mal à comprendre pourquoi elle avait fait une chose pareille. Hier soir, elle avait pris une énorme décision, et ce matin, elle semblait en forme. Elle devait même en discuter avec ses parents. Et maintenant...

Elle était morte.

Au bout d'un moment, la sécurité de la fac vint me parler. L'un des agents les plus jeunes s'accroupit devant moi et me demanda d'une voix douce comment je l'avais découverte. Quand ils voulurent savoir si Debbie avait eu un comportement anormal ces derniers jours, je pris une inspiration saccadée.

— Non. Mais elle a quitté son petit ami, répondis-je d'une voix éraillée, mais calme. Elle était de bonne humeur la dernière fois que je lui ai parlé. Je croyais qu'elle était partie voir ses parents pour leur annoncer la séparation.

Les agents échangèrent des regards entendus, comme si la récente rupture de Deb expliquait tout. Mais ce n'était pas le cas. Au contraire, ça rendait la situation encore plus déconcertante. Pourquoi avait-elle commis un tel acte alors que l'avenir lui souriait ?

Une fois que j'en eus terminé avec les agents de sécurité de la fac, la police du comté et de l'État débarquèrent pour me poser les mêmes questions.

— Elle a déjà répondu, s'impatienta Steph alors qu'un agent me demandait ce que je faisais avant de retourner à l'appartement.

Il hocha la tête.

— Je comprends, mais...

— Mais vous ne croyez pas qu'elle est un peu, je ne sais pas, traumatisée par ce qui s'est passé ? Que vous pourriez peut-être la laisser respirer ? Lui laisser quelques minutes pour encaisser ?

L'agent écarquilla les yeux, mais avant qu'il ait eu le temps de répondre, Steph se leva et le dépassa.

— Merci mon Dieu, tu es là ! Tu en as mis du temps !

Je ne vis pas à qui elle parlait. L'agent s'éloigna et une grande ombre m'enveloppa. La seconde d'après, quelqu'un me serrait dans ses bras. En prenant une grande inspiration, je reconnus le parfum discret qu'il portait... que Jase portait. Avec un frisson, je me tournai dans son étreinte et enfouis mon visage contre son torse.

— J'étais à la ferme quand tu m'as appelé, dit-il à Steph. (C'est elle qui l'avait appelé ? Je ne comprenais plus rien.) Je suis venu le plus vite possible. (Sa main remonta le long de mon dos pour venir se glisser dans mes cheveux.) Je suis vraiment désolé, mon cœur.

Incapable de parler, je me pressai davantage contre lui et agrippai violemment le même pull qu'il portait plus tôt dans la soirée pour notre rendez-vous. Ce n'était toujours pas suffisant. J'avais tellement froid que j'aurais voulu entrer en lui.

— Putain, j'aurais dû t'accompagner à l'intérieur. Tu n'aurais pas dû voir ça. (Il appuya sa tête contre la mienne et resserra sa prise, empêchant la couverture de tomber.) Je suis vraiment désolé.

L'agent avait sûrement abandonné car il ne me posait plus de questions auxquelles je ne voulais pas réfléchir. Mon Dieu, je ne voulais plus réfléchir à rien.

— Merci, entendis-je dire Jase suivi du pas léger de Steph qui s'éloignait.

J'aurais voulu dire à Jase qu'elle était restée à mes côtés, mais mes lèvres étaient trop serrées. Je n'arrivais pas à les ouvrir. Alors, il se contenta de m'étreindre et de me murmurer des paroles dont je ne comprenais pas le sens, mais qui avaient un effet apaisant sur moi.

Soudain, le silence se fit dans la pièce. Le corps de Jase se tendit contre le mien. Quelqu'un cria. Les pleurs s'amplifièrent. Une sensation de malaise me creusa le ventre. Je tentai de me dégager, de regarder. Il fallait que je voie ça.

— Non. (Il plaqua une main contre ma tête pour me forcer à la garder baissée.) Il vaut mieux que tu ne regardes pas, bébé. Je ne te laisserai pas voir ça.

Je serrai son pull entre mes poings jusqu'à en avoir mal aux doigts. Pas la peine de regarder pour savoir ce qu'il se passait. Ils sortaient le corps de Debbie. Un nouveau tremblement me parcourut.

Les minutes passèrent. Puis le policier m'approcha de nouveau. Il voulait que je vienne faire une déposition au commissariat.

— Ça ne peut pas attendre ? demanda Jase. S'il vous plaît ? Je l'emmènerai au commissariat demain. Pour le moment, j'aimerais l'éloigner d'ici.

Il y eut une pause, puis l'agent accepta.

— Nous avons rassemblé assez d'informations pour ce soir. Voici ma carte. Il est impératif qu'elle vienne nous voir demain.

Jase prit la carte.

— Merci.

L'officier s'éclaircit la voix.

— Je suis désolé pour ce que vous avez à subir, mademoiselle Hamilton. Essayez de vous reposer. Nous parlerons demain.

Essayer de me reposer ? Je faillis éclater de rire.

— On s'en va, mais il faut d'abord que j'aille chercher tes béquilles, d'accord ? me dit Jase en me lâchant.

Quand il prit ma tête entre ses mains, nos regards se rencontrèrent. L'inquiétude avait creusé des rides autour de ses lèvres pincées. Il avait l'air aussi pâle que je l'étais sans doute.

— Je peux te laisser seule une minute ?

Je ne m'étais pas rendu compte que j'étais descendue sans. Je fermai les yeux et pris plusieurs grandes inspirations pour me calmer.

— Oui, ça... ça va aller.

— Tu es sûre ?

Quand je hochai la tête, il commença à s'éloigner, mais je le rattrapai par le poignet.

— Où est-ce qu'on va ?

— On peut aller à la fraternité ou chez mes parents...

Je n'avais pas envie de voir des gens, surtout pas Erik.

— J'ai la clé de l'appartement de Cam. Elle est... elle est dans mon sac. On peut aller là-bas ?

— Bien sûr. On ira où tu veux. (Il jeta un coup d'œil par-dessus mon épaule.) Je vais...

Je resserrai ma prise sur ses poignets.

— N'en parle pas à Cam. S'il te plaît. Si tu lui dis, il va rentrer et ça gâchera son week-end. Ne lui en parle pas.

— Je ne lui dirai rien, me promit-il en m'embrassant sur la joue. Ne t'inquiète pas pour ça, OK ? Ne t'inquiète de rien.

Soulagée de savoir que tout ceci n'aurait aucune influence sur les projets de Cam, je me détendis un peu. Jase s'approcha d'un agent pour lui demander s'il pouvait aller chercher mes affaires. En l'attendant, je gardai les yeux rivés sur le carrelage rayé. Je sentais tous les regards sur moi. Ça me donnait envie de rapetisser sous ma couverture et de disparaître.

Quand Jase revint vers moi, j'avais l'impression qu'il était parti une éternité. Portant mon sac, il m'aida à me lever et à sortir. Je sentis à peine la froideur de l'air sur ma peau lorsqu'on dépassa les fourgons de police garés près du trottoir sur notre chemin vers le parking.

Le trajet jusqu'à University Heights se fit en silence. Jase me tenait la main, mais je sentais à peine son contact sur ma peau. J'étais engourdie, à l'intérieur comme à l'extérieur. Je me demandais quand les sensations allaient réapparaître. J'avais vécu la même chose juste après m'être blessée au genou pour la première fois. Le vide. L'engourdissement. Ce sentiment d'être à côté de la plaque avait duré des jours, mais cette fois, c'était différent, plus profond.

L'appartement de Cam était plongé dans le noir lorsqu'on pénétra à l'intérieur. Jase me dépassa et trouva l'interrupteur avec une facilité déconcertante. Je supposais que cet appart était un peu sa troisième maison.

Il s'arrêta à quelques mètres de moi et se passa les deux mains dans les cheveux.

— Tess, bébé…

Il secoua la tête comme s'il ne savait pas quoi dire. Au final, qu'est-ce qu'on peut dire dans ce genre de situation ?

Je pris une grande inspiration. Mes genoux menaçaient de flancher de nouveau.

— C'est... c'est la première fois que je voyais un mort.

Il ferma brièvement les yeux.

— Elle était morte. (Je m'interrompis, la gorge nouée. C'était une clarification inutile et stupide, mais j'avais besoin de le dire à voix haute.) Elle s'est tuée. Pourquoi est-ce qu'elle a fait ça ?

— Je ne sais pas.

Il s'approcha de moi avec un regard empli de douleur.

L'arrière de ma gorge me brûlait.

— Elle m'a dit hier soir qu'elle était contente d'avoir quitté Erik. Qu'elle allait recommencer à zéro. (Je pris une grande inspiration, mais elle se bloqua dans ma gorge.) Elle allait bien aujourd'hui. Je ne comprends pas.

— Je sais. (Il s'arrêta devant moi. Quand il reprit la parole, ce fut à voix basse.) Tu ne comprendras peut-être jamais.

Je ne pouvais pas y croire. Il s'était probablement passé quelque chose après que je l'avais quittée. Je ne voulais pas que sa mort reste inexpliquée. Je ne pouvais pas vivre avec ça. Soudain, je me sentis chanceler. Les béquilles tombèrent sur la moquette dans un bruit étouffé. Jase m'attrapa par le bras et me guida vers le canapé.

— Ça va ? me demanda-t-il en s'asseyant à côté de moi.

Il posa sa main chaude contre ma nuque glacée.

Je hochai la tête et fermai les yeux pour profiter de son contact. Les mots qui suivirent... m'échappèrent.

— J'aurais peut-être dû lui parler d'Erik plus tôt, lui raconter ce que j'avais vécu avec Jeremy. J'aurais pu l'aider. J'aurais dû faire plus attention...

— Arrête ça tout de suite, dit-il en prenant ma tête entre ses mains. (Il posa son front contre le mien.) Ça n'aurait rien changé. Tu m'entends ?

Je n'en étais pas certaine. Depuis le début, j'avais choisi de ne pas me mêler de l'histoire de Debbie et Erik et Debbie n'avait pas voulu en parler. Peu importait de quel côté on abordait la chose, le silence détruisait des vies.

Il émit un grognement de désapprobation.

— Si elle était déterminée à se suicider, elle l'aurait fait quoi qu'on dise ou fasse, Tess.

Se suicider.

Quelque chose clochait. J'avais du mal à imaginer Debbie se pendre. Et même si je tenais une bonne couche de déni, une petite voix me criait qu'elle n'aurait jamais pu faire ça.

— Je me demande s'ils ont trouvé une lettre, dis-je à voix haute. (Un poids s'installa dans mon cœur et mon ventre.) Tu crois qu'ils en ont trouvé une ?

Il se redressa et glissa ses mains sur mes jambes tout en secouant la tête.

— Je n'en sais rien. Ils te le diront sûrement demain, au commissariat.

S'il y avait bien une chose à laquelle je ne voulais pas penser, c'était ma visite au commissariat. Je me passai les mains sur le visage. Tant de pensées se bousculaient dans mon esprit, que l'une d'elle franchit mes lèvres malgré moi.

— Tu savais que Steph vivait là-bas ? Je veux dire, qu'elle était ma coloc ?

— Non. Je ne suis jamais allé dans sa chambre. Et je ne lui ai jamais posé la question non plus.

Je choisis de le croire pour l'instant, parce que c'était ridicule de m'énerver pour ça maintenant.

— Elle t'a appelé ?

— Oui. Je… Elle m'a dit que tu étais bouleversée, que tu criais… C'est pour ça qu'elle m'a appelé.

Je frissonnai en repensant au moment horrible qui avait suivi la découverte de Debbie.

— Comment est-ce qu'elle savait ?

Il me regarda d'un air perplexe.

— Cette soirée-là, à la fraternité. Elle a plus ou moins deviné qu'il y avait quelque chose entre nous.

Logique. Je me tournai légèrement et entrepris de respirer calmement.

— Je vais voir si Cam a quelque chose à boire.

— Un truc fort, alors, marmonnai-je.

— Tu es sûre ? (Quand je hochai la tête, il m'embrassa sur la joue.) On va te trouver ça.

Je relevai les yeux et observai fixement l'endroit où mes béquilles étaient tombées sur la moquette beige de Cam. Quelques jours plus tôt, j'avais cru que ma vie était foutue. Pas entièrement, parce que de bonnes choses étaient venues s'ajouter aux mauvaises. J'étais avec Jase. Après des années à rêver de lui, j'étais enfin devenue sa petite amie. À présent, son altercation avec Erik et la colère que j'avais ressentie par la suite me paraissaient bien ridicules. Ma blessure au genou aussi. Ces problèmes étaient dérisoires par rapport à ce qui venait d'arriver à Debbie et sa famille. Mes soucis n'étaient rien du tout. Deb, elle, n'était plus là.

Jase revint avec un petit verre rempli d'une liqueur ambrée.

— C'est du scotch, dit-il en me le tendant. Ça devrait t'aider.

Je pris une gorgée et grimaçai en sentant le liquide me brûler la gorge.

— Waouh.

— La deuxième gorgée sera plus facile.

Lui but directement à la bouteille. Visiblement, c'était un pro.

Et il avait raison. La deuxième gorgée fut plus facile et la troisième encore plus. Quand j'eus terminé, je posai le verre sur la table basse.

— Ça va mieux ? me demanda-t-il en plaçant la bouteille à côté.

Est-ce que j'allais mieux ? Je me tournai vers lui.

— J'ai… j'ai envie de dormir.

Son expression s'adoucit.

— C'est une bonne idée.

Oui. Ça me paraissait être une idée géniale.

— Tu veux bien rester avec moi, cette nuit ? Je ne veux pas être seule.

— Évidemment que je vais rester avec toi. Il est hors de question que je te laisse seule ce soir.

Je nouai mes bras autour de son cou.

— Merci. Merci d'être venu me chercher.

Il me rendit mon étreinte.

— Tu n'as pas à me remercier.

— Si. Je ne sais pas ce que j'aurais fait sans toi. J'aurais sans doute perdu la tête. Je… (Je ne terminai pas ma phrase. La gratitude enflait en moi.) Merci.

Jase déposa un baiser sur ma tête. Pour me détacher de lui, je dus faire un effort surhumain. Je trouvai un vieux tee-shirt trop grand de Cam à porter pour dormir tandis que Jase se rendait dans la deuxième chambre.

— Désolé. Je ne me vois pas dormir dans le lit de Cam. C'est trop bizarre.

Je le rejoignis dans l'autre chambre en boitant et observai le lit deux places recouvert d'une couette bleue.

— C'est l'ancienne chambre d'Ollie, non ?

Jase jeta un coup d'œil par-dessus son épaule. Ce fut bref, mais je n'avais pas manqué la façon dont il avait détaillé ma peau nue. Le tee-shirt de Cam glissait sur l'une de mes épaules et m'arrivait mi-cuisse. Si je me penchais en avant, il aurait une belle vue sur ma culotte.

Il détourna les yeux et recula.

— Cam a remplacé le lit et les autres meubles parce que les anciens appartenaient à Ollie. Je dors ici, des fois.

— Tu es sûr ?

Jase ricana.

— Je ne dormirais jamais dans le même lit qu'Ollie sans qu'il ait été désinfecté.

Mes lèvres se retroussèrent.

— C'est méchant.

— Euh… Crois-moi, tu ne voudrais pas dormir dans son lit non plus, dit-il en me faisant face. Ce mec en a eu, des aventures. Ce lit a vu plus de filles passer qu'un wagon de métro.

Mon sourire s'élargit.

Ses yeux s'illuminèrent.

— Ah, les voilà !

— Quoi ?

— Tes fossettes.

Je souris.

— Encore mieux. (Il se baissa pour embrasser ma fossette gauche, puis la droite.) Je les adore.

Malgré tout ce qu'il s'était passé, je sentis ma poitrine se réchauffer. Je savais que ça n'avait rien à voir avec l'alcool. La chaleur resta avec moi jusqu'à ce que je me glisse entre les draps qui sentaient le propre. Jase, lui, disparut dans l'appartement pour fermer la porte à clé et prendre une bouteille d'eau.

Frissonnant, je remontai la couette sur mes épaules et me roulai en boule, le dos à la porte. Quand je fermai les yeux, j'aperçus des jambes pâles et des bras ballants.

Pourquoi avait-elle fait une chose pareille ? Rien en ce monde ne méritait qu'on se suicide. Des larmes me brûlèrent les yeux et en débordèrent. Debbie et moi n'étions pas très proches, mais visiblement, ça n'avait pas la moindre importance. Mon cœur saignait pour elle.

En entendant la porte se fermer doucement, j'essuyai mes joues. La lampe de chevet s'éteignit et le son de vêtements qui tombent par terre me parvint. Mon pouls s'accéléra. Puis le matelas s'enfonça à côté de moi et Jase se pencha au-dessus de moi. Dans l'obscurité de la chambre qui sentait la noix de coco et la vanille, ses doigts trouvèrent mes larmes et les effacèrent. Il ne dit rien tandis qu'il se pressait contre moi, son bras autour de ma taille.

Son torse chaud était collé à mon dos. J'avais l'impression qu'une partie de mon corps était ensevelie sous un tas de neige tandis que l'autre se réchauffait près d'un feu. Quand je tentai de refermer les yeux, l'image de Debbie apparut de nouveau. Je tressaillis.

— N'y pense pas.

Il raffermit sa prise.

— Je n'arrête pas de la voir, admis-je au bout de quelques instants. Quand je ferme les yeux, je la vois se balancer devant moi...

Je m'interrompis. Je ne voulais pas y penser ni ressentir quoi que ce soit. Il bougea contre moi et j'essayai de me concentrer sur cette sensation, sa proximité, son corps chaud et dur. Je pouvais me perdre en lui. Une fois que l'idée m'eut traversé l'esprit, elle me sembla parfaite. Jase pouvait m'aider à oublier, même si ce n'était que pour un moment.

Je me mis à onduler des hanches. Il se tendit.

— Jase ?

— Oui ? répondit-il d'une voix grave et enrouée.

Le rouge aux joues, je continuai :

— Aide-moi à oublier.

Son torse se souleva vivement contre mon dos.

— Qu'est-ce que tu veux ?

— Toi, murmurai-je.

Il prit une autre inspiration, interminable.

— Tess...

— J'ai tellement froid. (Je roulai sur le dos et tournai la tête dans sa direction. Nos visages n'étaient qu'à quelques centimètres d'écart.) Je ne veux plus ressentir ça. S'il te plaît, Jase, je veux retrouver de la chaleur. Je ne veux plus penser à rien. Je ne veux plus la voir pendue. Je t'en prie. Fais-moi oublier tout ça. Même si ça ne dure pas.

Je me plaçai alors au-dessus de lui. Ma jambe droite, malgré l'orthèse, se faufila entre ses jambes et je posai mes mains jointes sur son torse. Avant qu'il puisse refuser, je m'emparai de ses lèvres avec les miennes. Il ne répondit pas tout de suite. On aurait dit que mon audace l'avait choqué. J'essayai alors de me rappeler si j'avais jamais été la première à l'embrasser. En y réfléchissant, la seule fois où j'avais pris l'initiative, c'était lors de cette fameuse soirée. Et même ce soir-là, je ne l'avais pas embrassé.

J'avais placé mes lèvres ailleurs.

Lui faire une proposition indécente après ce qu'il s'était passé me laissait un goût amer, mais je chassai ce sentiment désagréable, le rangeant avec tout ce que je ne voulais pas éprouver pour le moment.

Ses lèvres étaient fermes et ardentes sous les miennes, absolument parfaites. Il finit par les bouger, par suivre doucement mes mouvements. Je gémis lorsque nos langues se rencontrèrent et que le baiser s'approfondit, répandant une douce chaleur dans mon corps. De petites flammes de désir ondulaient dans mon ventre.

Jase m'attrapa par les bras. L'impatience m'envahit, me poussa à bout tandis que je le sentais durcir contre ma hanche. Je m'attendais à ce qu'il me serre contre lui, qu'il ne laisse aucun espace entre nos corps, mais... il me tint au-dessus de lui.

J'ouvris vivement les paupières.

— Pourquoi ?

Son visage m'apparut dans l'obscurité, sérieux et crispé.

— Pas comme ça, Tess.

Ce n'était pas ce que j'avais envie d'entendre. Je me pressai contre lui et lui arrachai un grognement qui résonna aussitôt entre mes cuisses. Il frissonna. Alors, je baissai la tête pour prendre sa lèvre inférieure entre mes dents. Je la suçai, la mordillai jusqu'à ce qu'il bouge les hanches, qu'il se frotte contre moi. De la lave en fusion se mit à couler dans mes veines. Oui, voilà, c'était ça dont j'avais besoin. D'oublier. De me réchauffer. De me sentir en vie.

Jase bougea encore et, sans crier gare, je me retrouvai sur le dos, lui au-dessus de moi, son érection entre mes jambes. Des éclats de plaisir me transpercèrent les veines. Je cambrai le dos pour mieux le sentir contre moi.

— Putain, Tess… (Il m'attrapa par les poignets et les plaqua contre le matelas. Il respirait fort.) On ne le fera pas.

Je relevai les hanches. Il me répondit par réflexe.

— Je crois que lui n'est pas d'accord.

Jase étouffa un rire.

Quand je bougeai de nouveau, sa prise sur mes poignets s'accentua.

— Tu n'as pas envie de moi ?

— Putain, réussit-il à articuler. J'ai toujours envie de toi. J'ai envie de toi depuis des années. Et dans toutes les positions possibles et imaginables. (Il s'arrêta et posa son front contre le mien.) Mais je ne veux pas que notre première fois ait lieu après un tel événement, alors que tu veux juste oublier ce que tu as vu et ce que tu ressens.

Le cœur battant, je le regardai dans les yeux.

— Notre première fois ? répétai-je bêtement, comme si je me rendais compte qu'on n'était encore jamais allés jusqu'au bout.

— Je veux que tu ne penses qu'à moi. Je veux que tu sois seulement concentrée sur moi parce que tu en as envie. Pas parce que tu essaies d'échapper à quelque chose, dit-il en me relâchant lentement. Je ne veux pas que ce qui se passe entre nous soit éclipsé par autre chose.

Tant de sentiments contradictoires m'envahissaient, pourtant ses paroles finirent par traverser la brume qui emprisonnait mon esprit. Il me dévisagea tandis que je revenais à moi. À quoi avais-je pensé ? Mon expression s'effondra.

— Je suis...

— Ne t'excuse pas, bébé. (Il déposa un doux baiser sur mon front, puis se coucha sur le côté.) Je n'ai jamais rien fait d'aussi difficile de toute ma vie.

J'essayai de me calmer, mais mes yeux me brûlaient. Ils se remplirent de larmes. Ça n'avait rien à voir avec le fait que Jase ait freiné ma petite effronterie. Non, je ressentais simplement ce que j'aurais dû ressentir en de telles circonstances : du chagrin, de la douleur, de la confusion et de la souffrance. Toutes ces émotions se mélangeaient en un violent maelström.

Jase me prit dans ses bras et posa la main sur ma tête. Il semblait savoir pourquoi je pleurais et il me serra contre lui jusqu'à ce que, d'épuisement, je sombre dans un sommeil sans rêve, fait d'oubli et de néant.

Nous avions sans doute dormi plusieurs heures, peut-être même jusqu'à midi, parce que lorsque j'ouvris les yeux, la lumière du soleil filtrait à travers la fenêtre derrière le lit.

Et on n'était pas seuls.

C'était quoi, ce bordel ?

L'esprit encore ensommeillé, je n'arrivais pas à penser correctement. J'observai le reste de la chambre. Mon frère se tenait au pied du lit, bouche bée. Puis la tête rousse d'Avery apparut et jeta un œil à la scène par-dessus son épaule. Je clignai lentement les yeux. Que faisaient-ils ici ? Est-ce que j'étais en train de rêver ? De faire un cauchemar ?

La mâchoire serrée, Cam examina le lit. Je fis de même. Mes yeux s'agrandirent. La couette s'était emmêlée dans nos jambes au milieu de la nuit. Ma jambe gauche était hors des couvertures, placée entre les cuisses de Jase. Je savais qu'il portait un boxer, mais vu comme ça, ce n'était pas évident. On aurait dit qu'on était nus. Le tee-shirt que j'avais emprunté avait complètement glissé de mon épaule et la façon dont je tenais les draps laissait penser que je ne portais rien dessous. Jase était torse nu.

Mais le pire dans tout ça, c'était que j'étais à moitié allongée sur lui.

Putain de merde.

Je me tendis et regardai Cam dans les yeux. Ses iris bleus étaient en feu. Il ferma la bouche. Avery vint se poster devant mon frère et posa ses mains jointes sous son menton. On aurait dit qu'elle réprimait un sourire.

Le bras de Jase bougea contre ma taille et me rapprocha de lui. Il tourna la tête pour l'enfouir dans mon cou. Quand il bâilla, le bruit sembla résonner dans toute la pièce.

— Qu'est-ce qui se passe, bébé ?

Je ne savais pas quoi dire.

Mon frère se crispa de la tête aux pieds, ce qui n'annonçait rien de bon pour Jase.

— *Bébé* ?

Jase se raidit, mais ne retira pas son bras. Il releva simplement la tête. En voyant qui se tenait au pied du lit, il souffla doucement.

Il y eut un blanc, puis Cam s'exclama :

— C'est quoi, ce bordel ?!

21

La situation n'aurait pas pu être plus gênante.

— Qu'est-ce que tu fous au lit avec ma sœur ? demanda Cam.

Jase tendit nonchalamment le bras pour baisser la couverture sur mes jambes.

— On dormait.

Cam serra la mâchoire.

— Nus ?

Super, c'était de mieux en mieux. Le visage en feu, je tentai de m'asseoir, mais Jase m'en empêcha avec une poigne de fer.

— On n'est pas nus.

— C'est bon à savoir.

Avery détourna la tête, les lèvres pincées.

— Et on n'a rien fait, ajoutai-je.

Même à mes oreilles, ça sonnait comme une excuse bidon.

Jase baissa la tête vers moi.

— Ce n'est pas bien de mentir.

Je sentis mon cœur s'arrêter. Jase se redressa en s'assurant que j'étais toujours couverte. Heureusement : j'étais à peu près sûre que mon tee-shirt était remonté jusqu'à mes seins.

— On n'a rien fait là, tout de suite, et hier soir non plus, mais on a fait des trucs. Des trucs que tu ne veux pas savoir.

Oh. Mon. Dieu.

— Au contraire, j'aimerais bien savoir ce que mon meilleur ami a fait à ma sœur alors que je me suis dépêché de rentrer quand j'ai appris ce qui était arrivé à Debbie.

Avery posa la main sur le bras de Cam.

— Je ne crois pas que ça te regarde...

— Non, la coupa Jase. Ça te regarde. Et on comptait t'en parler, mais on n'en a pas eu l'occasion.

— Me parler de quoi, exactement ? demanda Cam, en serrant et desserrant les poings.

Ce n'était pas la façon dont j'avais imaginé la scène. Pas au lit avec son meilleur ami, ni avec Avery dans un coin, qui aurait sans doute préféré se faire épiler le maillot dans la position du poirier plutôt que de se trouver ici.

— On est ensemble. (Je m'éclaircis la voix. Ils auraient quand même pu me laisser me brosser les dents avant d'avoir cette conversation.) Jase et moi, on est ensemble.

Mon frère me regarda comme si je lui avais annoncé que je sortais avec sa tortue.

— N'importe quoi.

— Pardon ? fis-je.

— Tu n'es pas avec Jase, répondit-il en évitant la main apaisante d'Avery. (Je me rendis compte qu'il n'y avait pas de gros caillou à son annulaire.) Aucune fille n'est avec lui... pour plus longtemps qu'une nuit ou une soirée de temps en temps.

Jase se figea.

— Ce n'est pas comme ça, avec Tess.

Mon frère lui lança un regard noir.

— Putain, Jase, c'est ma sœur. Ce n'est pas n'importe quelle fille. N'oublie pas que je sais... que je sais tout. Et tu n'embarqueras pas ma sœur...

— Hey ! criai-je. Je ne suis pas « n'importe quelle fille ». C'est différent entre nous.

Cam ricana.

— Putain, Teresa, tu es conne ou quoi ?

Tout se passa en moins d'une seconde. Jase se leva du lit et se retrouva nez à nez avec mon frère. Ça faisait sûrement de moi une vilaine fille, mais malgré la situation, je profitai de la vue de Jase en boxer. Son sous-vêtement noir moulait son petit cul musclé comme un gant. Ses cuisses étaient parfaitement sculptées, épaisses, mais pas trop. Les muscles de son dos étaient tendus, faisant onduler les parties de son tatouage qui descendaient sur les côtés.

— Énerve-toi contre moi comme tu veux, Cam, mais tu n'as pas le droit de l'insulter. Pas après ce qui...

— Tu es gonflé de me dire ça. (Cam avança vers lui. Mon ventre se serra. M'extirpant des couvertures, je baissai mon tee-shirt. Le visage de mon frère était rouge écarlate.) C'est de ma sœur que tu...

— Je ne suis pas une gamine, Cam ! Et tu sais que Jase est un gars bien, alors arrête ton numéro. On comptait t'en parler, mais...

Je hoquetai en m'appuyant sur ma jambe droite. Mon genou plia sous mon poids.

Jase se retourna aussitôt et se précipita vers moi.

— Tess...

— Ça va.

Je me penchai en avant et posai la main sur ma blessure.

Cam jura.

— Regarde ce que tu as fait.

— Il n'a rien fait du tout, dit Avery, les yeux écarquillés. Cam, je crois qu'on ferait mieux de sortir de la pièce quelques instants, histoire que tout le monde se calme.

— Je suis d'accord. (Jase m'aida à m'asseoir sur le lit, mais je me retrouvai juste au niveau de son entre-jambe. La situation empirait chaque seconde.) Je pense qu'on a tous les deux besoin de se calmer.

— Rien à foutre, rétorqua Cam en se passant la main dans les cheveux. (Il se détourna un instant en secouant la tête avant de nous faire face de nouveau.) Ça fait combien de temps ? Depuis combien de temps est-ce que ça dure ?

Jase carra les épaules et regarda mon frère.

— Je l'ai embrassée pour la première fois il y a un an...

C'est tout ce qu'il réussit à dire.

Cam se jeta en avant comme un boulet de canon. Avery cria de peur et je sautai du lit, mais il était trop tard.

Le poing de Cam rencontra la mâchoire de Jase et le fit reculer. Il percuta le mur en jurant, puis se laissa glisser jusqu'au sol.

— Merde, grogna-t-il.

Je criai et allai m'asseoir près de lui. Ma jambe me faisait mal, mais je ne tins pas compte de la douleur. J'attrapai Jase par le bras et jetai un regard glacial à mon frère.

— Qu'est-ce qui tourne pas rond, chez toi ?

Il respirait fort. Clignant les yeux, il baissa doucement les mains. Avery l'avait pris par le bras.

— Il ne devrait pas...

— Il ne devrait pas quoi ? Être présent pour moi ? Me traiter comme je le mérite ? Être avec moi ? Parce que c'est ce qu'il fait. Alors tant pis pour toi, parce qu'il va continuer et que je l'aime. Va te faire...

Je m'interrompis tandis que des frissons se déroulaient le long de ma nuque. Je tournai lentement la tête vers Jase. Le sang avait quitté mon visage à une telle vitesse que je crus que j'allais m'évanouir. Qu'est-ce que je venais de dire ?

— Oh, mon Dieu…

Le côté droit de sa mâchoire était rouge. Il m'observait avec des yeux gris argenté.

— Quoi ? murmura-t-il.

J'aimais Jase. J'en étais consciente. Je l'avais accepté, mais je n'étais pas prête à le lui dire, et surtout pas devant mon frère qui venait de le frapper.

Ça n'avait rien de romantique.

— Allez, viens, Cam, ils ont besoin d'être seuls, dit Avery en tirant sur le bras de mon frère.

Et cette fois, il obéit. Il trébucha, la laissant le guider hors de la pièce comme s'il était ivre.

Je regardai la porte se fermer en réfléchissant à la possibilité de m'enfuir de l'appartement. Peut-être que celui d'Avery n'était pas fermé à clé et que je pouvais me cacher dans son armoire. Pendant une semaine. Je ne venais pas d'avouer que je l'aimais. Mon Dieu, s'il vous plaît, faites qu'il ait entendu autre chose. N'importe quoi. « Et je l'aide », par exemple. C'était toujours mieux.

Jase posa le bout de ses doigts contre mes joues et tourna ma tête vers lui. Son expression, un mélange de vulnérabilité touchante et de retenue farouche, fit vaciller mon cœur. J'ouvris la bouche pour dire autre chose qui n'avait sûrement pas besoin d'être dit…

Mais Jase s'empara de mes lèvres. Il n'y avait rien de calme ni de tendre dans ce baiser. Nos dents s'entrechoquèrent et sa langue se glissa dans ma bouche. Resserrant sa prise, il fit basculer ma tête en arrière. Notre échange était intense, sensuel, cru… d'une puissance enivrante. Des frissons me parcouraient tout le corps.

— Attends, hoquetai-je en me détachant. Ta mâchoire…

— Si tu savais comme je me moque de ma mâchoire !

Il fit glisser ses mains le long de mes flancs et m'attrapa par les hanches pour me soulever. Il me reposa sur ses genoux de façon que je passe une jambe de chaque côté de son bassin. Ce n'était pas la position idéale pour mon genou, mais le sentir pressé contre mon intimité en valait le coup. Le peu de vêtements qui nous séparaient là en bas ne laissaient pas beaucoup de place à l'imagination.

J'ignorais comment il avait pu bander aussi vite.

Attrapant mes hanches, il se mit à onduler sous moi. La sensation se répercuta dans tout mon être. Ses lèvres collées aux miennes avalèrent le gémissement de désir qui s'en échappa. Ses mains glissèrent sur mes cuisses, puis sous mon tee-shirt, caressant mes flancs. Je sursautai en sentant ses doigts sous mes seins nus.

— Jase, murmurai-je en haletant. (Une lourdeur presque douloureuse s'était emparée de mes seins. Leurs mamelons avaient tellement durci que j'avais envie de crier.) Mon frère est de l'autre côté.

— On s'en fout, de ton frère. (Il remonta les mains jusque sur mes seins. Enfin.) On s'en fout de ce qu'il y a derrière cette porte.

Les sens en ébullition, je sentais ses pouces sur mes tétons et ses hanches se relever contre les miennes. Je gémis son nom contre sa bouche pendant qu'il me serrait doucement les seins, les enveloppait de ses mains. Le plaisir m'envahit. Je n'avais jamais vraiment aimé la taille de mes seins jusque-là, mais il se trouvait qu'ils tenaient parfaitement au creux de ses paumes.

Jase frissonna avant de bouger. Il lâcha mes seins pour passer un bras autour de ma taille. En un instant, il me souleva avec lui tout en continuant d'explorer ma bouche. Puis, je me retrouvai allongée sur le matelas moelleux.

Au-dessus de moi, ses yeux brûlaient comme de l'argent en fusion. Un bleu était en train de se former sur sa mâchoire, me rappelant avec violence ce qui m'attendait de l'autre côté de la porte. Pourtant, mon Dieu, je n'arrivais pas à m'en inquiéter. J'avais envie de lui. Mon corps tremblait d'excitation.

Quand nos regards se rencontrèrent, je compris à quel point Jase s'était retenu les fois précédentes. À présent, sa maîtrise de soi était partie aux oubliettes, perdue dans un orage de luxure, de désir et de quelque chose de bien plus profond.

Ses biceps se contractèrent et il se laissa sombrer entre mes jambes. Il instaura d'abord un mouvement lent tout en m'embrassant. Glissant une main le long de ma cuisse, il noua ma jambe gauche autour de sa taille. Je l'entendis gémir lorsque je me mis à bouger à mon tour. Nos corps mimaient ce que l'on désirait tous les deux. Ses lèvres tracèrent un chemin le long de ma gorge, sur mon épaule, puis revinrent sur mon cou.

Les doigts enfouis dans ses cheveux soyeux, je laissai sa bouche se rapprocher dangereusement de mon sein. Lorsqu'elle se referma sur l'un de mes mamelons, j'en eus le souffle coupé. Il suça le petit bouton de chair à travers le tissu de mon tee-shirt. Je me cambrai, les dents serrées pour m'empêcher de crier. Sa main se referma sur mon sein droit, attrapant la pointe entre des doigts habiles et délicats.

Un cri sourd m'échappa tandis qu'une myriade de sensations m'envahissait. Je frissonnai. J'avais envie qu'il se rapproche, qu'il vienne en moi.

— Je t'en prie.

Jase remonta à ma hauteur. Ses lèvres étaient humides et gonflées.

— Si tu savais comme tu es belle !

Ses hanches roulèrent au-dessus des miennes.

Une douce chaleur m'envahit. J'appuyai sur sa tête pour qu'il approche sa bouche de la mienne et il se laissa faire. Son baiser fut inquisiteur, profond. Ses doigts attrapèrent l'élastique de ma culotte. Je savais ce qui allait se passer s'il la retirait. Il serait au-dessus de moi et en moi. C'était ce que je désirais ardemment.

Le regard qu'il m'adressa m'enflamma.

— Je voulais que ce soit parfait. Je voulais attendre, mais j'en suis incapable.

Mon cœur s'emballa. Mon bas-ventre était déjà en fusion. Je soulevai les hanches, me délectant de son grognement approbateur.

— J'ai envie de toi, lui dis-je avec passion. J'ai envie de toi depuis si longtemps. Je t'...

Un léger coup sur la porte nous interrompit.

— Teresa ? Jase ? Je vous apporte une poche de glace.

Ce fut comme si on nous avait posé cette poche de glace entre les jambes. On s'arrêta aussitôt, le souffle lourd.

— Teresa ? s'enquit Avery d'une voix douce.

Jase posa son front sur le mien et jura dans sa barbe. Un tremblement puissant le parcourut, puis il se laissa rouler sur le dos.

— Je ne peux pas aller lui ouvrir.

Je baissai la tête. Son érection était tellement évidente que j'avais envie de pleurer... pour des tas de raisons. Maudissant le mauvais timing de ma belle-sœur, je ravalai mes hormones et me raclai la gorge.

— Je viens.

Jase ricana.

— Presque...

Je lui donnai une tape sur le torse. Il se mit alors à rire, incapable de s'arrêter. Des rides se formèrent autour de ses yeux. Ses cheveux auburn et soyeux ondoyaient sous les secousses. Et en un instant, je me rappelai pourquoi je l'aimais autant.

22

Avery m'avait tendu la poche de glace en me promettant que Cam s'était presque calmé. Nous, par contre, c'était une autre histoire. Je savais qu'en me voyant ouvrir la porte Avery avait tout de suite compris ce qu'il s'était passé entre Jase et moi. Mes cheveux étaient décoiffés, mes lèvres gonflées et mes joues rouges. Elle ne dit rien, mais quand elle se détourna, je remarquai son sourire en coin.

Ils étaient dans la chambre de Cam, nous dans l'autre. Jase et moi avions renfilé nos vêtements de la veille. Je me sentais déjà un peu plus décente. J'appliquai la glace contre la mâchoire de Jase. Elle n'avait pas encore gonflé, mais la peau était très rouge.

Il me regarda.

— Ça ne s'est pas passé comme prévu.

Malgré tout, j'éclatai de rire.

— Sans déconner ?

Un sourire étira ses lèvres et il gémit de douleur.

— Aïe.

— Ne souris pas, lui ordonnai-je. (Je pressai de nouveau le sachet contre son visage. Plusieurs minutes s'écoulèrent.) Il y a quand même eu des moments pas mal...

— Seulement pas mal ?

Ses yeux avaient pris une teinte argent vif dès l'instant où il m'avait relâchée. À présent, ils semblaient encore plus éclatants. Passant un bras autour de ma taille, il m'attira à lui pour m'asseoir sur ses jambes pliées.

— Je pourrais être excité rien qu'en repensant à ces moments.

Je grimaçai.

— C'est romantique.

Il enroula ses doigts autour de mon poignet et tira sur mon bras qui tenait la glace. Il me dévisagea.

— Je ne voulais pas perdre mon contrôle comme ça.

— Ce n'est pas grave, répondis-je les joues en feu. J'aurais aimé qu'on puisse terminer.

Un grognement sourd s'échappa de ses lèvres tandis qu'il posait une main derrière ma nuque et m'attirait à lui. Ses lèvres capturèrent les miennes en un baiser langoureux qui réveilla le désir non assouvi en moi. Le baiser s'intensifia, sa langue rencontra la mienne, se cambra, tournoya. Putain, qu'est-ce qu'il embrassait bien…

Tout à coup, la porte de la chambre s'ouvrit à la volée et Cam entra en trombe.

— Merde à la fin ! Tu veux que je te cogne encore, c'est ça ?

— C'est pas vrai, gémis-je en m'éloignant de Jase et en adressant un regard noir à Cam. On ne t'a jamais appris à frapper ? Ce n'est pas difficile pourtant.

Il n'avait pas l'air de se sentir coupable.

— Je suis venu pour discuter calmement, mais quand je rentre dans la chambre, elle est sur tes genoux et tu la baises avec la langue.

Jase ouvrit la bouche. J'avais le mauvais pressentiment qu'il allait lui expliquer qu'il n'était pas en train de me baiser avec la langue à ce moment précis, mais que c'était déjà arrivé.

— Cam, fis-je en déplaçant la poche de glace. Il faut vraiment que tu te détendes.

— Et toi, il faut que tu dégages de ses genoux.

Avery leva les yeux au ciel.

— Elle est là où elle a envie d'être, rétorqua Jase d'une voix étonnamment calme. Et je vais te dire une chose. Je ne t'en veux pas de m'avoir frappé. Je le méritais. J'aurais dû te dire que je l'avais embrassée, la première fois, il y a un an.

Cam se crispa.

— Laisse-moi terminer, poursuivit Jase sans retirer son bras de ma taille. On s'est embrassés pendant le long week-end d'automne, le soir juste avant notre départ. Puis il ne s'est plus rien passé jusqu'à la rentrée. J'ai essayé de combattre mon attirance pour elle.

— Je vois ça. Tu as l'air d'avoir beaucoup lutté.

Irritée, je relevai la tête vers mon frère.

— Il dit la vérité, Cam. Et ce n'est pas comme si on te l'avait caché pendant longtemps. On voulait t'en parler mercredi, mais tu avais d'autres soucis en tête. (J'attendis qu'il se rappelle l'occasion.) Et après, il y a eu Debbie… (Je sentis ma gorge se serrer. Jase m'étreignit un peu plus fort.) Bref. On ne voulait pas te le cacher. On n'a pas trouvé le bon moment, c'est tout.

— Et ils t'en parlent maintenant, dit Avery. (Apparemment, en ce qui concernait mon frère, elle était devenue la voix de la raison.) Je trouve que c'est une bonne chose.

— Et moi, ça me fait douter de la capacité de Teresa à faire la différence entre le bon sens et ses hormones, marmonna-t-il en se passant la main dans les cheveux.

Les lèvres pincées, je lui lançai un regard si violent qu'il aurait pu lui ratatiner les couilles. Jase, qui était resté calme tout au long du second round, eut cette fois une tout autre réaction. Me soulevant de ses genoux, il me déposa au bord du lit et se redressa.

Il avait les mâchoires serrées.

— Écoute. Je ne t'en veux pas de m'avoir frappé, mais si tu continues de parler comme ça à ta sœur, de dire des conneries sur son intelligence ou de l'insulter ou de l'humilier en général, on va avoir un problème, toi et moi, lui dit Jase en le regardant dans les yeux. (Comme ses paroles ne semblaient rien changer à l'affaire, il prit une décision :) Je tiens à elle… autant que je tiens à Jack.

Cam fit un pas en arrière et pâlit, comme si Jase l'avait frappé à la gorge. Avery n'avait pas compris la référence. Mon frère, si. Quand il jeta un coup d'œil dans ma direction, je haussai les sourcils pour lui signaler que je connaissais la vérité.

Mon frère était à deux doigts de s'évanouir. Soudain, je réprimai l'envie irrépressible d'éclater de rire. Il secoua lentement la tête avant de reprendre la parole.

— Tu es sérieux ?

Jase hocha la tête.

— Je suis sérieux.

— Eh bien… (Il recula, l'air abasourdi.) Je suppose que je suis…

— Content pour nous ? suggérai-je en faisant sauter le sac de glace dans ma main. Parce que ça me ferait du bien de me concentrer sur les bonnes choses, là, tout de suite.

Cam se tourna vers moi et son expression se radoucit. Il ne dit rien lorsque Jase se rassit sur le lit et posa une main sur ma cuisse.

— Merde, Teresa. Je suis désolé. Je suis juste…

— Surprotecteur ? finit Avery pour lui. (Elle lui sourit.) Et un gros bourrin, parfois ?

J'eus un sourire jusqu'aux oreilles.

— Ça me rappelle quelque chose.

— Bon, d'accord, j'ai peut-être réagi un peu trop violemment, mais c'est parce que je tiens à toi. Tu es ma sœur. Je suis censé te protéger des mecs avec qui tu sors.

— Tu es devenu un expert en la matière, marmonna Jase.

Cam lui fit un doigt d'honneur. Je me détendis. S'ils se faisaient des doigts, les choses étaient rentrées dans l'ordre.

— Bref. La raison pour laquelle on est rentrés plus tôt, c'est qu'on a reçu plusieurs messages à propos de Debbie ce matin, expliqua Avery en entamant une conversation pas très réjouissante, mais nécessaire. Il fallait qu'on revienne.

— J'aurais préféré que vous profitiez de votre week-end, murmurai-je en repensant au plan de Cam.

— On ne pouvait pas faire ça, répondit mon frère en s'agenouillant devant moi. S'il te plaît, dis-moi que les rumeurs sont fausses. Dis-moi que tu ne l'as pas trouvée comme ça.

Je serrai mes bras autour de moi, comme si ça pouvait m'empêcher de penser à elle.

— C'est vrai.

Cam jura.

— Oh, mon Dieu… (Avery posa une main contre sa bouche.) C'est affreux.

Oui, ça l'était. Mais pas autant que ce que Debbie s'était infligé. Pendant que Jase expliquait que j'étais censée aller au commissariat pour faire une déposition dans la journée, je tentais de comprendre comment elle avait pu en arriver là. Elle était triste la nuit précédente, mais elle était aussi pleine d'espoir. Je ne la connaissais pas très bien, mais je n'avais remarqué aucun signe de dépression chez elle, aucun signe avant-coureur d'un tel acte.

— Tu ne peux pas continuer de vivre dans cette chambre, décida Cam en se relevant. Tu peux emménager ici.

Jase posa les mains sur mes épaules.

— Je suis d'accord.

Une partie de moi aurait voulu accepter tout de suite car il était hors de question que je retourne là-bas, mais c'était beaucoup demander de Cam.

— Je ne veux pas être un boulet.

— Cam habite pratiquement chez moi, me fit remarquer Avery. Tu auras sûrement l'appart pour toi la plupart du temps.

— Mais...

— C'est une super proposition, dit Jase. Je ne veux pas que tu retournes à la cité universitaire. Soit tu viens habiter ici, soit tu emménages à la fraternité avec moi.

L'idée de vivre sous le même toit qu'Erik me retourna l'estomac.

— Je veux payer le loyer. Dès que ma jambe ira mieux, je trouverai un petit job.

Cam balaya le sujet du revers de la main.

— Si ça te fait plaisir... Mais il n'y a pas urgence. Le loyer est payé jusqu'à l'été.

Une fois que cette décision fut prise, une grande part de ma tension s'envola en fumée. J'aurais préféré dormir dehors que dans mon ancienne chambre. Certaines personnes me trouveraient sans doute bizarre, mais je n'étais même pas sûre de pouvoir remettre les pieds dedans. Malheureusement, ça n'effacerait jamais l'image que je gardais d'elle... pendue au plafonnier.

— Cam et moi, on ira récupérer tes affaires, annonça Jase. Dis-moi ce que tu veux, et on ira le chercher.

Je les regardai l'un après l'autre. L'idée qu'ils se retrouvent seuls ne me plaisait pas des masses. Jase s'en aperçut et me fit un clin d'œil.

— Ça va bien se passer, me dit-il.

Avec un sourire crispé, Cam se fit craquer les doigts.

— Mais oui, ça va très bien se passer.

Assise à côté de moi sur le canapé, Avery regarda l'horloge en grimaçant.

— Ça fait longtemps qu'ils sont partis.

Je hochai lentement la tête.

— C'est vrai.

Calla était rentrée de chez ses parents le matin même. En entendant la nouvelle, elle m'avait envoyé un message et était venue me voir peu de temps après le départ des garçons. Elle était assise dans le fauteuil, les sourcils froncés.

— Pourquoi est-ce que ça vous inquiète ?

— Eh bien, il y a de grandes chances pour qu'ils s'entre-tuent. Cam n'est pas emballé par l'idée que Jase et moi sortions ensemble...

— Attends une minute. Pardon ? (Elle se pencha en avant, les yeux grands ouverts.) Jase et toi, vous sortez ensemble ? J'ai raté quelque chose ou quoi ? Depuis quand ?

J'attrapai mon verre de thé glacé.

— Euh. La semaine dernière.

— Mais je t'ai vue mercredi ! Tu n'as pas pensé à me le dire ?

Le rouge aux joues, je jetai un coup d'œil à Avery. Elle avait les yeux rivés au mur. Pas d'aide à attendre de ce côté-là.

— Je ne savais pas comment aborder le sujet. Ça venait de se faire, alors je ressentais encore... la fraîcheur de la chose.

— La fraîcheur ? murmura Avery.

— Waouh. (Calla remonta ses jambes contre sa poitrine.) Bravo, Teresa. Tu es tombée sur le beau gosse de la loterie.

J'éclatai de rire.

— Oui, c'est vrai.

— J'aime ton frère de tout mon cœur, dit Avery en faisant tourner ses mèches de cheveux autour de ses doigts fins. (Elle rougissait tellement que l'on ne voyait plus ses taches de rousseur.) Mais Jase est... il est hors du commun. Il m'a toujours intimidée.

— Ah oui ?

Elle lâcha ses cheveux.

— Ouais. Il a toujours l'air intense, comme...

— Comme si une nuit avec lui avait le pouvoir de changer ta vie ? suggéra Calla avec un sourire. Je suis certaine d'avoir déjà dit ça à son sujet.

Étant donné que je n'étais pas allée aussi loin avec lui, je ne pouvais confirmer les propos de Calla. Je tournai mon attention vers le thé, étrangement fière de pouvoir dire que Jase était à moi. Bizarre. C'était la première fois que je ressentais ça pour quelqu'un.

Dans le silence qui suivit, je sus à quoi pensait tout le monde. Debbie. Même si on parlait d'autre chose et qu'on riait, ce qu'il s'était passé continuait à planer dans nos esprits.

— Je ne sais pas pourquoi elle a fait ça, fis-je. (Je me rendis compte que j'avais parlé à voix haute quand les filles se tournèrent vers moi.) Je ne comprends pas.

— Parfois, on n'apprend jamais la vérité, dit Calla en étendant les jambes d'un air triste et pincé. Plus souvent que l'inverse, d'ailleurs. Ce n'est pas qu'une seule chose qui pousse les gens à bout. En général, c'est une accumulation.

Avery hocha la tête tout en triturant son bracelet.

— C'est vrai. Même si un détail finit par pousser la personne à l'acte, c'est l'association de petites et grandes choses qui en est responsable.

— Je comprends, mais Debbie était heureuse. Le seul problème, c'était sa rupture avec Erik.

— Tu crois vraiment qu'elle était heureuse après être restée aussi longtemps avec lui ? me demanda Avery. Je ne veux pas le critiquer, mais ça fait combien d'années qu'il la traite comme ça ?

Elle marquait un point.

— Et on ne sait pas si elle n'avait pas d'autres problèmes. (Calla s'interrompit et baissa les yeux vers ses mains posées sur ses genoux.) Ma mère s'est suicidée.

Je posai ma main sur mon cœur et échangeai un regard avec Avery.

— Quoi ?

Calla rentra la tête et mordilla sa lèvre inférieure.

— Enfin, pas comme Debbie. Elle ne l'a pas fait du jour au lendemain. Elle a laissé traîner ça sur des années.

— Je suis vraiment désolée, Cal. (Posant ma tasse de thé, j'attrapai un coussin et le serrai contre mon ventre.) Comment ?

— Elle a bu et s'est droguée jusqu'à en mourir. Ce n'était pas un accident, dit-elle en relevant la tête. Ma mère ne voulait plus vivre. Elle a choisi la méthode passive. Personne n'a rien remarqué. Elle était très douée pour faire illusion. Je ne dis pas que Debbie y pensait depuis longtemps, mais des fois, on ne connaît pas aussi bien les gens qu'on le croit.

J'aurais voulu lui poser d'autres questions, mais la façon dont elle se tenait, droite comme un I, me disait qu'elle ne voulait pas se confier davantage.

— Je ne sais pas. J'ai l'impression que quelque chose cloche.

— Quand ce genre de choses se produit, c'est toujours l'impression qu'on a, fit Avery d'une voix douce.

Elle aussi avait raison, mais tandis que je me remémorais la nuit précédente, j'avais la sensation d'oublier un détail, un détail que mon esprit avait préféré occulter. J'avais été traumatisée, après tout.

Puis, tout à coup, ça me revint. Je relevai les yeux et croisai ceux de Calla. Le cœur battant la chamade, je me mis debout.

— Oh, mon Dieu.

— Quoi ? (Calla se leva à son tour, même si elle avait l'air perplexe. Elle se tourna vers Avery qui nous imita.) Quoi ? répéta-t-elle. Qu'est-ce qu'il y a, Teresa ?

Je secouai la tête. Comment avais-je pu oublier une chose pareille ?

— L'écharpe rose.
— Hein ?
Elle jeta un autre coup d'œil vers Avery.
— Il y avait une écharpe rose accrochée à la porte ! (Mes jambes me lâchèrent. Je me rassis sur le canapé.) Putain de merde...
— Ça va ? (Avery me prit le bras. Ses doigts étaient froids.) Tu veux que j'appelle Jase ? Ou Cam ?
— Non ! Mais il faut que j'aille faire ma déposition ! Tout de suite. (Je me sentais mal.) Il faut que j'aille à la police.
— D'accord. (Calla attrapa ses clés.) On peut t'y emmener, mais tu vas devoir nous expliquer ce qui se passe, à la fin.
— L'écharpe rose. Debbie accrochait toujours une écharpe rose à la porte quand Erik était là et qu'ils avaient besoin d'intimité, débitai-je, les mains fébriles. Elle accrochait cette putain d'écharpe quand elle ne voulait pas être interrompue.
— OK, fit Avery en insistant sur la dernière syllabe.
— Tu ne comprends pas. (Je pris une inspiration tremblante.) Il y avait une écharpe rose sur la porte quand je suis arrivée. J'ai cru qu'elle était avec Erik et qu'ils s'étaient remis ensemble. Cette écharpe rose signifie qu'Erik est venu la voir !

23

Avery et Calla entendaient ce que je leur disais, que Debbie n'avait pas été seule toute la soirée, mais elles ne semblaient pas comprendre l'importance de ce détail.

Moi, si.

Mon cerveau ne voulait pas accepter l'idée que Debbie se soit suicidée. Ça n'avait rien à voir avec de la naïveté ou de l'entêtement. Simplement, si Erik était avec elle, il était plus logique que ce connard ait perdu son sang-froid et lui ait fait du mal.

Les filles m'emmenèrent au commissariat pour que je fasse une déposition. J'insistai sur l'importance de l'écharpe rose et sur le fait que Debbie n'était pas seule ce soir-là, mais les policiers n'avaient pas l'air de s'en soucier plus que ça.

— Nous avons l'intention d'interroger son ex-petit ami aujourd'hui, dit l'agent en me raccompagnant dans la pièce où Calla et Avery m'attendaient.

Son sourire paraissait faux, coincé. J'avais l'impression d'être l'une de ces vieilles dames qui passent leur temps à espionner le voisinage et à tirer des conclusions hâtives.

— Alors, qu'est-ce qu'ils ont dit ? me demanda Avery une fois de retour dans la voiture de Calla.

Je soupirai.

— Je leur ai raconté ce que j'ai vu et ce que je savais. Qu'Erik et elle s'étaient séparés et qu'il...

Je me mordis les lèvres en me rendant compte que je ne leur avais jamais révélé la vérité sur cette relation. Quelque part, j'aurais eu l'impression de trahir Debbie. Elle ne m'avait jamais demandé de garder le secret, mais moi-même, j'avais eu honte quand je m'étais retrouvée dans cette situation. J'avais toujours honte, d'ailleurs. Et elle non plus n'aurait probablement pas voulu que les autres le sachent. J'en avais parlé à la police et ils avaient noté ce dont j'avais été témoin : les bleus, ce que Debbie m'avait dit... Pourtant, ils pensaient toujours qu'elle s'était suicidée. Si personne ne portait plainte contre Erik, ils ne pourraient rien faire.

Avery se retourna, ses yeux marron arrondis comme des soucoupes.

— Il la frappait, pas vrai ?

Me demandant si elle lisait dans mes pensées, je jetai un coup d'œil dans le rétroviseur. Le regard de Calla déviait de temps en temps de la route pour observer ma réaction.

— Ouais. Il... il la battait. Je lui ai posé la question, une fois, mais elle a nié. Elle me l'a seulement avoué quand... (Cam ne le savait toujours pas et je préférais que ça reste ainsi.) Eh bien, la veille de sa mort.

— Merde, marmonna Calla.

Mon regard rencontra celui d'Avery. Elle eut un sourire compatissant.

— Bref. Je leur ai raconté ce que je savais et leur ai dit que l'écharpe rose signifiait qu'Erik était venu. Ils m'ont dit qu'ils comptaient l'interroger aujourd'hui.

Elle se mordilla les lèvres.

— Tu crois vraiment qu'il aurait pu lui faire ça... puis la pendre ?

L'image me fit frissonner.

— Je ne comprends pas comment quelqu'un pourrait faire une chose pareille… mais il y a des fous partout.

Calla hocha la tête.

— On ne peut pas dire le contraire.

— Je l'ai souvent vu perdre son sang-froid. Peut-être que c'était un accident. (Je réfléchissais à voix haute.) Et après, il a paniqué et a maquillé le tout en suicide.

— C'est un peu tiré par les cheveux, mais on a entendu pire, dit Avery en concentrant son attention sur la fenêtre. J'ai appris à ne jamais sous-estimer les gens.

— Ouais, soufflai-je en me laissant aller en arrière.

C'était dingue de penser qu'un garçon de la fac avait peut-être tué son ex-petite amie, accident ou pas, puis avait essayé de faire croire à un suicide. Mais comme Calla et Avery l'avaient dit, des gens avaient commis des actes bien pires que celui-ci.

Cam et Jase étaient rentrés avant nous. Dès l'instant où l'on passa la porte, ils nous bombardèrent de questions par rapport au commissariat.

Les garçons ne semblaient pas s'être battus et j'aperçus deux petites boîtes roses posées sur le plan de travail de la cuisine. Je ne pus m'empêcher de sourire en m'asseyant à côté de Jase sur le canapé. Lui et ses cupcakes ! Et en plus, c'était contagieux : il avait déjà contaminé Cam.

— On n'a pas tout pris. Mais ça devrait suffire pour un bon moment, dit Jase en recoiffant une mèche de cheveux derrière mon oreille. Tes affaires sont dans ta chambre.

— Merci beaucoup. (Je les regardai tour à tour.) À tous les deux.

— Aucun souci. (Cam passa les bras autour d'Avery de façon qu'elle s'assoie entre ses jambes.) Tout ce que je te demande, c'est de ne pas mettre le feu à l'appart.

Tout le monde éclata de rire. Moi, je lui adressai un regard noir. Calla fut la première à partir pour aller travailler. Puis Avery et Cam commencèrent à se faire les yeux doux et disparurent à leur tour.

Jase m'attira à lui et me serra contre son torse. Même si j'avais voulu arrêter de penser et savourer la sensation de ses bras autour de moi, j'en étais incapable.

— Tu crois que je tire des conclusions hâtives, pas vrai ? lui demandai-je en repensant à sa réaction lorsque je lui avais parlé de ma visite au commissariat et de mes soupçons.

Il me caressa les cheveux et déposa un baiser contre ma tempe.

— Hâtives, je ne sais pas. Un peu rapides, peut-être. Mais tu as raison sur un point. Erik a un caractère de cochon. Et ce ne serait pas la première fois que quelqu'un pète les plombs comme ça et commet quelque chose de ce genre.

Au moins, il ne pensait pas que j'étais folle.

— Tu crois que la police va procéder à une autopsie ?

— Je n'en sais rien. (Il me serra un peu plus fort.) Ce serait sans doute mieux, juste au cas où.

Je priais pour qu'ils le fassent. Si mes doutes étaient fondés, alors cela se verrait aux examens. Je détestais penser à Debbie en termes d'autopsie et de causes de décès, comme si elle ne se réduisait plus qu'à ça.

— Tu sais à quoi ça me fait penser ? lui dis-je en fermant les yeux. Je me demande si Jeremy serait allé aussi loin. Si Erik est coupable, alors Jeremy aurait pu l'être, lui aussi.

Jase se tendit. Pendant un long moment, il resta silencieux.

— Dieu merci, Cam l'a réduit en bouillie. Pardon. Je sais ce que tu ressens par rapport à ça, mais je le pense vraiment : Dieu merci.

— Ouais, murmurai-je.

L'idée qu'Erik ait pu assassiner Debbie me retournait l'estomac. Mais plus j'y pensais, plus j'étais persuadée que c'était la vérité.

— Je veux que tu me promettes quelque chose, OK ? me dit-il en me soulevant le menton pour me regarder dans les yeux. Ne t'approche plus d'Erik. Encore moins toute seule.

— Ce ne sera pas un problème, rétorquai-je.

Il eut un sourire en coin.

— Et je ne veux pas non plus que tu confies tes soupçons à qui que ce soit, à part nous ou la police.

J'ouvris la bouche, prête à protester, mais Jase secoua la tête.

— Je ne dis pas que tu dois te taire, mais si Erik est vraiment coupable et qu'il apprend que tu connais la vérité, je ne veux pas que tu sois en danger. C'est tout ce que je dis.

Je souris légèrement.

— D'accord. Je crois que je peux le faire.

On resta ainsi un moment, à observer la lumière du soleil diminuer à travers la fenêtre du salon. Le vent se leva, s'engouffra entre les bâtiments. Une longue nuit se dessinait devant nous. Je n'avais pas la moindre envie de l'affronter seule.

— Tu peux rester avec moi, cette nuit ? lui demandai-je en sachant que c'était beaucoup demander.

Il avait sûrement prévu de se rendre à la ferme ou de retourner à la fraternité.

— J'ai un temps d'avance sur toi, répondit-il, le sourire aux lèvres. (Il désigna un sac à dos posé sur le fauteuil d'un geste de la tête. Je ne l'avais pas remarqué.) Je suis allé chercher des vêtements de rechange tout à l'heure. J'ai juste besoin d'une douche.

— Merci. (J'étirai le cou pour l'embrasser sur la joue.) Merci pour tout.

Il posa son front contre le mien.

— Et si tu commandais du chinois ? Le resto en bas de la rue livre à domicile. Je vais prendre une douche en attendant.

Bonne idée. Je passai le coup de fil pendant qu'il se dirigeait vers la salle de bains. À l'instant où j'entendis l'eau couler, je me surpris à fixer la porte, le cœur battant la chamade.

Comment réagirait-il si je le rejoignais ?

Je me mordis les lèvres en m'imaginant me déshabiller sans béquilles ni orthèse et me glisser sous la douche avec sensualité. Puis j'aurais ramassé le savon...

Soupir.

Pour le moment, je me contentai de me traîner jusqu'à ma nouvelle chambre en boitant et de commencer à ranger mes affaires en attendant que la douche s'arrête. Je retournai dans le couloir au moment où la porte de la salle de bains s'ouvrait.

— J'ai commandé du poulet... Waouh.

Jase se tenait dans l'embrasure, ses cheveux mouillés tombant sur ses pommettes coupées à la serpe. Les poils fins de son torse étaient humides et son jean tombait très bas sur ses reins, révélant les muscles qui descendaient en V de chaque côté de ses hanches.

— C'est un nouveau plat ? me demanda-t-il d'un air taquin en essuyant ses abdos saillants.

— Un plat que j'aimerais manger, en tout cas.

Un éclat argenté s'alluma dans ses yeux et il avança vers moi avec une expression de désir ardent. À l'instant où ses doigts effleuraient mes joues, la sonnette retentit.

Il recula en grognant.

— J'y vais.

La bouche sèche, je l'observai se diriger vers la porte. Le livreur vit Jase à moitié nu, mais malgré son jeune âge, il avait dû apercevoir bien pire. On mangea sur le canapé, en regardant la télé.

Il resta assis pendant que je prenais une douche à mon tour pour faire disparaître toutes les mauvaises choses de la journée. Dommage que l'eau ne puisse pas emporter les images qui me hantaient derrière mes paupières closes ou les pensées liées à l'écharpe rose et Erik.

Était-il capable d'un tel acte ? D'après ce que j'avais vu et ce que Debbie m'avait raconté, il en avait le tempérament. Quand il m'avait blessée, il était à deux doigts de perdre le contrôle, mais balancer un sac ne faisait pas de lui un assassin.

L'eau commençait déjà à tiédir lorsque je sortis de la douche et m'enveloppai d'une serviette verte moelleuse. Remettre une orthèse sur une peau humide s'avéra difficile. À la fin, j'étais presque en nage.

Jase n'était plus dans le salon quand je quittai la salle de bains pleine de vapeur. Tenant la serviette enroulée autour de moi, je marchai en silence vers la chambre.

Il était en train de pendre mes vêtements en fredonnant. Je m'arrêtai devant la porte. Il ne m'avait pas entendue. La gorge serrée, je l'observai accrocher un pull à un cintre qu'il avait trouvé dans le placard ou ramené de ma chambre. Quand il se tourna vers le lit, il souleva un tas de jeans, pliés, pour les ranger. Il s'était occupé de toutes mes affaires.

— Toi, il faut que je te garde.

Il s'éloigna du placard et jeta un coup d'œil vers la porte. Le dernier jean qu'il tenait dans les mains fut oublié tandis qu'il me détaillait de la tête aux pieds.

— Mince.

Je rougis jusqu'aux oreilles.

— Merci d'avoir rangé mes vêtements.

— Oui, oui.

Il laissa tomber mon jean et s'approcha de moi d'un pas décidé. La façon dont il me dévorait des yeux me donnait envie de me jeter sur lui. Il me toucha le bras du bout des doigts, le regard incandescent.

— J'ai une idée, mais elle est un peu dingue.

— Je t'écoute.

Il eut un sourire en coin.

— Je trouve que tu devrais te balader comme ça devant moi au moins deux fois par jour. Le matin et le soir.

Je ris.

— Tu veux que je me promène en serviette ?

— Que tu te promènes, que tu marches, que tu t'assoies, que tu te lèves, que tu respires... (Ses lèvres caressèrent ma joue, me faisant frissonner.) Tout me va.

Lorsque je tournai légèrement la tête, nos lèvres se rencontrèrent. Le baiser fut d'abord tendre. Ses doigts remontèrent le long de ma joue. Ma prise sur la serviette se relâcha tandis que sa langue glissait contre mes lèvres pour me faire ouvrir la bouche.

J'adorais la façon dont il m'embrassait, me goûtait, me donnait envie de me mettre sur la pointe des pieds juste avec ses lèvres et sa langue. Ma respiration s'emballa lorsqu'il s'approcha davantage, ne laissant plus que quelques centimètres entre nous.

Le désir m'envahit aussitôt. J'avais envie de lui plus que tout. Ce n'était pas uniquement physique. Je voulais qu'il n'y ait plus rien entre nous.

Il gémit contre mes lèvres.

— J'ai envie de toi.

De la lave en fusion coulait dans mes veines.

— Tu es ce dont j'ai envie.

Ses mains effleurèrent mes flancs, attrapant les pans de ma serviette. Il émit un grognement rauque. Je suivis son mouvement.

— Je suis à toi, murmurai-je.

Il m'embrassa de nouveau, glissant sa langue contre la mienne. Quand il recula, il mordilla ma lèvre inférieure et je hoquetai de plaisir. J'ouvris les yeux lentement pour les plonger dans les siens, argentés.

Jase avait eu raison de tout arrêter la nuit précédente. Je ne voulais pas que notre première fois soit obscurcie par quoi que ce soit. Comme lui, je voulais qu'elle soit parfaite. Je voulais repenser à cet instant sans avoir le moindre regret.

Mais je savais aussi qu'on ne pouvait pas tout planifier à la perfection. L'important, c'était qu'on désire la même chose. Et même si son envie de faire les choses bien me faisait fondre, il ne se rendait pas compte que c'était déjà le cas.

Avec une grande inspiration, je rassemblai mon courage et attrapai le nœud qui retenait ma serviette. J'avais l'impression d'entrer sur scène en sachant que tous les yeux étaient braqués sur moi, mais c'était aussi différent… plus intense. Parce que seuls ses yeux comptaient pour moi. Et que son monde se réduisait à moi.

Je laissai la serviette tomber.

— Mon Dieu, grogna-t-il, les lèvres entrouvertes sur une inspiration soudaine.

Complètement nue à l'exception de ma très sexy orthèse, j'étais plus vulnérable devant lui que je ne l'avais jamais été.

Je ne lui offrais pas seulement mon corps. Je lui offrais surtout mon cœur.

Jase fit un pas en arrière, faisant glisser ses mains le long de mes flancs. Il ouvrit les poings, puis les resserra.

— Tu sais à quel point tu es magnifique ? À quel point ça m'affecte ?

Une douce langueur m'envahit à ses paroles. Il secoua lentement la tête.

— Je ne crois pas que tu le comprennes. Sinon, tu ne resterais pas ici. Mon Dieu, Tess, il n'existe pas une parcelle de toi qui ne soit pas parfaite à mes yeux.

Des tas de choses n'étaient pas parfaites chez moi. Sans entraînement, j'avais perdu ma silhouette de danseuse environ… cinquante cheeseburgers plus tôt. Mes hanches s'étaient arrondies, mes cuisses n'étaient plus aussi fines. Au lieu du ventre plat dont j'avais été si fière, j'avais désormais un petit bidon et mes seins avaient pris du volume. Ça, ce n'était pas une mauvaise chose. Mais mon cul aussi.

Toutefois, dans ses yeux, je me sentis plus belle que jamais.

Je n'avais jamais ressenti une telle impatience. Son regard me bouleversait. J'avais chaud, j'étais excitée et je savais que j'avais pris la bonne décision.

— Je n'ai jamais été... aussi directe, lui avouai-je d'une voix tremblante. Mais c'est le bon moment pour nous. J'ai envie de toi, Jase. Et toi, tu as envie de moi ?

— Oui, grogna-t-il. (Son regard remonta le long de mon corps, s'arrêtant un moment sur mes seins jusqu'à ce que le besoin qu'il me fasse sienne devienne douloureux.) J'ai envie de toi.

Alors, Jase me toucha. Il posa les mains sur mes bras et baissa la tête. Des mèches de cheveux soyeux, encore humides, me caressèrent les joues.

— Tu es sûre que c'est ce que tu veux ?

— Certaine, soufflai-je.

Son torse nu se souleva, effleurant le mien. Un éclair me traversa. Un grondement s'éleva du fond de sa gorge.

— Reste ici. Ne bouge pas, OK ?

— OK.

Il me donna un baiser sonore avant de quitter la pièce. Il réapparut quelques secondes plus tard avec plusieurs étuis de préservatifs dans la main.

— Tu es venu préparé ?

Il eut un sourire prétentieux.

— Je tenais à être prêt pour toi. (Il jeta les préservatifs sur le lit derrière moi. Je reculai jusqu'à ce que mes jambes touchent le matelas.) Tu veux bien me regarder ?

— Je ne regarde rien d'autre.

Le souffle court, j'observai son sourire s'élargir. Puis il baissa les mains pour défaire les boutons de son jean et j'eus du mal à respirer. La fermeture Éclair glissa ensuite, puis il retira son pantalon. Il disparut en un battement de cils, suivi de son boxer.

Le voir ainsi me fit hoqueter de surprise. Il rit doucement. Il était magnifique, la peau mate, musclé aux bons endroits.

Jase était... disons qu'il était bien monté. Au bas mot.

Il pressa deux doigts contre mon menton pour me faire relever la tête.

— Tu aimes ce que tu vois ?

Je frissonnai.

— Oh oui.

— Bien. (Il m'embrassa et la tension sexuelle envahit la pièce.) Si tu savais depuis combien de temps j'ai envie de faire ça, murmura-t-il contre mes lèvres en passant un bras autour de ma taille.

Il me souleva pour me coller contre lui. Le baiser qui suivit m'embrasa.

— Ou le nombre de fois où je t'ai imaginée comme ça avec moi, le soir dans mes draps.

— Autant que moi, répondis-je tandis qu'il m'allongeait au centre du lit. Je ne veux plus attendre.

— Moi non plus.

Il attrapa un préservatif, ouvrit le sachet et l'enfila.

Puis il se baissa, faisant courir ses lèvres sur mon visage rougi avant de s'aventurer plus bas, d'enflammer ma peau à son passage, en la suçant, la mordillant jusqu'à ce que je ne puisse m'empêcher d'onduler des hanches sous lui. Il trembla. Ses mains étaient partout à la fois. Il me caressait comme s'il mémorisait les pleins et les déliés de mon corps.

Enivrée, tendue, je me cambrai contre lui et fis glisser mes mains le long de son torse. Le désir me submergeait, comme l'eau d'un barrage brisé par l'orage.

— Je veux prendre mon temps. (Il passa une main entre nous et enfonça un doigt en moi tout en m'écartant les cuisses.) Je veux embrasser et goûter chaque centimètre de ton corps, parce que tu le mérites... Mais je ne suis pas sûr de pouvoir attendre, bébé. Je n'en suis pas sûr du tout.

Il frémit en prononçant ces paroles. Retirant doucement ses doigts, il me regarda dans les yeux. Je faillis perdre tout contrôle en le sentant entrer en moi pour la première fois.

— Mon Dieu, tu es si…

Il s'arrêta, comme s'il était incapable de mettre des mots sur ce qu'il ressentait.

La pression, le sentiment de complétude, étaient incroyables. Je relevai les hanches et enroulai mes jambes autour de sa taille. On grogna tous les deux et, d'un coup de reins, il se retrouva complètement en moi. Le souffle court, il s'efforçait de rester immobile.

— Ça va ?

Après tant de temps, ça me tirait un peu, mais ça allait. Ça allait très bien, même.

— Oui.

Ses lèvres effleurèrent les miennes en un tendre baiser. Il posa la main contre ma joue.

— Il n'y a rien de plus agréable que de te sentir m'enserrer.

— Je peux dire la même chose.

J'enfouis mes doigts dans ses cheveux et relevai mes hanches pour rencontrer les siennes. Alors le peu de contrôle qui lui restait s'évapora.

Il se mit à bouger, à s'enfoncer en moi de plus en plus profondément, de plus en plus fort. Mes muscles se tendirent autour de lui lorsqu'il m'attrapa par les hanches pour les soulever en rythme. La pression qui montait en moi s'intensifia soudain, ouvrant les vannes de mon plaisir. Un sentiment merveilleux m'envahit tandis qu'il ondulait plus vite contre moi et que ses mains continuaient d'explorer mon corps, amplifiant mes sensations jusqu'à ce que la tension explose et se répande en moi.

Jase m'embrassa passionnément. Je reculai pour respirer, me contractant autour de lui. Des spasmes me parcoururent. Il me suivit rapidement, en criant son plaisir dans le creux de mon cou. Une fois les tremblements passés, je fis glisser paresseusement les mains le long de son dos. Il frissonnait encore.

Quelques minutes s'écoulèrent avant qu'il se redresse, appuyé sur les coudes.

— Tess, bébé...

Quand j'ouvris les yeux et les plongeai dans les siens, magnifiques et argentés, je tombai amoureuse une deuxième fois.

— C'était... c'était merveilleux.

On resta ainsi, attachés l'un à l'autre, pendant une éternité. Puis il se dégagea et alla rapidement jeter le préservatif à la poubelle. Quelques secondes plus tard, il était de nouveau allongé près de moi. Lui sur le flanc, moi sur le dos, on se regarda dans les yeux pendant un long moment, jusqu'à ce qu'on retrouve une respiration normale.

Il sourit jusqu'aux oreilles.

— Tu sais quoi ? J'ai l'impression de revivre ma première fois. (Un éclat de rire lui échappa et il baissa la tête pour m'embrasser l'épaule.) C'est bête, non ?

— Non. Pas du tout.

— C'est vraiment la sensation que j'ai. Ma première fois n'était pas si géniale que ça pourtant et je pensais avoir découvert la vie.

Je ris et roulai sur le côté pour lui faire face, les seins pressés contre son torse. Les yeux brillants, il posa une main sur ma hanche nue. Je fermai les paupières, prête à recevoir un baiser. Je n'eus pas à attendre longtemps. Il mordilla ma lèvre inférieure. Je soupirai.

— Ça me plaît.

— Tu veux savoir ce qui me plairait, à moi ? dit-il en s'approchant davantage.

En le sentant contre mon ventre, j'ouvris les yeux en grand. Un éclat malicieux s'alluma dans son regard tandis que son corps ondulait contre le mien. Ses poils drus me chatouillaient, ajoutaient à la sensualité de sa peau nue contre la mienne.

J'en eus le souffle coupé.

— Déjà ?

— Je t'ai prévenue que j'étais toujours prêt pour toi.

— Oui, mais... Oh !

Sa main s'était insinuée entre mes jambes.

Le sourire qui illumina son visage me fit chavirer le cœur.

— Et toi ?

On aurait dit qu'il pouvait provoquer mon désir à volonté. C'était incroyable et ridicule à la fois. Je soulevai vivement les hanches en le sentant enfoncer un doigt en moi.

— Qu'est-ce que tu crois ?

— Je crois que ta façon de respirer veut dire oui. (Il m'embrassa sur la tempe.) J'ai envie de toi. Encore. (Ses lèvres descendirent sur ma joue enflammée avant de capturer ma bouche en un baiser langoureux et profond.) Je veux m'enfoncer en toi. Encore.

Il retira sa main et tendit le bras derrière lui, tâtonnant jusqu'à trouver un préservatif dans les draps roulés en boule. Un instant plus tard, il m'attrapa par les hanches et m'assit sur ses genoux en s'allongeant. Un grognement sourd lui échappa et une douce chaleur inonda mon bas-ventre tandis qu'il se plaçait entre mes jambes.

— Je veux m'enfoncer si profondément en toi que je ne pourrai jamais en ressortir. Tu le veux aussi ?

Je baissai les paupières et murmurai :

— Oui.

— Alors regarde-moi. (Son ordre avait été émis d'une voix gutturale, dangereusement séduisante. Je lui obéis sans la moindre hésitation. Ses iris avaient la couleur de l'argent à l'état liquide.) Mon Dieu, tu es magnifique comme ça.

Il repoussa mes cheveux derrière mon épaule, puis fit glisser ses doigts jusqu'à l'un de mes seins. Il le prit dans sa main, passant son pouce sur le mamelon durci.

— Je pense que je ne m'en lasserai jamais.

Submergée par les sensations, je m'accrochai à ses épaules. Lentement, centimètre par centimètre, il me guida pour tenir sa promesse. Une chose mena à une autre et, comme pour la première fois, il ne nous fallut pas longtemps pour approcher les prémices de l'orgasme. Le chevaucher ne semblait pas avoir d'impact sur mon genou. J'étais trop concentrée sur la tension qui grandissait au plus profond de mon être, sur mes mouvements de bas en haut. On se fondait l'un dans l'autre. Nos corps se tendaient, s'élevaient, et ensemble, on retomba en un millier d'éclats, avec le nom de l'autre sur nos lèvres en un cri enroué.

Enroulant ses bras autour de moi, Jase me serra contre son torse pendant qu'il tremblait. Ses doigts me caressèrent le dos, puis s'emmêlèrent dans mes cheveux.

Je ne voulais plus jamais bouger.

Il tourna doucement la tête, déposa ses lèvres brûlantes contre mon cou et murmura les mots les plus puissants qui aient jamais existé :

— Je t'aime.

24

Il m'aimait.

Les paroles qu'ils avaient chuchotées se déversaient dans mon corps, se répétaient à l'infini. Il m'aimait. C'était un rêve devenu réalité, une fin digne d'un conte de fées. Le garçon pour lequel j'avais eu le béguin pendant des années, celui que j'aimais, m'aimait en retour. Et c'était un bel amour : du genre qui pansait les blessures et faisait grandir. Pas celui qui blessait et détruisait tout sur son passage. Le genre d'amour que partageaient Avery et mon frère. Je n'avais plus de raisons d'être jalouse, parce que, moi aussi, j'avais une jolie histoire d'amour, digne des films de l'après-midi à la télé.

Mes mains tremblaient quand je les fis glisser le long de ses flancs. Ses muscles longs et fins se détendirent petit à petit et sa respiration revint à la normale.

— Je t'aime aussi, murmurai-je dans son cou, souriant contre sa peau humide.

Ses bras se resserrèrent sur mes reins, puis ses mains glissèrent jusqu'à mes hanches. Il me souleva et me déposa tendrement à côté de lui. Il m'embrassa sur la tempe.

— Je reviens.

Fermant les yeux, je soupirai et me roulai en boule. Jase disparut dans la salle de bains. Quand il revint, il éteignit la lampe de la chambre. Il remonta dans le lit et me prit de nouveau dans ses bras.

Il resta silencieux. Ça ne me dérangeait pas parce qu'il avait déjà dit tout ce que je voulais entendre.

Bien au chaud, je me laissai gagner par le sommeil avec un sourire satisfait. La chaleur de Jase et la façon dont son corps était pressé contre le mien me bercèrent, éloignèrent pour un temps la noirceur de ce week-end.

Je ne sais pas combien de temps je dormis. Une chose est sûre : je n'avais pas rêvé. En revanche, le corps chaud à côté de moi avait disparu. C'était ce qui m'avait sortie de mon sommeil.

Lorsque j'ouvris les yeux, ma vision s'ajusta lentement. Une lumière bleu pâle filtrait à travers l'obscurité de la chambre. Je tendis le bras. La place de Jase était vide. Encore léthargique, je roulai sur le dos.

Jase était assis au bord du lit, les coudes appuyés sur ses genoux pliés. Il avait la tête entre les mains, le dos courbé.

L'inquiétude chassa les dernières traces de sommeil. Je me redressai.

— Tu vas bien ?

Il releva la tête, comme si je l'avais tiré de ses pensées. Dans la faible lumière, ses yeux étaient sombres.

— Ouais, je... J'ai oublié de faire un truc.

Un peu perdue, je le regardai se lever et ramasser son jean par terre. Il l'enfila, releva la fermeture Éclair et, au moment de fermer le bouton, il se tourna vers moi.

— Il faut que je rentre à la fraternité. Je dois passer prendre un truc avant d'aller en cours.

— OK, répondis-je en haussant les sourcils. On peut partir plus tôt, si tu veux, et faire un crochet là-bas. Comme ça, tu n'auras pas à...

— Ça ne me dérange pas. (Il se pencha pour déposer un baiser sur ma joue avant de reculer.) Je fermerai la porte à clé derrière moi. Tu n'es pas obligée de te lever. Tu peux encore dormir deux heures. Je reviens te chercher vers 8 h 30.

Je hochai la tête, me sentant soudain très froide à l'intérieur.

— D'accord.

Jase recula vers la porte, se retourna, puis s'arrêta. Il jeta un coup d'œil en arrière, vers moi. Je voyais à peine son visage.

— Tess...

Ma respiration se bloqua dans ma gorge.

Il sembla baisser la tête. Puis je l'entendis prendre une grande inspiration.

— Merci pour hier soir.

Merci pour hier soir ?

Je ne sus pas quoi répondre à ça. À tel point que, lorsque je réussis à ouvrir la bouche, il avait déjà refermé la porte d'entrée. Il venait de me remercier ? Il n'y avait rien de mal à ça, bien sûr, mais c'était étrange, surtout en sachant que quelques heures plus tôt, il avait avoué m'aimer.

Mon estomac se serra, puis se noua.

Les minutes se transformèrent en heures. Je restai assise au lit jusqu'à ce que la lumière bleutée se diffuse dans la pièce, chassant les derniers vestiges de la nuit. *Tout va bien*, me dis-je à moi-même. Ce n'était pas la peine de m'inquiéter de son départ soudain. Il m'avait expliqué qu'il avait besoin d'aller récupérer des affaires pour les cours. C'était tout.

Mais il ne m'avait pas dit qu'il m'aimait avant de partir.

Je fermai les yeux, en essayant désespérément de ne pas prêter attention à mon cœur qui se craquelait et aux doutes qui s'y immisçaient par chaque fissure.

Après ce qu'il s'était passé la veille, les choses ne pouvaient qu'aller à la perfection. Je ne pouvais pas m'autoriser à penser autrement, parce que... Je secouai vivement la tête, réveillant une douleur dans ma nuque.

Il fallait que tout aille bien.

Jase était silencieux lorsqu'il vint me chercher pour aller en cours quelques heures plus tard. Moi aussi. Je ne m'étais pas rendormie et j'avais beaucoup trop cogité en l'attendant. Quand il me déposa devant Whitehall, on avait dû échanger un total de cinq mots.

Quelque chose clochait.

Cependant, dès que je pénétrai dans Whitehall, mon inquiétude passa au second plan. Les gens me dévisageaient. Et pas à cause de mes béquilles. Des groupes de deux ou trois personnes se tournaient soudain les uns vers les autres. Certains se faisaient des messes basses. D'autres non.

— C'est elle qui l'a découverte.

J'entendis cette phrase environ quatre fois avant d'aller en cours d'histoire.

Calla fronça les sourcils en m'apercevant.

— Tu as une mine affreuse.

— Merci, marmonnai-je.

Recoiffant une mèche de cheveux blonds derrière son oreille, elle grimaça.

— Désolée. C'était salaud de ma part. Tu vas bien ?

Non. Je n'allais pas bien. Pour des tas de putains de raisons.

— Tout le monde me regarde.

Elle balaya la salle du regard. Plusieurs étudiants m'avaient jeté des coups d'œil par-dessus leurs épaules dès l'instant où je m'étais assise.

— Personne ne te regarde.

Je la dévisageai avec agacement. Elle tressaillit.

— Merci d'essayer de me remonter le moral, mais tout le monde me regarde comme si j'étais l'objet de leur fascination morbide.

Ses yeux se posèrent sur les garçons assis devant. Ils se retournèrent aussitôt.

— Ignore-les, dit-elle. Ils s'arrêteront tout seuls. Ou arrête de t'en inquiéter. Fais-moi confiance. Je sais de quoi je parle.

Je hochai la tête et fis de mon mieux pour ne plus tenir compte des regards curieux de mes camarades. On aurait pu croire qu'il n'y avait rien d'excitant dans ce que j'avais vécu, mais c'était comme les gens qui se faisaient un torticolis en passant devant un accident de voiture.

— Alors, comment va l'appétissant Jase aujourd'hui ? me demanda-t-elle pendant qu'on sortait de la classe d'histoire.

Encore un sujet dont je ne voulais pas parler.

— Aucune idée, admis-je en renforçant ma prise sur mes béquilles. (Je mourais d'envie de jeter ces conneries sous les roues des voitures.) Il n'était pas de très bonne humeur aujourd'hui. Il ne m'a pas beaucoup parlé.

Elle leva les yeux au ciel.

— Ces mecs ! Ils nous accusent d'être mal lunées pendant nos règles, mais ils ont plus de sautes d'humeur qu'une femme enceinte.

On avança vers l'arrêt de bus pour aller vers le campus ouest. Je jetai un coup d'œil vers le groupe d'étudiants qui attendaient déjà. Personne ne nous prêtait la moindre attention et je n'aurais sûrement rien dû dire, mais il fallait que j'en parle à quelqu'un.

— On a couché ensemble hier soir.

Ses lèvres s'ouvrirent sur un O parfait.

— C'était notre première fois, ajoutai-je, le rouge aux joues. Et avant que tu me poses la question : oui, c'était génial. Je n'ai jamais rien ressenti de pareil. Mais quand je me suis réveillée, ce matin, il était assis au bord du lit et il est parti en me disant qu'il devait récupérer quelque chose chez lui. Tout à l'heure, il m'a à peine parlé.

Elle referma la bouche.

— OK... Vous vous êtes disputés ?

— Non. Pas du tout.

— Peut-être qu'il avait vraiment quelque chose à récupérer et qu'il était fatigué. Ou alors, il n'était pas d'humeur, dit-elle au bout d'un moment. Dans tous les cas, pose-lui la question. C'est mieux que de te prendre la tête toute seule dans ton coin. Tu as déjà assez de soucis comme ça.

Elle avait raison, mais malheureusement, elle n'avait pas l'air convaincu non plus. Mon estomac se noua davantage. Il fallait que je lui en parle. Je le ferais à la première occasion. Je lui demanderais s'il allait bien, il me répondrait que oui et je me sentirais stupide de m'être pris la tête pour rien.

L'humeur de Jase ne s'était pas beaucoup améliorée quand il arriva en cours de musique. Il dit bonjour à Calla, me sourit, puis regarda droit devant lui, comme s'il était intéressé par ce que notre prof nous racontait. Bien sûr, c'étaient des conneries, étant donné que personne n'avait la moindre idée de ce qu'il baragouinait.

Quant à son sourire, il était tellement crispé qu'il n'avait pas atteint ses yeux gris métallisé. Quelque chose clochait. Ce sourire était faux. On aurait dit celui du Dr Morgan. Ou celui des policiers lorsqu'ils m'avaient raccompagnée jusqu'à la porte.

À cause de mes mains moites, je n'arrêtais pas de faire tomber mon stylo. J'avais peut-être écrit deux ou trois lignes de tout le cours. Après avoir dit au revoir à Calla, je me dirigeai vers l'endroit où Jase s'était garé avec mes béquilles. Il avait porté mon sac, comme d'habitude, et il le posa à côté de moi pour que je puisse l'attraper facilement.

Ne voyant pas la petite boîte rose habituelle, je me mordis les lèvres et le regardai faire le tour de la voiture. Son bonnet était tellement enfoncé sur sa tête que seules quelques mèches de cheveux en dépassaient. Il s'assit avant de refermer la portière derrière lui. La façon dont il serrait les mâchoires me noua l'estomac.

J'avais la bouche sèche. Il recula et s'engagea sur la route qui menait au campus est. Envahie par la nervosité et l'incertitude, je profitai du temps qu'il passait à chercher une place près du Byrd Center pour rassembler mon courage.

La gorge nouée, je serrai vivement mes mains l'une contre l'autre.

— Tout va bien ?

Jase coupa le moteur et récupéra ses clés. Puis, il se laissa aller en arrière et passa une main sur son bonnet. Je me crispais à mesure que les secondes s'écoulaient dans un silence tendu.

— Non, répondit-il au bout d'un moment d'une voix si basse que je doutais avoir bien entendu. Tout ne va pas bien.

J'ouvris la bouche, mais tout ce que je voulais dire s'envola du bout de ma langue au moment où il me regarda. Oh, ça allait faire mal. Très mal. Je redressai la tête, les muscles raidis.

— Je ne sais pas comment te dire ça. (Il pinça les lèvres tandis qu'une brûlure lancinante se répandait dans ma gorge.) Je suis désolé.

— Désolé pour quoi ? croassai-je.

Il ne pouvait pas s'excuser pour ce qu'il s'était passé entre nous. C'était absolument impossible.

Il détourna les yeux et pencha la tête sur le côté.

— C'est trop pour moi.

Je clignai lentement les yeux. J'avais l'impression d'avoir raté le début de la conversation.

— Quoi donc ?

— Tout ça, affirma-t-il avec force, en levant les bras au ciel. Tout ça, c'est trop pour moi... Toi et moi.

Je serrai les poings si fort que mes ongles s'enfoncèrent dans ma chair.

— Je... je ne comprends pas. (Mes paroles me semblaient faibles et pathétiques à mes propres oreilles. Le sang quitta mon visage.) Qu'est-ce qui se passe ?

— C'est trop. (Il ferma les yeux, les traits tirés, fatigués.) Trop, trop vite.

— Quoi ? Nous ? Tu trouves qu'on va trop vite ?

Tout ça parce qu'on avait couché ensemble ? Ça me paraissait carrément déplacé pour quelqu'un avec sa réputation. J'avais cru comprendre qu'il voulait faire les choses correctement et la nuit dernière avait été plus que correcte.

— On peut ralentir un peu si c'est ce dont tu as besoin...

— Je ne peux pas continuer, m'interrompit-il en rouvrant les yeux. C'est trop sérieux. J'ai cru que j'étais prêt, mais je ne le suis pas.

Il pensait qu'il n'était pas prêt ? Qu'est-ce qui le retenait, au juste ? J'étais au courant pour Jack, je savais ce que ça impliquait pour l'avenir de notre couple... Tout à coup, je compris. Je pris une grande inspiration. Ça n'avait pas de rapport avec Jack ou notre relation. C'était à cause de la mère de son fils.

— C'est elle, le problème, pas vrai ? Tu es...

— Je ne veux pas parler d'elle, rétorqua-t-il. (Quelque chose se cassa dans ma poitrine. Une fissure profonde s'ouvrit, me brisant en deux tandis qu'il parlait.) Je ne veux rien de sérieux. Pas avec Jack si jeune. Et il faut que je me concentre sur mes études, que je trouve un boulot et que j'aide mes parents à l'élever.

— Et il n'y a pas de place pour moi dans tout ça ?

Son regard troublé rencontra le mien un instant.

— Non. Ce n'est pas possible. Parce que je ne veux plus revivre… (Il serra les dents et secoua vivement la tête.) Je suis désolé. Je n'ai jamais eu l'intention de te blesser. Au contraire. Il faut que tu me croies.

Ma poitrine se souleva d'un coup. J'avais l'impression qu'il avait introduit ses mains en moi et qu'il avait réduit mes poumons en poussière. La douleur fulgura et remonta jusque dans mes yeux. Je tentai de me calmer, mais la peine était brute, bien réelle.

— Je sais que je t'ai fait du mal. Je suis vraiment désolé. (Il jeta un rapide coup d'œil dans ma direction et se tendit. La fissure dans ma poitrine se fit plus profonde.) Je continuerai à venir te chercher et à t'emmener en cours, poursuivit-il tandis que je le dévisageais. Alors, ne t'inquiète pas pour ça.

Je reculai vivement pour me presser contre la portière. Ses paroles finirent par franchir les barrières de mon état de choc. Le siège, le plancher s'ouvrit sous mes pieds. Des larmes chaudes me piquaient les yeux. Je les repoussai.

— Si j'ai bien compris, tu ne veux pas être mon copain. Seulement mon chauffeur ?

Jase fronça les sourcils.

— Je veux être ton ami, Tess, pas ton chauffeur.

Je pris une inspiration chevrotante et reportai mon attention vers l'avant de la voiture. Mon cerveau fonctionnait à cent à l'heure tandis que mon estomac continuait de faire de la gymnastique. Ma peau me démangeait, me paraissait trop étroite.

— Je suis désolé…

— Arrête de dire ça ! (Une larme coula le long de ma joue. Je l'essuyai aussitôt.) Arrête de t'excuser, ça rend les choses encore pires.

Il se contenta de hocher la tête en silence.

Les mains tremblantes, j'attrapai mon sac, puis ouvris la porte d'un air hébété. Il n'essaya même pas de m'arrêter tandis que je descendais maladroitement. Mais il fit mine d'aller chercher mes béquilles.

— Non, lui dis-je d'une voix rauque. Je ne veux pas de ton aide.

Jase se figea, les narines dilatées.

— Mais je veux t'aider, Tess. Je veux qu'on soit...

— Amis ? (Je m'étouffai sur un rire sans joie.) Tu es sérieux ?

Il en avait tout l'air.

Quelque part, ça rendait les choses encore plus difficiles et ça en disait long sur le peu de sentiments qu'il éprouvait pour moi.

— On ne peut pas être amis. Je ne peux pas être ami avec toi parce que je t'aime et que tu m'as blessée.

Il tressaillit, mais je n'en gagnai aucune satisfaction. Je tirai sur mes béquilles pour les libérer, mais le mouvement me fit partir en arrière. Je reculai en lâchant mon sac de cours.

— Tess ! s'écria-t-il en ouvrant la portière. Putain, laisse-moi t'aider !

Jurant dans ma barbe, des larmes plein les yeux, je le ramassai et le passai à mon épaule. Jase était déjà debout à côté de moi, les béquilles à la main.

Je les lui arrachai en tremblant.

— J'aurais préféré que tu décides que c'était trop pour toi avant qu'on annonce à mon frère qu'on était ensemble. (Je m'étranglai sur un sanglot en me dégageant.) J'aurais préféré que tu t'en rendes compte avant qu'on fasse l'amour.

Jase eut un mouvement de recul. Ses lèvres s'entrouvrirent.

Alors, je lui tournai le dos, et sans un regard en arrière, je m'éloignai de la Jeep. Je ne me dirigeai pas vers le foyer, parce que je n'avais pas le courage de faire face à Cam et Avery. Enfonçant mes béquilles dans le sol, je concentrai mon attention sur un banc à côté de Knutti. Il fallait que je me contienne, que je reste calme. Perdre mon sang-froid en public ne ferait qu'alimenter mon humiliation.

Oh, mon Dieu, Cam allait péter une durite. Il allait... La partie en caoutchouc de ma béquille gauche se déchira soudain et je manquai me vautrer sur le trottoir.

Frustrée, assaillie par un millier d'émotions, je répartis mon poids sur mes jambes, saisis mes béquilles et les balançai dans la poubelle la plus proche. On aurait dit des jambes. Plusieurs personnes me dépassèrent en me regardant d'un air ahuri pendant que je traversais la rue en boitant vers le banc libre.

Quand je m'assis, mon genou me faisait mal, mais je m'en moquais. Ce n'était rien par rapport à ce que je ressentais à l'intérieur. J'appuyai mes coudes sur mes cuisses et me pris la tête entre les mains. Les yeux fermés, j'essayai de ravaler la soudaine montée de larmes qui m'aveuglaient.

Que s'était-il passé ?

Jase avait été parfait durant le week-end, et la nuit précédente... La nuit précédente avait été l'une des expériences les plus extraordinaires de ma vie. On n'avait pas baisé. On n'avait pas niqué. On avait fait l'amour. Ça avait été parfait et ça s'était produit au bon moment, mais...

Oh, mon Dieu, avais-je été stupide de faire le premier pas ? De croire à des paroles prononcées dans le feu de la passion ?

Je ne m'étais jamais sentie aussi puérile, aussi ridicule qu'à cet instant. J'allais avoir dix-neuf ans dans deux semaines. Pourtant, j'avais l'impression d'être trop jeune et trop vieille à la fois.

Un vent froid souffla dans la rue, soulevant mes cheveux. Je frissonnai, mais je sentais à peine l'air frais du mois d'octobre. Je pliai les doigts, les enfonçant dans mes cheveux. Des larmes me mouillaient les cils et mes bras tremblaient.

Je ne sais pas combien de temps je restai ainsi, mais je commençais à perdre le contrôle. Je n'allais jamais pouvoir survivre aux cours de l'après-midi. Je sortis mon portable et envoyai un message à Calla pour la supplier de venir me chercher et me ramener à ma chambre. Quand elle me répondit qu'elle arrivait, je lui indiquai où je me trouvais et rangeai mon téléphone dans mon sac.

Je pris une grande inspiration, puis expirai lentement tout en faisant courir mes yeux pleins de larmes sur la pelouse. Je me crispai en apercevant Erik sous un petit arbre nu à côté du trottoir.

Il me regardait droit dans les yeux.

Un léger frisson remonta le long de mon dos lorsqu'il s'éloigna du tronc et traversa la distance qui nous séparait à grands pas. C'était la dernière personne avec qui j'avais envie de parler, surtout avec ce que je soupçonnais.

À mesure qu'il approchait, je me rendis compte qu'il était dans un sale état, lui aussi, mais pour des raisons différentes. Ses cheveux d'habitude coiffés avec du gel étaient en bataille et il avait le visage blême.

— Tu as dit à la police que j'étais avec Debbie avant qu'elle... avant qu'elle meure.

Clignant rapidement les yeux, je me rassis et essayai de rassembler mes esprits pour tenir une conversation que je ne voulais pas avoir.

— Je leur ai parlé de l'écharpe rose et...

— Je n'étais pas là-bas. Elle m'avait quitté, mais tu le savais déjà et je suis sûr que ça t'a fait super plaisir.

Il se plia en deux pour me regarder droit dans les yeux. Il était si proche que je pouvais voir les ridules aux coins de ses yeux.

— Et tu leur as dit que je la battais, alors que tu sais très bien que c'est faux.

L'incrédulité m'envahit. Je savais très bien que c'était vrai, bordel !

— Alors si tu as conscience de ce qui est bon pour toi, dit-il, ferme ta gueule.

25

— Quel connard ! (Calla tenait un pot de glace qu'on avait trouvé dans le congélateur.) Qu'ils aillent tous se faire foutre. Sérieux. Qu'ils aillent se faire foutre.

Les yeux gonflés et troubles, je l'observais faire les cent pas. Il y avait beaucoup de choses que Calla ignorait sur Jase et je ne comptais pas les lui dire par respect pour sa vie privée. Même s'il m'avait blessée, je n'allais pas crier sur tous les toits qu'il avait un fils et qu'il était sûrement encore amoureux de sa mère.

Parce qu'après tout n'était-ce pas le problème ? Il n'était pas prêt pour quelque chose de sérieux et je ne connaissais pas grand-chose sur cette fille. J'ignorais où elle habitait, si elle faisait toujours partie de sa vie et depuis combien de temps ils étaient séparés. Savoir que son cœur appartenait à une autre me donnait encore plus l'impression d'être stupide. J'aurais dû m'inquiéter dès qu'il avait refusé de parler d'elle, la première fois, mais j'avais préféré passer outre.

— Ouais, qu'ils aillent se faire foutre, murmurai-je.

Elle s'arrêta devant moi et me tendit la glace.

— Tu en veux encore ?

Je secouai la tête, serrant le coussin contre mon ventre trop rempli.

Elle se laissa tomber à côté de moi en soupirant.

— Je suis vraiment désolée, Teresa. Tu n'avais pas besoin de ça, avec ton genou, Debbie et ce barjo d'Erik.

— Je suppose que ça pourrait être pire, murmurai-je en songeant que je ne pourrais plus jamais dormir dans ce lit.

Il aurait son odeur. Je ne pourrais pas le supporter. Après avoir fui ma chambre universitaire et celle-ci, j'allais devenir super proche de ce canapé.

Calla m'adressa un regard interrogateur.

— Tu plaisantes ? Tu as vu toutes les tuiles que tu te ramasses depuis une semaine ?

Elle n'avait pas tort, mais Debbie avait quand même connu un sort pire que le mien. Au moins, moi, j'étais vivante. Fermant les yeux, je me frottai le front. J'avais mal à la tête.

— Je crois que je ne coucherai plus jamais avec personne.

— Bienvenue au club. (Elle soupira bruyamment.) J'ai tiré un trait sur les mecs.

Je la regardai en coin.

— Carrément ?

Elle hocha la tête.

— Ouais, la vie est plus simple, comme ça.

— Tu aimes les filles ?

— Si seulement. (Elle rit.) Je trouve juste que le sexe rend les choses compliquées et malsaines. Je sais que je parle souvent des mecs que je trouve sexy et que je fais des tonnes de sous-entendus au point que certaines personnes pensent sans doute que j'ai un problème, mais... je n'ai jamais couché avec personne.

— Hein ? fis-je d'un air incrédule. Tu es vierge ?

Elle rit encore une fois.

— C'est si choquant que ça ? Je ne suis certainement pas la seule fille de vingt et un ans qui ne l'a jamais fait.

— Pas du tout, répondis-je du tac au tac.

Elle se redressa et changea le pot de glace de main.

— De toute façon, regarde-moi, Teresa. Je n'ai pas ton physique ni celui d'Avery. Je ne suis pas mince et je ressemble au Joker, dit-elle en désignant sa joue balafrée.

Je la regardai, bouche bée.

— Alors, d'abord, tu n'es pas grosse.

Elle haussa un sourcil. Je levai les yeux au ciel.

— Et ensuite, tu ne ressembles pas au Joker, abrutie. Tu es très jolie. (Je ne disais pas ça pour lui faire plaisir. Cicatrice ou non, Calla était très belle.) Je n'arrive pas à croire que tu aies dit ça.

Haussant les sourcils, elle se leva.

— Assez parlé de moi et de mon manque de sexe... C'est tout ce qu'Erik t'a dit ?

Le changement de sujet me déconcerta.

— Oui, je crois bien.

— Tu vas aller voir la police ?

Je secouai la tête.

— Il n'a rien fait de grave. Il ne m'a pas vraiment menacée. N'importe qui aurait pu dire la même chose en se sachant suspecté.

— Peut-être, mais je n'aime pas ça.

— Moi non plus.

Je me passai les mains sur le visage.

Calla se rendit dans la cuisine pour jeter le carton de glace à la poubelle. Quand elle revint, elle s'installa en boule près de moi, la télécommande à la main.

— On va regarder des trucs nuls à la télé. Ça guérit tout.

Ça guérissait peut-être beaucoup de choses, mais je savais que la télé ne pouvait rien contre ce qui me rongeait de l'intérieur. Je n'étais pas sûre qu'il existe un remède. J'avais donné mon cœur et mon corps à Jase, et lui me les avait rendus.

Dès la fin de la semaine, deux choses m'apparurent clairement. Premièrement, si la police pensait qu'Erik était coupable d'autre chose que d'être un rebut de l'espèce humaine, elle n'en laissait rien paraître. Je l'aperçus plusieurs fois sur le campus et il ne semblait pas avoir les flics à ses basques ni avoir peur d'être arrêté pour meurtre à n'importe quel moment.

Peut-être que mes soupçons étaient infondés, mais j'évitais quand même Erik coûte que coûte, même si ça me forçait à traverser la rue sans raison ou à marcher dans la direction opposée. S'il n'avait pas fait de mal à Debbie cette fois, il n'avait pas hésité à s'en prendre à elle par le passé.

Deuxièmement, il allait être impossible de cacher à Cam et Avery que Jase et moi n'étions plus ensemble. Dès le vendredi, après trois déjeuners sans nous voir, ils s'étaient doutés que quelque chose n'allait pas.

Cam m'interrogea lorsqu'il vint chercher des affaires de rechange. J'étais assise sur le canapé, en train de regarder un marathon d'émissions de danse avec un sachet de chips sur la table basse et deux cannettes de soda vides pour me tenir compagnie.

Il s'assit près de moi et posa ses mains sur ses genoux.

— Alors ?

Je soufflai bruyamment.

— Bon, dit-il lentement. Qu'est-ce qui se passe entre Jase et toi, à la fin ? Vous n'êtes plus venus au foyer. Au départ, j'ai cru que vous vouliez un peu d'intimité, ce qui, en passant, me donnait envie de vomir, mais je n'ai plus vu sa Jeep devant l'immeuble depuis dimanche matin.

Pendant que je remontais jusqu'à mon menton la couverture que notre grand-mère avait tricotée pour Cam quelques années plus tôt, je me demandais s'il valait mieux que je lui raconte tout sans préambule ou que je laisse traîner la chose.

— On n'est pas ensemble, lui dis-je. (J'avais l'impression de m'être arraché un pansement. J'éclatai de rire.

Ça sonnait faux.) Je ne pense pas que deux jours suffisent pour parler de relation. Même Britney Spears et Kim Kardashian sont restées mariées plus longtemps.

Personnellement, je trouvais cette remarque plutôt drôle, mais à voir Cam, on aurait dit que quelqu'un venait de mourir devant nous.

— Je le savais. Ce fils de p…

— Je n'ai vraiment pas envie d'entendre ça. (Je me tournai vers lui. Ce qu'il lut dans mes yeux le réduisit au silence.) Ce qui s'est passé entre nous ne doit pas avoir d'impact sur votre amitié.

— Comment tu veux que ça n'en ait pas ? Regarde-toi !

Il observa la pièce autour de lui, s'attardant sur les chips et le soda, puis lança un regard appuyé vers la télé où une petite fille éclatait en sanglots.

— Tu es ma petite sœur et c'est évident que tu as le cœur brisé. Je savais qu'il allait tout foutre en l'air. Il le savait sûrement, lui aussi.

— Comment tu le savais, Cam ?

Il ouvrit la bouche, puis la referma.

Un sourire sans joie étira mes lèvres.

— Je suis au courant pour Jack. Pour tout.

Choqué, il se laissa tomber contre le canapé.

— Il t'a tout raconté ?

Je hochai la tête.

— Oui, tout. C'est pour ça que tu savais qu'il allait tout foutre en l'air ? Parce qu'il a un gosse et qu'il est toujours amoureux de la mère de Jack ?

Je disais ça au hasard. Je n'étais pas sûre à cent pour cent qu'il l'aimait toujours, mais c'était l'impression que j'en avais. Et vu la façon dont Cam écarquilla les yeux, j'avais bien peur d'avoir visé juste.

— Il t'a parlé de Kari ?

— Elle s'appelle Kari ? lui demandai-je.

Cam me dévisagea un instant avant de détourner la tête. Plusieurs secondes s'écoulèrent.

— Alors, il ne t'a pas parlé d'elle, hein ? C'est bien ce que je pensais. Il t'a tout avoué pour Jack, mais il n'a rien voulu te dire sur elle.

— Non. (La gorge serrée, je baissai légèrement la couverture.) Quand il m'a dit pour Jack, il n'a pas voulu parler d'elle et quand… quand il m'a annoncé qu'on ne pouvait pas être ensemble, il m'a juste expliqué qu'il ne voulait rien de sérieux.

Hors de question d'aborder le sujet du sexe. Pour Cam, notre relation n'avait pas encore atteint ce stade. S'il apprenait que Jase m'avait quittée le lendemain, il allait y avoir du grabuge.

— Quand je lui ai demandé si c'était à cause d'elle, il ne m'a pas répondu. Je crois… je crois qu'il l'aime toujours.

Cam se passa la main dans les cheveux. Plusieurs mèches restèrent levées.

— Merde, Teresa, je ne sais pas quoi te dire.

Une boule de glace se forma dans mon ventre.

— Bien sûr que si. Tu n'as pas envie de le dire, c'est tout. Je sais que tu es au courant. Il l'aime toujours, pas vrai ? C'est pour ça que tu ne voulais pas qu'on se mette ensemble. Elle est…

— Elle était, me corrigea-t-il d'une voix faible. Elle s'appelait Kari, et je ne doute pas une seconde que Jase l'aimait. Il l'aimait comme tout ado de seize ans est capable d'aimer sa petite amie.

Mon cerveau s'était arrêté à l'utilisation du passé. Pas par rapport à ses sentiments pour elle, mais bien la façon dont il l'avait présentée.

— Qu'est-ce que tu veux dire par « elle était », Cam ?

Il laissa échapper un long soupir.

— Je n'ai jamais parlé de ça à qui que ce soit, Teresa. Je ne suis même pas certain que Jase soit conscient qu'il m'a tout raconté. On était bourrés, un soir, et on a discuté. Tu sais, c'est quand j'étais assigné à résidence. Après ça, il ne l'a plus jamais mentionnée. Il me parle de Jack. Pas d'elle.

Le froid s'étendait à présent à tout mon corps, mais pour des raisons différentes.

— Cam...

— Elle est morte, sœurette. Elle est morte peu de temps après la naissance de Jack, dans un accident de voiture.

Je plaquai ma main contre ma gorge, sans quitter mon frère des yeux.

— Oh, mon Dieu...

— Je ne sais pas grand-chose sur ses parents, mais je crois qu'ils étaient un peu comme ceux d'Avery... Ils se souciaient beaucoup de leur réputation et des conneries dans le genre. J'ai l'impression qu'ils l'ont éloignée de chez eux le temps de sa grossesse et qu'ils voulaient qu'elle se débarrasse de Jack, mais les parents de Jase sont intervenus. Je sais que Jase et Kari étaient ensemble depuis leurs treize ans. Je sais aussi qu'il tenait énormément à elle et que depuis, je ne l'ai jamais vu être sérieux avec aucune autre fille.

Les pièces du puzzle se mettaient lentement en place. Mon cœur me faisait souffrir. Cette fille... La mère de Jack était morte ? L'idée ne m'avait jamais traversé l'esprit. Pourtant, maintenant que je le savais, ça paraissait logique. Après tout, qu'y avait-il de pire que d'avoir le cœur brisé par quelqu'un ? Réponse : avoir le cœur brisé par la mort de cette personne.

— Je n'en reviens pas que Jase t'ait parlé de Jack. Personne ne connaît la vérité à part sa famille. Je ne crois pas que celle de Kari habite encore dans le coin, m'expliqua-t-il. Quand j'ai compris qu'il s'était confié à toi, je me suis calmé, parce que ça voulait dire qu'il était sérieux. Du moins, je l'espérais, mais...

— Mais il n'a toujours pas réussi à l'oublier, pas vrai ? lui demandai-je. (Je souffrais pour Jase. Je n'arrivais même pas à imaginer ce que ça pouvait faire de perdre quelqu'un de manière aussi brutale.) C'est pour ça. Oh, mon Dieu…

— Je n'en sais rien, Teresa. Je ne suis pas certain qu'il soit toujours amoureux d'elle. Enfin, si, dans un sens, mais je crois… Putain, il va me tuer de t'avoir dit ça, mais je crois qu'il a peur de recommencer à s'attacher à quelqu'un et de perdre la personne à nouveau.

— Tu crois ?

Le doute transparaissait dans ma voix.

— Regarde les choses de cette façon : leur situation n'était pas banale. Ils étaient jeunes. Elle est tombée enceinte. Ses parents l'ont éloignée de la maison. Puis les parents de Jase, eux, ont décidé d'adopter l'enfant. Jase et Kari ont tous les deux continué de voir leur fils, mais personne ne connaissait la vérité. C'était leur secret. Qui sait s'ils n'avaient pas de projets futurs ?

Jase m'avait dit qu'il n'avait pas voulu de Jack au début, mais qu'il avait fini par changer d'avis. Peut-être que ça s'était produit quand Kari était encore en vie.

— Et après, elle est morte de façon totalement inattendue, et très jeune. Cette accumulation d'événements aurait perturbé n'importe qui. Alors non, je ne pense pas qu'il soit toujours amoureux d'elle. Je crois qu'il a peur d'aimer quelqu'un d'autre.

— Tu insinues qu'il m'aime, mais je ne pense pas que ce soit le cas.

Il sourit doucement.

— Il n'a pas hésité à s'opposer à moi et il t'a parlé de Jack. Alors, tu sais quoi, Teresa ? Il a forcément des…

— Peu importe.

Je l'interrompis parce que je n'avais pas besoin d'entendre que Jase m'aimait peut-être. Ça ne servirait qu'à emplir ma tête de contes de fées, et mon cœur d'espoir. Ce que Jase m'avait dit après avoir couché avec moi était le fruit de l'orgasme.

— Je ne peux pas rivaliser avec Kari. Personne ne le pourra jamais.

— Teresa...

— Je ne veux pas que tu lui dises quoi que ce soit, insistai-je. Je suis sérieuse, Cam. Je sais que tu meurs d'envie de lui coller des baffes, mais s'il te plaît, laisse tomber parce que...

Parce que j'avais mal pour lui. Connaître la vérité à propos de Kari avait changé la donne. Je lui en voulais toujours de m'avoir blessée, mais j'avais conscience qu'il avait des circonstances atténuantes.

— Ça n'a plus aucune importance. Je vais bien.

Il haussa les sourcils.

— Tu n'as pas l'air bien.

Je baissai la tête vers la couverture qui me servait presque de tente.

— Merci.

— Je ne voulais pas dire ça comme ça. (Il me tapota le genou à l'aveugle.) Je m'inquiète pour toi, c'est tout. Tu as eu beaucoup de choses à encaisser, ces derniers temps.

— Ça ira. Promets-moi que tu ne lui diras rien. Laisse couler. Je t'en prie, Cam.

Il soupira.

— D'accord. Je ne dirai rien. Tu avais raison tout à l'heure : ce ne sont pas mes affaires. Mais te voir aussi triste sans pouvoir lui mettre mon poing dans...

— J'ai compris, l'interrompis-je avec un faible sourire. Mais tu ne peux pas toujours régler les choses à ma place, tu sais ?

Cam rit.

— Depuis quand ?

Secouant la tête, je m'emmitouflai un peu plus sous la couverture. Connaître les détails de l'histoire m'aidait à comprendre un peu mieux la situation, mais ça n'avait pas apaisé ma douleur pour autant. Au contraire, je trouvais tout ça encore plus triste.

On frappa à la porte. Cam se leva.
— C'est sûrement Avery. Prête pour les piaillements ?
— Les piaillements ?
Il grimaça.
— Ne lui répète pas. Tu veux bien qu'elle entre ?
— Évidemment.
Discuter avec quelqu'un, c'était toujours mieux que de me lamenter sur mon sort.
Si Avery savait ce qu'il s'était passé, elle évita soigneusement le sujet. Elle réussit même à me faire lever du canapé pour ranger l'appartement. C'était le bazar. Pas seulement à cause de moi. La dernière fois que Cam avait passé l'aspirateur et fait la poussière, le président n'avait pas encore été élu.
— On m'a dit que l'enterrement de Debbie avait lieu mardi, me dit-elle en attachant ses cheveux cuivrés en queue-de-cheval. Ça va aller ?
Je hochai la tête et jetai le chiffon que j'avais utilisé pour épousseter la table de chevet dans une petite poubelle.
— Calla m'y emmène et viendra me chercher après. Elle n'aime pas les enterrements.
— Moi non plus. (Elle se pencha pour ramasser un sac posé à l'intérieur de l'armoire.) Je ne crois pas que Cam ait prévu d'y aller, mais si tu veux qu'il t'accompagne, je suis certaine qu'il viendra.
Je n'en doutais pas, mais je ne comptais pas le forcer à assister à un enterrement auquel il n'avait pas envie d'aller.
Lorsqu'elle ouvrit le sac en papier, Avery se figea soudain. En jetant un coup d'œil par-dessus son épaule, je me rendis compte qu'il était rempli de chaussures que je n'avais pas eu le temps de ranger. Ça me faisait penser que je n'avais pas encore récupéré toutes mes affaires dans ma chambre universitaire.
Curieuse de savoir ce qui avait attiré son attention, je me glissai près d'elle.

— Qu'est-ce qui se passe ?

Sans un mot, elle sortit une vieille paire de chaussons de danse du sac.

— Ça fait une éternité que je n'en ai pas tenu dans la main.

Les voir fut un crève-cœur. Je me tournai et m'assis sur le lit.

— On fait plus ou moins la même pointure. Je suis sûre que tu rentres dedans. Tu peux les prendre, si tu veux.

— Tu ne veux pas les garder ?

Je haussai les épaules.

— Je n'en sais rien. Disons que tu peux les emprunter. Ça te va ?

Elle observa les chaussons satinés en soupirant. Son regard mélancolique attisa ma curiosité.

— Pourquoi est-ce que tu as arrêté la danse, Avery ?

Le rouge aux jours, elle releva la tête vers moi.

— C'est une longue histoire qui n'a plus vraiment d'importance. De toute façon, je doute d'être encore capable de lever la jambe assez haut ou de me rappeler le moindre pas.

— Moi, je suis sûre que si, rétorquai-je au lieu d'insister pour avoir des détails.

Elle rit, mais une lueur d'excitation s'éveilla dans ses yeux, comme si elle mourait d'envie d'essayer.

— Je risque de me faire mal.

— Mais non. (Mon genou commençait à s'engourdir, je l'étirai.) Essaie.

Les chaussons pendaient à ses doigts.

— Je vais être ridicule.

— Il n'y a que moi et je n'ai même pas encore pris ma douche. Et puis, je ne suis pas capable de marcher sans boiter, je te rappelle. Tu n'as pas à t'inquiéter de m'impressionner ou non.

Elle hésita, puis traversa la pièce. Elle posa les chaussons sur le lit à côté de moi.

— Si tu te moques, je pleure.

— Je ne me moquerai pas, promis ! (Mais je souris.) Allez, lance-toi !

Avery fit un pas en arrière et observa la pièce pour évaluer l'espace avant de retirer ses chaussures. Elle prit une grande inspiration en levant la jambe. Elle ferma les yeux, remonta son pied contre sa cuisse et fit une pirouette, puis une deuxième en tendant gracieusement la jambe. Malgré la moquette, son jean et le manque d'entraînement, il était clair qu'Avery avait un talent inné qu'aurait envié n'importe quel danseur.

Quand elle reposa les deux pieds au sol, je l'applaudis vivement.

— C'était parfait !

Le visage en feu, elle lissa son pull.

— Pas du tout. Ma jambe…

— Oh, je t'en prie, tu n'as pas dansé depuis des années, pourtant ta pirouette était bien plus jolie que celle de certains qui s'entraînent tous les jours. (Je ramassai les chaussons de danse.) Il faut que tu remontes sur scène. Même si c'est juste avec moi au centre des activités. Au moins une fois.

— Je ne sais pas…

— Mais si !

Je secouai les ballerines devant son nez. Elle les suivit du regard comme s'il s'agissait d'un bien précieux. Je ne savais pas pourquoi, mais je sentais que l'aider à recommencer la danse était important.

— Il faut que tu le fasses. Histoire que je vive à travers toi. Rien qu'une fois avant le deuxième semestre. S'il te plaît.

Avery prit une grande inspiration en me dévisageant.

— Qu'est-ce que j'ai à y gagner ?

— Qu'est-ce que tu veux ?

Elle pinça les lèvres.

— Deux choses. D'abord, j'aimerais que tu m'aides à choisir un cadeau de Noël pour Cam. Je suis bidon pour ce genre de choses.

Je ricanai.

— D'accord. C'est faisable. Et la deuxième ?

— Il va falloir que tu gardes Michelangelo et Raphael ce week-end.

— Les tortues ?

Elle hocha la tête en souriant.

— On a acheté un vivarium plus grand pour qu'elles puissent… je ne sais pas… se donner des coups de tête, mais Cam voulait aller au ciné et j'ai peur qu'elles s'entre-tuent si on les laisse toutes seules.

— Donc, si j'ai bien compris, je vais servir de videur pour tortues ? Je dois les séparer si l'une d'elles devient incontrôlable ?

Avery gloussa.

— Exactement.

J'éclatai de rire.

— OK. Ça marche.

Je lui tendis les chaussons. Elle les attrapa.

— Oh, et je suis à peu près sûre que Michelangelo est une fille, alors si tu as l'impression qu'ils se tournent autour, empêche-les aussi. Cam et moi, on n'est pas prêts pour être parents de bébés tortues.

Je m'allongeai en arrière en grognant.

— Oh, mon Dieu…

26

Le jour de l'enterrement de Debbie, le soleil brillait, mais il ne réchauffait en rien l'air frais matinal.

Comme promis, Calla m'avait déposée au début de la cérémonie. Dès que la partie au cimetière serait terminée, je lui enverrais un message. Elle m'avait emmenée à la fac la semaine précédente, puis Cam avait pris le relais. Il ne m'avait pas laissé le choix.

Il fallait vraiment que je me trouve une voiture.

Je m'étais placée un peu en retrait des autres dans le cimetière. Penser à des choses aussi triviales m'aidait à faire bonne figure. Je n'avais jamais été très à l'aise avec les funérailles. Lorsque mon grand-père était décédé, je n'avais pas eu le courage de m'approcher du cercueil. Ça n'avait pas beaucoup changé. Le cercueil n'avait pas été ouvert, mais j'étais restée à l'écart dans l'église.

La marche jusqu'au cimetière m'avait fait mal au genou, mais qu'importe. J'avais le sentiment que je devais être présente pour Debbie. Si je n'avais pas été là, je l'aurais sans doute regretté.

Ses parents avaient l'air absents. Ils étaient serrés l'un contre l'autre, avec un garçon entre eux qui semblait être en première année de lycée. Je ne pouvais pas imaginer ce qu'ils vivaient ni ce qu'il se passait dans leurs têtes.

Erik Dobbs se tenait sur leur droite. Il était entouré de membres de sa fraternité. Je ne savais pas si Jase était avec eux ; la foule de garçons habillés en costume froissé était trop dense.

Il n'était pas difficile de différencier les étudiants et la famille. Les étudiants avaient pioché des vêtements sombres, n'importe quoi, dans leur armoire. Personnellement, je portais un legging avec une robe pull bleu foncé. Ce n'était probablement pas la tenue la plus appropriée pour des funérailles, mais je n'avais rien d'autre sous la main.

Lorsque la cérémonie du cimetière tira à sa fin, je fus surprise de me rendre compte que j'avais les larmes aux yeux. Je m'étais plutôt bien débrouillée jusque-là. Mes joues étaient restées relativement sèches, même quand ils avaient passé cette ballade mélancolique qu'on joue toujours dans les occasions les plus tristes. J'essuyai mon visage avec mes mains glacées, puis commençai à m'éloigner.

Une main se posa brutalement sur mon épaule et me força à me retourner. Je faillis porter mon poids sur mon mauvais genou, mais parvins à rectifier le tir au dernier moment. Le cœur battant la chamade, je relevai la tête.

Erik se tenait devant moi, ses yeux sombres plongés dans les miens.

— Qu'est-ce que tu fais ici ?

Je repoussai sa main de mon épaule, ou du moins, j'essayai. Il renforça sa prise un instant avant de me relâcher, mais il ne s'en alla pas pour autant.

— Ne me touche plus jamais, lui dis-je à voix basse.

Quelque chose de sombre, d'horrible passa sur son visage.

— Tu ne devrais pas être ici. C'est à cause de toi qu'elle est morte, qu'elle est dans ce cercueil.

Bouche bée, je reculai vivement.

— Pardon ?

— Elle est morte parce que tu lui as farci la tête de ces conneries. (Il éleva la voix, attirant l'attention des personnes qui se tenaient près de nous.) Si tu t'étais occupée de tes affaires au lieu d'attiser la haine, elle serait toujours en vie.

Le visage blême, je l'observai intensément. Était-il fou ? Je sentis mon ventre se serrer en voyant que des étudiants nous écoutaient.

— Je n'ai rien attisé du tout, et tu le sais très bien.

Erik secoua la tête.

— C'est ta faute.

— Erik, mon pote, dit l'un de ses amis en avançant vers nous. Je crois qu'il est temps de rentrer.

— Non, c'est elle qui doit partir, rétorqua-t-il. C'est la dernière personne qui devrait…

Quelqu'un attrapa Erik par l'épaule comme il l'avait fait avec moi. Je n'avais pas vu Jase arriver, mais il était bien là, la main crispée sur Erik, le visage à seulement quelques centimètres du sien.

— Je sais que ce n'est pas facile pour toi, dit Jase d'une voix grave et dangereusement calme. Mais je te suggère de battre en retraite tout de suite avant de dire quelque chose que tu vas regretter.

Il ouvrit la bouche, mais Jase secoua la tête.

— Va-t'en.

Pendant une seconde, je crus qu'Erik n'allait pas lui obéir, puis il hocha brièvement la tête. Repoussant la main de Jase, il se retourna sans un regard pour moi et se fraya un chemin parmi les membres de la fraternité. Aucun d'eux ne chercha à le suivre. Ils semblaient même écœurés par son comportement.

Jase me prit par le bras et baissa la tête vers moi.

— Où sont tes béquilles ? me demanda-t-il.

Je lui adressai un regard agacé qu'il ignora.

— Ce ne sont pas tes oignons, mais je les ai jetées à la poubelle.

Il me dévisagea.

— Tu les as jetées à la poubelle ?

— Oui.

Comme une bombe à retardement, la colère engendrée par Erik se mit à se répandre dans mon corps. Malheureusement pour Jase, c'était lui qui était en face de moi.

— Et tu n'avais pas besoin d'intervenir. Je contrôlais la situation.

— J'ai vu ça. (Il se mit à avancer, et comme il tenait fermement mon bras, je fus obligée de le suivre.) Je te ramène à la maison.

— C'est Calla qui me dépose.

— Envoie-lui un message pour lui dire que tu as trouvé quelqu'un d'autre. (Comme je ne répondais pas, il me lança un regard froid. Ses iris avaient pris une teinte grise orageuse.) S'il te plaît, ne sois pas têtue, Tess. Je veux juste te ramener chez toi. OK ? Je ne veux pas que tu attendes Calla ici toute seule.

Une partie de moi aurait voulu protester, mais c'était idiot. Je n'avais vraiment pas envie d'attendre dans le froid avec Erik qui se baladait dans les parages, prêt à m'accuser d'un crime que je n'avais pas commis.

— D'accord, dis-je au bout d'un moment en sortant mon portable. Pas la peine de me tenir le bras, par contre.

Son regard s'embrasa.

— Et si j'en ai envie ?

Je m'arrêtai net pour l'obliger à faire de même. Nos yeux se rencontrèrent.

— Tu n'as pas le droit de me toucher, Jase.

Il me lâcha aussitôt.

— Pardon.

Pendant qu'on avançait vers la Jeep, j'envoyai un message à Calla pour lui raconter ce qu'il s'était passé.

Une fois assis dans la voiture, il me reposa la question à propos des béquilles.

— Quoi ? (Je tirai sur la ceinture de toutes mes forces et m'attachai.) Je n'en aurai pas besoin toute ma vie.

— Le docteur a dit...

— Que j'en aurais besoin pour quelques jours ou pour une semaine, en fonction de l'usage que j'en faisais.

Je détestais me rappeler qu'il avait été là pour moi, puis m'avait laissé tomber quelques jours plus tard. Peu importaient ses raisons tragiques.

— Je n'en ai plus besoin.

— Tu as boité jusqu'au cimetière et jusqu'à la voiture.

— Tu m'as espionnée ?

— Oui. (Il jeta un coup d'œil dans ma direction, avant de reporter son attention sur la route.) Je t'ai surveillée du début à la fin. Tu ne t'en es pas rendu compte.

Je ne savais pas quoi en penser.

— Je ne t'ai pas vu.

— Je suis resté debout à côté de la porte. Je suis sorti avant tout le monde, m'expliqua-t-il. Bref : est-ce qu'Erik t'a fait mal ? Il t'a forcée à te retourner plutôt violemment.

Je secouai la tête, mais me rendis compte qu'il ne me regardait pas.

— Non.

— J'aurais dû intervenir plus tôt. Désolé.

Il finit par allumer le moteur. La soufflerie se mit en marche. On resta silencieux jusqu'à ce qu'on s'engage sur la Route 45 en direction de Shepherdstown.

— Il va se tenir éloigné de toi. Je vais m'en assurer. Ne t'inquiète pas, je ne compte pas le tabasser ni faire une bêtise, crois-moi. Mais il n'a pas intérêt à recommencer ses conneries, c'est tout. (Il m'adressa un regard acéré.) C'était la première fois qu'il te faisait des menaces ?

— Pourquoi ? lui demandai-je. Pourquoi est-ce que tu t'intéresses à ce qu'il peut me dire ?

Il me jeta un autre regard tranchant comme une lame de rasoir.

— C'est une question stupide.

— Je ne crois pas, non. On n'est pas amis. On était un peu plus proches que des amis pendant un temps très court et on a couché ensemble. (Mes propres paroles me brisaient le cœur.) C'est tout.

Jase serra le volant entre ses mains.

— C'est comme ça que tu vois notre relation ?

— Ce n'est pas ce que tu veux ?

Il ne répondit pas tout de suite, et quand il finit par le faire, c'était d'une voix si basse que je n'étais pas certaine d'avoir bien entendu.

— Non.

Je pris une grande inspiration.

— Non ?

— Ce n'est pas ce que je veux pour nous. Mon Dieu, Tess, pas du tout. (Il posa son bras gauche au niveau de la fenêtre ouverte et posa sa tête contre son poing.) Mais je... je t'avais dit qu'il ne valait mieux pas sortir avec moi.

Ma poitrine et ma gorge me brûlèrent tandis que j'observais son profil.

— Je suis au courant, murmurai-je. (J'espérais qu'il n'en voudrait pas trop à Cam.) Je sais pour Kari.

Il serra les dents si fort que je n'aurais pas été surprise s'il s'était cassé une molaire. Un kilomètre défila avant qu'il reprenne la parole.

— Ce n'est pas la peine que je te demande comment tu l'as appris.

— Ne lui en veux pas, s'il te plaît. Il croyait que j'étais déjà au courant, parce que tu m'avais parlé de Jack. Tu ne dois pas lui en vouloir.

— Je ne lui en veux pas. (Il soupira profondément.) Tu connais toute l'affaire sordide, alors.

— Je... je n'ai pas trouvé ça sordide.

Je me mordis les lèvres. Je savais que Jase ne voulait pas de Jack au départ. À présent, je comprenais mieux son sentiment de culpabilité... et si Kari avait voulu le garder ?

— C'est triste, c'est tout.

— Oh, je ne lui ai pas tout raconté. (Il eut un rire étranglé.) Quand Kari est tombée enceinte et qu'elle a dû l'annoncer à ses parents, je ne l'ai pas épaulée. Alors que j'aurais dû le faire. Je savais qu'ils allaient être sévères avec elle, qu'ils allaient l'envoyer chez ses grands-parents dans le sud de la Virginie-Occidentale. Et quelque part, ça m'a soulagé, parce que si elle n'était pas là, je n'étais pas obligé de penser à sa grossesse.

Il rit de nouveau, mais c'était un son très triste.

— Je n'ai jamais été présent pour elle. Tu sais, j'étais un gamin, mais quand même...

— Tu avais quoi ? Seize ans ?

Il hocha la tête.

— Quand mes parents s'en sont mêlés et ont décidé d'adopter Jack, Kari est revenue. Elle a commencé à parler d'un futur pour nous trois. Ça m'a fait flipper. On s'est disputés. Elle a pris la voiture et elle est morte. Fin de l'histoire.

Oh, mon Dieu...

— Tu ne te sens pas responsable de sa mort... ? Pitié : dis-moi que tu ne te crois pas responsable.

— Je l'ai cru pendant longtemps, mais je sais que je n'ai pas causé cet accident. On s'était plus ou moins rabibochés avant qu'elle parte, mais tu sais bien, on n'a jamais envie que la dernière conversation qu'on a avec quelqu'un soit une engueulade à la con.

— Je suis désolée, murmurai-je. Je sais que ça ne change pas grand-chose, mais je suis désolée.

Jase retomba dans le silence jusqu'à ce qu'on approche mon immeuble.

— Je ne me suis jamais rendu sur sa tombe.

Je sortis de mes propres pensées.

— Jamais ?

Il secoua la tête.

— Je... je ne sais pas. Je suis passé à autre chose, mais...

— Tu n'es pas passé à autre chose, Jase. Si tu n'es jamais allé voir sa tombe, c'est évident.

On se gara au milieu du parking. Après avoir coupé le moteur, il se tourna vers moi. Ses yeux se posèrent sur mes lèvres et ne semblèrent plus pouvoir s'en détacher. Sur le volant, sa main se crispa.

— Tu l'aimes toujours ? murmurai-je.

Jase ne répondit pas pendant un long moment.

— J'aimerai toujours Kari. Elle était quelqu'un de bien. Je ne sais pas où on en serait si elle était encore en vie aujourd'hui, mais elle aura toujours une place particulière dans mon cœur.

Son torse se gonfla lentement. On aurait dit qu'il voulait ajouter quelque chose, mais il se ravisa.

Je me souvins alors que Cam m'avait dit qu'il avait peur. Peut-être que c'était vraiment le cas. Peut-être qu'il m'aimait, mais que ses sentiments n'étaient pas suffisants. Certaines blessures, nourries par le silence, étaient bien trop profondes. Je ne pouvais rien faire pour changer sa conception des relations amoureuses. Il fallait qu'il trouve la réponse tout seul, parce qu'il en avait envie. J'espérais qu'il réussirait. Pas seulement pour moi. Parce que même si la blessure qu'il avait infligée à mon cœur était toujours à vif, Jase était un homme bien.

Il fallait juste qu'il fasse du tri dans sa tête.

Tandis que je le regardais chercher ses mots, je fis sans doute la chose la plus mature de toute ma vie. Sachant que j'avais toujours le cœur brisé, on aurait dû me remettre une médaille.

Je me penchai vers son siège et posai mes lèvres contre sa joue froide. Jase prit une grande inspiration et tourna des yeux un peu fous vers moi pendant que je reculais.

— Je suis désolée pour tout ce que tu as traversé. Je… je t'aime toujours et j'espère qu'un jour tu pourras réellement passer à autre chose, parce que tu le mérites, Jase Winstead.

27

Habiter dans l'appartement de Cam aurait dû me rendre la vie plus facile. C'était le cas de bien des façons. Habiter là me permettait de ne pas faire une fixation sur la mort de Debbie et d'éviter de rester dans une chambre qui me foutait les jetons. Ça m'aidait aussi à ne pas croiser ce cinglé d'Erik. Je me faisais emmener à la fac par Avery ou mon frère, et comme mon genou ne me faisait plus aussi mal qu'au début, marcher entre mon cours de musique et le campus est n'était plus un problème.

Par contre, je ne mangeais plus avec Cam ni personne à midi. Je ne savais pas si Jase les rejoignait. J'en doutais. J'étais persuadée que mon frère était allé demander des explications à son ami dès l'instant où il avait appris qu'on n'était plus ensemble. Mais je ne pouvais pas faire semblant que tout allait bien, alors je restais éloignée de la cantine.

C'était déjà assez difficile de le voir trois fois par semaine en musique et de temps en temps sur le campus. Il ne m'adressait jamais la parole. Depuis les funérailles de Debbie, il n'avait jamais demandé de mes nouvelles. C'était stupide et inutile de ma part de laisser cette douleur sourde grandir et se répandre en moi. Kari était un fantôme. Elle était dans le passé, mais

Jase l'avait aimée. Ils avaient conçu un enfant ensemble et, fantôme ou non, je n'arrivais pas à me départir de cette souffrance.

Le problème ne venait pas seulement de Jase. J'avais finalement compris que mon rêve de devenir danseuse professionnelle était terminé et que la fac était à présent mon seul avenir. Ça signifiait que j'avais du retard à rattraper et ça me stressait.

Quand les examens arrivèrent, j'étais aussi fatiguée que si j'avais donné des litres de sang.

Des cernes noirs étaient apparus sous mes yeux. Parfois, ils étaient gonflés parce que lorsque je me réveillais en pleine nuit, toute seule, je ne pouvais m'empêcher de pleurer. J'avais honte quand Cam ou Avery s'en rendait compte. Je ne ressemblais plus à rien. Je ne pouvais même pas le cacher.

À Thanksgiving, Cam et Avery étaient allés rendre visite à nos parents. Je les avais accompagnés pour fuir mon quotidien. Le voyage m'avait fait du bien et Maman nous avait gavés de pâtisseries : la première tarte aux pommes de la saison, deux roulés à la citrouille et du pain frais. On aurait dit que Cam avait gagné au loto. Moi, j'avais regardé mes fesses qui grossissaient à vue d'œil en soupirant. Puis le temps était venu de rentrer à Shepherdstown et le répit avait touché à sa fin.

Je n'avais pas voulu y retourner. J'avais la sensation que seule de la tristesse m'y attendait.

Juste avant de partir, j'étais montée dans ma chambre pour récupérer plusieurs pulls que je n'avais pas pris avec moi en août. J'étais restée figée devant les trophées sur mes étagères, les rubans accrochés au mur et les couronnes étincelantes qu'on nous avait données à certaines compétitions.

J'avais soulevé tous les trophées, les uns après les autres, en essayant de me rappeler ce que j'avais ressenti lorsque j'avais gagné le premier prix, mais ces émotions ne semblaient plus m'appartenir, comme si elles avaient été plongées dans un puits auquel je n'avais plus accès.

— Ça va ?

J'avais reposé le trophée à sa place et m'étais tournée vers la voix de ma mère. Hochant la tête, j'avais essuyé mes larmes du revers de la main. Je ne m'étais même pas rendu compte que je pleurais.

Elle avait traversé la pièce avec un sourire triste et compatissant. Ses yeux bleus brillaient d'une façon qui me donnait envie de pleurer plus fort. Elle m'avait pris le visage entre les mains et essuyé les quelques larmes qui restaient.

— Avec le temps, ce sera plus facile, ma chérie. Je te le promets.

— À quel niveau ? marmonnai-je.

Elle avait appris pour Debbie, bien sûr, et je lui avais parlé de Jase. Je lui avais tout dit. Ensemble, on avait décidé de taire cette partie à mon père au cas où Jase reviendrait chez eux avec Cam. Ce n'était pas à l'ordre du jour, mais si mon père avait su que le cœur de sa petite princesse était brisé, il aurait emmené Jase chasser et aurait eu un petit accident.

— Tout. Ça finira par s'arranger. Je sais que c'est difficile à croire pour l'instant, avait-elle dit. Mais tu te trouveras une autre passion et tu rencontreras quelqu'un d'autre qui t'aimera comme tu le mérites.

— Jase mérite de m'aimer. Enfin, ce n'est pas un mauvais garçon, avais-je répondu en reniflant. Du moins, c'est ce que je croyais.

Ma mère m'avait prise dans ses bras. Elle sentait la citrouille et les épices. J'avais encore moins envie de partir. Je voulais de nouveau être sa petite fille, celle qui n'était pas obligée de jouer aux adultes et d'encaisser ce que la vie lui envoyait en pleine figure.

— Ce jeune homme a traversé beaucoup de choses. (Elle m'avait serrée de la façon que je préférais.) Il me rappelle ce garçon que je connaissais à la fac de médecine. Il sortait avec une fille depuis des années et elle est morte pendant les vacances d'été. Je crois qu'elle avait un problème cardiaque. (Ma mère s'était reculée pour prendre mes mains froides dans les siennes.) C'était il y a combien de temps ? Des dizaines d'années ? Pourtant, je le vois encore parfois et il ne s'est jamais marié. Je crois même qu'il n'a pas eu d'autres relations sérieuses depuis. Jase, lui... il a eu un enfant avec cette fille. C'est encore plus difficile à comprendre pour nous.

Entendre ça ne m'avait pas remonté le moral. Même si Jase ne voulait pas de moi, je voulais qu'il passe à autre chose, qu'il retrouve l'amour et qu'il partage sa vie avec quelqu'un. Je n'avais pas envie de penser qu'il allait finir seul comme l'ami de ma mère, avec des relations passagères, incapable de laisser les autres s'approcher.

Jase méritait mieux que ça parce qu'au fond de lui, c'était un gars bien. Il était simplement... paumé, à un degré que je ne pouvais pas comprendre.

Le dimanche, après notre retour, je me forçai à me coucher tôt. Malheureusement, comme tous les soirs, les cauchemars ne tardèrent pas à surgir. Des fois, je rêvais de Debbie... pendue dans notre chambre. D'autres fois encore, je me retrouvais dans le cimetière, mais au lieu de me crier dessus, Erik me poussait dans la tombe ouverte.

Et puis, je rêvais aussi de Jase. Je rêvais qu'il m'aimait, qu'il me disait qu'il serait toujours là pour moi. Ceux-là n'étaient pas de mauvais rêves jusqu'à ce que je me réveille et que je me rende compte qu'ils n'étaient rien d'autre que ça : des rêves. Je nous imaginais parfois dans une maison que je ne connaissais pas. Je criais son nom, mais il ne m'entendait pas. Il traversait les portes. Je n'arrivais jamais à l'attraper.

Le matin, au réveil, je n'avais pas l'impression d'avoir dormi. Les derniers cours du semestre passèrent sans que je m'y intéresse vraiment. Malgré tout, je réussis mes examens haut la main. Comme j'avais beaucoup trop de temps libre, j'avais profité d'être seule à l'appartement pour étudier. Et pour manger. Les révisions m'avaient bien préparée. Tant mieux, parce que mon avenir était en jeu. Ce n'était peut-être pas celui que j'avais espéré, mais il fallait que je l'accepte. L'enseignement ne serait pas si mal que ça. Je savais que ça allait me plaire. Alors, obtenir mes examens était du sérieux.

Tendue, je suivis Calla dans la salle de musique et on prit nos sièges. Ses joues étaient rougies par le froid. Ça faisait ressortir sa cicatrice. Se frottant les mains, elle se laissa glisser sur sa chaise.

— Je ne supporte pas le froid, dit-elle en frissonnant. Après la fac, je m'installe en Floride, c'est sûr.

— Il y a quelques mois, tu disais que tu ne supportais pas la chaleur. (Je sortis un stylo. Vivement la fin de l'heure. La fin de l'année, même.) Tu devrais trouver un endroit où il fait plus ou moins la même température toute l'année.

Elle fit mine de réfléchir.

— Bonne idée ! Il faut juste que je déniche ça, maintenant. Et toi ?

Ça me paraissait si lointain que je n'arrivais pas à me projeter. Je haussai les épaules.

— Je suppose que je resterai dans le coin.

Elle soupira et tendit la main pour tirer sur le lacet de mon sweat à capuche. C'est alors que je me rendis compte que je portais le même pull depuis trois jours. Mais d'ailleurs… est-ce que j'avais pris une douche ce matin ? Pas que je m'en souvienne. Je m'étais juste brossé les cheveux avant de les attacher.

Super.

— Et si tu venais chez moi, ce soir ? me demanda-t-elle, comme elle le faisait depuis deux semaines. On pourrait aller acheter plein de conneries à manger ou prendre du mexicain à emporter. Tu connais mon amour pour les nachos.

J'allais refuser, mais me ravisai. Il fallait que je me vide la tête. Au moins pour quelques heures.

— D'accord, mais est-ce que tu peux venir me chercher ? Il fait trop froid pour traverser les campus la nuit.

— Bien sûr ! (Un grand sourire se dessina sur ses lèvres. Un sourire à couper le souffle.) Génial ! Je passerai prendre de la bière, parce qu'il n'y a rien de mieux que de faire boire des mineurs. Ou peut-être de l'alcool de fille. Tu verras, tu vas être tellement bourrée que...

Elle s'arrêta, les lèvres pincées.

— Quoi ? Tu vas abuser de moi ? plaisantai-je.

Comme elle ne répondait pas, je soupirai. Puis je sentis qu'on me regardait. Je tournai la tête et l'air se figea à l'intérieur de mes poumons.

Jase se tenait au bout de la rangée. Il portait un sweat à capuche et un jean délavé, avec ce satané bonnet gris que j'aimais tant. J'avais envie de le lui arracher et de faire un truc dingue, comme le cacher sous mon oreiller.

Je grimaçai.

Heureusement que ma folie se limitait à mes pensées et que je ne les mettais jamais en pratique.

Comme d'habitude, le voir était vraiment difficile. C'était encore pire depuis que je connaissais la sensation de ses bras autour de moi, de sa peau contre la mienne, de ses baisers. Je n'arrivais pas à concilier sa gentillesse, sa joie de vivre et son côté protecteur avec ce Jase, celui qui m'avait laissée tomber après notre premier baiser.

Je comprenais qu'il avait un lourd passif à gérer, mais moi, je ne me serais jamais défilée. Je l'aurais aidé. Je l'aurais aimé malgré tout.

Le stylo glissa de mes doigts et roula jusqu'à mes genoux. Le cœur serré, je regardai Jase se dandiner d'un pied sur l'autre. On aurait dit qu'il voulait me dire quelque chose, mais étant donné qu'il m'évitait comme la peste, je me demandais de quoi il pouvait bien s'agir.

— Tess, dit-il.

Mon corps entier se tendit au son de sa voix grave. Je fermai les yeux.

L'entendre prononcer mon nom... Je ravalai mes larmes et rouvris les paupières. Ça me faisait mal parce que ce garçon... ce garçon m'avait brisé le cœur.

À côté de moi, Calla se crispa. Je savais qu'elle était à deux doigts de jouer les mamans ours.

Il avait dû le sentir, lui aussi, car ses yeux gris orageux se posèrent sur elle avant de revenir vers moi. Ce qu'il comptait dire était perdu à jamais. Il secoua légèrement la tête, puis fit demi-tour et alla s'asseoir quelques rangées plus loin.

Mon regard était fixé sur l'arrière de sa tête, sur ses cheveux qui dépassaient de son bonnet.

— Oublie-le, me dit Calla.

Mais j'en étais incapable. Je ne pourrais jamais l'oublier.

— Je suis sérieuse, Teresa. Tu mérites un mec qui ne te laisse pas tomber puis t'ignore pendant des semaines.

— Je sais, murmurai-je sans le quitter des yeux. (C'était facile de me rappeler la sensation de ses cheveux sous mes doigts.) Mais ce n'est pas aussi simple que ça.

Calla ne répondit rien car c'était la vérité.

Le cœur lourd, la poitrine tellement douloureuse que j'avais envie de me cacher sous la table pour pleurer, je reportai mon attention sur le professeur. Je n'avais pas l'intention d'échouer à cause de Jase.

Ni de continuer de pleurer pour lui.

Après mon dernier examen, je me rendis à pied jusqu'à West Woods. Comme je n'avais pas l'intention de passer les vacances d'hiver seule comme une pauvre fille (à la place, je rentrais chez mes parents comme une pauvre fille) et que j'allais continuer à habiter chez Cam pour le second semestre, il fallait que j'aille débarrasser mon ancienne chambre.

Même si ma présence ne dérangeait pas mon frère, je comptais me trouver un petit boulot et participer au loyer. Et puis, un job aurait l'avantage de m'occuper l'esprit. Entre le fait de ne plus pouvoir danser, la mort de Debbie, Erik et Jase, j'avais besoin de trouver quelque chose sur quoi me concentrer en attendant que mon esprit et mon cœur guérissent.

Ça ne semblait pas être pour tout de suite.

Je traversai la pelouse qui menait à la résidence universitaire. Le vent froid me glaçait les joues et l'odeur de la neige flottait dans l'air. Mon genou commençait à me faire mal quand j'entrai dans l'immeuble. Comme la plupart des étudiants étaient déjà partis, le hall était calme. Il n'y avait que quelques personnes sur les canapés.

Pendant que j'attendais l'ascenseur, je cherchai ma carte magnétique dans mon sac et essayai de me détendre. Je n'avais pas mis les pieds dans cette chambre depuis cette horrible nuit. Je n'avais pas la moindre envie d'y retourner, mais il fallait que je récupère mes affaires. Cam me rejoindrait une heure plus tard avec son pick-up.

Et puis, je devais me comporter comme une adulte. Il n'y avait rien qui clochait dans cette chambre et je doutais sérieusement qu'elle soit hantée. Je m'attendais à ressentir des mauvaises ondes, mais je pouvais bien y passer quelques minutes, le temps de prendre mes affaires.

Encouragée par ces pensées positives, j'entrai dans l'ascenseur et montai jusqu'à mon étage. En arrivant dans le couloir, je reçus un message. Pensant qu'il s'agissait de Calla ou de Cam, je sortis mon téléphone de la poche de mon sac. Je faillis tomber à la renverse.

Je viens t'aider avec Cam. Il faut que je te parle.

C'était tout ce que disait le message de Jase, mais mon cœur battait la chamade et mon estomac s'était noué comme s'il y avait un sens caché derrière ces mots, comme si à la place j'avais lu : « Je suis un idiot, j'ai fait une erreur, je t'aimerai toute ma vie. »

Dans tous les cas, il venait nous aider. Ça signifiait que mon frère lui avait donné sa permission… et vu l'état dans lequel j'avais sombré par sa faute, ça n'avait pas dû être facile.

Je m'arrêtai devant la porte de la suite. Mon cœur battait à cent à l'heure sous le coup de l'euphorie. *Ne te fais pas de films*. Le fait qu'il vienne m'aider et veuille discuter ne signifiait rien du tout. Je n'aurais pas dû ressentir une telle excitation. Devais-je seulement accepter qu'il vienne ? Une part de moi aurait voulu refuser, mais… je savais que je l'aurais regretté. On avait réellement besoin de se parler… J'avais envie de lui parler.

Les mains tremblantes, je lui envoyai un très calme, dénué d'enthousiasme : *OK*.

Sa réponse, presque immédiate, fit bondir mon cœur dans ma poitrine.

À tout à l'heure.

Relâchant la respiration que j'avais bloquée, je rangeai mon téléphone dans mon sac. Avec Cam présent, j'allais pouvoir ajouter ce moment à ma liste des plus embarrassants de toute ma vie, mais je ne pouvais nier la jubilation qui s'éveillait en moi, malgré mon bon sens qui s'entêtait à jouer les trouble-fête.

Je fis glisser ma carte magnétique dans la fente et repoussai toute pensée de la visite de Jase de mon esprit. Une fois entrée dans la suite, je refermai la porte derrière moi.

Mon regard balaya la pièce. Je ne voyais aucun changement. Il y avait un coussin sur le canapé et l'autre par terre, sous la table basse. Une odeur musquée planait dans l'air, comme le souvenir d'un été humide. La porte de mes colocataires, de Steph, était sûrement fermée à clé. Même si elle m'avait aidée le soir de la mort de Deb, je ne l'avais plus jamais recroisée. De toute façon, je ne voulais plus penser à elle, car ça me rappelait qu'elle avait couché avec Jase.

Avaient-ils recommencé à coucher ensemble, depuis ?

Cette idée me noua l'estomac. Je jurai dans ma barbe. J'étais littéralement mon propre ennemi.

Après avoir posé mon sac sur le canapé, je me servis de nouveau de ma carte magnétique pour ouvrir la porte de ma chambre. Je clignai les yeux et pris une grande inspiration. Mon cœur s'emballa. Au début, je crus que le manque de sommeil et le stress me causaient des hallucinations. Je n'arrivais pas à croire ce que je voyais. Je clignai de nouveau les yeux, mais la scène resta la même.

Erik était assis sur le lit de Debbie.

28

Un frisson glacé descendit entre mes omoplates, puis le long de ma colonne vertébrale. Erik était dans la chambre. Que faisait-il ici ? Il y avait quelque chose sur ses genoux. Un pull. Un éclair de compréhension passa dans mon esprit. C'était l'un des pulls de Debbie.

Ses cheveux et ses vêtements n'avaient plus rien de classe. Tout chez Erik paraissait froissé, en bataille. Des cernes noirs assombrissaient ses yeux. Des rides étaient apparues autour de ses lèvres comme des fissures dans du marbre. Une légère barbe recouvrait ses joues comme s'il n'avait pas approché un rasoir depuis des jours.

— Qu'est-ce que tu fais ici ? me demanda-t-il d'une voix sans relief.

J'étais trop surprise pour remarquer l'ironie de sa question.

— Je… je dois récupérer mes affaires.

Erik observa lentement la chambre. Tous les effets de Debbie avaient disparu. Le lit avait été fait, les couvertures pliées, mais le coussin était aplati, comme si quelqu'un s'était couché dessus. La porte de l'armoire était ouverte, révélant ce qu'il restait de mes vêtements et mes livres.

— Tu n'as pas pu rester ici ?

Son ton accusateur me fit sortir de ma torpeur. Je le regardai dans les yeux.

— Non, je n'ai pas pu. Et toi ?

Les mâchoires serrées, il ne parla pas pendant un moment.

— Non.

Il posa délicatement le pull à côté de lui. Sa main s'attarda sur la laine avant de revenir sur son genou.

— Mais je suis là maintenant. Et toi aussi.

Je sentis ma bouche et ma gorge se dessécher tandis qu'il me dévisageait. Au fond de moi, je n'avais jamais cru que la mort de Debbie était un simple suicide dont personne ne connaîtrait jamais la cause. J'avais toujours pensé qu'Erik avait eu son rôle à jouer. Il avait très bien pu la pousser à l'acte ou la blesser, puis faire croire à un suicide. Personne ne pouvait expliquer la présence de l'écharpe rose ce soir-là. Erik prétendait qu'il n'était pas venu.

Dans son regard, je pouvais lire qu'il savait à quoi je réfléchissais.

Le souffle court, mal à l'aise, je fis un pas en arrière.

— Cam et Jase viennent m'aider. Ils vont bientôt arriver.

— J'ai entendu ton frère discuter, tout à l'heure. Il est en plein examen. (Il avança vers moi de façon lente et mesurée.) Pourquoi est-ce que tu mens ?

Mon cœur s'emballa en même temps que mes pensées.

— Je croyais qu'il venait plus tôt. J'ai dû me tromper dans…

Il éclata d'un rire bref et mauvais, puis détourna la tête en se passant la main dans les cheveux.

— Tu ne t'es pas trompée du tout.

Je pris une grande inspiration et continuai de reculer en direction de la porte ouverte. Mes affaires pouvaient attendre. Je ne voulais plus être dans la même pièce que lui.

— Je reviendrai une autre…

Erik s'élança à une telle vitesse que je le vis à peine bouger. Il se retrouva juste devant moi. Un cri monta dans ma gorge, mais ne put s'en échapper. Il avait veillé à ce que je ne puisse pas émettre le moindre son.

Me bâillonnant d'une main, il m'éloigna de la porte. Mes dents avaient cogné contre mes lèvres, un goût métallique m'emplit la bouche. Déséquilibrée, ma jambe droite plia sous mon poids. Erik me frappa alors dans le dos et je tombai du côté gauche, me rattrapant à deux mains. J'entendis qu'il fermait la porte à clé.

Désorientée, je relevai lentement la tête. Des mèches de cheveux tombèrent devant mon visage, obscurcissant ma vue. L'intérieur de mes lèvres me brûlait et mon cerveau avait du mal à assimiler ce qui venait de se passer. Puis la peur m'envahit et me glaça jusqu'aux os.

Il m'attrapa par la queue-de-cheval pour tirer ma tête en arrière. Je criai sous le coup de la douleur.

— Tout est ta faute.

Je lui attrapai la main pour tenter d'atténuer le feu qui se répandait le long de mon crâne.

— Qu'est-ce que tu… ?

— Ne joue pas l'innocente.

Il me souleva jusqu'à ce que je me mette à genoux. Je portai tout mon poids du côté gauche, mais la position me faisait un mal de chien.

— C'est à cause de toi que Debbie est morte.

— Tu es dingue. (Les paroles avaient quitté mes lèvres avant que je puisse les en empêcher.) Tu es un putain de barjo. Tu l'as tu…

Erik me lâcha si rapidement que je tombai à la renverse. Quand il me frappa au visage, mes pensées partirent dans tous les sens. Je m'effondrai sur le côté, la mâchoire brûlante. La pièce, elle, me parut sens dessus dessous. Des larmes de douleur emplirent mes yeux tandis que j'essayais de reprendre mon souffle. Lorsque j'ouvris doucement la bouche, mon visage tout entier me fit souffrir. Mon cerveau ne parvenait pas à comprendre ce qui m'arrivait. Comment étais-je passée de mes examens à ça ?

Ça ne pouvait pas être réel, c'était impossible.

Je me crispai. Je ne connaissais que trop bien cette situation. La façon dont ma lèvre m'élançait, ma peau comme anesthésiée, le bourdonnement à l'intérieur de ma tête... Ce n'était pas la première fois que je me retrouvais par terre, sur le sol, à me remettre d'un coup que je n'avais pas vu venir.

Soudain, j'eus l'impression d'avoir de nouveau seize ans, d'encaisser sans rien dire pendant que Jeremy enrageait sur quelque chose de stupide. Je me sentais impuissante. Effrayée. Perdue. Mon corps et mes mains tremblaient.

— Je ne suis pas fou. Ce n'est pas ma faute si Deb est morte. (La colère déformait sa voix, la rendait plus acérée.) Si tu n'avais rien dit, si tu ne t'étais pas mêlée de ce qui ne te regardait pas, elle ne m'aurait jamais quitté.

— Quoi ?

Du sang coulait à la commissure de mes lèvres. Je l'essuyai d'une main fébrile et restai hypnotisée devant l'horrible tache rouge.

Trop familière.

— Quand tu lui as posé la question sur ses bleus ! Et après, ce satané dimanche ! Tu n'as pas pu t'empêcher de t'en mêler. (Il avança vers moi.) Il a fallu que tu t'interposes et que tu te blesses. Comme si c'était ma faute, putain. Ce n'était pas ma faute ! C'était la tienne !

Une rage noire vint prendre le pas sur la peur qui grandissait en moi. Alors, je fis quelque chose que je n'aurais jamais osé avec Jeremy : je lui répondis.

Je n'étais plus une victime. Je ne le serais plus jamais.

— Pourquoi est-ce que ça ne m'étonne pas ? crachai-je. C'est toi qui frappes, mais c'est la personne qui est fautive. Jamais toi.

— Oh, la ferme, sale pute. Tu ne connais rien à rien.

Plantant les mains par terre, je tentai de ne pas tenir compte du vertige qui s'emparait de moi.

— Tes poings ont glissé sur le visage des gens, c'est ça ?

— Seulement sur le visage de ceux qui le méritaient.

— Debbie le méritait ?

Il jura.

— Ne t'avise pas de parler d'elle. Tu sais que dalle.

Je me remis debout, mais tombai en arrière, me cognant au lit. Lorsque je relevai la tête, je vis Erik s'avancer vers moi à travers mes larmes. Je me retournai pour attraper l'arme la plus proche. La lampe de chevet. J'arrachai le fil de la prise, prête à frapper Erik assez fort pour le faire valser jusque dans l'immeuble d'à côté.

Quand il se jeta sur moi, je l'évitai. Ma perte soudaine d'équilibre lui permit de reprendre le dessus. Il m'ôta la lampe des mains et la jeta à travers la pièce. Elle atterrit sur mes vêtements, puis tomba par terre. Mon cœur s'arrêta. Je me tournai vers la porte.

Alors, une douleur intense explosa à l'arrière de ma tête et je me pliai en deux. Les murs se mirent à danser autour de moi. Je clignai les yeux pour éclaircir ma vision, mais j'avais l'impression de mettre des heures à rouvrir les paupières. Avant que j'aie eu le temps de réagir, je me retrouvai sur le dos, entre les lits, fixant le plafond sans le voir.

Erik faisait les cent pas, marchant sur mes cheveux au passage. Comment s'étaient-ils détachés ? Mon corps tout entier me faisait mal comme si j'étais couverte d'hématomes. Quand je pris une grande inspiration, mes côtes et mon dos me firent souffrir.

— Tu es réveillée. (Il se pencha vers moi avec un sourire suffisant.) Je ne t'ai pas frappée si fort que ça.

Mon esprit était embrumé. J'avais sûrement perdu connaissance en tombant, ce qui signifiait que j'avais sans doute une commotion.

Et ça n'annonçait jamais rien de bon, pas vrai ?

Je ressentais la même chose que si l'on m'avait secouée violemment le matin. Je me relevai sur mes coudes. Pendant une seconde, j'eus l'impression de patauger dans de la boue.

— J'ai perdu trop de temps. J'aurais dû... (Il s'arrêta, posa ses mains contre ses tempes, puis recommença à marcher.) Ça n'aurait pas dû se passer comme ça.

De quoi parlait-il ? Je m'efforçai de m'asseoir et de m'adosser au lit, le souffle court. Qu'est-ce qui n'aurait pas dû se passer comme ça ?

— Ce... c'était un accident. Je suis venu lui parler, lui prouver qu'elle avait fait une erreur et qu'on devait se remettre ensemble, mais elle m'a demandé de partir.

Ses mains tombèrent contre ses flancs, serrées en poings.

Frissonnant, je me collai davantage au lit et essayai de rassembler mes esprits.

— Elle n'a pas voulu m'écouter. Si seulement elle m'avait écouté ! (Il leva la voix, puis se mit à murmurer.) Elle m'a foutu en rogne et je... je l'ai poussée. C'était un accident.

Erik s'accroupit soudain et m'attrapa par le menton. Je criai en sentant ses doigts s'enfoncer dans ma chair, me marquer.

— C'était un accident ! Elle est tombée en arrière et je ne comprends même pas ce qui s'est passé. Sa nuque a heurté le coin du lit. J'ai entendu un craquement. Oh, mon Dieu... (Il s'éloigna vivement, non sans pousser ma tête sur le côté. Puis il serra la chaise entre ses mains.) Sa nuque s'est brisée.

Je fermai les yeux très fort pour repousser les images de la scène.

— Je savais que personne ne croirait à un accident. Ils m'auraient accusé alors que ce n'était pas ma faute ! Debbie… (Il s'interrompit et s'assit au bord du lit.) Elle n'a pas voulu m'écouter.

L'horreur de la situation me frappa de plein fouet. J'avais vu juste depuis le début, mais entendre la vérité de sa bouche me rendait malade.

— Tu l'as tuée.

Ma mâchoire me faisait souffrir. J'avais du mal à parler.

— C'était un accident. (Il se leva de nouveau et traversa la petite chambre.) Ça ne se serait jamais produit si tu l'avais bouclé. C'est ta faute.

Erik avait de graves problèmes psychologiques. Au moins, c'était officiel.

Tandis qu'il faisait les cent pas, mon esprit commença à s'éclaircir, mais une douleur lancinante continuait de pulser à l'arrière de mon crâne. Quand je me tournai, je ne pus retenir une grimace. J'avais l'impression que mon visage était tuméfié et mes côtes fêlées, et je savais que si je restais ici avec lui mon état allait s'aggraver, peut-être même que j'allais… Je m'empêchai de poursuivre sur cette voie. Inutile de nourrir mes peurs.

— C'est toi qui dois vivre avec ça sur ta conscience. C'est ta faute. Debbie serait toujours là si tu n'avais rien dit, si tu ne t'étais pas mise en travers de mon chemin, déclara-t-il, furieux.

Ses poings se serraient et se desserraient. Je savais qu'il mourait d'envie de porter la main sur moi.

— Tu as tout gâché.

J'entendis mon téléphone sonner dans la pièce d'à côté. L'espoir jaillit en moi. S'était-il déjà écoulé une heure ? Peut-être, et seulement peut-être, que Cam était sorti de son examen plus tôt. Ou que Jase avait décidé de venir avant. *Pitié, mon Dieu, faites que ce soit l'un des deux.*

Erik ne sembla pas s'en rendre compte. Il continua d'arpenter la chambre étroite en se tirant les cheveux. Tout à coup, il s'arrêta au pied du lit de Debbie et posa ses poings contre ses tempes.

— Tu as tout gâché. Et maintenant, regarde ce que tu as fait. Je n'ai plus le choix.

Mon portable sonna encore une fois.

Pitié. Pitié. Pitié.

Remontant mes jambes contre ma poitrine, je me tendis dans l'optique de me précipiter vers la porte.

— Tu ne t'en sortiras pas comme ça.

Il baissa les bras, m'adressant un regard empli de folie.

— Me sortir de quoi ?

— De ça. (Je posai les mains sur la moquette, prête à bondir.) Quoi que tu mijotes. Tu ne t'en sortiras pas.

Une fois encore, la sonnerie de mon téléphone retentit. Cette fois, il s'en rendit compte. Erik jeta un coup d'œil à la porte en fronçant les sourcils.

— Je ne compte pas m'en sortir.

J'exhalai lentement. Finalement, il n'était peut-être pas aussi fou que ça.

— Ah non ? Parce qu'on peut oublier ce qui vient de se passer. (C'était un mensonge gros comme une maison. Il était hors de question que j'oublie ça.) On peut partir chacun...

Il secoua la tête.

— Je ne compte pas m'enfuir, dit-il d'un air désinvolte comme s'il parlait des examens. Je ne compte pas sortir d'ici.

La moindre petite parcelle de soulagement que ses paroles m'avaient procurée s'envola aussitôt en fumée. « Je ne compte pas sortir d'ici. »

— À t'entendre, on dirait que tu ne quitteras plus jamais cette pièce.

— Non. (Il eut un rire sans joie et se tourna vers moi.) Si j'en sors, ce sera les pieds devant.

Un sentiment d'horreur explosa dans mes entrailles comme une grenade. Je n'avais plus le temps d'attendre le bon moment pour me précipiter vers la porte. Mon instinct reprit le dessus. Je sautai sur mes pieds en maudissant mon genou blessé. Autrefois, j'avais été légère et rapide. Ce n'était plus le cas.

Erik se jeta sur moi et me plaqua par terre, m'arrachant un hurlement. Dans la suite, quelque chose cogna contre le mur. Les doigts d'Erik s'enfoncèrent dans mes épaules et me retournèrent sur le dos.

Quand mes yeux écarquillés rencontrèrent les siens, le temps sembla s'arrêter une seconde. Un sentiment terrible m'envahit, m'enfonça davantage dans la moquette tandis que ses intentions devenaient claires.

Erik releva vivement la tête en entendant quelqu'un frapper à la porte. Une lueur sauvage emplit son regard. Profitant de cette distraction, je soulevai le bras du sol. Mon poing rencontra le coin de ses lèvres et fit valser sa tête sur le côté.

Il recula en grognant. Du sang et de la bave coulaient de sa lèvre ouverte. Sa prise se relâcha sur mon bras si bien que je réussis à rouler sur le côté et à ouvrir la bouche pour appeler au secours.

— Salope ! grogna-t-il en me donnant un coup de poing au bas du dos.

L'impact au niveau de mes reins m'immobilisa.

— Tess !

Jase. C'était Jase !

La porte grinçait sous ses assauts répétés.

— Tu es là ? Ça va ?

Je tendis la main vers la porte. Mes doigts s'enfonçaient dans la moquette.

— Jase…

Son nom n'était qu'un murmure.

Erik me força de nouveau à me retourner et je me retrouvai face à quelqu'un qui avait complètement perdu la tête. Ces yeux, Debbie avait dû les voir des dizaines de fois. Et c'était sans doute la dernière vision qu'elle avait eue avant de mourir.

La terreur m'enserra dans sa poigne de fer et un cri perçant s'échappa de ma gorge. Puis Erik passa les mains autour de mon cou.

La porte vacilla sur ses gonds.

— Tess ! Qu'est-ce qui se passe, putain ? Tess !

La panique enfonça ses serres acérées et glacées en moi. Les doigts d'Erik compressaient ma trachée, me meurtrissaient. J'ouvris de nouveau la bouche pour crier, mais aucun son n'en sortit. Je n'avais plus d'air. Le cœur battant la chamade, je le frappai. Mon poing rencontra son menton. Il grogna, mais ne desserra pas sa prise pour autant.

— Tess ! m'appela Jase. (La porte trembla comme s'il s'était jeté dessus, épaule la première.) Bordel !

Des étoiles explosèrent derrière mes yeux. Je ne pouvais plus… je ne pouvais plus respirer. Je griffai les mains d'Erik. Je sentis mes ongles arracher sa peau. La porte fut de nouveau ébranlée, mais elle ne s'ouvrirait pas à temps.

— Arrête ! (Erik me souleva puis tapa ma tête contre le sol.) Arrête ça !

Mon champ de vision s'obscurcit. Une brûlure intense se répandit dans ma poitrine et remonta rapidement le long de ma gorge. J'avais besoin de respirer !

— Teresa ! Bébé ! cria Jase. (Le son de sa voix me redonna l'énergie du désespoir. La porte trembla et grinça.) Allez…

Avec toute la force qui me restait, je donnai des coups de poing contre le torse d'Erik, son visage, ses épaules. Je roulai des hanches pour essayer de le déloger, mais il me maintenait toujours à terre. J'avais l'impression de m'enfoncer dans le sol, de disparaître lentement dans l'abysse qui m'attendait. Je savais que je ne devais pas baisser les bras, que je n'en avais pas le droit, mais mes mains glissèrent et retombèrent contre mes flancs.

Au loin, quelque chose se brisa. Peut-être mes dernières cellules en manque d'oxygène. Tout à coup, les yeux sombres d'Erik plongèrent dans les miens et je sus que c'était la fin. Je fermai les paupières. Son visage serait ma dernière vision. Comme Debbie avant moi. Ce n'était pas juste. Je n'avais pas encore commencé cette nouvelle vie, ce nouveau futur, je n'avais pas conquis Jase. Si j'avais survécu, je ne l'aurais pas laissé partir aussi facilement. Mais... ça n'avait plus la moindre importance, à présent. Mon ouïe se fit de plus en plus faible jusqu'à ce que je n'entende plus qu'un son monocorde, la circulation de mon sang.

Puis, soudain, la pression insupportable quitta mon cou et de l'air s'engouffra dans mes poumons. Un grognement de douleur résonna. Quelque chose craqua, cassa comme une vieille branche sèche. Le son me paraissait lointain, comme s'il venait de l'extérieur.

Des mains se posèrent sur mes joues. Des bras me soulevèrent. Ma tête me semblait trop lourde, molle. Quelque chose clochait avec ma nuque.

— Oh, mon Dieu, ouvre les yeux. Je t'en prie, bébé. Ouvre les yeux. (Il y eut une pause, puis son corps tout entier frissonna.) Je suis désolé. Ouvre les yeux. Je t'en supplie.

J'avais l'impression que mes paupières étaient collées, mais je réussis tout de même à les ouvrir. J'aperçus alors les yeux gris foncé de Jase, plus sombres que jamais.

— Tu es là, dit-il en me serrant davantage contre lui. Reste avec moi, Tess ! Oh, mon Dieu, ne me quitte pas. Je t'en prie. Je...

Ses lèvres bougeaient, mais je ne l'entendais plus. Je ne pouvais pas non plus garder les yeux ouverts. Puis l'obscurité m'envahit.

29

Le sifflement régulier des machines traversa lentement mais sûrement les diverses couches de mon sommeil. Ma poitrine se souleva dans une respiration profonde et saccadée.

— Teresa. (La surface sur laquelle j'étais allongée s'enfonça. Quelqu'un s'était assis à côté de moi. On posa une main contre ma joue, fraîche et réconfortante.) Tu es réveillée ?

L'étais-je ? J'en avais l'impression. Mon environnement se révéla petit à petit à moi. J'étais couchée sur un lit dur et c'était la voix de mon frère que j'entendais. Par contre, ma tête me paraissait lourde, tirée en arrière, comme si elle était collée au matelas.

Je clignai doucement les yeux, grimaçant face à la lumière trop vive. Une fois que ma vision s'éclaircit, il ne fit plus aucun doute que je me trouvais dans une chambre d'hôpital. Les murs blancs, la télé et les rideaux vert petit pois en étaient la preuve.

— Hé, fit Cam d'une voix douce. Comment tu te sens ?

Tournant lentement la tête vers lui, je me passai la langue sur le palet.

— Je me sens... bizarre.

Ma voix était rauque, et prononcer ces quelques mots m'avaient fait mal à la mâchoire.

— Tu as dormi un petit bout de temps, suffisamment pour laisser le temps aux parents d'arriver. (Cam eut un sourire las. Il attrapa un pichet d'eau et me servit un petit verre en plastique.) Papa et Maman sont au bout du couloir, en train de parler avec la police.

La police ? Je le dévisageai sans rien dire pendant qu'il jouait aux infirmiers. Il posa la main contre ma nuque pour m'aider à boire. L'eau fraîche me fit le même effet que si j'avais sauté dans une piscine un jour de canicule.

Il reposa le verre sur la table de chevet. Un air de compréhension passa sur son visage.

— Tu ne te rappelles rien, c'est ça ?

Je secouai la tête, puis grimaçai à cause de la douleur qui avait soudain explosé entre mes tempes. Cam jeta un coup d'œil à la porte comme s'il aurait préféré s'enfuir et appeler quelqu'un d'autre. Pourtant, il posa sa main sur la mienne. Ce contact me fit regarder mes doigts.

Ils étaient rouges, éraflés et gonflés.

Je me redressai vivement. Le mouvement inattendu fit protester mes muscles et dissipa le brouillard à l'intérieur de mon cerveau.

— Oh, mon Dieu...

Une lueur d'inquiétude s'alluma dans les yeux de Cam.

— Tu te souviens ?

— Erik. Il...

— Je sais. On est tous au courant. Tu n'as plus à te faire de souci à cause de lui, dit Cam en posant la main sur mon épaule pour me forcer à m'allonger. Il faut que tu te reposes. Tu as une commotion. Bénigne, mais il faut quand même que tu évites les mouvements brusques. OK ?

Le cœur battant la chamade, j'observai la perfusion qui injectait un liquide transparent dans mon bras. Un terrible craquement me revint en mémoire, comme des os qui se brisent.

— Il est mort ?

— Putain, j'aurais bien aimé. (La colère se lisait sur son visage.) Jase lui a brisé la mâchoire et l'a assommé, mais ce salopard est en vie. Il ira en prison. Il s'est réveillé à l'arrivée de la police et de l'ambulance. Il a raconté à tout le monde ce qu'il avait fait à Debbie. Il n'arrêtait pas de dire que c'était…

Il s'arrêta, les lèvres pincées.

— Que c'était ma faute, terminai-je à sa place. (Je fermai les yeux en me remémorant la fureur d'Erik, sa folie destructrice. Puis une tout autre peur m'envahit.) Où… où est Jase ?

Quand j'ouvris les yeux, Cam détourna la tête.

— Tout ce que je sais, c'est qu'il était avec la police.

— Hein ? (Je fis mine de m'asseoir, mais il m'en empêcha.) Qu'est-ce que tu veux dire ?

— Il ne va pas avoir d'ennuis, il devait juste leur parler… comme tu devras le faire quand ils apprendront que tu t'es réveillée. (Il s'interrompit.) Ils avaient besoin de sa déposition.

— C'était quand ?

Cam bougea dans son siège, comme s'il était mal à l'aise.

— Ils n'ont pas voulu qu'il t'accompagne quand on t'a emmenée à l'hôpital. Je ne l'ai pas vu. Je suis venu directement ici quand j'ai appris ce qui s'était passé.

Il n'avait pas vu Jase du tout ? Ça voulait dire qu'il n'avait pas pris de mes nouvelles ? Fermant les yeux, je tentai de repousser les émotions inutiles qui me submergeaient. Jase m'avait dit qu'il voulait discuter. Il était venu et il m'avait sauvé la vie. Ce n'était pas parce qu'il n'était pas présent que je devais me mettre en colère. Et puis, j'avais de plus gros problèmes à régler.

Lorsque je rouvris les yeux, Cam me dévisageait. Plusieurs secondes s'écoulèrent.

— Tu es vraiment amoureuse de lui, pas vrai ?

Je soupirai.

— Oui.

Il avança légèrement et jura dans sa barbe.

— Je sais que tu ne voulais pas entendre ça, mais cette fois, tu vas m'écouter. C'est peut-être un abruti, mais il t'aime.

J'ouvris la bouche pour protester.

— Oui, je sais, il t'a repoussée, mais c'est un mec. Il est stupide. Hé, je l'admets volontiers : on fait souvent des conneries. (Cam se pencha vers moi et baissa la voix.) Il me rappelle mon ange, Avery. Tu sais, elle était comme ça, au début. Pour des raisons différentes, mais elle... elle devait résoudre ses propres problèmes. Et je crois que c'est ce qu'il est en train de faire. Je n'en sais rien. Je ne suis pas à sa place. Mais Jase a un lourd passif.

— Je sais, répondis-je calmement en réprimant mes larmes.

Tout chez Jase était compliqué. Depuis toujours. Je n'étais même pas certaine que ses problèmes aient une solution. Il y avait des choses dans la vie qu'on ne pouvait pas surmonter.

Cam baissa la tête et prit une grande inspiration.

— Tu sais, une fois, il m'a dit que tu te sentais coupable pour ce que j'ai fait à Jeremy.

Surprise, je le regardai avec de grands yeux.

— Tu n'as aucune raison de l'être. (Il releva la tête pour me dévisager.) C'est moi qui ai frappé Jeremy. Et si c'était à refaire, je le referais. Ça n'a jamais été ta faute, d'accord ? Peu importe que tu n'aies pas eu le courage de nous avouer la vérité. Crois-moi, je connais plein de gens qui ont tout gardé pour eux jusqu'à ce que le silence les détruise. Tu étais une gamine, et moi, je savais ce que je faisais. Le seul truc que je regrette, c'est que tu te sentes coupable pour un acte que j'ai choisi.

J'ignore ce qui fit pencher la balance. Le poids sur ma conscience s'était déjà allégé lorsque Jase m'avait parlé. Cette fois, l'énorme gorille boulimique qui avait élu domicile dans ma poitrine s'en était allé. Un doux et pur sentiment de soulagement m'envahit. J'avais l'impression d'être tombée dans l'œil du cyclone. Les larmes me montèrent aux yeux, me serrèrent la gorge.

— Ne pleure pas, Teresa, me dit Cam en fronçant les sourcils. Je ne voulais pas...

— Je ne pleure pas. (Je reniflai une ou deux fois, puis ravalai les grandes eaux.) Merci.

— Ne me remercie pas.

Je ne dis rien parce qu'il ne voulait pas l'entendre, mais je le savais. Les paroles de Cam étaient comme une bouée de sauvetage. Je l'attrapai et m'y accrochai comme si ma vie en dépendait.

— Je t'aime autant que j'aime les cupcakes.

Un grand sourire sincère apparut sur son visage.

— Je t'aime aussi, espèce de grosse nunuche.

Il ne fallut pas longtemps à nos parents pour nous rejoindre dans la chambre. Mon père avait l'air de vouloir tuer quelqu'un. Ma mère aussi, mais elle était plus douée pour cacher ses sentiments. Ils poussèrent carrément Cam de leur chemin et s'affairèrent autour de moi jusqu'à ce que la police arrive. Je leur fis ma déposition. Raconter ce qu'il s'était passé avec Erik dans cette chambre n'était pas facile. J'aimais croire que j'étais quelqu'un de fort, mais une série de tremblements me parcourut lorsque j'arrivai à la partie où il m'avait avoué qu'il avait tué Debbie et avait maquillé sa mort en suicide. Les frissons s'amplifièrent quand je leur expliquai qu'il n'avait pas eu l'intention de ressortir de cette pièce vivant.

Erik avait prévu de me tuer, puis de se suicider. Il avait dit que Debbie était morte à cause de moi.

Pourtant, s'il n'avait pas ressenti la moindre culpabilité, il n'aurait sans doute pas envisagé de mettre fin à ses jours. Le sentiment était profondément enfoui, mais il existait bel et bien. Il ne pouvait en être autrement. Je refusais de croire qu'il allait vivre le restant de ses jours sans éprouver le moindre remords.

Mon père saisit ma main indemne et la porta à son visage pendant que le jeune officier refermait son carnet de notes.

— C'est tout ce dont nous avons besoin pour l'instant, dit-il en s'éloignant du lit. Reposez-vous bien. Nous vous appellerons si nous avons besoin de précisions.

— Vous m'appellerez, moi, si vous avez d'autres questions, rétorqua mon père en passant en mode avocat sourcilleux.

L'agent hocha la tête et s'en alla, aussitôt remplacé par un docteur et une infirmière qui avait l'air plus jeune que moi. On me tâta et me pinça de tous les côtés avant de me mettre une lumière vive dans les yeux. De légers antidouleurs passèrent dans ma perfusion. Quand ils commencèrent à faire effet, mon ventre se mit à gargouiller. Je me sentais presque normale. Ma mère remonta les draps sur ma poitrine.

— Tu pourras sortir demain. Ton père et moi, on a pensé que ce serait mieux que tu rentres à la maison avec nous, plutôt que d'embêter Cam.

L'intéressé était assis dans un coin de la pièce. Il grimaça.

— Et on serait plus rassurés, ajouta mon père en me serrant la main. Vraiment.

— Vous seriez encore plus rassurés si elle quittait la fac et si elle vivait avec vous pour le restant de ses jours, intervint Cam.

Ma mère lui adressa un regard assassin par-dessus son épaule.

— Après ce qui vient de se passer ? Évidemment. Je la veux sous mon toit pour les trois décennies à venir.

— Seulement trois ? murmurai-je.

Elle pinça les lèvres.

— Elle n'a aucune raison de rester ici jusqu'à ce que tu viennes à Noël.

Une grande partie de moi aurait voulu laisser mes parents me couver à la maison. Les choses avaient été plus faciles là-bas pendant mon dernier séjour, et j'aurais facilement pu m'enfermer dans ma chambre jusqu'aux vacances de Noël. C'était tentant. Mais je savais que, si je rentrais avec eux, il y avait de grandes chances pour que je ne revienne jamais à Shepherdstown. Je préférerais rester en sécurité, dans un endroit familier. Pourtant, j'avais ma propre vie, à présent. J'allais à la fac, j'entrapercevais la possibilité d'une carrière que j'aimerais. J'avais un avenir. Je n'étais plus une enfant. Je ne pouvais pas demander à mes parents de me réconforter chaque fois qu'il m'arrivait quelque chose. Même si ça me faisait mal d'y penser, ils ne seraient pas toujours là pour moi.

— Je ne sais pas, Maman. Laisse-moi y réfléchir, dis-je au bout d'un moment, en sachant qu'il valait mieux ne pas leur dire non tout de suite.

Aucun des deux n'avait l'air satisfait de ma réponse. Tout à coup, Cam se leva de sa chaise.

Mon regard suivit le sien au moment où mon père se retourna à son tour. J'aurais pu jurer que mon cœur venait de s'arrêter, ne serait-ce que l'espace d'une seconde.

Jase se tenait dans l'embrasure de la porte. Ses cheveux brun-roux étaient en bataille et sa peau mate semblait plus pâle que d'habitude. Son pull bleu foncé à col en V était de travers, révélant davantage qu'il ne cachait son tee-shirt blanc. Tout chez lui était froissé, mais à mes yeux, c'était le plus bel homme que j'aie jamais vu.

Dans ses mains, il tenait une boîte rose carrée.

Nos regards se rencontrèrent et il s'arrêta net, comme pétrifié. Ses iris étaient d'un gris argenté profond. Le soulagement, et quelque chose d'autre, quelque chose que je ne pouvais nommer, apparurent sur son beau visage.

L'air s'échappa lentement de mes poumons tandis que ma mère se levait et se raclait la gorge.

— Bon, elle a de la visite. Et si on la laissait un peu seule ?

Mon père haussa un sourcil, nous observant, Jase et moi, l'un après l'autre, avant de reporter son attention sur ma mère.

— On devrait peut-être...

— On revient te voir demain matin, à la première heure, dit-elle en lui adressant un regard appuyé. (Elle m'embrassa sur la joue.) Je t'aime, chérie.

— Je t'aime aussi.

Mon père déposa un baiser sur mon autre joue et quitta sa place près de mon lit à contrecœur. Quand il passa à côté de Jase, il se pencha pour lui murmurer quelque chose à l'oreille. Dieu seul savait ce qui venait de sortir de la bouche de mon père.

Cam donna une tape dans le dos de Jase en sortant. J'étais étonnée qu'il n'ait pas fait quelque chose d'immature comme lui donner un faux coup de poing ou un coup d'épaule au passage.

Quand Cam se comportait comme un mec de son âge, c'est qu'il fallait s'inquiéter.

Jase resta immobile jusqu'à ce que mes parents et mon frère aient disparu. En deux grandes enjambées, il fut près de mon lit. Un silence pesant emplit la pièce. Il posa la boîte à côté du pichet d'eau et s'assit près de moi, ses hanches frôlant les miennes. Mon cœur bondit hors de ma poitrine lorsque ses doigts effleurèrent ma joue et recoiffèrent mes cheveux derrière mon oreille.

Il examina lentement mon visage, ne laissant rien échapper à son regard intense, observant ce qui devait être une blessure impressionnante, étant donné que ma mâchoire était tellement gonflée que j'avais l'impression d'avoir une orange dans la bouche. Le coin droit de mes lèvres me paraissait bizarre, et la peau autour de mon œil me faisait mal.

J'étais à peu près sûre que j'avais l'air d'avoir perdu un combat de rue.

— Est-ce qu'il t'a fait du mal ? me demanda-t-il d'une voix pleine d'inquiétude, rendue tremblante par la peur. Plus que ce qui est visible ?

Il me fallut un instant pour comprendre où il voulait en venir.

— Non... Mon Dieu, non.

Jase ferma les yeux tandis qu'un violent frisson le parcourait.

— Quand j'ai défoncé la porte et que je l'ai vu au-dessus de toi, tu ne bougeais plus, j'ai cru que j'arrivais trop tard. J'ai cru que tu étais déjà partie.

— J'ai cru que j'allais mourir dans cette chambre avec lui. J'en étais persuadée, mais tu es arrivé à temps, lui assurai-je. Tu m'as sauvé la vie. Merci. (Je fis passer toutes les émotions que je ressentais dans mes paroles.) Merci.

— J'aurais préféré que tu n'aies pas à me remercier.

Il se pencha en avant et posa la main gauche sur le lit à côté de mon épaule pour supporter son poids. Puis, en silence, il déposa un baiser au coin gauche de mes lèvres. Mon cœur se gonfla.

Il resta dans cette position pour me parler. À chaque mot, ses lèvres caressaient les miennes, comme pour sceller physiquement ses paroles.

— J'ai été un vrai connard ces derniers temps. Je sais que ce n'est pas le bon moment pour en parler, mais il faut que je te dise quelque chose. OK ?

Je pris une grande inspiration.

— D'accord.

Jase plaça ses doigts contre ma joue gauche.

— J'ai du mal à être intime avec les filles à cause de Kari et Jack, mais avec toi... c'était différent. Tu as réussi à dépasser mes barrières, à te frayer un chemin jusqu'à mon cœur. Probablement dès notre premier baiser. J'ai cru que j'étais assez fort pour y faire face, pour assumer ces sentiments, mais quand j'ai compris à quel point ils étaient puissants, j'ai paniqué. J'avais peur de souffrir, de perdre quelqu'un d'autre. Et puis, aujourd'hui, j'ai failli te perdre pour de bon. C'est ce qui m'effrayait le plus. J'ai failli te perdre avant même de t'avoir fait mienne. Cette pensée me rend dingue.

Il ferma les yeux et posa son front contre le mien avec délicatesse.

— Je voulais te parler. C'est pour ça que je t'ai envoyé ce message, parce que tu me manquais plus que tout et j'ai cru... (Il recula en secouant la tête. Ses yeux brillaient. Je sentis ma gorge se serrer.) Bref. On en parlera plus tard. Tu n'as pas besoin que je t'emmerde avec ça maintenant.

J'aurais voulu lui dire qu'il ne m'emmerdait pas, que j'avais envie qu'il continue de me parler, parce que la sincérité de ses mots me déchirait et me soulageait à la fois, me remplissait d'espoir, réduisait à néant les événements de la journée... mais il ramassa la petite boîte rose qu'il avait posée sur la table de chevet, et toutes ces pensées s'envolèrent.

— Je suis allé le chercher pour toi après le cours de musique. Je voulais te le donner en venant t'aider à débarrasser ta chambre. Donc je le transporte depuis pas mal de temps, il n'est peut-être plus très frais. (Le rouge aux joues, il ouvrit l'emballage.) C'est un cupcake à la vanille avec un glaçage à la fraise. Je, euh, je sais que tu adores ce genre de glaçage.

Je l'observai rougir davantage. C'était rare de le voir mal à l'aise, peu sûr de lui.

Il me regarda par en dessous.

— Tu n'as sans doute pas faim. Tu peux manger que le glaçage, si tu veux.

Mon ventre protesta. Les nœuds qui s'y étaient formés ne laissaient pas beaucoup de place à la faim. Toutefois, il avait l'air tellement hésitant que je ne pouvais pas le laisser dans cet état.

— Avec plaisir.

Un sourire aux lèvres, il plongea son petit doigt dans le glaçage rose et en souleva une portion généreuse. Il le plaça ensuite devant ma bouche. Je ne m'étais pas attendue à cette technique de dégustation.

Lorsqu'il plongea ses yeux dans les miens, mon cœur se gonfla. Je ne pouvais pas détourner le regard. Je pris son doigt entre mes lèvres et y goûtai la crème sucrée. Il répéta le geste jusqu'à ce qu'il n'y ait plus de glaçage et ne me quitta pas une seule fois des yeux. J'avais chaud au visage.

Jase reposa la boîte ouverte sur le côté et pencha la tête vers moi. Je hoquetai de surprise lorsque sa langue glissa le long de ma lèvre inférieure.

— Tu avais du sucre.

— Oh.

Je n'arrivais même plus à former une réponse cohérente.

Quand il recula, ses yeux étincelaient de malice.

— C'était peut-être un mensonge.

Mes lèvres s'étirèrent en un grand sourire.

— Peut-être ?

— Bon, d'accord. (Il entrelaça nos doigts, puis déposa un baiser contre ma peau tuméfiée et douloureuse.) C'était un énorme mensonge.

Un léger rire m'échappa.

— C'est le genre de mensonge qui ne me dérange pas.

— Délicieux, comme mensonge, non ? (Quand je hochai la tête, il sembla se détendre, mais en me voyant bâiller, il se crispa de nouveau.) Tu as besoin de repos.

Entre les antidouleurs et le reste, l'appel du sommeil était trop fort pour que je puisse l'ignorer, mais je ne voulais pas dire au revoir à Jase. Je baissai la tête vers nos mains jointes et son petit doigt où il y avait encore des traces de rose.

— Tu veux bien... tu veux bien rester avec moi ? Tant qu'ils te le permettront ?

Ses iris prirent une teinte argentée plus claire et il sourit.

— Si tu veux de moi, je suis tout à toi.

Ces mots semblaient lourds de sens. Je sentis ma poitrine trembler.

— Oui.

Penchant la tête, il embrassa le creux de ma main avant de la lâcher. Alors, il se leva avec une grâce que je lui enviais et s'approcha du rideau. Après l'avoir tiré, il me jeta un coup d'œil par-dessus son épaule et me fit un clin d'œil malicieux.

Jase m'aida ensuite à me pousser pour lui faire de la place et il s'installa sur le lit à côté de moi. Il tenait à peine dessus. À deux, on n'avait pas beaucoup de place, mais je m'en moquais. Il roula sur le côté, son visage près du mien.

Il posa la main sur mon ventre comme s'il manipulait un objet en porcelaine.

— Confortable ?

Mis à part la douleur lancinante et le fait que j'étais allongée dans un hôpital, je ne m'étais jamais sentie aussi bien.

— Très.

— Parfait.

Ses yeux rencontrèrent les miens. La chaleur qui en émanait ressemblait beaucoup à de l'amour.

— Ils devront me passer sur le corps pour me faire partir. Je ne bouge pas d'ici.

30

Les médecins m'autorisèrent à sortir dès le lendemain avec une ordonnance d'antidouleurs en cas de maux de tête ou de douleur insupportable, mais après avoir dormi toute la nuit contre Jase dans ce lit étroit, je me sentais déjà beaucoup mieux. Bien sûr, j'avais toujours mal et j'avançais à la vitesse d'une tortue à trois pattes, mais ça allait.

Mieux que ça, même : j'étais vivante.

À l'instant où je sortis dans le froid, mes parents eurent l'air d'avoir envie de me ramener de force à la maison. Mais je n'avais pas l'intention de rentrer avec eux quand ils quitteraient leur chambre d'hôtel plus tard dans la semaine. J'allais retourner à mon appartement.

Jase m'attendait patiemment, appuyé contre sa Jeep, les mains dans les poches de son jean.

— Je préférerais que tu restes encore un peu avec nous, ma chérie.

Je me retournai vers ma mère pour la prendre dans mes bras.

— Je vais bien. Promis. J'ai juste envie de rentrer chez moi et de me reposer.

— Avec lui ? marmonna mon père en examinant le garçon qu'il avait toujours accueilli chez lui sans réfléchir.

Je soupirai.

— Oui, avec lui.

— C'est ton petit ami, c'est ça ? me demanda-t-il.

Je n'avais pas la moindre idée de la façon dont je devais répondre à la question car je ne savais pas où en était notre relation. Cela n'échappa pas à l'attention de mon père. Une expression pensive passa sur son visage. Le genre d'expression qui ne présageait rien de bon.

— Je devrais peut-être discuter avec lui encore une fois.

— Non ! répondis-je aussitôt. Pas la peine de lui parler. Mais alors pas du tout.

Comme mon père semblait sur le point de me contredire, ma mère intervint et posa une main sur son dos.

— Appelle-nous tout à l'heure, d'accord ? Pour nous donner de tes nouvelles.

— Promis.

De toute façon, j'étais sûre que Cam allait passer à l'appartement au bout de quelques heures. J'allais probablement devoir supporter ce genre de visites inattendues pendant quelque temps.

Après m'avoir serrée une dernière fois dans les bras et avoir versé quelques larmes, ils finirent par me laisser partir et je rejoignis Jase. Il m'ouvrit la portière.

— On dirait que ton père a envie de m'emmener chasser. (Il me prit par le bras pour m'aider à monter.) Pour une partie de chasse un peu spéciale et effrayante dans laquelle je serais le gibier.

Je gloussai.

— Tu n'es sûrement pas très loin de la vérité, tu sais ?

— Super.

Il referma la porte et fit le tour de la voiture. Après s'être installé derrière le volant, il se tourna vers moi.

— Ton père m'adorait, avant.

— C'était avant qu'il se doute qu'il se passe quelque chose entre nous.

— Qu'il se passe quelque chose entre nous ? murmura-t-il d'un air pensif. (Je me crispai. Il ne reprit pas la parole avant d'être sorti du parking de l'hôpital.) Évidemment qu'il se passe quelque chose entre nous.

Je ne savais pas quoi répondre à ça, parce que ces derniers temps il n'avait pas voulu l'assumer. Puis il y avait eu les événements de la veille, et ce qu'il avait dit avant de se coucher à côté de moi.

Jase me prit la main. Aucun de nous ne parla pendant tout le trajet jusqu'à mon appartement. Il y avait quelque chose de réconfortant dans ce silence. J'en profitai pour m'éclaircir les idées.

Il trouva une place de parking à côté de l'entrée de University Heights, pour éviter que je reste trop longtemps dans le froid car je n'étais pas assez chaudement habillée. La voiture de Cam était là et, en arrivant à notre étage, j'entendis le rire d'Avery résonner dans son appartement.

— Tu crois qu'il va faire sa demande bientôt ? murmurai-je.

Jase hocha la tête tandis que je déverrouillais la porte.

— Je parie qu'il va le faire pendant les vacances de Noël.

Ça paraissait parfait, mais j'avais le pressentiment que, cette fois, il ne prendrait pas la peine d'orchestrer la chose. Dans tous les cas, je savais qu'elle accepterait et qu'ils seraient heureux pour le restant de leurs jours.

Et moi dans tout ça ? J'espérais que mon bonheur était à portée de main, sur le point de se réaliser.

J'entrai dans l'appartement de Cam. Correction. Dans notre appartement. Je n'arriverais probablement jamais à l'appeler comme ça. Détournant la tête, je me laissai imprégner par la familiarité du canapé usé et du grand écran de télé pour lequel mon frère avait dépensé une fortune. La console et la moitié des jeux avaient disparu, délocalisés chez Avery. L'émotion me noua la gorge lorsque je jetai un coup d'œil dans la cuisine minuscule et vis une plaque à pâtisserie posée sur le four. J'avançai en boitant, avec le sentiment d'être lourde, ralentie par ce qu'il s'était passé.

Jase referma la porte derrière nous et posa la main sur mon épaule.

— Ça va ?

— Ouais. (Je hochai la tête pour appuyer ma réponse, pour me convaincre moi-même.) C'est juste que je n'étais pas sûre de revenir ici un jour.

Il me força à me retourner pour lui faire face et posa la main sur ma joue. Son expression reflétait une myriade d'émotions contenues. Peur. Adrénaline. Soulagement. Nos regards se croisèrent et je sus tout de suite qu'il ressentait la même chose que moi. Un futur ensemble avait failli ne jamais voir le jour. Nous étions à l'orée d'une nouvelle chance. Cette révélation était bouleversante.

— J'ai besoin de toi. (Sa voix était rauque, aussi profonde que les sentiments qu'il était en train de m'avouer.) J'ai besoin de toi tout de suite.

Dans mon esprit, ce qu'il demandait ne faisait aucun doute. J'avais besoin de la même chose.

— Oui.

La main de Jase trembla lorsqu'il déposa un baiser au coin de ma bouche, puis dans le creux de mon cou. Ses lèvres effleurèrent ensuite la peau sous mon oreille, me faisant frissonner. Il traça un chemin chaud et humide le long de mon cou, puis remonta. Un cri étranglé m'échappa lorsqu'il me mordilla l'oreille. Une soudaine chaleur s'insinua entre mes cuisses, réveilla le désir en moi… mais c'était l'amour que je ressentais pour lui qui m'envahissait, qui nourrissait le feu qui léchait ma peau.

— J'ai envie de toi, dit-il en faisant glisser ses mains le long de mon corps. (Il m'attrapa par les hanches.) J'ai envie de rester avec toi pour toujours.

Je passai mes mains autour de son cou.

— Moi aussi, je te veux.

Un son rauque s'échappa de sa gorge.

— Je pourrais presque passer ma vie à t'écouter dire ça.

— Presque ? Qu'est-ce qu'il te faudrait d'… ?

Il me souleva, les mains posées sur mes fesses, et avança ainsi. Tout ce que j'allais dire s'envola lorsqu'il me plaqua contre le mur à côté du canapé et pressa ses hanches contre les miennes en m'embrassant dans le cou. Je nouai mes jambes autour de sa taille, et la position lui permit de se glisser entre mes cuisses.

Les yeux fermés, je laissai aller ma tête en arrière pour lui donner un meilleur accès. Il ne se fit pas prier. Il me lécha et me mordit la gorge tandis que ses hanches ondulaient contre les miennes. Le désir grandissant me rendait folle.

Jase releva la tête et déposa un baiser sur mon menton, puis sur ma bouche en évitant mes hématomes. Je gémis en le sentant ouvrir mon gilet et caresser l'un de mes seins à travers mon tee-shirt. Mon mamelon durcit aussitôt, hypersensible. Une étincelle de plaisir intense se répandit de la pointe de mon sein jusqu'au plus profond de moi-même. En roulant des hanches contre moi, il appuya à un endroit très agréable qui me fit crier.

— Excuse-moi, grogna-t-il contre ma bouche. Si je suis trop violent, si je te fais mal, tu…

— Non, le rassurai-je en enfonçant mes doigts dans ses épaules. (Mon corps était fatigué, mais le besoin de ne faire qu'un avec lui était plus fort que tout.) Tu ne vas pas me casser.

— C'est bon à savoir. (Ses mains tremblaient lorsqu'il les passa autour de ma taille, trahissant son excitation.) Parce que tu es le genre de jouet avec lequel j'ai envie de m'amuser pendant très, très longtemps.

Je haussai un sourcil. Il me fit un clin d'œil malicieux avant de détacher mes jambes de sa taille et de m'aider à me remettre debout.

— Je voulais d'abord te parler, me dit-il en me retirant mon gilet et en le jetant par terre. (Parler ? Pour quoi faire ?) Avant d'en arriver là. Mais je ne peux pas attendre. J'ai besoin d'être en toi. (Il attrapa le bas de mon tee-shirt.) Si tu n'en as pas envie, dis-le-moi tout de suite et j'arrête. (Ses yeux, argent à l'état liquide, croisèrent les miens.) Je me plierai à tes demandes. Si tu préfères parler, on parlera d'abord. Si tu veux que je me casse, je le ferai. Mais si tu me dis de rester, je m'enfoncerai tellement profondément en toi que je ne pourrai jamais en ressortir.

En réponse à ses paroles, à sa voix rauque et suave, je sentis mon corps mouiller, se liquéfier. Des fois, j'avais l'impression de ne pas jouer dans la même cour que lui. Mais j'étais plus que prête à le recevoir.

— Il faut quand même que tu saches une chose, poursuivit-il en avançant de façon que nos cuisses se touchent. J'ai fait une grave erreur en te repoussant. J'ai été un putain de lâche, j'avais trop peur d'être blessé à nouveau et je m'en suis voulu dès que je t'ai vue t'éloigner. C'est moi qui nous ai infligé ça et je n'ai jamais autant regretté une décision de ma vie.

Le souffle court, j'écoutai ce qu'il m'expliquait et ce que ça signifiait pour nous, mais rien ne m'avait préparée à la déferlante d'émotions qui me submergea quand il poursuivit.

Il posa son front contre le mien et déposa un doux baiser contre mes lèvres. Lentement, il insinua une langue de velours dans ma bouche pour caresser la mienne.

— Et je compte passer le reste de ma vie à me faire pardonner, parce que je suis amoureux de toi, Tess. Je t'aime comme je n'ai jamais aimé. (Ses yeux étincelaient de désir et d'amour.) Je t'en prie, Tess, laisse-moi te le prouver. S'il te plaît.

Des papillons apparurent dans mon ventre. Les battements de mon cœur s'accélérèrent tandis que j'observais ses beaux yeux. Il m'avait déjà dit qu'il m'aimait, mais dans un accès de passion, et ces deux petits mots s'étaient perdus dans les événements qui avaient suivi. À présent, ces paroles représentaient tout pour moi. Plus rien d'autre n'avait d'importance. Tout le monde faisait des erreurs. Moi-même, j'avais le chic pour commettre des bévues. Jase avait fait une erreur, c'est vrai, mais il avait l'intention de se racheter. J'étais prête à le laisser essayer.

J'étais prête à le laisser m'aimer.

Mes genoux flageolaient. J'ignorais comment je pouvais tenir debout, ou même parler.

— Reste.

Jase ferma brièvement les yeux.

— Et comment.

Il me débarrassa de mon tee-shirt à une vitesse incroyable. Ce garçon avait du talent pour déshabiller les filles. Puis il posa les doigts contre mes côtes, juste en dessous de mon soutien-gorge en dentelle. Le feu aux joues, je le laissai admirer ma semi-nudité.

— Putain, tu es magnifique, et moi, je suis un sacré veinard. (Il embrassa la vallée entre mes seins, puis chacun des deux.) Mais il y a une autre partie de toi qui est encore plus belle.

Jase déposa un baiser sur mon ventre, puis sa langue se glissa dans mon nombril et il se mit à genoux devant moi. Le dos arqué contre le mur, je pris une grande inspiration et la retins jusqu'à ce que ma peau se mette à picoter.

Il baissa la tête pour me retirer mes chaussures et mes chaussettes. Il en brandit soudain une en souriant.

— Des elfes ? Sur des chaussettes ?

— On est presque à Noël.

— C'est mignon.

Il les jeta par-dessus son épaule. Ses doigts agiles se frayèrent un chemin sous le bas de survêtement que Cam m'avait apporté à l'hôpital pour que je puisse me changer. Lorsque Jase le fit glisser sur mes hanches, mon pouls s'emballa.

— Nous y voilà, dit-il en déposant un baiser juste au-dessus de ma culotte en coton. (Une vague de chaleur m'envahit. Il me regarda à travers ses cils épais.) Tu sais que j'adore les petites douceurs.

— Oh, mon Dieu...

Avec un ricanement grave, il passa les doigts sous l'élastique du sous-vêtement et me l'ôta. J'étais presque nue alors que lui était encore entièrement habillé. La différence me donnait l'impression d'être vulnérable, encore plus lorsqu'il se releva à la manière d'un prédateur. Il passa les mains derrière mon dos et détacha mon soutien-gorge. Avec ses dents, il fit tomber les bretelles sur mes bras, mordillant ma peau au passage.

Puis il recula pour admirer son travail.

— Mon Dieu, bébé, tu me rends dingue. Regarde-toi.

Il posa une main hâlée contre ma hanche pour me soutenir tandis qu'il penchait la tête vers moi. Ses cheveux soyeux effleurèrent mes seins arrondis, accentuant ma sensibilité.

Alors, il prit l'un de mes mamelons dans sa bouche brûlante et mon corps s'embrasa. Je hoquetai de surprise en sentant les vagues tumultueuses du plaisir s'abattre sur moi. Mes doigts s'enfoncèrent dans ses cheveux. Sa main libre s'insinua entre mes cuisses pour caresser la partie de mon corps qui battait en rythme avec mon cœur affolé. Dans un gémissement, je rejetai la tête en arrière contre le mur.

Il remonta jusqu'à mon cou, au-dessus de mon épaule.

— Je t'aime Tess. Je t'aime tant.

Mon corps se tendit. De petits frissons torrides me parcoururent. Ses doigts m'effleuraient à peine, pourtant, j'étais presque au bord du gouffre.

— Je t'aime, Jase.

— Redis-le-moi, murmura-t-il contre ma joue. J'ai besoin de t'entendre le dire.

— Je t'aime. Je t'aime, répétai-je à l'infini, perdue dans un monde de sensations.

Mes hanches se soulevèrent d'elles-mêmes pour se presser contre sa cuisse et sa main.

Un sourire satisfait étira ses lèvres.

— Putain, j'adore ça. (Mon plaisir s'intensifia lorsqu'il inséra un doigt en moi.) Mon Dieu, tu es tellement mouillée.

Avec un grognement guttural, il caressa doucement la petite boule de nerfs entre mes cuisses. Mon corps convulsa, s'embrasa.

— Tu aimes ça ?

— Oui, murmurai-je, en haletant. Beaucoup.

Tandis que ses lèvres exploraient mon cou, ses cheveux sombres me chatouillaient les seins. Un léger son typiquement féminin s'échappa de ma gorge lorsqu'il se remit à genoux et écarta mes jambes pour m'ouvrir entièrement à lui. Sa langue descendit de mon nombril jusqu'à mon sexe. Un éclair de plaisir me traversa.

— Si douce. (Il m'embrassa à l'intérieur de la cuisse.) Si belle.

Lorsqu'il enfonça sa langue en moi, j'en eus le souffle coupé. Je frissonnai. Mes doigts se serrèrent, puis se desserrèrent dans ses cheveux. Il captura mon bouton de chair dans sa bouche, le suçotant avant de me donner des coups de langue précis et déterminés, comme si sa vie en dépendait.

Je criai. Mes hanches se soulevaient de plus en plus vite tandis qu'il m'emmenait rapidement vers l'orgasme. Une chaleur ardente monta en moi, puis explosa. Je n'arrivais plus à respirer. Tous les muscles de mon corps se crispèrent. Des vagues de plaisir me traversaient les unes après les autres. Jase continua de me soutenir, de collecter avec sa langue la moindre de mes réponses... jusqu'à ce que les secousses cessent.

Il se leva alors, les lèvres humides et gonflées, et m'attira à lui. Lorsqu'il posa la main contre ma nuque pour me relever la tête, ses yeux brûlaient de désir et d'amour. Je sentais la chaleur de son érection contre mon ventre malgré la barrière de nos vêtements.

— Et maintenant, je vais te faire l'amour.

31

Jase me souleva et me porta dans la chambre où il me déposa sur la montagne de coussins que j'avais accumulés depuis que j'avais emménagé ici.

Il recula et se déshabilla sans me quitter des yeux. Le regarder dévoiler son corps exquis vêtement par vêtement était sans doute la chose la plus sensuelle et la plus excitante que j'aie jamais vue.

Notre première fois avait été aussi rapide qu'intense. Ça avait été merveilleux et époustouflant, mais aujourd'hui, je savais que ça allait être différent.

Les nerfs à fleur de peau, je frissonnais. On était sur le point de faire l'amour avec un grand A. Ça ne m'était jamais arrivé.

Quand il retira son caleçon, j'en eus le souffle coupé. Le corps de Jase semblait sortir tout droit des rêves les plus fous. Sans exagérer. Larges épaules, torse bien dessiné, tablettes de chocolat. Il avait des hanches étroites, de longues jambes fines, et ce qui se dressait entre ces jambes était plutôt impressionnant. Il était excité et il avait envie de moi.

Il m'aimait.

Jase avança vers moi d'un air impérieux, monta sur le lit et ne s'arrêta que lorsqu'il se trouva au-dessus de moi, les bras de chaque côté de ma tête.

— Touche-moi, me dit-il d'une voix rauque.

Il n'eut pas à me le demander deux fois. Je posai mes mains sur son torse et les fis glisser le long des muscles fermes de son ventre jusqu'à la fine rangée de poils avant de le prendre entre mes doigts. Il se contracta contre ma paume. Je frissonnai.

Relevant vivement la tête, il grogna tandis que je le caressais.

— Oh, mon Dieu...

Je souris. Il se baissa de nouveau vers moi et sa mâchoire se détendit.

— Tu aimes ça ?

— J'aime tout ce que tu fais.

Il déposa un baiser sur mon front, puis en parsema mon visage : mes joues, mes paupières, et même le bout de mon nez.

— Absolument tout.

Encouragée par ses paroles, je fis remonter mes doigts vers son gland et le serrai doucement. Ses hanches eurent un soubresaut et il émit un nouveau son étouffé.

— Hmm, grogna-t-il, les bras tremblants. (Il durcit encore plus dans ma main.) Si tu continues comme ça, ça sera fini avant même d'avoir commencé. Et tu n'en as pas la moindre envie. Crois-moi.

— Non.

Mais ça ne signifiait pas que je voulais arrêter de le toucher.

Sans le lâcher, j'étirai le cou pour l'embrasser sur la mâchoire, puis traçai un chemin le long de sa gorge, goûtant le sel de sa peau. Son torse se soulevait rapidement tandis que je bougeais lentement ma main pour le taquiner. Il se libéra.

Je fis la moue.

— Ce n'est pas juste.

Il ricana. Son souffle me chatouilla le cou.

— Patience, bébé. Tu m'auras en toi bien assez tôt, mais d'abord…

Sa langue décrivit des cercles autour de mon mamelon durci, puis sa bouche se referma dessus. Il le suça tellement fort que je me soulevai du lit en arquant le dos. Les mains enfouies dans ses cheveux, je bougeai les hanches de façon désordonnée. Il s'occupa de mon autre sein avec autant d'attention. Un désir puissant se mit à gronder en moi comme un violent orage.

Plaçant une main sur ma hanche dans un geste possessif, il releva la tête. Il avait l'air de se faire violence. Il prit une grande inspiration.

— Je ne crois pas que je vais pouvoir me retenir plus longtemps. J'ai besoin de toi, Tess.

Mon cœur fit un salto arrière.

— Alors ne te retiens pas.

Jase se plaça entre mes cuisses, puis se figea.

— Merde. Je n'ai pas de capote.

Je posai une main contre sa joue.

— Tu sais que je prends la pilule, et que tu es mon premier depuis… depuis une éternité.

— Ça fait très longtemps que je n'ai pas eu d'autre partenaire. Je suis clean. Et je me retirerai, juste au cas où. (Il s'arrêta, positionné au-dessus de moi.) C'est toi qui décides.

Je glissai les mains sur ses épaules.

— J'ai envie de toi. Tout de suite.

Ses lèvres caressèrent les miennes tandis qu'il pressait ses hanches contre les miennes, contre mon sexe. Il m'embrassa doucement, avec une telle tendresse que j'aurais voulu le prendre dans mes bras et ne plus jamais le lâcher. Le front posé contre le mien, il me pénétra avec lenteur, m'étirant de la plus délicieuse des façons. Je m'accrochai à lui, remontai mes genoux contre ses flancs pour lui faciliter l'accès et il s'enfonça plus profondément en moi, me remplissant. Je laissai échapper un gémissement. Il s'appuya sur ses bras.

Nos corps étaient enchevêtrés, poitrine contre torse, hanches contre hanches. Je le sentais palpiter en moi.

— Jase, murmurai-je en faisant traîner mes doigts le long de ses bras.

Il embrassa doucement mes lèvres entrouvertes.

— Mon Dieu, je suis tellement bien en toi.

— Et je suis bien comme ça. (Je remontai mes doigts vers ses joues.) C'est parfait.

— Ouais, grogna-t-il.

Tremblant, Jase se retira avec lenteur, puis donna un nouveau coup de reins. La sensation se répandit jusque dans mes orteils. Le rythme lent qu'il instaura était à la fois agréable et insupportable. Dès qu'il s'enfonçait en moi, je relevais les hanches pour venir à sa rencontre. Il y avait de la séduction dans l'acte d'amour, une qualité qui manquait lorsque le cœur n'était pas impliqué. Chaque mouvement, chaque baiser, chaque caresse contenait la promesse d'une éternité.

On fit l'amour les yeux dans les yeux, prenant autant que l'on donnait à l'autre. Le plaisir qui se développait lentement en moi était bien plus profond que l'intensité folle de notre première fois. Je sentais Jase enfler, durcir en moi. Je respirais son souffle, je frissonnais en réponse à chacun des tremblements qui le parcouraient.

Mais bientôt, nos corps en demandèrent davantage. J'enfonçai mes talons dans son dos pour le supplier de bouger plus vite et il m'obéit. Ses coups de reins s'accélérèrent, bientôt suivis de notre respiration et de nos cœurs palpitants. Il ne fallut pas longtemps pour que la tête de lit tape le mur au rythme de ses va-et-vient.

Lorsque mon corps se crispa et que la tension qui s'était accumulée en moi se mit à se dissiper à une vitesse étourdissante, je ne pus m'empêcher de hoqueter :

— Je t'aime.

Alors le peu de contrôle qu'il restait à Jase lui échappa et ses hanches rencontrèrent les miennes à un tempo fou. L'orgasme me submergea. Une puissante sensation de délivrance se déversa au plus profond de moi-même. Je tressaillis violemment et criai son nom jusqu'à ne plus avoir de voix.

Il se retira au dernier moment, alors que je reprenais doucement mes esprits, et se répandit contre mon ventre. Il appuya la tête contre mon épaule et déposa un baiser contre ma peau nue. Ses hanches eurent un dernier soubresaut. Je le serrai contre moi, savourant le contact de son corps contre le mien.

Sa peau était humide, son corps encore tremblant quand il releva la tête pour m'embrasser au coin des lèvres.

— Je t'aime, Teresa.

On resta ainsi un moment, à attendre que notre respiration se calme. Pendant cet instant de silence, une chose très étrange se produisit. Quelque chose... quelque chose de fragile se brisa en moi. Comme si une vieille serrure rouillée avait fini par s'ouvrir.

J'ignorais ce qu'avait été le déclencheur. Peut-être l'année qui venait de s'écouler et tous les changements auxquels j'avais dû faire face. Ou le fait que j'avais accepté que mon futur n'était pas tout tracé et qu'il y avait une vie en dehors de la danse. Ou peut-être était-ce Jase et les hauts et les bas de notre relation. Ou Debbie et ce que sa mort symbolisait. Ou encore Erik et la terrible scène qui s'était jouée dans ma chambre et les souvenirs qu'elle me rappelait.

Et peut-être... peut-être que ça avait aussi un rapport avec Jeremy et la relation abusive que nous avions partagée, qui faisait partie de moi. Je comprenais à présent qu'elle ferait toujours partie de moi, mais qu'elle ne me définissait plus en tant que personne. Cette expérience m'avait aidée à grandir. Ce n'était plus moi. Avant que je m'en rende compte, mes joues étaient déjà trempées.

Jase releva la tête.

— Tess ? Bébé ? (Il posa la main sur ma joue et essuya mes larmes avec son pouce.) Qu'est-ce qui ne va pas ?

Je ne savais pas comment formuler ce que je ressentais. Comme je ne répondais pas, il pâlit à vue d'œil.

— Je t'ai fait mal ? J'aurais dû attendre. Ça aurait pu...

— Non, croassai-je. (Je tentai de sourire à travers le rideau de larmes.) Ce n'est pas toi. C'est... tout et rien à la fois. Ça fait beaucoup à assimiler.

Il passa de nouveau son doigt sous mon œil qui n'était pas blessé.

— Il s'est passé beaucoup de choses, Tess. Et tu as réussi à tout gérer. Tu es très forte. Tu es la personne la plus forte que je connaisse.

J'eus un rire étranglé et mes larmes redoublèrent. Un grognement rauque s'échappa de la gorge de Jase. Il me prit dans ses bras pour me serrer contre son torse.

— Je n'oublierai jamais ce que c'était d'être avec lui, lui dis-je. (Jase comprit aussitôt de qui je parlais.) Mais ce n'est pas grave, pas vrai ? Je ne suis pas faible ni une victime pour autant.

— Non. (Il déposa un baiser au sommet de ma tête.) Tu n'es ni l'un ni l'autre.

— Ce n'est pas ce que je suis aujourd'hui, mais ça fait partie de moi et... je l'assume.

Un frisson me parcourut. Entre mes pleurs, on réussit à parler de Jeremy, de Debbie et d'Erik. On discuta de la danse, puis de l'enseignement. Jase ne me lâcha pas une seule seconde, il me serra contre lui jusqu'à ce que mes larmes cessent, jusqu'à ce que les fardeaux que je portais, et même ceux dont je n'avais pas conscience, disparaissent de mes épaules.

Jase, complètement nu, en train de me préparer de la soupe pour ne pas que je fatigue ma mâchoire endolorie faisait sans doute partie des cinq choses que j'aurais voulu voir avant de mourir. Ça passait même avant assister à un ballet à San Francisco.

Bon sang, il avait le plus beau cul de l'univers.

Assis sur le lit, les draps remontés sur ma poitrine, on partagea un grand bol de soupe de légumes. Une cuillère pour deux bouches, dans un lit, c'était une expérience intéressante. Quand un peu de bouillon coula le long de mon menton, Jase le rattrapa avec sa langue.

— Hmm... Et si tu t'allongeais et que je finissais la soupe comme ça ?

Je ris. Je me sentais plus légère, bien mieux que tout à l'heure, même si mes yeux étaient encore gonflés par les larmes.

— Ce serait sale.

— Mais drôle. (Il attrapa la cuillère et avala des morceaux de légumes tendres.) Tu en veux encore ?

D'habitude, je trouvais ridicule de me faire nourrir. Mais si c'était par Jase nu, c'était une autre histoire. C'était incroyablement excitant. J'ouvris la bouche, avalai le bouillon et mâchai autant que possible.

— Merci.

Il haussa une épaule hâlée et porta la cuillère à sa propre bouche. Il mastiqua quelques instants d'un air pensif tout en cherchant un morceau de viande dans le bol.

— Tu sais, j'avais vraiment l'intention de te parler avant qu'il se passe quoi que ce soit.

— Mais tu voulais quand même qu'il se passe un truc ?

Je ne pouvais pas m'empêcher de le taquiner.

— Évidemment !

Tout sourire, il mordit dans le morceau de viande. Puis, baissant les yeux, il prit une cuillerée de bouillon.

— J'espérais que ça se terminerait au lit de façon bestiale et sauvage. (Il approcha la cuillère de mes lèvres et veilla à ce que je n'en fasse pas tomber.) Non, en fait je m'attendais à ce que tu me jettes dehors. Il faut dire que j'ai vraiment merdé.

Je penchai la tête sur le côté en me tortillant pour me rapprocher de lui.

— C'est vrai ?

Il hocha la tête.

— Je sais que j'ai un charme incroyable, mais j'ai déconné et je...

Me penchant par-dessus le bol, je pressai ma bouche contre la sienne. Avec ma lèvre ouverte, ce n'était pas génial, mais il se figea comme si je l'avais touché plus intimement.

— Tu as déconné, c'est vrai, dis-je en reculant. Tu as sérieusement déconné, abruti. Tu m'as blessée.

Il eut l'air penaud.

— Tess...

— Mais je ne vais pas te le reprocher toute ta vie. Pas après avoir failli mourir hier. Ça va peut-être faire cliché, mais la vie est courte. Je te veux, lui dis-je avec passion. Avec tout ce que ça comprend, Jase. Je sais que ça ne va pas être facile. Je m'y suis préparée. Jack est ton fils, qu'il le sache ou non. Peu importe que tu lui avoues la vérité ou non, il sera toujours ton fils. Mais si un jour tu décides de le lui dire, je te soutiendrai de toutes mes forces.

Son regard retomba vers le bol.

— Tu es vraiment prête à affronter tout ça ? Et si je le lui disais après la remise des diplômes, le semestre prochain ?

À cette idée, mon ventre se serra. Le contraire aurait été étonnant.

— Tu as des responsabilités et je veux les partager avec toi. Je ne sais pas si mon aide te sera utile en ce qui le concerne, mais je ferai de mon mieux.

Jase releva la tête, les yeux écarquillés.

— Tu seras parfaite, Tess. Il t'aime déjà beaucoup et il… Un jour, tu feras une maman du tonnerre.

Je rougis. Loin de ressentir la moindre panique, je savourai le compliment.

— Merci. (Je pris une grande inspiration.) Et toi, tu te sens vraiment prêt ?

— J'y ai beaucoup réfléchi, Tess, et je crois que je le suis. Je crois que je le suis depuis longtemps, mais que je n'avais pas voulu m'en rendre compte. Ce que je ressens pour toi me donne le tournis. Au départ, j'ai cru que je m'imposais des limites à cause de Cam. Quand j'ai compris que ce n'était pas le cas, que j'avais peur de te perdre, j'ai su qu'il fallait que je trouve un moyen pour aller de l'avant. (Il se passa la main dans ses cheveux emmêlés.) Tu avais raison. Je ne l'ai pas vraiment oubliée. Je sais que je dois me rendre sur sa tombe. J'en ai envie maintenant. C'est ce que je comptais te dire.

— Quand tu m'as envoyé un message pour me dire qu'on devait discuter, c'est ça ?

Il hocha de nouveau la tête.

— Ce n'était pas seulement pour cette raison, mais en partie, oui. Je crois qu'en allant là-bas je pourrai fermer une porte, tu comprends ? Je ne l'oublierai jamais complètement, mais je pourrai passer à autre chose.

J'essayai de ne pas lui montrer mon étonnement. Pour Jase, c'était un pas de géant.

— Je trouve que c'est une excellente idée. Si tu veux que je vienne avec toi, il n'y a aucun problème.

Il secoua la tête, avec un léger sourire aux lèvres.

— Tu… tu es incroyable, Tess.

— Non, pas du tout. Je suis juste amoureuse de toi, Jase.

On aurait dit qu'il avait arrêté de respirer un instant. Puis il se pencha au-dessus de moi et posa le bol sur la table de chevet. Quand il revint à sa place, il toucha ma mâchoire tuméfiée du bout des doigts.

— Je ne suis pas certain de te mériter.

Je fermai les yeux.

— Je n'aime pas t'entendre dire des choses pareilles.

— Et je n'aime pas les penser, mais je ne peux pas m'en empêcher. (Ses lèvres m'effleurèrent, comme une caresse.) Je vais tout faire pour changer ça.

Plaçant ses mains sur mes épaules, il me poussa en arrière avec douceur jusqu'à ce que ma tête touche les oreillers. Il s'installa à côté de moi, allongé sur le côté, en appui sur son coude.

— Je te le promets.

— Je te fais confiance.

Un doux sourire étira ses lèvres tandis qu'il faisait danser son doigt sur mon épaule. Plusieurs minutes passèrent en silence.

— Quand est-ce que tes parents rentrent chez eux ?

— Demain, je crois. Ils voulaient que je vienne avec eux, mais j'ai refusé.

Je frissonnai en le sentant descendre vers ma clavicule.

— Et pour Noël, qu'est-ce que tu fais ? Je sais que c'est déjà dans une semaine, mais… tu as prévu quelque chose ?

Je fermai les yeux pour mieux savourer son contact, léger comme une plume.

— Je rentre avec Cam, comme c'était prévu. Il part d'ici le 23 ou le 24.

— On prend Noël très au sérieux chez moi aussi. (Son doigt descendit un peu plus bas, suivant le bord du drap.) Jack croit toujours au Père Noël, alors je dois être avec lui le matin, mais je veux te voir aussi. Et si tu passais le réveillon avec moi et que je venais chez tes parents le lendemain ? Je te déposerai là-bas après le repas. Enfin, si tu veux que je vienne, bien sûr, et si ça ne dérange pas tes parents.

J'ouvris les yeux.

— J'adorerais.

Un énorme sourire se dessina sur mes lèvres à l'idée de passer le réveillon de Noël avec sa famille, puis le jour de Noël avec la mienne.

— Mais je ne veux pas te faire faire de la route pour rien.

— Tu peux toujours rester dormir avec moi. (Il baissa la couverture pour découvrir mon corps nu.) Si toi et tes parents veulent bien.

— Avec plaisir. Mes parents ne diront rien si c'est ce que j'ai décidé de faire. (Sous son regard scrutateur, je me mordis les lèvres. Ses mâchoires se crispèrent.) Et les tiens ?

— Pareil.

Il avait l'air distrait.

— Ce sera une première pour nous, gloussai-je. (Le rouge aux joues, je laissai ma tête retomber sur le coussin.) Tu dois me prendre pour une idiote.

— Pas du tout. (Quand il se plaça au-dessus de moi, entre mes cuisses, je sentis son érection.) Et ce ne sera pas la dernière.

Le souffle court, je me cambrai et enfouis mes mains dans ses cheveux.

— Tu parles de ça ou de Noël ?

Il glissa une main entre nous en ricanant, enroulant ses doigts à la base de son pénis.

— Les deux.

— Oh. (Ma faculté à former des phrases cohérentes s'était envolée par la fenêtre à l'instant où il s'était enfoncé en moi en un seul coup de reins.) Jase…

Il grogna et me serra contre lui avant d'échanger nos positions en restant en moi. Au-dessus de lui, je posai les mains sur son torse pour me stabiliser.

— Oui ? dit-il avec un grand sourire.

— Tu n'es pas croyable.

Ses mains encerclèrent mes hanches.

— Tu n'as encore rien vu.

32

De petits flocons de neige s'étaient mis à tomber au moment où nous avions quitté Shepherdstown. C'était la fin de l'après-midi et l'air glacé semblait s'infiltrer à travers le moindre interstice de la carrosserie de la Jeep de Jase. Malgré le chauffage qui tournait à fond les turbines, il faisait toujours froid.

Jase me tenait la main en silence. J'avais toujours les doigts enflés à cause du coup de poing que j'avais asséné à Erik, mais le reste de mes blessures avait presque entièrement guéri.

Les premières nuits qui avaient suivi le coup de folie d'Erik avaient été les plus difficiles. Dieu merci, Jase ne m'avait pas quitté un instant. Il m'avait réconfortée après mes cauchemars et était resté éveillé avec moi quand j'avais eu peur de m'endormir. Il avait fait bon usage de ces heures en plein milieu de la nuit pour m'empêcher de penser à ces souvenirs sinistres.

Quand je regardai dans sa direction, mon cœur bondit dans ma poitrine. Il m'aimait. Il était amoureux de moi. Mon esprit ne s'était toujours pas remis des possibilités qui s'ouvraient à nous sur le long terme.

Lorsqu'il se tourna vers moi, je lui serrai doucement la main et lui souris d'un air rassurant. L'inquiétude avait donné une teinte grise métallique à ses iris. Au réveil, quand il m'avait demandé si je voulais bien l'accompagner avant d'aller chez ses parents pour le réveillon de Noël, j'avais été surprise, mais j'étais contente de le voir faire un aussi grand pas en avant.

— Ça va ? lui demandai-je.

Des mèches de cheveux bruns s'échappaient de son bonnet en laine grise.

— C'est bizarre que ce soit toi qui me poses la question.

— C'est vrai. (Depuis ma blessure au genou, la mort de Debbie et l'attaque d'Erik, il n'avait pas cessé de s'inquiéter pour moi.) Mais je te la pose quand même.

— Je... je n'en sais rien. (Il s'interrompit et tourna à droite pour couper à travers une station essence.) Je suis triste. Un peu perdu. Mais étrangement, je suis heureux aussi, comme si j'étais fier de moi. C'est bête, pas vrai ?

— Ce n'est pas bête. Tu as tous les droits d'être fier de toi-même.

Un sourire apparut sur ses lèvres avant de disparaître aussi rapidement.

— J'ai l'impression que tout me revient d'un coup.

Ce qui était compréhensible. Kari était morte depuis des années, mais ce qu'il comptait faire était une première. Je lui serrai de nouveau la main.

Lorsqu'on arriva au cimetière, une fine couche de neige recouvrait le sol. Comme le lui avaient indiqué ses parents, il tourna à droite et suivit la courbe de la route jusqu'à un grand chêne nu.

La tombe de Kari se trouvait à proximité. Cinq stèles plus loin, pour être exacte.

Il se gara sur l'accotement. Ce n'est qu'à ce moment-là qu'il me lâcha la main et qu'il coupa le moteur. Toutefois, il ne fit pas le moindre geste pour sortir du véhicule. Il se contenta de regarder droit devant lui, en direction de l'arbre. Ses branches oscillaient sous une légère brise.

Mon cœur se serra.

— Tu es sûr que tu es prêt ? On peut revenir une autre fois, tu sais.

— Je suis prêt, répondit-il d'une voix faible au bout d'un moment. Il faut que je le fasse.

J'étais d'accord avec lui. Jase avait continué à vivre, mais il n'avait pas fait la paix avec son passé. Pendant toutes ces années, il s'était comporté comme si Kari l'avait quitté, comme si elle était toujours en vie, quelque part. Peut-être que cette illusion l'avait aidé à avancer, mais il n'avait pas pu faire son deuil. C'était la raison pour laquelle il m'avait repoussée après m'avoir avoué qu'il m'aimait. Je le comprenais à présent. Il portait en lui depuis des années cette peur d'aimer une personne et de la perdre.

Plusieurs minutes s'écoulèrent, puis il hocha la tête.

— OK.

— OK, murmurai-je.

Il ouvrit la portière. De l'air froid s'engouffra à l'intérieur. Je l'imitai et sortis mes gants de ma poche. Lui attrapa les poinsettias que nous avions achetés au supermarché sur le chemin du cimetière.

L'herbe gelée et la fine couche de neige crissaient sous mes bottes. Je rejoignis Jase de son côté de la Jeep. Il interrompit ce qu'il faisait pour me regarder. La vulnérabilité, l'incertitude que je lus dans son expression me brisa le cœur. Il me tendit sa main nue, à la merci des éléments. Je la lui pris aussitôt dans ma main gantée. À travers la laine, le poids de nos doigts enlacés sembla lui procurer la force d'avancer.

Pendant qu'on se frayait un chemin en silence parmi les pierres tombales, je tâchai de ne pas repenser aux funérailles de Debbie et aux accusations qu'Erik m'avait jetées à la tête devant tout le monde. C'était mission impossible. Elle avait été enterrée ici, elle aussi, de l'autre côté du chemin principal.

D'habitude, la quiétude, l'absence de vie qui régnait dans les cimetières me donnait la chair de poule. Cette fois, c'était différent. En approchant du grand chêne, je n'eus aucune pensée pour les cadavres sous nos pieds, ni pour *La Nuit des morts vivants*.

J'étais entièrement concentrée sur Jase et sa souffrance.

Quand il s'arrêta soudain, je sus que nous étions arrivés devant la tombe de Kari. Je suivis son regard et pris une inspiration mal assurée.

La pierre tombale était en marbre gris poli, taillé en forme de cœur. Un ange en position de prière y avait été gravé ainsi que le nom de Kari Ann Tinsmen. Ses dates de naissance et de décès étaient beaucoup trop rapprochées.

C'était elle. Pas de visage. Ni de corps. Sa vie entière tenait en une seule phrase calligraphiée sous les chiffres : « À notre sœur, fille et mère bien aimée qui dort parmi les anges. »

Mère.

Ma gorge se noua. Kari n'avait pas eu le temps de jouer son rôle de mère. En fait, elle n'avait pas vraiment eu le temps de jouer le moindre rôle.

Jase secoua doucement la tête en examinant la tombe. Je ne pouvais même pas imaginer à quoi il pensait, debout ainsi devant sa pierre tombale. À tout sûrement. À leur courte vie ensemble.

Tant de paroles de Jase prenaient tout leur sens à présent. Notamment que les plus belles choses naissaient parfois des pires tragédies. Il en avait fait l'expérience. Une grossesse non désirée lui avait donné Jack et une mort injuste l'avait remis sur le droit chemin.

On aurait pu dire la même chose pour mon incapacité à danser. J'espérais que l'enseignement me permettrait d'avoir une influence sur le monde, de changer les choses... N'était-ce pas pour cela que l'on devenait professeur ? Ce n'était pas pour l'argent en tout cas. Le raisonnement était bien plus profond, plus solide. Les enseignants formaient le futur. Les danseurs divertissaient. Et de toute façon, je ne pouvais plus faire partie de ce monde. Je m'étais mise au défi de faire pousser les portes d'un studio à Avery et pourquoi pas, de donner des cours aux débutantes.

J'en avais vraiment envie.

La mort a aussi son utilité. Elle rappelle aux vivants de vivre, de vivre dans le présent et de se réjouir des jours futurs.

— C'était vraiment... une fille bien, dit Jase au bout d'un moment pour briser le silence.

Je souris, mais j'en avais les larmes aux yeux.

— J'en suis sûre.

Il garda les yeux rivés sur la tombe pendant de longues minutes. Dans sa main, les pétales rouges du poinsettia tremblaient. Je doutais que ce soit à cause du froid.

— Elle adorait l'hiver et la neige.

Il s'interrompit et déglutit bruyamment. Les flocons blancs qui tombaient étaient de plus en plus gros. Lorsqu'il reprit la parole, sa voix était rauque.

— Je crois qu'on a bien fait de venir aujourd'hui.

J'observai un flocon se poser sur l'arrondi de la pierre.

Jase prit une grande inspiration tremblotante.

— Jack tient sûrement ça d'elle. Tu sais, son amour pour l'hiver. C'est peut-être bien à cause de Noël, mais j'aime croire que ça vient d'elle.

Je lui serrai la main.

— L'hiver, ce n'est pas si mal, comme saison.

Il eut un sourire en coin.

— J'ai toujours préféré l'été.

Il libéra ses doigts des miens et s'avança. Après s'être agenouillé, il déposa les fleurs au pied de la pierre tombale.

En silence, je le regardai retirer son bonnet et baisser la tête. Je ne savais pas s'il priait ou s'il parlait à Kari. Dans tous les cas, j'avais l'impression de ne pas être à ma place : c'était un moment intime et triste.

Réprimant mes larmes, je braquai mon regard sur l'arbre et déglutit difficilement. La neige avait recouvert les branches nues, pesant sur les plus fines.

Quand Jase revint vers moi, il avait remis son bonnet et le bout de son nez était sans doute aussi rouge que le mien.

— Ça te dérange si on reste ici un moment ? Je sais qu'il fait froid. Tu peux attendre dans...

— Ça va. (Je l'aurais épaulé même s'il avait décidé de rester ici pendant un mois.) On restera autant de temps que tu voudras.

— Merci.

Il parut se détendre aussitôt tandis qu'il passait un bras autour de mes épaules. Me serrant contre le refuge de son corps, il posa la tête contre la mienne et soupira.

— Merci d'être venue avec moi.

La ferme des Winstead était entièrement décorée.

On aurait dit que le Père Noël avait semé des petits bouts de cotillons un peu partout sur la propriété, mais c'était plutôt joli. Des guirlandes multicolores avaient été accrochées aux clôtures qui bordaient la route. Des lumières rouges, vertes et bleues clignotaient sur la grange et l'avant de la maison scintillait comme une énorme boule disco carrée.

Jase rit en me voyant ouvrir de grands yeux. Je souris. C'était la première fois qu'il riait depuis qu'on avait quitté le cimetière.

— Mes parents se laissent un peu emporter à Noël, surtout pour faire plaisir à Jack.

Un peu ? Un Père Noël gonflable était assis à droite du perron. Sur le toit, il y avait huit rennes en plastique. Rudolph, le neuvième et plus important, manquait à l'appel. Un Père Noël en plastique était perché sur la cheminée. Il portait un sac rempli de cadeaux.

Devant la porte se trouvait une boule de neige géante, un peu comme un truc à bulles. À travers les fenêtres, je pouvais voir les lumières des sapins de Noël. Mes parents avaient tendance à choisir un seul thème couleur par an, mais je préférais cette décoration-là. Le chaos de lumières avait quelque chose de chaleureux.

— On va laisser les cadeaux dans la Jeep, dit-il pendant qu'on descendait de voiture. Tu sais, le Père Noël n'est pas encore passé.

Je souris.

— Le Père Noël qui est sur le toit a l'air un peu bourré.

Il releva la tête et éclata de rire lorsque le vent fit tournoyer le Père Noël en plastique autour de la cheminée.

— Ça, c'est le genre de Père Noël que j'aime.

Je m'arrêtai devant les marches du perron, traînant mes bottes dans la pellicule de neige.

— Tu es sûr que ma présence ne dérange pas ?

Il me prit par les épaules avec un air exaspéré et baissa la tête de façon à me regarder dans les yeux.

— Évidemment. Mes parents sont contents que tu passes le réveillon avec nous. Ils savent que tu connais la vérité. (Il recoiffa une mèche de cheveux derrière mon oreille.) Je crois qu'ils sont encore plus excités que moi.

Je ris.

— C'est parce que je suis formidable.

— C'est vrai. (Quand il se pencha en avant, je sentis son souffle chaud danser sur mes lèvres. Je frissonnai. Il sourit.) Merci pour aujourd'hui. Je suis sérieux. Je ne te le dirai jamais assez. Je ne crois pas que j'y serais arrivé sans toi.

Me hissant sur la pointe des pieds, j'effleurai son nez froid avec le mien.

— Tu l'aurais fait avec ou sans moi, mais je suis heureuse d'avoir été à tes côtés. Vraiment.

Comme j'avais laissé mes gants dans la voiture, je posai ma main nue contre sa joue. La sensation d'un début de barbe sous mes doigts était agréable.

— Comment tu te sens ?

Ses cils épais se baissèrent.

— Tu sais quoi ? Je ne pensais pas que ça changerait quoi que ce soit et pourtant... c'est le cas. Ce n'est pas un changement radical, mais je me sens déjà mieux. (Il plaça sa main sur la mienne tandis que l'autre se glissait derrière ma nuque.) Je crois que je te dois un baiser de remerciement.

— Tu n'as pas à me remercier... mais j'accepte le baiser.

Il sourit, puis ses lèvres caressèrent les miennes, une fois, deux fois, tandis que les flocons de neige tombaient autour de nous. Sa main me maintint fermement en place pendant que sa langue vint chatouiller l'interstice entre mes lèvres. Ce mec aurait pu donner des cours de baiser. Il en avait fait un art. Un léger gémissement m'échappa.

— Alors, mon fils ! J't'ai mieux éduqué qu'ça. On embrasse pas une jolie fille dans l'froid, nous interrompit son père.

Quand Jase recula, je sentis le rouge me monter aux joues.

— Je lui tenais chaud, répondit-il, tout sourire.

En tournant la tête pour dissimuler mon embarras, parce qu'il n'y avait rien de pire que d'être prise en flagrant délit par ses beaux-parents lorsqu'un baiser vous a laissée toute chose, je me rendis compte que l'expression de Jase avait une légèreté, un éclat que je n'avais jamais vus.

— Pas vrai ?

Je clignai doucement les yeux et murmurai :
— Oui.
Son père sourit.
— Allez, venez. Ta mère et Jack sont dans la cuisine. Il fait des biscuits pour l'Père Noël.
Jase grimaça et me prit par la main pour me faire monter les marches du perron.
— C'est une catastrophe, c'est ça ?
— C'est presque aussi terrible que quand tu cuisines. (Il se retourna et nous tint la porte ouverte.) Donc, ouais, c'est une catastrophe.
J'éclatai de rire en voyant l'expression de Jase.
— En y réfléchissant, je ne t'ai pas encore vu cuisiner autre chose qu'une soupe en brique.
Son père entra dans la maison en riant. La pièce sentait les biscuits et le sapin.
— Crois-moi, jeune fille, tu veux pas voir ça.
— Je ne suis pas si nul que ça, dit Jase en fronçant les sourcils. (Il retira son manteau.) J'ai fait fondre la spatule dans des carrés au riz soufflé une fois, c'est tout.
— Une fois ? (Je pendis mon manteau à un crochet.) Je crois que c'est déjà bien suffisant.
— C'qu'il te dit pas, c'est qu'il les a donnés à ses cousins après.
L'air gêné de Jase me fit rire.
— Oh, mon Dieu, tu n'as pas fait ça ?
— Quoi ! (Il haussa les épaules en enlevant son bonnet.) Ils ne les ont pas mangés.
— Parce que c'était dur comme de la pierre et que ç'aurait pu tuer quelqu'un, rétorqua son père en souriant. Mon fiston est doué pour des tas de choses, mais pas pour la cuisine.
— Merci, Papa.
— Jase ! s'écria Jack depuis la cuisine. Tess !
On se retourna au moment où le petit garçon se précipitait dans la salle à manger.

— Hou là, gamin ! Ralentis ! s'exclama Jase en s'interposant entre la table et Jack. Jack, tu vas...

Sentant que son fils était sur le point de recommencer son opération kamikaze, Jase se mit à genoux et l'attrapa dès qu'il s'élança vers lui. Il prit le petit garçon dans ses bras avant de se relever. Jack s'accrocha à lui et enfouit ses petits doigts dans ses cheveux.

— J'ai fait des biscuits pour le Père Noël ! annonça Jack en tenant une poignée de cheveux dans sa main. Ils sont au chocolat et aux noix !

— C'est vrai ?

Jase se tourna légèrement, serrant son fils contre lui. Les voir ensemble me gonflait le cœur. Même si Jack ne connaissait pas la vérité, il aurait fallu être aveugle pour ne pas voir l'amour qui les unissait.

— Et les chocolats au beurre de cacahuète, alors ? Tu sais que ce sont mes préférés.

— Il y en a aussi. J'en ai mangé plein !

Jack posa la tête sur l'épaule de Jase en souriant.

— Plein ? fit M. Winstead en ricanant. Ce chenapan a mangé la moitié d'la fournée.

Le sourire de Jack s'élargit, puis il sembla s'apercevoir de ma présence et cria.

— Laisse-moi descendre ! Laisse-moi descendre !

Avec un sourire, Jase reposa son fils sur ses pieds. Il se jeta sur moi à l'instant où il toucha le sol, entourant mes jambes de ses bras.

— Salut ! lui dis-je en décoiffant ses cheveux déjà en bataille. Tu as hâte de voir le Père Noël ?

— Oui ! Papa m'a dit que le Père Noël allait bientôt partir de chez lui ! (Il recula et m'attrapa par la main.) Viens !

Je jetai un coup d'œil à Jase. Il haussa les épaules en souriant et resta avec son père tandis que Jack me tirait hors de la salle à manger.

La cuisine était réellement en pagaille. De la pâte à biscuits recouvrait le plan de travail et l'îlot central. De la farine jonchait le sol et des coquilles d'œufs remplissaient plusieurs bols, mais l'odeur de sucre et de pâtisserie me donnait l'eau à la bouche.

— Regarde qui j'ai trouvé, regarde !

Mme Winstead se retourna et s'essuya les mains sur un tablier rouge décoré de sapins.

— Oh, ma chérie, je suis tellement contente de te voir ! (Elle s'avança vers moi à grands pas déterminés, comme l'aurait fait Jase.) Regarde-moi ça... (Elle traça les vestiges de la blessure qui cicatrisait sur ma mâchoire d'un air désapprobateur.) Comment vas-tu, ma puce ?

— Bien. (Je souris tandis que Jack se détachait et grimpait sur un tabouret placé contre le bar. Il plongea les mains dans la pâte à gâteau.) Je vais très bien.

— Je suis contente de l'entendre. (Ses bras forts m'entourèrent et elle manqua m'étouffer.) Quand Jase m'a dit ce que... (Elle jeta un coup d'œil à Jack qui formait des boules de pâte. Elle baissa la voix.) Je ne veux pas que le petit nous entende, mais je suis contente de savoir que ça va mieux et que... ce salopard est en prison, finit-elle en murmurant.

Mes lèvres se retroussèrent.

— Moi aussi.

Mme Winstead secoua la tête d'un air triste en regardant Jack poser les biscuits sur la plaque.

— Mais cette pauvre fille...

— Je sais. (Je me mordis la lèvre.) Je n'arrête pas de me répéter qu'au moins justice a été faite pour Debbie.

Jack tourna la tête vers nous. La curiosité se lisait sur son joli visage.

— C'est quoi, la justice ?

— C'est quand les gens méchants sont punis, mon chéri. C'est une bonne chose. (Mme Winstead me sourit. Les rides autour de ses yeux se creusèrent davantage. Elle se remit à chuchoter.) Mais ce... ce n'est pas tout.

Elle posa la main sur mon épaule et son torse se souleva tandis qu'elle prenait une grande inspiration.

— Je suis heureuse que tu sois au courant, que Jase t'en ait parlé.

Comme je ne savais pas quoi dire, je me contentai de hocher la tête. Le sourire de Mme Winstead s'élargit quand Jack chaparda une boule de pâte.

— Jase faisait ça aussi quand il était petit, dit-elle en clignant rapidement les yeux. Il mangeait plus de biscuits crus que cuits.

— C'est meilleur.

Je ne m'attendais pas à ce que ma voix soit aussi rauque. Elle me tapota l'épaule.

— Tu lui fais du bien. Beaucoup de bien. Il n'avait plus été proche de qui que ce soit depuis Kari. Grâce à toi, il a recommencé à ouvrir son cœur. Je sais que vous n'avez pas encore eu le temps d'apprendre à vous connaître en profondeur, mais rien que pour ça, tu seras toujours une fille pour moi.

Oh, mon Dieu, elle allait me faire pleurer.

Ravalant mes larmes, je souris, puis éclatai de rire.

— Je suis désolée. Je ne veux pas pleurer.

Jack se tourna de nouveau vers nous.

— Pourquoi tu es triste ?

— Je ne suis pas triste, lui répondis-je aussitôt. (Je souris pour le lui prouver.) Je suis heureuse. Très heureuse, même.

Il me crut sur parole et reporta son attention sur la pâte à biscuits. J'essuyai mes larmes et tentai de me calmer.

— Merci. Ça me touche beaucoup. Je ne ferai jamais rien qui puisse lui nuire, dis-je en désignant Jack d'un geste de la tête. Ni blesser Jase.

— Je n'en attendais pas moins de toi. (Quand ses yeux se troublèrent, elle se racla la gorge.) Regarde-moi ça. Je vais me mettre à pleurer, moi aussi. Ça ne peut rien apporter de bon, surtout avec mon garçon qui arrive.

— Coucou, Maman !

Jase entra dans la cuisine chaleureuse et désordonnée, et se pencha pour embrasser sa mère sur la joue. Lorsqu'il recula, il nous observa toutes les deux en fronçant les sourcils.

— Tout va bien ?

— Tout va très bien, répondis-je en plaquant mes mains l'une contre l'autre. Jack est très occupé, là-bas.

Il le regarda un instant, puis revint vers nous.

— Vous êtes sûres ?

— Mais oui, mon chéri. On discutait entre filles, c'est tout. De bonnes choses. (Mme Winstead se retourna et ouvrit la porte du four pour jeter un œil à l'intérieur.) C'est presque cuit.

Rassuré, Jase s'approcha de Jack et lui vola une boule de pâte de la plaque.

— Hé ! fit Jack en gloussant tandis que Jase l'avalait en une bouchée.

Après avoir embrassé son petit garçon sur la joue, Jase se tourna et vint se placer derrière moi, de l'autre côté de la table de la cuisine. Il passa les bras autour de ma taille et croisa les mains.

— Je peux te l'emprunter ? Je voudrais lui montrer le sapin.

Mme Winstead me fit un clin d'œil.

— Seulement si elle a envie d'être empruntée.

— Oh, elle a envie, ne t'inquiète pas, répondit Jase. (Je lui donnai une tape sur le bras. Il rit.) Ne sois pas gênée.

Sa mère secoua la tête et Jase se retourna. Remontant son bras sur mon épaule, il me guida vers la salle à manger. Son père n'était plus là. La pièce était vide.

Le sapin de Noël, un vrai, était gigantesque. Ça me rappelait chez moi. Il était décoré de boules multicolores de diverses formes. La guirlande électrique clignotait à intervalles réguliers. Des chaussettes avaient été accrochées sur la cheminée.

— Regarde ! (Il en décrocha une rouge et me la montra.) Qu'est-ce que tu en dis ?

— Oh ! (Mon nom était écrit dessus en paillettes rouges.) C'est la mienne ? C'est vrai ?

— Oui ! (Jase rit et la remit à sa place.) Jack l'a faite pour toi ce matin.

J'ignorais pourquoi mais avoir une chaussette à mon nom me gonflait le cœur, comme celui du Grinch. J'avais l'impression qu'il allait exploser.

— Elle te plaît ? me demanda-t-il en s'asseyant par terre, dos au canapé. (Il me tira sur la main pour que je l'imite.) Je suis sûr que tu l'adores.

— Oui. (Je ris et m'essuyai de nouveau les joues.) C'est pas vrai. Je suis une vraie pleurnicharde. (En baissant ma main, je me laissai aller à admirer son beau visage.) Je l'aime vraiment beaucoup.

— Je me demande ce que le Père Noël va déposer dans ta chaussette. (Vu la façon dont il avait prononcé cette phrase, il avait sûrement l'esprit mal placé.) Et sous le sapin.

Posant une main par terre pour m'appuyer dessus, je me penchai vers lui et l'embrassai.

— J'ai déjà tout ce que je voulais pour Noël.

— Hmm... (Il plaça ses mains sur mes hanches et effleura mes lèvres avec les siennes.) Moi non, murmura-t-il. Je ne suis jamais satisfait : je veux me réveiller à côté de toi demain matin. Voilà ce que je veux.

— Mais...

— Cam est déjà chez toi avec Avery et de toute façon, je dois t'emmener demain matin... Alors pourquoi est-ce que tu retournerais à l'appartement ce soir ? (Il déposa un baiser au coin de mes lèvres.) Tu peux rester ici avec moi. Mes parents sont d'accord. On fera comme si on avait seize ans et qu'on devait faire l'amour sans faire de bruit.

J'éclatai de rire.

— Tu es vraiment un pervers.

— Oui. (Il embrassa l'autre côté de ma bouche.) Alors, tu restes ?

Je répondis à son baiser puis m'écartai légèrement.

— Comme si je pouvais refuser.

Jase me prit dans ses bras et m'assit entre ses jambes, le dos contre son torse. Je sentis ses lèvres s'étirer en un sourire contre ma nuque lorsque Jack émit un rire aigu en réponse à quelque chose que le père de Jase avait dit dans la cuisine.

— Tu sais quoi ? me demanda-t-il.

Je tournai la tête. Ses lèvres rencontrèrent ma joue.

— Quoi ?

Jase rit dans sa barbe.

— C'était nul.

Avec un gloussement, je me collai un peu plus à lui.

— Ouais, mais tu m'aimes, alors...

— C'est vrai. (Il m'embrassa sur la joue.) Ce qui m'amène à ce que je voulais dire en premier. (Il y eut un moment de silence pendant lequel je sentis son torse se soulever contre mon dos.) Dans un sens, tu m'as déjà offert le plus beau cadeau qui soit.

— Ce matin ? (Je me retournai pour le regarder dans les yeux.) Quand je t'ai réveillé avec ma...

— Non, c'était génial, mais non. (Il sourit.) Mieux que ça.

Je retins ma respiration.

Son regard sonda le mien.

— Je ne me suis jamais imaginé marié, tu sais. Après ce qui s'est passé avec Kari et toutes ces années à regarder mes parents élever Jack, je ne me voyais pas fonder une famille.

Mon cœur s'emballa.

— Mais ça a changé, poursuivit-il sans me quitter des yeux. (Plus rien ne comptait à part ses iris argentés.) Grâce à toi. Maintenant, je me vois marié, avec ma propre famille. Avec toi. C'est le plus beau cadeau qu'on aurait pu me faire.

J'ouvris la bouche, mais je ne savais pas quoi dire. Ses paroles m'avaient fait l'effet des rayons chauds du soleil en août, m'avaient rendue sans voix.

— Hé ! fit-il en prenant mon visage entre ses mains. Dis quelque chose.

Il fallait que je dise quelque chose, parce que ses mots étaient merveilleux, magnifiques. Mon cœur battait la chamade. Mes pensées étaient en effervescence. La joie m'envahissait. Nous. Ensemble. Mariage. Famille. Un jour. Je venais de retomber amoureuse de lui.

— Mon Dieu, Jase, soufflai-je en fermant les yeux. Je t'aime. Je t'aime tellement.

Un grognement s'échappa de sa gorge et il franchit la faible distance qui nous séparait pour unir nos lèvres. On s'embrassa avec rage, en faisant passer tous les sentiments que l'on ressentait l'un pour l'autre. Et même lorsque la vague de passion se dissipa suffisamment pour nous permettre de respirer, on resta collés l'un à l'autre. Front contre front. Nos lèvres se rencontraient de temps en temps. Aucun mot ne fut échangé parce que le plus important avait déjà été dit.

On resta ainsi jusqu'à ce que le bruit de petits pieds sur le sol nous force à nous séparer. Jack se laissa tomber à côté de Jase en tenant une assiette de biscuits en équilibre dans une main et une tablette dans l'autre. Ses yeux ressemblaient tellement à ceux de son père que mon cœur se serra.

— Un biscuit ? me demanda Jack en me tendant un cookie aux pépites de chocolat entamé.

Je l'acceptai et le brisai en deux avant d'en tendre la moitié à Jase. Il le mangea directement entre mes doigts, ses lèvres effleurant ma peau. Jack éclata de rire. Je mangeai mon morceau un peu plus lentement.

— Ces biscuits sont super bons ! lui dis-je.

Un sourire fier gonfla ses joues rondelettes.

— C'est parce que c'est moi qui les ai faits !

— Bien dit ! (Jase posa son menton contre ma tête et tendit la main pour décoiffer son fils.) Tu es trop fort.

— L'année prochaine, je veux faire des carrés avec du riz soufflé pour le Père Noël.

Jase grogna.

— Ce n'est pas mon truc.

— Pas de problème, lui dis-je. Je t'apprendrai. Les miens sont vraiment très bons.

Jack tourna de grands yeux vers moi.

— C'est vrai ?

— Juré !

Tout sourire, je relevai la tête. Les parents de Jase se tenaient devant la porte. Des larmes brillaient dans les yeux de sa mère. Son père lui serra l'épaule. Mon regard se posa alors sur Jack qui avait abandonné les biscuits au profit de la tablette. Il était déjà concentré sur son jeu. Et alors, je vis ce que ses parents voyaient.

Parce que je le voyais aussi.

Le futur.

Notre futur à tous les trois.

Il y avait eu tant de changements en quatre mois. En août dernier, je n'aurais jamais cru que je me serais trouvée ici, pour le réveillon de Noël, les lèvres encore gonflées des tendres baisers de Jase. Ce futur ensemble n'était pas quelque chose que nous avions prévu. J'avais toujours cru que je deviendrais danseuse. Jase pensait ne plus jamais tomber amoureux. Ce n'était pas prévu. Mais ça valait toutes les danses du monde.

Mes rêves avaient été brisés, puis reconstruits, transformés en quelque chose de plus profond, de plus précieux.

Levant le jeu au-dessus de lui, Jack cria de joie et sourit à Jase. Un jour, il apprendrait la vérité à propos de son père et de sa mère, et je savais, au plus profond de mon âme, que je me tiendrais à côté de Jase et que je serais présente pour chacun d'entre eux.

Je fis glisser mes mains le long des bras de Jase, jusqu'aux siennes posées au-dessus de mon nombril. Il entrelaça nos doigts.

— Tu veux faire la prochaine partie ? demanda Jack en tournant de magnifiques yeux pleins d'espoir vers moi.

— Avec plaisir.

Satisfait, Jack reporta son attention sur le jeu et Jase déposa un baiser sur ma tempe. Alors, contre ma peau, il prononça des mots dont je ne me lasserais jamais.

Il murmura : Je t'aime.

Remerciements

Avant toute chose, j'aimerais adresser un grand merci à Kevan Lyon et les équipes de Marsal Lyon Literary et Taryn Fagerness Agency. Tessa Woodward : je suis contente que tu aimes ces personnages autant que moi. La touche que tu apportes avec tes corrections m'est inestimable. Merci à Jessie, Abigail, Jen, Molly et Pam qui travaillent dans l'ombre, font connaître mes romans et me facilitent grandement le boulot d'auteur.

Jen Fischer : merci d'avoir accepté que je te transforme, toi et tes cupcakes, en un personnage de fiction. Tu es d'enfer. Comme tes cupcakes. *Jeu d'innocence* n'aurait jamais vu le jour sans Stacey Morgan. En plus d'être une très bonne amie et assistante, c'est elle, la pauvre, qui a eu la charge de lire les premières versions de ces livres. Je n'oublie pas non plus toutes les femmes, auteures ou non, qui m'entourent et qui déchirent : Laura Kaye, Sophie Jordan, Molly McAdams, Cora Carmack et Lisa Descrochers.

Enfin, un grand merci à tous les lecteurs et critiques littéraires. Ces romans n'auraient pas pu voir le jour sans vous. Vous faites partie intégrante de cette histoire. MERCI du plus profond de mon cœur.